AF303897

Gabriele Ketterl wurde in München geboren, wo sie auch heute wieder mit ihrer Familie lebt. Ihre Fantasie steckt mittlerweile in Kinderbüchern, Kurzgeschichten, Fantasyromanen, Romantic-History-Büchern ...
Nach einem Studium der Amerikanistik und Theaterwissenschaften an der Ludwig-Maximilians-Universität München hieß es erst einmal: Reisen und Ideen sammeln. Betrachtet man ihren Output, scheint das gut geklappt zu haben.

Gabriele Ketterl

Die Tochter des Fischers

Melodie der Wüste

Erstausgabe April 2023

Copyright © 2023 dp Verlag, ein Imprint der
dp DIGITAL PUBLISHERS GmbH
Made in Stuttgart with ♥
Alle Rechte vorbehalten

DIE TOCHTER DES FISCHERS

ISBN 978-3-98778-242-8
E-Book-ISBN 978-3-98778-240-4

Covergestaltung: Mirja Bülow
Umschlaggestaltung: ARTC.ore Design
Unter Verwendung von Abbildungen von
shutterstock.com: © New Africa, © C_Atta, © chemical industry, ©
Ruibento, © Jan Willem van Hofwegen, © BZ Travel
depositphotos.com: © beton_studio, © Marti157900, © Guzel, ©
hello@peterorsel.com, © faestock
Lektorat: Sandra Florean
Satz: dp DIGITAL PUBLISHERS GmbH
Druck und Bindung: Books on Demand GmbH, Norderstedt

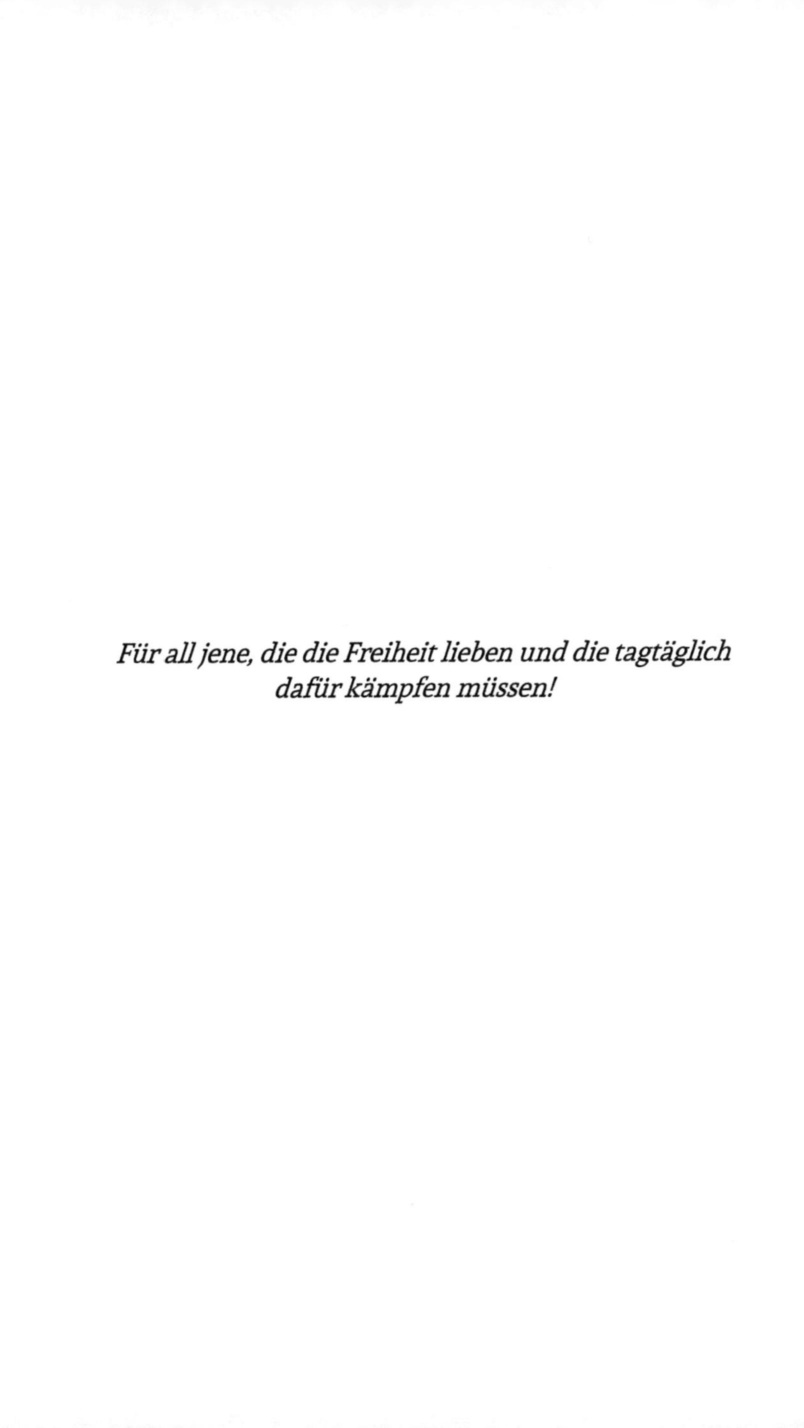

*Für all jene, die die Freiheit lieben und die tagtäglich
dafür kämpfen müssen!*

PROLOG

Sommer 1489, Marrakesch

„Hast du verstanden, was ich dir sagte? Vor allem jedoch, wirst du das tun, was ich sagte?"

Er sah eine Weile schweigend zu Boden, beobachtete, wie der sanfte Sommerwind den Sand zu seinen Füßen leicht aufwirbelte, um ihn sodann mit sich fortzutragen. Zu dieser Jahreszeit war der feine Sand überall, in jedem Raum, in jedem Kleidungsstück.

„Bist du taub? Hat man dir dein Gehör geraubt oder wie soll ich dein Schweigen deuten?"

Langsam und mit Bedacht hob er den Blick und sah ihr in die Augen. „Was immer ich hören muss, das höre ich, vertraut mir."

„Aus welchem Grund zögerst du dann noch? Vertrau auch du mir, wenn ich es noch einmal sage. Du wirst meinen Befehl befolgen!"

Er schüttelte leicht den Kopf, so, als wolle er etwas Unliebsames abschütteln. „Euren Befehl? Verzeiht, doch Ihr wisst, ebenso wie ich, dass ich einem anderen unabdingbar meine Treue geschworen habe. Befehle, mag Euch dies auch auf den ersten Blick nicht verständlich erscheinen, nehme ich nur von meinem Herrn entgegen."

Ihr Blick bekam etwas Lauerndes, als sie noch einen Schritt nähertrat. Eine leichte Brise ließ den sinnlichen Duft von Jasmin und Amber in seine Nase steigen. Die Goldtropfen, die in üppigen Mengen an ihr Gewand genäht waren, funkelten im hellen Licht der Sonne. Die ebenfalls goldenen, kunstvoll geschmiedeten Sterne und Monde an den Ketten, die ihre Handgelenke zierten, klimperten leise.

„Ich gewinne langsam den Eindruck, du siehst deine Lage falsch, mein Freund."

In letzter Sekunde konnte er verhindern, das auszusprechen, was ihm als Erstes in den Sinn kam. Nämlich, dass er alles andere war als ihr Freund. Doch er war klug genug, um zu wissen, dass das eine schlechte Entscheidung wäre. Darum beschränkte er sich auf ein erzwungenes Lächeln. „Glaubt mir, ich deute meine Lage durchaus richtig." Erneut suchte er ihren Blick. „Warum? Ich sehe keinen Grund für Euer Tun, ich erkenne keine Notwendigkeit, diesen Wahnsinn weiterzuführen. Ihr habt ein wahrlich gutes Leben. Ihr werdet auf Händen getragen und Ihr werdet geliebt." Es fiel ihm schwer, ruhig zu bleiben, die Frau nicht zu reizen, ihren Zorn nicht herauszufordern. „Habt Ihr denn nicht alles, was man sich wünschen kann? War es nicht das, wovon Ihr noch vor einigen Jahren geträumt habt? Eure Träume haben sich erfüllt. Einer nach dem anderen, so als wolle Allah selbst Euch zeigen, dass auch er Euch liebt. Darum frage ich Euch noch einmal: Warum? Ich möchte es doch lediglich begreifen."

Nur für den Hauch eines Augenblicks glaubte er, dass sich der Ausdruck in ihrem Gesicht, in ihren Augen verändern würde. Es schien, als huschte ein Schatten über ihre Züge, ein Schatten, der ihr schönes Antlitz weich erscheinen ließ.

Als sie leicht das Haupt senkte, zauberte die Sonne rotgoldene Muster in ihr dunkles Haar und ihre makellose, braune Haut bekam einen sanften goldenen Schimmer. Der winzige Moment verging so rasch wie er gekommen war. Sie lachte und es war kein fröhliches Lachen.

„Soll ich denn jeden Tag auf Knien für mein Schicksal danken? Wem? Ihr Männer nehmt alles für gegeben, euch legt man die Zukunft in eure Wiegen. Für euch ist es leicht, ein Leben nach den eigenen Wünschen, den eigenen Träumen, falls ihr Männer überhaupt die Fähigkeit zu träumen besitzt, zu führen. Ihr tut, ohne jemals darüber nachsinnen zu müssen, was man uns vom Tag unserer Geburt an verwehrt. Und wachsen wir heran, tun wir alles, um euch zu gefallen und so ebenfalls ein gutes Leben zu haben, dafür fordert man von uns fortwährend Dankbarkeit. Bist du dir dessen bewusst, dass ich es leid bin, dankbar zu sein? Kannst du denn nicht verstehen, dass es mich von Tag zu Tag zorniger macht, um alles wieder und wieder kämpfen zu müssen?"

Sie traf mit ihrer Aussage einen wunden Punkt bei ihm. Ja, es war richtig, viele Frauen führten ein hartes, entbehrungsreiches Leben. Auch seine eigene Frau Darya war gezwungen gewesen, hart zu arbeiten, um die Familie zu unterstützen. Nie würde er den Tag vergessen, an dem er vor einigen Jahren mit dem Heer zurückkehrte und den Fluss überquerte. Zahlreiche Frauen und junge Mädchen waren, trotz der noch frühen Stunde, bereits am Ufer und wuschen Wäsche. Die

Strahlen der aufgehenden Sonne vermischten sich in zarten Rottönen mit den noch über dem Wasser schwebenden Dunstwolken. Darya war ihm in jenem Moment wie ein Wesen aus einer anderen Welt, einem Märchen für Kinder, erschienen. Ihr langes schwarzes Haar, die hellbraunen Augen, in denen er glaubte, Sterne funkeln zu sehen, und ihr bezauberndes Lächeln, das zwei Reihen blendend weißer Zähne zeigte. Er hatte sich nicht getäuscht, Darya war gewiss aus einem Märchen entsprungen, denn seit dem ersten Blick in ihre Augen, hatte auch sein Märchen begonnen, sein ganz persönliches Märchen. Was aber wäre geschehen, wenn er nicht die schmale Furt zum Überqueren des Flusses gewählt hätte? Was, wenn er sie nie gesehen hätte? Was, wenn sie die Frau eines Kameltreibers oder eines der Arbeiter geworden wäre, die tagtäglich in der Stadt und auf dem Land um ihr Überleben kämpften? Er konnte Darya ein gutes Leben bieten. Viele andere Frauen lebten unter wesentlich härteren Bedingungen.

Er atmete tief ein und rief sich selbst zur Vernunft. Er durfte sich – mochte sie in dieser Sache auch die Wahrheit sagen – nicht von ihren Worten einnehmen lassen. Hier stand keine Frau, die täglich für das Brot ihrer Kinder schuften musste, nein, hier stand eine Frau, die im Überfluss lebte, die Not nicht kannte.

„Ich kann nicht leugnen, dass etwas Wahres an Euren Worten ist, aber Ihr macht Euch hier ein Schicksal zu eigen, das nicht das Eure ist. Ihr müsst schon seit vielen Jahren nicht mehr um ein gutes Leben kämpfen.“

Dieses Mal schüttelte sie den Kopf, was bewirkte, dass die Perlen und Goldplättchen an ihren Ohrringen eine leise Melodie zu spielen schienen. „Du verstehst es nicht, wie solltest du auch? Als Mann geboren, mit Macht versehen und sicher und unantastbar in all deinem Tun. Nein, du kannst nicht begreifen, wie schnell wir Frauen all das, was wir uns so schwer erkämpft haben, auch wieder verlieren können. Es gibt immer schönere, jüngere, einfallsreichere, sanftere, ach, was sage ich, wir sind austauschbar. Das, wofür ich alles gegeben habe, wofür ich gekämpft habe, wird mir bleiben und es wird sich sogar mehren, dafür werde ich unerbittlich Sorge tragen. Und dies werde ich mit deiner Hilfe tun."

Er hätte ihr allzu gern an den Kopf geworfen, dass beinahe alles, was heute ihr schönes, ja, oft traumhaftes Leben ausmachte, nicht etwa harter Arbeit, einem „Kampf", wie sie es nannte, zu verdanken war, sondern einzig und allein ihrer unbeschreiblichen Schönheit. Dieser und ihrer Kunst, sich stets von ihrer Sonnenseite zu zeigen, zu schmeicheln, zu bezaubern, zu beglücken. Nicht selten bezeichneten unwissende, allzu sehr den weiblichen Reizen zugetane Zeitgenossen sie als fleischgewordenen Engel. Welch ein fataler Irrtum. Von Anfang an hatte er geahnt, dass sich in diesem grazilen, anmutigen Körper und hinter dem süßen, alles versprechenden Lächeln der leibhaftige Schaitan verbarg. Wieder einmal hatte er recht behalten, wie so oft in seinem Leben.

„Du beginnst, mich zu langweilen. Ich habe dir einen Auftrag erteilt und ich erwarte, dass du ihn, ohne zu murren, ausführen wirst. Ja, ich gestehe ein, ich fordere viel von dir. Bedenke jedoch, was dagegen für dich auf dem Spiel steht. Ich glaube, ich muss dir nicht erläutern, dass ich meine Drohung umgehend wahrmachen würde? Du weißt, dass ich meine Mittel, vor allem aber helfende Hände habe, die mir treu ergeben sind? Sie sind meine Vertrauten, da sie mir stets zur Seite stehen, ohne dass ich ihnen fortwährend mit schrecklichen Geschehnissen drohen müsste. So wie ich es bei dir leider tun muss."

Noch nie in seinem Leben war ihm so viel Kälte, so viel Gefühllosigkeit und solch eine immense Grausamkeit im Körper eines Menschen begegnet. „Ihr seid Euch doch dessen bewusst, dass ich nicht ablehnen kann. Ihr bedroht meine Familie, mein Kind, und damit meinen größten Schatz. Daher ist hier jegliche weitere Unterhaltung unnötig, Ihr wisst sehr wohl, dass Ihr mich mit Eurer Drohung in der Hand habt." Zornig ob seiner Machtlosigkeit in diesem Augenblick, straffte er seine breiten Schultern. „Sagt mir eines, habt Ihr keine Furcht davor, eines Tages für all das büßen zu müssen? Solch Hass, solch eine Ruchlosigkeit fällt irgendwann immer auf diejenigen zurück, die diese Taten begangen haben."

Ein sanftes, sehr anmutiges Lächeln kräuselte die Lippen der schönen Frau. „Ich fürchte mich nicht. Ich fürchte mich vor niemandem. Nein, ich lehre andere das Fürchten und ich finde Gefallen daran, so wie andere Gefallen daran fänden, stünde ich auf der falschen Seite. Denn vertraue mir, würde mir meine Macht, meine Position genommen, oder, und das weiß ich nur zu gut, würde meine Schönheit verblassen, würde ich ohne Gnade in die Dunkelheit gestoßen."

Ihn schauderte. „So sei es. Ich werde Eure Anweisung befolgen. So werden wir beide mit der Schuld, die wir auf uns laden, weiterleben müssen."

Sie zog den Schleier vor ihr Gesicht und hob spöttisch eine Augenbraue an. „Eine Schuld, mit der ich sehr gut werde leben können. Dessen sei dir gewiss. Ich erwarte deine Meldung, am Tage deiner Rückkehr."

Ohne einen weiteren Gruß drehte er sich um und stapfte in Richtung der Pferdeställe. Er musste weg von hier. Ihm war übel, bittere Galle kroch seinen Schlund hinauf und er hatte seine liebe Not, sich nicht vor den Pferdeknechten zu übergeben. Sein Pferd war rasch gesattelt und so schwang er sich schon wenig später in den Sattel. So schnell es ihm möglich war, verließ er den Innenhof, ließ die engen Gassen der Vorstadt hinter sich und erreichte die Ebene, die sich im Sonnenuntergang vor ihm in schier atemberaubender Schönheit darbot. Heute aber hatte er kein Auge für das einzigartige Naturschauspiel des Sonnenunterganges. Er musste den Kopf frei bekommen, musste eine Lösung finden, eine Lösung, bei der es darum ging, nicht nur ein unschuldiges Leben zu retten. Nur wie sollte er das anfangen? Sie würde ihre Drohung ohne Gnade wahr machen. Daryas Leben war ebenso in größter Gefahr wie das seines kleinen Mädchens und seines Sohnes. Das wusste er mit tödlicher Sicherheit. Allerdings wusste er auch, dass dies nicht die letzte Erpressung sein würde, wenn es ihr gelänge, immer und immer wieder ihren Willen zu bekommen.

Wütend trieb er sein Pferd an und der edle Rappe galoppierte wie vom Teufel gehetzt in die langsam einsetzende Dämmerung.

1.

Sommer 1489, Almuñecar, Kastilien

„Luz, komm zurück. Jetzt auf der Stelle. Ich sagte doch, dass du nur bis zu den Knien ins Wasser darfst." Elena wedelte heftig mit den Armen, um ihre jüngste Schwester auf sich aufmerksam zu machen. „Das ... das sind nicht deine Knie, das ist dein Kinn!" Ihre Stimme wurde zunehmend ängstlicher. „Luz, hörst du mich denn nicht?"

„Natürlich hört sie dich, sie will dich nur nicht verstehen. Das ist ein feiner Unterschied." Estrella legte ihrer Schwester beruhigend ihre Linke auf den Rücken. „Warum gehst du nicht hinein und holst sie heraus? Widerspenstig, wie sie nun einmal ist, müssen wir ihr zeigen, wo ihre Grenzen liegen. Sie ist vier Jahre alt, sie muss auf dich hören."

Elena wand sich eine Weile, ehe sie der älteren Schwester antwortete. „Ich habe Angst."

Estrella atmete tief ein. Sie wusste um die Furcht der Schwester vor dem Meer. „Elena, Liebes, du musst sie überwinden. Wir leben am Meer, wir leben vom Meer und wir müssen mit dem Meer leben." Sie hätte gerne weitergesprochen, sah jedoch aus dem Augenwinkel, das Luz noch immer bis zum Hals im Wasser stehend darin herumplantschte. Höher werdende Wellen kündigten die kommende Flut an. Unwillig schüttelte Estrella den Kopf, stemmte ihre Arme in die Hüfte, tat einen Schritt nach vorn und holte tief Luft.

„Luz! Komm aus dem Wasser, wenn ich dich nicht holen soll. Die Flut kommt und mit ihr die Meeresungeheuer."

„Mama hat gesagt, wir dürfen nie die Unwahrheit sagen." Elenas Stimme war sehr leise.

Estrella zuckte die Achseln. „Bei der Körpergröße, die unsere Kleine derzeit noch hat, ist auch ein ausgewachsener Zackenbarsch noch ein Ungeheuer. Daher ist es, zumindest unter dieser Voraussetzung, nicht die Unwahrheit." Sie kniff die Augen zusammen und sah hinaus zu Luz.

Tatsächlich, wenn auch mit höchst mürrischer Miene, kämpfte sich die Kleine zurück ans Ufer. Sie tat das sehr geschickt und man konnte bereits erkennen, dass sie einmal gut würde schwimmen können. Im Gegensatz zu Elena. Da Luz bereits aus dem Wasser watete, drehte sich Estrella wieder zu ihrer anderen Schwester um. „Wie ich sagte, Elena. Du musst lernen, wie man schwimmt, du musst deiner Angst entgegentreten."

Elena zog eine trotzig anmutende Grimasse. „Doña Alba sagt, dass eine Dame nicht schwimmen lernen muss. Im Gegenteil, es sei unschicklich für ein Mädchen, nur in einem Hemd ins Wasser zu gehen."

Estrella rubbelte die mittlerweile bei ihr angekommene Luz mit einem trockenen Tuch ab und schüttelte missbilligend den Kopf. „Schwester, Doña Alba ist eine reizende Dame und eine liebe Freundin der Familie. Sie ist aber auch sehr reich, lebt in einem großen, wunderschönen Haus, hat Diener und muss nichts selbst erledigen, zumindest wenn sie das nicht möchte. Ich mag die Dame sehr, das weißt du, aber sie ist es nicht, die hier unten bei den Fischern überleben muss. Ja, es geht uns gut, dennoch sind wir die Töchter eines Fischers, der keine Söhne hat. Wir müssen, hörst du, Elena, wir *müssen* unserem Vater zur Hand gehen können. Ich weiß, was du denkst, dass wir Frauen sind, dass wir uns um das Haus, die Kleidung und die täglichen Mahlzeiten kümmern müssen. Das ist nicht alles, Schwester. Bei weitem nicht. Ja, uns geht es gut. Vater ist ein geachteter Mann, wir haben ein hübsches Haus und die Fänge sind erfolgreich. Das hat nicht zur Folge, dass dies so bleibt. Sollte etwas geschehen, dann müssen wir bereit sein, verstehst du das? Das ist zu unserer eigenen Sicherheit."

Luz, die inzwischen trocken war und mit Estrellas Hilfe in ihre Kleider geschlüpft war, sah zu ihrer großen Schwester auf. „Estrella, darf ich noch an den Klippen spielen? Carmen ist auch dort, bitte. Ich bin vorsichtig, versprochen."

„Hm, gut, aber lass dir zuerst dein Haar zusammenbinden." Estrella griff nach der ledernen, mit Silber eingefassten Spange und bändigte die wilden, dunklen Locken der Jüngsten. Jede von ihnen besaß mehrere dieser wunderschönen Schmuckstücke, die man so hier nicht bekommen konnte. Diese edlen Kunstwerke waren samt und sonders Geschenke von Doña Alba, die ihr Bruder ihr bei einer seiner vielen Überfahrten mit seinem Segelschiff aus dem fernen Marokko mitgebracht hatte. Praktisch waren sie obendrein.

Sie strich Luz eine letzte, sich der Bändigung störrisch widersetzende Haarsträhne aus der Stirn. „So, fertig. Nun siehst du wieder wie unsere kleine Prinzessin aus. Verschwinde, aber so, dass ich dich sehen kann, verstanden?"

Luz sah zu ihr auf und ihr süßes Stupsnäschen in dem runden Kindergesicht kräuselte sich bei ihrem breiten Lächeln. „Aber gewiss, ich bin doch immer gehorsam." Ehe Estrella etwas erwidern konnte rannte das Kind auch schon in Richtung Klippen, von wo aus ihre Freundin Carmen ihr bereits entgegenwinkte.

Estrella legte das Tuch wieder ordentlich zusammen und blickte über den langgezogenen, goldgelben Sandstrand hinweg, hinaus auf das weite Meer. Der azurblaue Himmel spiegelte sich auf der Wasseroberfläche. Die Wellen, die sich in einiger Entfernung brachen und mit lautem Rauschen ans Ufer rollten, brachten den Sand dort, wo sie über ihn hinwegleckten, zum Glänzen. Es war ein schönes Naturschauspiel, wenn dann noch die Sonnenstrahlen auf den nassen Sand trafen. Estrella liebte das Meer und den Strand. Vor allem aber die Stimmung, die sich nun, da sich langsam die Dämmerung anzukündigen begann, über alles legte. Friedlich, schön und beeindruckend zugleich. Wie bunte Spielzeuge schaukelten einige der Fischerboote weit draußen am Horizont auf und ab. Derzeit waren viele Boote unterwegs und dies Tag und Nacht. Es war die Zeit, in der sie den großen Thunfisch fingen, ihr Vater nannte ihn den roten Thun, ein begehrter und köstlicher Fisch. Eigentlich zu groß für ihre kleinen Fischerboote. Es mussten mehrere Fischer zusammenarbeiten, um eines der mächtigen Tiere, so sie denn eines fingen, gemeinsam an Land zu bringen. Bis zu vier Meter lang konnte so ein Fisch werden. Bei einem der kleineren Boote konnte es da schon geschehen, dass der ersehnte Fang den schweren Kampf auf dem Meer gewann und sich seine Freiheit zurückeroberte. Brachten sie aber bis zu fünf der Giganten zurück, wobei ihr Vater fast immer einer der erfolgreichsten war, was daran liegen mochte, dass er das größte und sicherste Boot sein eigen nannte, dann bedeutete das gutes Geld und Nahrung für viele Menschen.

„Du träumst schon wieder von deinem geliebten Meer, nicht wahr? Du solltest Seefahrer werden. Oder du wagst es und wirst Pirat." Elenas Stimme klang nur ein wenig spöttisch.

Estrella wusste, dass die Jüngere es nicht böse meinte. Sie nickte. „Ja, ich mag das Meer nun einmal. Ich könnte niemals oben in den Ebenen leben, dort, wo es immer trocken und staubig ist."

Elena griff nach dem großen Weidenkorb, mit dem sie am Ufer Treibholz gesammelt hatten. „Das bedeutet, dass es Doña Alba nicht gelingen konnte, dich mit ihren märchenhaften Geschichten über die Wüste zu begeistern?"

Estrella bückte sich, um ein verwittertes Stück Holz aufzulesen, und warf es in den Korb. „Sie erzählt wunderschön und man kann es sich so gut vorstellen. Ich hatte bei ihrer letzten Erzählung über den Markt in Marrakesch das Gefühl, ich könne die Gewürze riechen, die sie so treffend beschrieben hat. Sie macht mich immer neugierig und ich möchte dieses Land voller Duft, bunter Farben und wunderbaren Palästen gerne kennenlernen. Die Wüste jedoch ... nein, ich glaube nicht. Sie scheint mir schon sehr ... trocken."

Sie mussten beide lachen. „Wüste ist trocken, Schwester, also sei froh, dass du an deinem geliebten Meer leben darfst." Elena musterte sie lächelnd. „Ich kann nichts dafür, dass ich deine Liebe nur bedingt teile. Aber ich bin ja auch jünger als du, wer kann es wissen, vielleicht kommt ja die übergroße Liebe zu den von dir so geschätzten Fluten noch."

„Das sehe ich nicht kommen, meine Liebe. Aber das ist es doch, was uns ausmacht, nicht wahr? Die Unterschiede, dass wir so verschieden sind. Wichtig ist doch nur eines: Dass wir uns lieben, dass wir eine glückliche Familie sind. Du bist eben die Dame in dieser Familie, das ist nun einmal so."

Während sie weiter Holz sammelten und Estrella dabei stets die kleine Luz im Auge behielt, betrachtete sie sich auch Elena genauer. Wann war aus dem Kind ein solch großes Mädchen geworden? Seit wann sprach sie so vernünftig und klug? Elena war mittlerweile fast ebenso groß wie sie selbst und das, obwohl sie drei Jahre jünger war. Das lange schwarze, fast glatte Haar ließ ihre helle Haut fein und zart wirken. Im Gegensatz zu ihr, schützte die Schwester sich stets mit einem großen, breitkrempigen Hut, der verhinderte, dass sie so braun aussah wie einer der Fischer draußen auf dem Ozean. Elena hatte, ebenso wie Luz, die fast schwarzen Augen der Mutter geerbt, umrahmt von langen, gleichmäßigen Wimpernkränzen, die sie noch ausdrucksvoller erscheinen ließen. Im Gegensatz zu Estrella war sie regelrecht zartgliedrig, schlank und biegsam. Dazu das schmale Gesicht mit dem roten Kirschmund, den sie oft und gern nutzte, um strahlend zu lächeln. Estrella fand, dass ihre jüngere Schwester ein ausnehmend schönes Mädchen war.

Sich selbst empfand sie als zu groß und zu kräftig. Was daran liegen mochte, dass sie viel und hart arbeitete, um der Mutter die Stütze zu sein, die sie brauchte. Auch hatte ihre Haut immer einen Bronzeton, da sie gern und viel an der Sonne war. Sie wusste, dass sie Doña Alba damit an den Rand der Verzweiflung trieb, den die trachtete seit Jahren danach, aus Estrella eine junge Dame zu machen. Ein, das musste Estrella eingestehen, schwieriges Unterfangen. Ihr Haar war lockig wie das von Luz, aber nicht so schwarz wie Elenas lange Flechten. Schien die Sonne darauf, nahm es einen rotgoldenen Ton an. Trug sie es offen, dann reichte es ihr fast bis zur Hüfte. Bei einer der Fiestas im vergangenen Jahr, als man der Jesu-Mutter Maria huldigte, hatte sie einen Blick auf die edlen Damen der gehobenen Gesellschaft Granadas erhascht. Die kunstvollen Frisuren sahen herrlich aus, waren aber ausgesprochen unpraktisch für die Tochter eines Fischers. Darum fasste sie ihr dichtes Haar am Oberkopf mit einer der hübschen Lederspangen zusammen und begnügte sich damit, es oft und kräftig zu bürsten. Das musste genügen. Sie musste nicht schön sein, sie musste gesund sein. Das war viel wichtiger.

„Ich denke, wir haben genug gesammelt. Das sollte ausreichen. Ich muss auch zurück und Mutter beim Kochen helfen. Komm, wir holen unsere kleine Schwester und gehen nach Hause." Estrella bückte sich, um den Korb aufzunehmen, doch eine dunkle, kräftige Hand umfasste statt ihrer die beiden Griffe.

„Solch hübsche Mädchen sollten nicht so schwer zu tragen haben. Lass das einen starken Mann tun. Ich begleite euch, wenn es mir gestattet ist."

Estrella hob den Blick. „Sieh einer an, Edmondo, dich hatte ich hier nicht erwartet." Sie deutete hinaus auf das Meer. „Solltest du deine Kräfte nicht beim Thunfischfang einsetzen? Starke Männer wären dort gewiss besser aufgehoben als hier am Strand."

Edmondo lächelte vielsagend. „Ich werde später hinausfahren, sobald die Flut ihren Höchststand erreicht hat, ist es ein Kampf um das nackte Leben, wenn man einen Thunfisch am Haken hat. Jetzt gönnt mir die Freuden, euch beide zu begleiten, wenn ich bitten darf."

„Die Freuden." Estrella seufzte leise. „Würde es etwas nutzen, wenn ich ablehnte?" Das breite Lächeln des jungen Fischers war ihr Antwort genug. So ließ sie es zu, dass der er sie und die Schwestern zum Haus ihrer Eltern begleitete. Sie wusste, dass ihre Mutter Edmondo gern mochte. Gut, er war auch angenehm anzuschauen. Groß, kräftig, das dichte schwarze Haar mit einem Tuch zurückgebunden, mit einem muskulösen Körper von viel und schwerer Arbeit. Dazu stets freundlich, immer zu einem Scherz aufgelegt und er scherzte wahrlich oft und gern. Das grobe, helle Hemd, das er heute trug, war wie die ebenso helle Kniebundhose noch gänzlich sauber. Sein Gesicht glänzte regelrecht vor Sauberkeit und nicht der Hauch eines Barthaares zeigte sich auf Kinn und Wangen. Sie roch den dezenten Duft von Seife. Hatte er sich etwa nur für sie so fein gemacht? Oder galt seine Aufmerksamkeit gar Elena?

Sie beobachtete Edmondo, der fröhlich von seinem letzten großen Fang berichtete, genauer. Nein, er würdigte Elena kaum eines Blickes, umso mehr suchte er immer wieder den ihren. Sollte Mutter recht behalten? War Edmondo tatsächlich an ihr interessiert? Unwillig schürzte sie ihre Lippen. Welch eine dumme Frage. Er war einer der hübschesten Kerle hier im Ort, ja, in der ganzen Umgebung. Warum sollte er sie wollen?

Sie waren, ohne dass Estrella es bemerkt hätte, am Haus ihrer Eltern angekommen. Sollte er doch so unterhaltsam gewesen sein, dass sie so gefesselt von seinen Worten gewesen war?

Ihre Mutter trat lächelnd aus dem Haus. „Edmondo, das ist aber sehr lieb von dir, dass du meinen Mädchen mit dem schweren Korb hilfst. Schön dich zu sehen, mein Junge.“

„Es war mir eine Freude, helfen zu können. Zeit hatte ich auch noch, da war meine Unterstützung selbstverständlich.“ Edmondo stellte den Korb neben dem Eingang ab und richtete sich zu seiner vollen Größe auf. „Ich hoffe, es geht Ihnen gut, Señora Jiménez?“

„Das tut es, Junge. Ich hörte, dass dein Vater ein neues Boot angeschafft hat?“

„Ja, ein wirklich schönes und viel größer als das alte Boot. Das werden wir zusammen reparieren und wieder in neuem Glanz erstrahlen lassen, denn Vater hat es mir geschenkt. Ich freue mich sehr darüber. Mein erstes eigenes Boot ist etwas anderes, als mit dem von Vater aufs Meer zu fahren. Mein Ziel ist es einmal, vier Boote zu haben und ein paar Fischer, die für mich arbeiten.“

Aurora Jiménez schmunzelte nach Edmondos Worten anerkennend. „Das klingt vernünftig. Deine Familie kann einer sicheren Zukunft entgegenblicken. Wie schön für dich."

Edmondo nickte, zögerlich, wie es Estrella schien. Erst nach einigen kurzen Augenblicken antwortete er. „Ja, das denke ich auch. Aber nicht nur Vater und Mutter sollen es schön haben, sondern auch meine zukünftige Frau wird feststellen können, dass für sie bestens gesorgt sein wird."

Sie bemerkte den Blick sehr wohl, den ihre Mutter ihr nach diesen Worten zuwarf. Allerdings weigerte sich Estrellas Kopf noch, den Zusammenhang zu verstehen.

„Ich freue mich für euch und für deine zukünftige Frau, lieber Edmondo. Komm doch einmal zum Essen zu uns. Hector würde sich gewiss freuen und die Mädchen freuen sich auch über Gesellschaft, nicht wahr?"

Es war Elena, die an ihrer Stelle antwortete. „Über jemanden, der unsere Arbeit tut und dabei noch schöne Geschichten erzählt, freuen wir uns allemal."

Endlich rang auch sie sich zu einer Erwiderung durch. „Sicherlich. Es ist immer schön, Gäste zu haben."

Jetzt sah man die Freude im Gesicht des jungen Mannes. „Wenn dem so ist, nehme ich die Einladung sehr gerne an. Jetzt aber muss ich mich beeilen. Vater wartet, wir wollen zu den anderen hinaus und versuchen, ein rechtes Prachtexemplar an Thun zu angeln. Ich darf mich verabschieden!"

Estrella sah ihm nachdenklich hinterher. Was war hier soeben vor sich gegangen? Hatte Edmondo tatsächlich bei ihrer Mutter vorgefühlt, ob sie, Estrella, seine Frau werden könnte? Nachdem er über so viele

Jahre immer wie ein großer Bruder für sie gewesen war, überraschte sie all das außerordentlich.

„Estrella, hörst du mich? Ich habe dich etwas gefragt." Das liebevolle, sanfte Antlitz ihrer Mutter war direkt neben ihr. Sie musste aufhören, seltsamen Gedanken nachzuhängen. „Bitte entschuldige, Mama, ich habe tatsächlich nicht zugehört. Es tut mir sehr leid."

„Schon gut. Man bekommt ja auch nicht jeden Tag einen Heiratsantrag, mag er auch nicht auf den ersten Blick als solcher ersichtlich gewesen sein." „Heiratsantrag?!" Ihre Stimme klang seltsam hoch. „Mama, das ist nicht ernst gemeint, oder etwa doch? Ich muss eingestehen, ich verstehe gerade gar nichts mehr."

Ihre Mutter zog Luz eine Schürze über das Kleid und band sie fest zu. Dann schickte sie die Kleine in den Garten hinter dem Haus. „Hol uns doch bitte zum Abendessen ein paar Rüben und bring zwei Gurken mit, sei so lieb, meine Kleine."

Luz nickte eifrig und sichtlich stolz, dass sie von der Mutter beauftragt wurde. „Ich beeile mich, Mama."

Danach wandte sich Aurora Estrella zu, während sich Elena unauffällig zurückgezogen hatte. „Kind, nun sei doch bitte nicht so begriffsstutzig. Das bist du doch sonst nicht. Natürlich ist er an dir interessiert und das schon lange. Es wundert mich schon sehr, dass dir das nicht aufgefallen sein sollte. Was ist denn nur los mit dir? Edmondo ist ein fleißiger junger Mann, der auch noch gut aussieht. Seine Familie kennen wir seit langen Jahren und sie die unsrige. Dein Vater schätzt Edmondo ebenfalls sehr. Die Einzige, die zögert, zaudert und sich weigert, das Offensichtliche zu sehen, das bist du.“

Sie wand sich etwas. „Mag sein, Mama. Aber es kommt so unerwartet. Da kennt man sich jahrelang, ärgert sich gegenseitig, macht Späße über alles Mögliche und plötzlich wird aus dem Kindheitsfreund ein möglicher Bräutigam. Bitte, Mama, du musst eingestehen, dass man sich daran erst einmal gewöhnen muss. Ich mag Edmondo ja, aber, um aufrichtig zu sein, ich kann nicht mit Sicherheit sagen, dass ich ihn liebe.“ Sie dachte kurz nach. „Liebe klingt im Zusammenhang mit Edmondo wirklich seltsam, so fremd.“

Aurora seufzte, dieses Mal etwas lauter. „Ich denke, ich muss dir da einiges erklären. Warte, wir verbinden das mit der Vorbereitung für unser Abendessen, sonst gehen wir heute hungrig zu Bett.“ Sie eilte ins Haus und kam nur wenig später mit einer großen Schüssel mit Erbsenschoten zurück. Sie stellte eine weitere Schüssel daneben und bedeutete Estrella, die Erbsen auszuschälen. Sie setzte sich ihr gegenüber und gemeinsam rückten sie den kleinen grünen Früchten zu Leibe.

Es dauerte etwas, ehe Aurora erneut das Wort an sie richtete. Es schien Estrella fast, als habe ihre Mutter sehr gut über das nachgedacht, was sie nun sagen würde.

„Hör mir gut zu, Kind. Eine Ehe beruht auf den verschiedensten Grundlagen. Auf Respekt, auf Anerkennung, auf Freundschaft, auf Vertrauen, und, ja, auch auf Liebe. Sieh mich nicht so an. Es gibt gute Gründe, warum ich die von dir so hoch geschätzte Liebe an letzter Stelle erwähnte. Die von euch Mädchen in romantischer Verklärtheit erhoffte und ersehnte glühende

Liebe ist sehr selten. Glaub es mir lieber. Liebe aber ist etwas, das wachsen kann, das sich festigt, das zu einem Band wird, welches unerschütterlich aneinanderbinden kann. Man muss der Liebe Zeit geben. Liebe ist geduldig und Liebe verzeiht. Aber nur, wenn man sie zuvor wachsen ließ. Glühende Liebe brennt ebenso rasch herunter, wie ein Strohfeuer, das hell und wärmend aufflackert, um dann binnen kürzester Zeit zu verglühen. Du hast es selbst gesagt, du und Edmondo seid schon von Kindesbeinen an in Freundschaft verbunden. Das ist etwas Wundervolles, etwas, auf dem man aufbauen kann. Ihr kennt euch, wisst von den Eigenarten des anderen und so werden dich keine bösen Überraschungen erwarten. Ich bin mir sicher, dass Edmondo dich liebt, als Mutter merkt man so etwas. Es zählt aber noch viel Wichtigeres. Du bist bei ihm gut versorgt. Er kann dir eine sichere Zukunft bieten. Er ist fleißig und er hat Ziele vor Augen. Es wäre deinem Vater und mir eine Freude, beide Familien vereint zu sehen. Glaube mir bitte, wenn ich sage, dass Edmondo eine gute Wahl und dir ein guter Mann wäre."

„Das heißt, dass ich dir und Vater damit eine Freude machen würde, nähme ich ihn zum Mann?" Estrella war sich dessen bewusst, dass ihre Stimme traurig klang.

Ihre Mutter ließ die Erbsen der Schote, die sie soeben geöffnet hatte, in die Schüssel gleiten, legte die leere Hülle zu dem Häuflein, das sich inzwischen auf dem grob gezimmerten Holztisch gebildet hatte, an dem sie saßen, und griff dann nach Estrellas Händen. Sie umfasste sie fest und blickte ihre Tochter liebevoll an. „Mein Herz, du machst dir selbst eine Freude, das wirst du rasch erkennen. Noch einmal, und bitte vertrau mir, diese Liebe, nach der ihr euch so sehr verzehrt, die gibt es meist nur in Sagen und Legenden. In Märchen, die man seinen Kindern erzählt. Dass man einen Menschen trifft, bei dem man beim ersten Blick in seine Augen Feuer fängt, lichterloh zu brennen glaubt, bei dem das Herz überläuft und man kaum mehr zu atmen vermag, ist sehr unwahrscheinlich."

Estrella hätte gern auf die Ausführung der Mutter geantwortet, doch Luz kam um die Ecke gerannt, so schnell ihre Beine sie trugen. „Ich habe Rüben und ich habe Gurken, sind das genug?"

Sowohl Estrella wie auch ihre Mutter mussten lauthals lachen, als sie Luz näher betrachteten. So wie sie aussah, schien sie den halben Gemüsegarten umgegraben zu haben. Überall an dem kleinen Mädchen war Erde und in ihren Armen trug sie einen ganzen Berg Rüben, über dem sie geschickt zwei Gurken balancierte.

Aurora erhob sich, griff nach einer weiteren Holzschüssel, die auf dem Tisch stand, und befreite Luz von ihrer Last. „Ja, mein Herz, das ist ganz sicher genug. Heute wird in der Familie Jiménez niemand Hungers sterben."

Während Estrella damit beschäftigt war, Luz die Erde von Schürze, Kleid, Händen und Armen zu klopfen, verschwand Aurora noch immer lachend im Haus. Nachdenklich blickte sie ihr hinterher. In den vergangenen Minuten hatte sich etwas verändert und Estrella wusste nicht, ob ihr das auch gefiel.

2.

Malaga, Kastilien, Haus Doña Albas

„Herrin, Ihr wisst, dass ich recht habe. Ihr wisst auch, dass es geschehen wird. Was auch von unserer Seite getan wird, es ist ganz gewiss vergebens. Euer Bruder macht sich große Sorgen um Euch und um Eure Sicherheit."

Doña Alba musterte Ibrahim eine Weile schweigend, dann verlangte es allein schon das Gebot der Höflichkeit, dem langjährigen Diener und Vertrauten ihres Bruders zu antworten. „Dessen bin ich mir bewusst. Allerdings gestehe ich ein, dass es mir schwerfällt, all das zu verstehen." Sie stockte, nickte, als wolle sie sich selbst zustimmen, um mit leiserer Stimme fortzufahren. „Falsch, verstehen kann ich es, muss ich es. Das ändert jedoch nichts an der Tatsache, dass es mich unendlich traurig macht." Ihr Blick huschte durch den weitläufigen Salon, der von der untergehenden Sonne, die durch die offenen Fenster schien, in helles Orange getunkt wurde. „Dies ist mein Zuhause, Ibrahim, unser aller Zuhause. Habe ich jemals in den langen Jahren meines Lebens irgendjemandem ein Leid zugefügt? Habe ich jemals jemanden bestohlen?"

Der dunkelhäutige Diener, der auch heute ganz selbstverständlich den weißen Turban und seinen goldgelben Burnus trug, so wie er es immer getan hatte, schüttelte den Kopf. „Nein, Herrin, das habt Ihr nie getan. Dies trifft aber auch auf so viele andere zu, die dieser Tage das gleiche Schicksal ereilt. Niemand von diesen Menschen hat irgendwelche Schuld auf sich geladen. Ich bitte Euch von Herzen, denkt über meine Worte nach. Noch haben wir Zeit, mag sie uns auch wie Wüstensand zwischen den Fingern zerrinnen.“

„Ich verspreche es dir, Ibrahim. Bestell doch bitte meinem Bruder, er möge mir mitteilen, wann er gedenkt, das nächste Mal zu segeln. Bitte, habt allesamt etwas Verständnis für eine alte Frau, die sich nicht binnen lediglich zweiter Tage von ihrem alten Leben verabschieden kann. Ja, ich werde der Bitte meines Bruders Folge leisten, jedoch nicht in solch kurzer Zeit. Das kann ich nicht, das bringe ich nicht übers Herz.“

Ibrahim verbeugte sich vor ihr und schenkte ihr ein erfreutes Lächeln. „Allein diese Worte werden Euren Bruder bereits beruhigen, Doña Alba. Um bei der Wahrheit zu bleiben, befürchtete er, dass es weit mehr an Überredungskunst kosten könnte, Euch zu dieser Entscheidung zu bewegen.“

Nun konnte sie ein Lächeln nicht unterdrücken. „So lass meinen Bruder bitte wissen, wenn er mich nochmals, sei es auch sehr liebenswürdig, als halsstarrige Alte hinstellt, möge er sich in Acht nehmen, meine Zunge ist gefährlich wie eh und je.“

Ibrahim wirkte höchst erheitert. „Herrin, niemals würde Euer Bruder es wagen, so auch nur von Euch zu denken. Ich darf mich nunmehr verabschieden, vor der Überfahrt in zwei Tagen ist noch Vieles zu tun. Ich werde dem Herrn Eure Entscheidung übermitteln. Ich bin sicher, dass er sehr erfreut sein wird."

Doña Alba hob drohend die rechte Braue. „Das möchte ich ihm anraten. Danke für deinen Besuch, Ibrahim, und auf baldiges, gesundes Wiedersehen."

Als sich die schwere Doppeltür aus glänzendem, dunklem Holz hinter dem treuen Begleiter ihres Bruders schloss, seufzte sie und erhob sich von dem farbenfrohen, bequemen Diwan, auf dem sie Platz genommen hatte. Langsamen Schrittes durchmaß sie den lichtdurchfluteten Raum, wobei weiche Teppiche jegliches Geräusch ihrer Schritte verschluckten, und trat durch die gläserne Flügeltür hinaus auf den Balkon. Ihr eindrucksvolles Haus lag etwa einen einstündigen Ritt von Malaga entfernt in den wunderschönen Hügeln hinter der Stadt. Von ihrem Balkon aus vermochte sie die ganze Stadt zu überblicken. Vor langen Jahren waren ihre Augen so gut gewesen, dass sie die Schiffe im Hafen hatte erkennen können. Sehen konnte sie die gigantischen Segelschiffe auch heute noch, erkennen, welches das ihres Bruders war, das vermochte sie dieser Tage nicht mehr. Ihr Blick wanderte über die Hügel, die Stadt bis hin zum Meer. Die Sonne berührte bereits die Wasserlinie am Horizont und ihre Heimat präsentierte sich ihr in ihrer ganzen Schönheit. Nun, da es nicht mehr heiß war, konnte sie den Duft des Jasmins wahrnehmen, den die üppigen Büsche in ihrem weitläufigen Garten verströmten. Er vermischte sich mit dem des galán de noche, der langsam begann, seine äußerst wohlriechenden Blüten zu öffnen. Das leise Plätschern des marmornen Springbrunnens, wirkte beruhigend, ein vertrautes Geräusch, das sie seit so vielen

Jahren begleitete und ihr ein winziges Stück Normalität vorgaukelte. Doña Alba trat an das rosa glänzende Marmorgeländer ihres Balkons und legte ihre Handflächen auf den glatten, von der Sonne noch warmen Stein. Vor ihr breiteten sich die sauber gepflegten Wege zwischen den vielen Blumenrabatten aus, Palmen säumten die Hauptauffahrt, die direkt zum Portal ihres Heimes führte. Das doppelstöckige Haus, erbaut im maurischen Stil ihrer Ahnen, befand sich von Anfang an im Besitz ihrer Familie. Mehrere Jahre hatte ihr berühmter Vorfahr, der maurische Gelehrte Abd al-Wahid al-Marrakuschi, hier gelebt. Ihn hieß man in jener Zeit von Herzen willkommen. Von dieser Herzlichkeit war nichts mehr übriggeblieben. Abd al-Wahid hatte dieses Land geliebt. Was er wohl sagen würde, könnte er es heute, beinahe dreihundert Jahre später sehen? Ihr Leben hatte sich grundlegend verändert. Sie waren, wenn überhaupt, nur noch Geduldete in dem Land, das sie mit aufgebaut hatten.

Unweigerlich blickte Alba in die Richtung, in der sie das Zuhause der Familie Jiménez wusste. Aurora, Ehefrau des Alcalden Hector Jiménez und Mutter der vier bezaubernden Töchter, war ihr eine liebe Freundin geworden. Sie hatte die Familie bei einem ihrer zahlreichen Besuche am Meer kennengelernt. Ihre Bewunderung für die stets ruhige, überlegte und freundliche Aurora war groß. Vor allem nach der Geburt der letzten Tochter, Luz, die der Frau um ein Haar das Leben gekostet hätte, war Albas Bindung zu ihr und zu Auroras ältester Tochter Estrella noch stärker geworden. Standesunterschiede hatten sie nie interessiert, es waren stets lediglich die Menschen, die ihr Interesse und ihre

Neugier weckten. Was die selbst noch junge Estrella damals geleistet hatte, war beeindruckend gewesen. Mit ihren zwölf Jahren hatte sie sich um den Vater und die beiden jüngeren Schwestern gekümmert, geputzt, gewaschen und gekocht. Sie sorgte dafür, dass die Mädchen ordentlich aussahen und lesen und schreiben lernten, so wie sie auch. Es war ihr, Alba, eine Freude gewesen, sich der Kinder anzunehmen. Ihnen das Wissen zu vermitteln, das ihr zu eigen war, ihnen die Geschichte des eigenen Landes, aber auch des fernen Marokko zu erzählen machte ihr viel Freude. So konnten die Jiménez-Mädchen nicht nur lesen und schreiben, sie verfügten über geschichtliches Wissen, das anderen verwehrt war. Mochte Vater Hector zuerst zweifelnd auf das geblickt haben, was sie tat, so siegte letztendlich doch der Stolz auf seine klugen Mädchen.

Alba wusste nur zu gut, dass Estrella mit jedem Tag näher an das Alter kam, in dem sie eine Heirat in Betracht ziehen musste. Lediglich war das Mädchen, zumindest in ihren Augen, nicht für eine eintönige Ehe in einem Fischerdorf geschaffen, mochte es auch außergewöhnlich schön sein. Estrella war hungrig nach Wissen, sehnte sich nach Abenteuern, das hatte sie rasch bemerkt. Die vielen Fragen, wenn Alba erzählte, wenn sie aus alten Büchern vorlas, wenn sie von Völkern berichtete, die in langen Karawanen durch die endlosen Wüsten zogen. Estrellas Augen leuchteten in solchen Augenblicken wie der Abendstern. Bei ihrem letzten Besuch fiel zunehmend oft der Name eines der Fischerjungen. Edmondo. Sie kannte den Jungen sogar. Ein netter, freundlicher Kerl, der gewiss einer Frau Sicherheit und ein gutes Leben bieten konnte. Das Mädchen brauchte aber mehr! Nur, wie sollte sie, als Freundin der Familie, dies vermitteln, ohne dass es als Einmischung angesehen würde? Hector war ein stolzer Mann, der das, betrachtete man seinen Stand, auch sein durfte. Sollte er das Gefühl haben, Alba könnte sich einmischen, dann würden letztendlich auch ihr Stand und ihr Ansehen nicht mehr helfen und damit wiederum wäre dem Mädchen wenig geholfen.

Alba reckte ihr Kinn den letzten Strahlen der Sonne entgegen. Sie verstand nur zu gut, dass ihre Welt sich im Umbruch befand. Vielleicht hatte das Tragische, das ihr unweigerlich bevorstand, ja auch etwas Gutes. Noch wollten sich in ihrem Kopf die beiden Gedankengänge nicht zusammenfügen und doch ahnte sie, dass dem so sein würde.

„Herrin, das Essen ist bereitet. Möchtet Ihr auf dem Balkon essen oder kommt Ihr in das Esszimmer?" Carmela war leise wie immer hinter sie getreten. Ihre langjährige Zofe wusste, wie es derzeit um ihr Gemüt bestellt war.

Lächelnd wandte sie sich ihr zu. „Ich esse im Haus. Ich danke dir. Bitte gib mir noch einen Augenblick, dann komme ich."

Carmela knickste und antwortete mit ihrer sanften, beruhigenden Stimme. „Sehr wohl, Herrin, bitte nehmt Euch alle Zeit der Welt."

Ja, die könnte sie gut gebrauchen, derzeit jedoch schien die Zeit zu fliegen und Alba wusste, dass sie viele Dinge zu erledigen haben würde, ehe sie der Bitte ihres Bruders Folge leisten konnte.

Nach einer kleinen Weile und einem letzten Blick auf den sich langsam verdunkelnden Horizont, ging sie in

Gedanken versunken zurück ins Haus. Hinter ihr zog
Carmela lautlos die schweren roten Vorhänge zu.

3.

Almuñecar, Kastilien, Zuhause der Familie Jiménez

Hector schob mit zufriedener Miene seinen Teller zurück. „Ein sehr gutes Essen, vielen Dank, Aurora."

Estrella sah das Strahlen auf dem Gesicht ihrer Mutter. „Es freut mich, dass es euch allen geschmeckt hat, doch das war der Verdienst von Estrella genauso wie meiner." Sie warf einen amüsierten Blick auf Luz, die mittlerweile mit ihren Puppen auf dem Boden der großen Wohnküche spielte. „Und hätte Luz nicht so eifrig unseren Garten umgegraben, hätten wir heute kein Gemüse auf den Tellern gehabt."

Die so Gelobte hob nur kurz den Kopf. „Ja, das habe ich gut gemacht, nicht wahr?"

Hector erhob sich von der Bank, trat zu seiner Jüngsten, bückte sich und strich ihr liebevoll über den Lockenschopf. „Das hast du, meine Kleine." Als er sich wieder aufrichtete, knackte es in seinem Rücken. Er zog eine schmerzliche Grimasse. „Herrje, die Thunfische, die wir heute Nachmittag gefangen haben, waren richtig groß. Wir mussten lange kämpfen, ehe wir sie an Land bringen konnten. Mein Rücken scheint derartig kräftezehrende Fangfahrten nicht mehr gutzuheißen. Seit einiger Zeit spüre ich solche Anstrengungen gewaltig.“

Sofort trat ein besorgter Ausdruck in Auroras Augen. „Wollt ihr in dieser Nacht noch einmal hinausfahren?“

Hector wehrte ab und strich sich nachdenklich mit der Rechten über den langsam ergrauenden Bart, der Kinn und Oberlippe seines schlanken, wettergegerbten Gesichts bedeckte. Wie Edmondo trug auch er helle Kniehosen, die an der Hüfte mit einem breiten Lederriemen gebunden wurden, darüber ein helles, grobes Hemd, durch das man die Figur des erfahrenen Fischers gut zu erkennen vermochte. Hectors Arme, sein ganzer Oberkörper waren kräftig und von vieler und harter Arbeit gezeichnet. Seine Muskeln waren hart wie Stein und an Unterarmen und Händen traten die Adern in dicken Strängen unter der dunklen Haut hervor. Estrella bewunderte ihren Vater ebenso sehr, wie sie ihn von ganzem Herzen liebte.

Während sie der Mutter dabei half aufzuräumen, sprach diese weiter mit ihm. „Es ist nicht das erste Mal, dass dein Rücken schmerzt. Ich bitte dich, hör auf deinen Körper.“

Hector lachte und nahm seine Frau kurzerhand fest in die Arme. „Ach, holdes Weib, hätte ich auf jedes Zipperlein meiner morschen Knochen gehört, dann hätte diese Familie bald nichts mehr zu essen. Hab keine Angst, das geht vorbei. Morgen schwimme ich eine Weile im Meer, die gleichmäßige Bewegung wird mir guttun. Überhaupt erwartet mich morgen ein ruhiger Tag. Ich werde nicht hinausfahren, da ich die Kosten für die Reparatur der Kirchentür und des Altars zusammenstellen muss. Zum ‚Dia de la Virgen de Carmen‘, dem großen Tag unserer Schutzheiligen, möchte unser neuer Priester alles wieder in neuem Glanz erstrahlen lassen."

Auroras Lippen wurden zu einem schmalen Strich. „So, will er das? Was sagte er denn zu deiner Bitte, die Häuser der beiden Witwen, die ihre Männer beim schweren Sturm im Frühjahr verloren, mit neuen Dächern zu versehen?"

Estrella bemerkte sofort, dass ihr Vater über Mutters Anmerkung unglücklich war. „Liebes, ich bin Bürgermeister, kein Zauberer. Hab Vertrauen, auch das werden wir noch vor dem nächsten Winter bewerkstelligen. Ich verspreche es." Ohne auf die Antwort seiner Frau zu warten, wandte er sich Estrella zu.

„Habe ich richtig gehört? Edmondo hat euch heute einen Besuch abgestattet? Erzählst du mir, was er wollte, oder muss ich es selbst herausfinden?" Ihr Vater lächelte bei diesen Worten so vielsagend, dass ihr sehr wohl bewusst war, dass Edmondos Absichten ihm nicht neu waren.

Ohne es verhindern zu können, schoss Estrella das Blut in die Wangen und ihr wurde unangenehm warm. Die Sache wollte ihr nicht gefallen. Sie fühlte sich, als träfe man hier Entscheidungen und spräche über Dinge, die sie selbst noch nicht bedacht, geschweige denn beschlossen hatte.

Ihr Vater deutete ihre Reaktion zu ihrem Leidwesen vollkommen falsch.

„Kind, du hast ja ganz rote Wangen. Solltest du dich so über Edmondos Aufmerksamkeit freuen?" Er legte die Rechte an Estrellas glühende Wange. „Ich muss zugeben, dass mich das ungemein freut. Der Junge ist fleißig, zuverlässig, möchte es zu etwas bringen und kommt aus einer guten Familie. Ich beobachte ihn schon länger und wusste natürlich, dass du ihm gefällst." Erneut tätschelte er ihre Wange. „Du bist ja auch ein ausnehmend hübsches Mädchen, ich bin sehr stolz auf dich. Ihr beiden werdet ein schönes Paar abgeben, du wirst sehen."

Immerhin gelang es ihr zu nicken. Verstand sie ihren Vater richtig? War für ihn die Verbindung mit Edmondo bereits beschlossene Sache? Es klang ganz danach. „Ihr beiden werdet ein schönes Paar abgeben …" Sie liebte ihren Vater über alles und würde sich niemals gegen ihn auflehnen. In Estrella tobte jedoch binnen kürzester Zeit ein schrecklicher Zwist zwischen der Liebe zu ihrem Vater, ihrer Familie und den eigenen Wünschen, den Träumen, die sie, tief in ihrem Herzen, seit längerer Zeit hegte. Liebe. War denn der Wunsch nach echter Liebe so falsch? War es anmaßend, sich eine Verbindung zu wünschen, die aus Liebe eingegangen wurde? Die Worte ihrer Mutter hatte sie noch deutlich im Ohr. Ja, Liebe konnte wohl aus Freundschaft erwachsen – was aber, wenn sie es nicht tat?

„Wie schön! Wenn Estrella heiratet, dann gibt es ein großes Fest, nicht wahr?" Estrella wurde von Elenas erfreuter Stimme aus ihren wirren Gedanken gerissen.

Seufzend wandte sie sich der Schwester zu. „Ist denn ein großes Fest wirklich alles, woran du denkst, wenn es doch um meine Zukunft geht? Schließlich soll ich hier verheiratet werden."

Die Bemerkung entschlüpfte ihr, ohne dass sie darüber nachgedacht hatte. Kaum sah sie das Gesicht ihres

Vaters, bereute sie die unüberlegten Worte sofort. Über seine soeben noch fröhlichen Züge hatte sich ein Schatten gelegt.

„Mein Kind, wer spricht denn von *verheiraten*? Du und Edmondo seid doch wie füreinander geschaffen. Ihr kennt euch seit so vielen Jahren, ihr lacht zusammen, geht zusammen spazieren, er macht dir und deinen Schwestern immer wieder kleine Geschenke. Warum, im Namen aller Heiligen, denkst du denn, dass er das tut? Nur weil er so ein gutes Herz hat? Ach, Estrella, meine Liebe, ich bitte dich. Du bist nicht nur sehr hübsch, du bist auch klug. So denk doch nach, natürlich will er dich für sich gewinnen. Wenn du aufrichtig bist, musst du das doch bemerkt haben. Glaub mir, Kind, Edmondo ist ein guter Fang, er könnte jedes Mädchen von hier bis Granada haben, er aber hat nur Augen für dich. Du solltest dich geschmeichelt fühlen, solltest dich freuen. Ich dachte, dem sei so.“

Dieses Mal wog sie ihre Worte gut ab. „Ja, Vater, ich freue mich ja auch. Es kommt nur so plötzlich. Gestern noch habe ich mit meinen Schwestern am Strand gespielt und heute bin ich, falls ich das richtig verstehe, eine fast verheiratete Frau. Man lässt mir wenig Zeit, um mich darüber freuen zu können und Pläne zu machen, nicht wahr?“

Sofort entspannte sich das Gesicht ihres Vaters wieder und ein Lächeln erschien auf seinen Lippen. „Nun, wir müssen es ja nicht überstürzen. Es ist schließlich nicht so, als dass du morgen vor den Altar trittst. Du wirst bald siebzehn Jahre alt. Ich denke, das wäre ein wunderbarer Anlass, um eure Verlobung bekannt zu geben und den Termin für die Heirat festzulegen.“ Er trat auf Estrella zu und schloss sie fest in seine Arme, eine Geste, die bei ihrem Vater im Gegensatz zu Mutter, nicht sehr oft vorkam. Umso mehr genoss Estrella die Nähe. Sie atmete den vertrauten Geruch nach Pfeifentabak, Meer und der Gewürzseife ein, die ihre Mutter nach einem Rezept von Doña Alba in liebevoller Arbeit für die Familie herstellte.

„Ich werde dich nicht enttäuschen, Vater."

Seine Umarmung wurde sogar noch etwas enger. „Du könntest mich nie enttäuschen, Estrella, du bist doch meine große, wunderbare Tochter."

Darauf gab es nichts mehr zu erwidern.

Am nächsten Morgen waren Wolken über dem kleinen idyllischen Küstendorf aufgezogen. Der Wind hatte aufgefrischt und einige der Fischer standen zaudernd am Ufer.

Hector warf einen Blick zum Strand und dann zum Himmel. „Noch ist es einigermaßen ruhig, aber ich fürchte am Nachmittag wird Sturm aufkommen. Spätestens am Abend wird es ungemütlich." Erneut sah er zum Strand hinunter, wo die Boote der Fischer teils auf dem Strand lagen oder an fest in den Untergrund getriebenen Holzpfosten in den Wellen dümpelten. „Es will mir nicht gefallen. Ich werde ihnen raten, jetzt sofort hinauszufahren. Mag dann auch der Fang geringer ausfallen als am Abend, aber ein Menschenleben wiegt schwerer als ein paar große Fische mehr. Ich werde danach sofort zur Kirche gehen und dort alles erledigen, dann kann ich den Männern beistehen, wenn sie zurückkommen."

Aurora nickte zustimmend. „Eine gute Entscheidung, zwei Tote sollten für dieses Jahr genug sein. Die

Mädchen und ich werden heute waschen. Bei dem kräftigen Wind ist die Wäsche im Handumdrehen trocken."

Als Estrella gerade die Wäsche in Körbe legte, um sie hinaus zum Brunnen zu bringen, spürte sie eine zarte Berührung an ihrer Schulter. Sie wandte sich um und blickte in das lächelnde Gesicht ihrer zweitjüngsten Schwester. „Rosa, ich dachte du bist bei Mari und ihrem Baby." Rosa war mit ihren acht Jahren schon sehr vernünftig und vor allem tat sie alles mit Bedacht. Dass sie Mari, der Frau eines der Fischer, die vor wenigen Wochen ihr sechstes Kind geboren hatte, helfen wollte, hatte niemanden überrascht. Sie trug das kleine Mädchen auf ihren dünnen, aber erstaunlich kräftigen Armen herum, badete es und schaukelte es in den Schlaf. So verhalf sie der erschöpften Mari, die eigentlich nicht mit noch einem Kind gerechnet hatte, zu einigen Stunden zusätzlichen Schlafes, den diese dringend brauchte. Jetzt aber stand Rosa direkt neben ihr und lächelte noch immer. „Da gehe ich morgen hin, heute ist Maris Schwester bei ihr, da brauchen sie mich nicht. Ich habe etwas für dich, Estrella. Da ich nicht weiß, ob du, wenn du verheiratet bist, noch so oft für uns Zeit hast und wir dich so oft sehen können, wie wir wollen, habe ich etwas gemacht. Ich habe zwei Bilder von dir gemalt. Eines für dich und eines für uns. Das für dich musst du mitnehmen, falls du fortgehst, damit du dich auch immer an mich erinnerst. Ich habe Angst, dass du mich vergisst."

Estrella zog es bei Rosas leise geäußerten Worten schier das Herz zusammen. Sie stellte rasch den Wäschekorb beiseite und wandte sich dem Mädchen wieder zu. Rosa war eine fröhliche Mischung aus Mutter und Vater und wenn man Hector Glauben schenken durfte, dann waren die fast blonden, glatten Haare ein Erbe seiner leider sehr früh verstorbenen Mutter, ihrer Großmutter. Dazu die rehbraunen Augen und das schmale Gesicht, das sie alle hatten, bis auf Luz, die sich noch auswachsen musste. Sie strich der Jüngeren liebevoll eine Haarsträhne von der Wange, die sich aus dem sorgsam gedrehten Knoten an deren Hinterkopf gelöst hatte. „Kleines, wie könnte ich dich jemals vergessen? Solch einen Unsinn darfst du nicht einmal denken. Rosa, ich liebe dich doch. Du, Elena und Luz, ihr seid immer in meinem Herz, egal, wo ich sein werde. Vor allem aber vergiss nicht, dass ich nie weit weg sein werde. Edmondo lebt nur wenige Minuten von hier. Warum also fürchtest du dich?"

Das Mädchen schwieg eine Weile, ehe es hinter seinem Rücken ein zu einer Rolle gedrehtes Blatt dicken Papiers hervorholte, das sie behutsam entrollte. „Hier, sieh   selbst."
Estrella traute ihren Augen kaum. Rosa hatte ein wahrhaft lebensnahes Bild von ihr gemalt. Sie stand mit wehendem Haar und fliegenden Röcken am Meer und sah zurück zum Haus. Hinter ihr erkannte man ein riesiges Segelschiff.

„Ich hatte einen Traum, einen schönen und auch traurigen Traum." In Rosas großen Augen schimmerte es feucht. „Darum habe ich jetzt Angst."

Noch immer starrte Estrella auf das Bild. Sah sie tatsächlich so aus? Die Frau auf Rosas Zeichnung war schön, viel schöner als sie, wirkte wagemutig und glücklich. „Rosa, mein Engel, wen hast du denn da gemalt? Bin das wirklich ich? Ich bin doch nur ein vollkommen normales Mädchen, du hast hier aber eine wunderschöne Frau gemalt. Ich freue mich sehr, dass du mich so siehst. Und ich versichere dir nochmals, dass du keine Angst haben musst."

Rosa schüttelte leicht den Kopf und wischte sich mit dem Ärmel eine Träne weg, die sich aus ihrem Augenwinkel stahl und begann, über ihre Wange zu laufen. „Schwester, du weißt es wirklich nicht, nicht wahr? Du bist wunderschön und du bist die Stärkste von uns. Ich hab dich so gemalt wie du bist und", sie stockte, ehe sie entschlossen fortfuhr, „... wie ich dich in meinem Traum gesehen habe."

„Ach, mein süßes Herz, du hast mich am Strand gesehen, wie ich mich zu euch umwende, nachdem ich ein Schiff betrachtet habe? Was macht dir daran denn Angst?"

Dieses Mal schüttelte Rosa sehr entschlossen ihren Kopf. „Nein, Estrella, du verstehst nicht. Du wendest dich nur zu uns um, um uns ein letztes Mal zuzuwinken. Danach gehst du auf dieses Schiff und segelst damit fort von uns. Weit fort, in ein anderes Land und in ein anderes Leben. Den Traum hatte ich nicht nur einmal. Du erinnerst dich an Doña Albas Erzählung, dass Träume Vorboten von tatsächlichen Ereignissen sein können? Du wirst uns verlassen, Estrella, und das macht mir Angst."

Rosas Worte wollten ihr nicht mehr aus dem Kopf gehen. Während sie gemeinsam mit ihrer Mutter und Elena, rasch, um das Wetter auszunutzen, die Wäsche wusch, dachte sie fortwährend darüber nach. Wie kam die Kleine auf einen solch seltsamen Gedanken? Waren die schönen Erzählungen der Doña etwa zu viel für

Rosas sanftes Gemüt? Machten sie ihr Angst? Waren es die Ergebnisse ihrer blühenden Fantasie, die sie hier quälten? Wie sonst käme sie auf den abwegigen Gedanken, sie könne fortsegeln? Belastete sie der Gedanke an die Verbindung ihrer Schwester mit Edmondo so sehr? Aber das Schiff hatte nicht einmal den Hauch einer Ähnlichkeit mit den Booten der Fischer.

Erst als die frisch gewaschene Kleidung und die Bettlaken bereits aufgehängt waren und fröhlich im Wind tanzten, drängte sich urplötzlich der Fetzen einer Erinnerung in Estrellas Gedächtnis. Sie ging ins Haus, suchte Rosas schöne Zeichnung und ging damit ans Fenster. Die Sonne schien immer wieder zwischen den über den Himmel jagenden Wolken hindurch und so fiel auch jetzt ein Sonnenstrahl auf Rosas Kunstwerk. Estrella betrachtete das Bild sehr genau und dann plötzlich wusste sie, was Rosa hier gemalt hatte. Das war das eindrucksvolle Segelschiff von Doña Albas Bruder Javier. Sie kannte das Schiff, da die liebe Freundin sie einmal in ihrer Kutsche mitgenommen hatte, als die „Rahila" im Hafen von Malaga einlief. Sie erkannte nunmehr den schön geschwungenen Schriftzug am Bug. Daher also kam Rosas Fantasie, sie erinnerte sich an das gigantische Segelschiff. Etwas erleichtert, da langsam alles Sinn zu machen schien, legte sie das Bild wieder auf ihren Nachttisch. Gerade als sie sich umdrehte, erkannte sie ihren Irrtum.

Rosa war auf dem Ausflug nicht dabei gewesen. Ihre Schwester hatte die „Rahila" noch nie in ihrem Leben gesehen.

4.

Malaga, Kastilien, Haus Doña Albas

„Es ist also tatsächlich alles wahr? Es ist nicht möglich, dass es sich um einen Irrtum, um eine geschickt eingefädelte Intrigengeschichte handelt?" Alba hob den Blick und betrachtete Enriques Gesicht sehr genau.

Der langjährige Freund und Weggefährte ihres verstorbenen Mannes Farouk, der ihr nach dessen Tod zu einer unentbehrlichen Stütze geworden war, verneinte nachdrücklich. „Es ist die reine Wahrheit, liebste Alba, und bitte glaube mir, wenn ich dir versichere, dass ich es mir anders wünschte."

Alba las die Zeilen erneut, so als hoffe etwas tief in ihr, dass sich der Inhalt gewandelt haben möge, dass, wie durch ein Wunder, etwas Erfreuliches dort stünde. Enriques Hand, die sich mit beruhigendem Druck auf ihre Schulter legte, ließ sie aufschauen. Der Freund sah müde aus, traurig, fast schien es ihr, als sei er in der vergangenen Zeit um Jahre gealtert. Das einst braune Haar war ergraut, ebenso der stets gepflegte Bart. Sein Antlitz, sein ganzer Habitus verrieten seine edle Herkunft aus einer der ältesten Familien Kastiliens. Hochgewachsen war er stets von schlanker Statur gewesen, was wahrscheinlich auch damit zu tun hatte, dass er zu jeder Zeit in Bewegung war und kaum einmal stillsaß.

Farouk und er hatten sich so manches Pferderennen geliefert, selbst ein neuartiges Ballspiel, das Enrique in Frankreich kennen- und lieben gelernt hatte, bei dem man einen kleinen Ball mittels eines Schlägers über ein Netz schlagen musste, bereitete den beiden Männern stundenlang großes Vergnügen. Heute erschienen ihr seine sonst immer gestrafften Schultern, als trügen sie eine unsichtbare Last. „Alba, du weißt, dass ich dir immer die Wahrheit gesagt habe. Daher sei versichert, dass ich dies auch heute so halte. Noch ist das Dekret nicht veröffentlicht, noch hadern einige mit dessen Inhalt. Aber vertrau mir, diejenigen, die mit begierigem Blick auf das starren, was da vor ihnen liegt, werden siegen. Es ist wie so oft. Gier und Hass überwiegen Anstand und Edelmut."

Alba schüttelte sich. „Edelmut. Ein Ausdruck, den in diesen Tagen wohl niemand mehr in den Mund nehmen kann, ohne daran zu ersticken." Erschrocken sah sie ihm in die Augen. „Du weißt hoffentlich, dass du von dieser Aussage nicht betroffen bist?" Enriques Lächeln beruhigte sie sofort. „Mein Zorn ist so groß, dass ich selbst zu ersticken drohe." Sie wandte sich langsam um und betrachtete sich den Garten ihres Anwesens. Sie und der liebe Freund hatten sich im Schatten eines der beiden Feigenbäume auf einer Steinbank niedergelassen. Hier waren sie auch vor neugierigen Zuhörern geschützt. Der Garten war ein Paradies. Feigenbäume, Pinien, Orangen- und Zitronenbäume, dazu zahllose Blumenbeete und riesige Tontröge, in denen die etwas anfälligeren Gewächse wie Rosen aus Frankreich gediehen. Dies war ihr Zuhause, dies war ihr Leben.

Enrique nahm das Dokument wieder an sich, das ihrer Hand zu entgleiten drohte, und faltete es sorgsam zusammen, ehe er es in die Tasche steckte, die er mit sich trug. „Liebste Alba, bitte hör mir jetzt gut zu. Sobald du Nachricht von deinem Bruder Javier hast, lass es mich wissen. Ich muss den Tag, ja, die Stunde kennen, in der ihr segelt. Dies ist sehr wichtig, es darf nichts davon nach außen dringen, verstehst du das?“

Sie nickte. „Ja, ich verstehe. Ich werde gezwungen, mich wie eine Diebin davonzuschleichen. Es ist so unbeschreiblich erniedrigend.“

„Bitte sag so etwas nicht, meine liebe Freundin, glaube mir, wenn ich sage, ich würde es so gerne ändern. Nur kann ich das nicht, so sehr ich es mir wünsche.“

Alba konnte die Hilflosigkeit in Enriques traurigem Gesicht sehen. Er tat ihr leid. Schließlich konnte der Freund nichts für das, was ihr hier gerade widerfuhr. „Vergib mir. Ich wollte es dir nicht noch schwerer machen.“

Jetzt lächelte Enrique. „Du willst es mir nicht schwerer machen? Alba, du bist bewundernswert. Doch nun muss ich dich verlassen. Ich bitte dich nochmals, genau das zu tun, worum ich dich bat, und erzähle bitte niemandem, wann du gedenkst zu reisen.“

Seufzend erhob sie sich und ergriff die Hand des Freundes. „So soll es sein. Ich verspreche es dir. Sobald ich etwas in Erfahrung bringen konnte, schicke ich dir Carmela. Ihr kann ich vertrauen, das weiß ich.“

Sie sah ihm nach, wie er über den frisch aufgeschütteten Kiesweg zurück zu seiner am Portal wartenden Kutsche ging. Kurz hob sie die Hand zum Abschied, als er sich noch einmal zu ihr umdrehte. Nachdem die Kutsche davongefahren war und nur noch eine winzige Staubwolke an den Besuch erinnerte, die bereits wieder begann, sich langsam aufzulösen, holte sie tief Luft und ging hinüber zu der hohen Kiefer. Auf ihrem Weg hielt sie mehrmals inne, um die ein oder andere schöne Blüte zu pflücken. Mit einem hübschen, kleinen Strauß frischer Blumen trat sie in den Halbschatten, den der imposante Baum spendete. Der weiße Marmorstein leuchtete selbst im Schatten. Fast so groß wie sie selbst war der oben abgerundete Grabstein mit wunderschönen Intarsien und Schriftzeichen geschmückt. Am oberen rechten Rand saß, beinahe schon lebensecht gearbeitet, die Skulptur von Farouks Lieblingsfalken. Zwei Namen waren in der Mitte eingemeißelt.

Farouks Name stand an erster Stelle. Seit vier Jahren war er tot, seit vier Jahren war sie auf sich gestellt.

Darunter der Name ihres gemeinsamen Sohnes Javier-Rachid. Er sollte ein Bindeglied zwischen beiden Völkern sein, sollte so die Verbundenheit der Familie zu ihrer Heimat hier bezeugen und gleichzeitig die alten Wurzeln ehren. Über zwanzig Jahre war es her, seit sie sich an diesem Ort von ihrem Kind hatte verabschieden müssen. Das Fieber hatte ihn, so wie viele andere kleine Kinder, binnen nur einer Woche getötet. Er war gerade erst fünf Jahre alt geworden. Sie zupfte einige störende Halme weg und stellte ihre Blumen in die Steinvase vor dem Grab. Zärtlich legte Alba ihre Hand auf den von den Sonnenstrahlen, die durch die Zweige der Kiefer auf das Grab fielen, warmen Stein.

„Ach, Farouk, mein Liebster, mag es seltsam in deinen Ohren klingen, so ist es doch wahr. Ich bin froh, dass du diese dunklen, schrecklichen Tage nicht mehr erleben musstest. Wie sehr hast du an dieses Land und seine Zukunft geglaubt und wie sehr hast du dich immer dafür eingesetzt. Heute zu sehen, dass das alles vergebens war, würde dir das Herz brechen." Sie lachte bitter auf. „Wir haben all das aufgebaut. Wir haben so viel Gutes geschaffen. Hier war immer mein Leben, deine und meine Heimat, und nun soll das alles keine Gültigkeit mehr haben. Bald muss ich mein Heim verlassen, ich muss dich und unser Kind zurücklassen. Nicht einmal mehr euer Grab werde ich besuchen können, um eurer zu gedenken. Nein, Farouk, es erleichtert mich wirklich, dass du diese Welt nicht mehr erleben musst." Alba küsste ihre Fingerspitzen und drückte sie dann liebevoll auf die Namen der beiden geliebten Menschen, die hier begraben lagen.

Ein kurzer Blick zum Himmel zeigte ihr, dass sich eine Wolkenfront vom Meer her näherte. Sie schnupperte in die Luft, so wie sie es schon als Kind getan hatte. Regen konnte sie riechen. Ihr Vater hatte sie einmal schier für verrückt erklärt, als sie ihn warnte, nicht mit Freunden aufs Meer zu fahren. Nach dem Sturm, der in derselben Nacht über Malaga und den Küstenbereich hinwegfegte, stellte er ihre Gabe nie wieder infrage. Alba lächelte, als sie an diese Geschichte dachte, dann drehte sie sich um und ging langsamen Schrittes zurück zum Haus. Es würde regnen, ganz gewiss und es würde Sturm geben.

5.

Estrella warf einen prüfenden Blick aus dem kleinen Fenster, das hinaus in den Garten ging. „Ich sehe Luz nicht mehr, es ist an der Zeit, den kleinen Wildfang ins Haus zu holen. Es wird immer stürmischer." Sie sah sich suchend um. „Sind Elena und Rosa schon zu Hause?"

Aurora nickte. „Ja, vor einigen Minuten vom Markt zurückgekommen. Die Leute auf der Plaza hatten es scheinbar alle eilig, unter ihre schützenden Dächer zu kommen. Es ist wohl ein größerer Sturm, der sich hier gerade ankündigt. Zumindest hat Elena das am Gemüsestand aufgeschnappt."

Hector, der soeben die Unterlagen zur Renovierung des hiesigen Gotteshauses zusammenlegte, erhob sich von seinem Platz am Küchentisch und packte alles, was er an diesem Nachmittag ausgearbeitet hatte, in die lederne Mappe, die er immer benutzte, ein Geschenk von Doña Albas verstorbenem Gatten Farouk. „Da haben die Leute schon recht. Ich war vorhin extra noch einmal unten bei den Fischern. Keiner hatte auch nur einen Gedanken daran verschwendet, bei dieser Bedrohung aufs Meer zu fahren." Er schüttelte leicht den Kopf. „Nun, keiner bis auf unseren Edmondo.

Irgendein tumber Geselle hat ihm offenbar erzählt, dass bei Sturm die größten Thuns zu fangen wären. Der gutgläubige Kerl wollte unbedingt hinausfahren." Er warf Estrella einen vielsagenden Blick zu. „Er dachte wohl, er müsse dich mit seinem Mut und einem Riesenfang beeindrucken."

Sie überlegte nicht lange, ehe sie antwortete. „Wie unvernünftig von ihm. Will er mich denn damit beeindrucken, dass er sein Leben unüberlegt aufs Spiel setzt?"

Hector schmunzelte. „So sind sie, unsere jungen Männer. Voller Wagemut und getrieben von dem Wunsch, der Liebsten zu gefallen."

Estrella zog eine vielsagende Grimasse und schwieg lieber zu dieser Bemerkung. Das mit dem Wagemut wollte ihr bei näherer Betrachtung ebenso wenig gefallen wie die Bezeichnung „Liebste". Sie wollte schließlich einen Mann, der zwar stark war, der aber überlegt handelte und bei dem sie sich sicher fühlen konnte. Ob sie das bei dem immer zu schnell vorpreschenden Edmondo jemals konnte, sich ganz sicher zu fühlen?

„Ich hole die Kleine herein, nicht, dass der Sturm sie noch fortweht."

Zu ihrer großen Überraschung folgte ihr Vater ihr in den Garten. Das Haus der Familie war eines der ersten, wenn man vom Strand ins Dorf lief. Ein flacher, langgezogener Bau, bei dem Hector stets darauf achtete, dass er leuchtend weiß angestrichen war. Zwei gemauerte Stufen führten zu einer schmalen Terrasse vor dem Eingang und überall hatte Aurora Blumen und Kräuter gepflanzt. Demensprechend duftete es auch, wenn man sich dem Haus näherte. Mit zwei Schlafzimmern für die Mädchen und einem für die Eltern, dazu einem Salon, wenn Gäste kamen oder auch für ruhige Abende mit der Familie, und einer geräumigen Küche, in der auch die Mahlzeiten eingenommen wurden, war das Haus im Vergleich zu anderen groß. Der Garten, der sanft in Richtung Meer hin abfiel, war zwar nicht sehr weitläufig, aber hübsch. Hector hatte ihn mit einer niedrigen Mauer zum Weg hin abgegrenzt und ein Holztor, das man mit einem Seil an der Mauer schließen konnte, verhinderte, dass Luz zu oft verschwand. Zumindest verhinderte das Tor das meistens, nicht so heute. Die Schaukel zwischen den beiden Johannisbrotbäumen, auf denen Estrella die Schwester vorzufinden hoffte, war verwaist.

„Luz, wo steckst du?" Hector warf einen prüfenden Blick gen Himmel. „Man kann sie wirklich nicht allein lassen. Sie hatte eine klare Anweisung: Verlasse nicht den Garten."

Estrella zog ihr Schultertuch, das sie eilig geholt hatte, enger um sich. „Ich sehe am Strand nach. Sie kann bei dem Wetter nicht allzu weit sein."

Ihr Vater runzelte ärgerlich die Stirn. „Unterschätze mir das Kind nicht. Aber dieses Mal muss sie die Konsequenzen spüren. Komm, gehen wir, ich begleite dich."

Gemeinsam eilten sie, sich den zunehmend kräftigen Windböen entgegenstemmend, den kurzen Weg hinunter zum Strand. Schon von Weitem entdeckten sie das Mädchen. Sie hatte ihre Schürze angehoben, hielt die Enden mit der Linken fest und sammelte mit der anderen Hand eifrig etwas auf. Als sie näherkamen, wobei Luz sie nicht einmal bemerkte, konnte Estrella sehen, dass sie Muscheln in ihre Schürze legte.

Estrella wollte nach ihr rufen, doch Hector hielt sie zurück. „Sieh sie dir an. Trotzt Wind und Wetter, nur um Muscheln zu sammeln. Du weißt, was sie damit tut, nicht wahr?"

Estrella nickte lächelnd. „Ja, sie macht Schmuck daraus oder Muschelketten für unsere Zimmer."

Ihr Vater lächelte nun ebenso wie sie, dann legte er ihr seinen Arm um die Schultern. „Ich habe wunderbare Mädchen. Ich bin auf jede Einzelne von euch sehr stolz. Du aber bist etwas Besonderes, meine Große." Er zog sie fest an sich. „Wann habe ich dir eigentlich das letzte Mal gesagt, wie lieb ich dich habe? Wann dir gesagt, wie stolz ich auf dich und deine Leistungen bin?"

Sie schmiegte sich an ihren Vater, den sie in diesem Moment, falls das überhaupt möglich war, noch mehr liebte als an jedem anderen Tag. „Gerade hast du es getan, Vater, und ich danke dir sehr dafür. Das freut mich mehr, als ich dir sagen kann." Sie hörte das leise Seufzen ihres Vaters trotz des kräftig wehenden Windes.

„Gut, es war mir wichtig, dass du es weißt. Warum, kann ich nicht genau erklären, aber es war wichtig, meine Große." Er drückte sie noch einmal und ließ sie dann los. „Nun aber lehren wir diesem kleinen Träumer dort am Strand, dass man gehorchen muss."

Höchst ungehalten und nur widerstrebend folgte Luz ihnen an der Hand ihrer großen Schwester zurück nach Hause. „Am Strand geschieht mir nichts. Ich war weit weg vom Wasser. Wenn es so stürmt, dann werden so schöne Muscheln angespült. Ich sammle die doch auch für euch."

Vater wandte sich ihr mit strengem Blick zu. „Zum letzten Mal, Luz, du musst tun, was man dir sagt. Du darfst nicht einfach verschwinden, du bist noch zu klein für einsame Ausflüge an den Strand, wenn weit und breit keine Menschenseele ist."

Luz rümpfte ihr kleines Näschen, was ausgesprochen bezaubernd aussah. „Ja, ja, ich weiß schon. Die Meeresungeheuer und all das."

Ehe der überrascht dreinblickende Vater diese Bemerkung hinterfragen konnte, fiel Estrella ihm ins Wort. „Du sagst es, du Wassergeist. Mit der Flut kommen die Meeresungeheuer, das weißt du doch."

Der Blick des Vaters war nun noch verwirrter, darum bildete Estrella stumm das Wort „Zackenbarsche".

Sie war höchst amüsiert darüber, wie schwer es ihrem Vater fiel, danach ernst zu bleiben.

Gerade noch rechtzeitig, ehe der Regen einsetzte, schlossen sie die Haustür hinter sich. Draußen prasselten wahre Sturzbäche hernieder, sodass man fast hätte denken können, die Welt ginge unter. Elena und ihre Mutter hatten mittlerweile das Abendessen zubereitet und so setzte sich die ganze Familie an den langen, massiven Holztisch, der vom Schein des Feuers aus dem Kamin in warmes Licht getaucht wurde. Heute stand Thunfisch auf dem Speiseplan, dazu Hirsebrei mit Erbsen darin, ein richtiges Festessen. Estrella sah der Reihe nach in die Gesichter ihrer Familie und ihr Herz wurde nach längerer Zeit wieder einmal ganz leicht. Das Leben hatte es gut mit ihr gemeint. Sie hatte liebevolle Eltern und wunderbare Schwestern, sie verfügten dank des Einflusses und des Fleißes ihres Vaters über genug Geld, lebten in einem schönen Zuhause und noch etwas gab es im Überfluss in der Familie Jiménez: Liebe! Gewiss hatte ihre kluge und lebenserfahrene Mutter recht. Sie würde Edmondos Werben nachgeben und ihn zum Mann nehmen. Sicherlich würde sie es lernen, ihn zu lieben und eine ebenso erfüllte Ehe führen wie ihre Eltern. Sie schenkte ihrem Vater ein strahlendes Lächeln, der erwiderte es erfreut, so als kenne er ihre Gedanken. Er wirkte sehr zufrieden.

Das Feuer im Kamin war heruntergebrannt und es wurde dunkel im Haus. Noch immer peitschte der Sturm, der an Stärke beträchtlich zugenommen hatte, den Regen gegen die Fenster. Hector erhob sich und streckte, wie er es in letzter Zeit öfter tat, langsam seinen Rücken durch.

„Lasst uns zu Bett gehen, so ungemütlich, wie es da draußen ist, ist ein warmes, gemütliches Bett gewiss eine gute Wahl."

Luz schlief bereits und wurde von Rosa in ihr Bett gebracht. Auch Estrella und Elena wünschten den Eltern eine gute Nacht und gingen auf ihr Zimmer. Estrella schlüpfte gerade in ihr Nachtkleid, als sie heftiges Hämmern an der Haustüre vernahmen. Erschrocken sprangen sie und Elena auf. „Wer mag das sein, um diese Zeit und bei diesem Unwetter?"

Estrella zuckte ratlos die Achseln. „Lass uns nachsehen, dann wissen wir es." Sie legte sich ihr Schultertuch wieder um und tapste mit Elena zurück in den Flur. Dort erschrak sie, als sie Edmondos Vater erblickte, der kreidebleich und vollkommen durchnässt im Türrahmen stand.

„Ich wusste es nicht, bitte, Hector, du musst mir glauben. Ich konnte es nicht ahnen, was er vorhat. Bei Gott, der dumme Junge. Er ist mit Sergio allein hinausgefahren. Das überlebt er nicht." Alvaro Mendez, Edmondos Vater, klang so verzweifelt, wie er aussah.

Auf der Stirn ihres Vaters erschien diese steile Falte, die immer dann sichtbar wurde, wenn er wirklich wütend war. „Habe ich es ihm denn nicht ausdrücklich verboten? Was denkt er sich dabei? Er bringt nicht nur sich in Gefahr, sondern auch Sergio und nun uns alle." Ungehalten griff er nach der dicken Jacke, die an einem Haken neben der Tür hing, und schlüpfte in seine Schuhe. „Natürlich fahren wir hinaus und holen diese Hitzköpfe zurück. Aber ich kann dir versichern, dass er morgen einiges zu hören bekommen wird. Solch ein dummes, unüberlegtes Verhalten muss bestraft werden."

Estrella erblickte ihre Mutter, die blass und sichtlich beunruhigt war. „Hector, ich flehe dich an. Es ist Wahnsinn, bei solch einem Sturm hinauszufahren."

„Sorge dich nicht um mich, meine Liebe, ich bin noch immer heil und gesund zurückgekommen, nicht wahr?" Ihr Vater schloss sie in die Arme, dann nickte er ihnen allen aufmunternd zu. „In spätestens zwei Stunden bin ich zurück, ich würde mich dann sehr über einen heißen Tee freuen, denn ich befürchte, mir wird kalt sein."

Nachdem sich die Türe hinter ihrem Vater geschlossen hatte, schien die Zeit so zäh wie Honig zu verrinnen. Estrella hatte sich, der Bitte ihrer Mutter entsprechend und um die Schwestern zu beruhigen, wieder zu Bett gelegt. Allerdings lag sie dort nicht allein. Eng an sie geschmiegt, schlief Luz und auf ihrer anderen Seite hatte sich Rosa unter ihre Decke gezwängt, ihren Arm fest um Estrellas Mitte geschlungen. Sie wagte kaum, sich zu bewegen, um die Schwestern nicht zu wecken. Mit jeder Minute, die verstrich, wuchs ihre Sorge. Draußen heulte der Sturm und rüttelte wütend an den geschlossenen Holzläden der Fenster. Nichts tun zu können, hilflos abwarten zu müssen, war etwas, das Estrella gar nicht mochte. Sie versuchte, ihren viel zu schnellen Herzschlag zu verlangsamen. Ihr Vater war der erfahrenste Fischer hier an der Küste. Ein jeder der anderen suchte immer wieder seinen Rat. Er würde wissen, was zu tun ist, und er und die mit ihm hinausgefahrenen Männer würden Edmondo und Sergio sicher zurück in den Hafen bringen. Was mochte in Edmondo gefahren sein? Vor allem aber, wie konnte er es wagen, sich der strikten Anweisung ihres Vaters zu widersetzen und, obwohl es ihm verboten war, bei solch einem Unwetter mit seinem kleinen Boot hinaus aufs offene Meer fahren? Je länger sie darüber nachsann, desto ärgerlicher wurde sie. Mochte er sein eigenes Leben aufs Spiel setzen. Das von Sergio, der für die Familie Mendez als Gehilfe arbeitete, und nun auch noch das der anderen besonnenen Fischer zu gefährden, war bar jeglicher Vernunft. So einen Mann sollte sie heiraten? Einen Kerl, der solch unbedachte Dinge tat? Estrella schnaubte ungehalten, woraufhin sich Luz unruhig bewegte. Sofort hielt sie den Atem an und das Kind beruhigte sich wieder. Langsam und mit Bedacht holte sie wieder Luft. Stünde Edmondo in diesem Augenblick vor ihr und würde sie um ihre Hand bitten, so müsste sie ihn wohl abweisen. Müde schloss sie ihre Augen. Ganz sicher sah am Morgen, wenn alle Boote wieder sicher an Land waren, alles ganz anders aus.

Der Schrei war so laut und so voller Schmerz, dass er Tote hätte erwecken können. Estrella musste eingenickt sein, denn für die Dauer eines Wimpernschlages wusste sie nicht, wo sie sich befand. Dieser Schrei war aus der Küche gekommen, so laut, so markerschütternd, dass er nicht nur sie, sondern auch die Schwestern geweckt hatte. Luz, sichtlich erschrocken, begann zu weinen und klammerte sich an Estrella. Sie kämpfte sich, die Kleine in ihren Armen, mühsam hoch.

„Das war Mama, sie ..." Elenas Stimme brach.

„Kommt mit mir, schnell, wir müssen nachsehen, was geschehen ist." Sie stellte Luz auf den Boden. „Komm, gib mir deine Hand, alles ist gut, da bin ich sicher."

Nein, war sie nicht, sie war sich alles andere als sicher. Ganz im Gegenteil. Ihre Mutter schrie nicht einfach so und schon gar nicht weinte sie herzzerreißend. Als die Vier leise und langsam die Küche betraten, bot sich ihnen ein schreckliches Bild. Ihre Mutter saß in sich zusammengesunken am Küchentisch und schluchzte laut. Um sie und an den Wänden entlang standen überall Menschen. Bleiche Menschen, denen der Schrecken in den Gesichtern stand. Soledad Mendez, Edmondos Mutter, saß neben Aurora und hielt sie im Arm. Niemand sprach ein Wort und die gespenstische Stille bohrte sich wie ein Messer in Estrellas Herz. Sie suchte den Blick von Alvaro, der aber schien ihr nicht in die Augen sehen zu können. Von Edmondo entdeckte sie keine Spur. War er etwa ...? Nein, unmöglich, dann wäre es nicht ihre Mutter, die weinte, sondern Soledad. Dies jedoch konnte nur eines bedeuten.

„Wo ist unser Vater?“ Ihre Stimme war fester, als sie es selbst erwartet hätte.

Aus dem Schatten neben der Küchentüre löste sich eine große Gestalt. Erst auf den zweiten Blick erkannte sie Ernesto, den Priester hier am Ort. Er schien über Nacht gealtert, seine Haut war grau und wirkte fahl im Licht der Kerzen, die gegen die noch immer vorherrschende Dunkelheit der nur langsam ausklingenden Nacht ankämpften.

„Estrella, Elena, Rosa und du, kleine Luz, ihr müsst sehr stark sein, hört ihr? Es gab ein schreckliches Unglück, dort draußen auf dem Meer. Euer Vater, er wollte Edmondos Boot sichern, hatte es fast schon geschafft, als eine riesige Welle das Boot beinahe kentern ließ. Euer Vater geriet in die nicht gesicherte Ankerkette und wurde von ihr über Bord gerissen. Erst vor etwa einer halben Stunde gelang es den Männern, ihn zu bergen. Die See war viel zu aufgewühlt, als dass man sofort hätte tauchen können. Es tut mir so unendlich leid.“

In Estrellas Ohren rauschte es so laut, dass sie glaubte, selbst unter Wasser zu sein. Was sprach der Priester da? Bergen? Was meinte er damit? Er konnte nicht ... nein, das war unmöglich. Hector Jiménez ertrank nicht, er konnte nicht ertrunken sein!

„Hochwürden, Sie ... bitte sagen Sie nicht, dass unser Vater tot ist, bitte nicht.“ Die letzten zwei Worte konnte sie nur noch flüstern.

Ernesto presste kurz die Lippen zusammen, so als wollte er die Worte zurückhalten, die er unweigerlich sagen musste. Dann jedoch nickt er und Estrella vernahm die Worte, die sie nie hatte hören wollen. „Doch, mein liebes Kind. Das ist es zu meinem größten Bedauern, was ich dir und deinen Schwestern mitteilen muss. Euer Vater hat den Versuch, diesen Verrückten zu retten, mit seinem Leben bezahlt. Es tut mir so unendlich leid." Er streckte die Hand aus und legte sie an Estrellas Wange. „Sei stark, meine Tochter, sei es für eure Mutter."

Mama! Natürlich, wie konnte sie so gedankenlos sein? Sofort nahm sie die ebenfalls weinende Luz auf den Arm, wandte sich um und lief zu ihrer Mutter.

Jedoch wehrte Soledad sie sanft ab. „Nein, Kleines, sieh hin, deine Schwestern."

Und tatsächlich, dort standen Elena und Rosa, weiß wie die Wand, zitternd und tränenüberströmt. Bei der heiligen Mutter Jesu, was für eine furchtbare Tragödie. Da Soledad Estrella sacht in Richtung der Schwestern schob, ging sie zu ihnen, nahm Rosa in die Arme und Elena umfasste, soweit ihre Arme ausreichten, alle Drei. Da standen sie nun, bitterlich weinend, eng umschlungen, unter den traurigen, mitleidigen und teils entsetzten Blicken der vielen Menschen, die sich in ihrer Küche drängten, als suchten sie selbst Trost, als könnten sie nicht begreifen, was geschehen war. Estrella hingegen begriff sehr wohl. Ihr Vater lebte nicht mehr. Gestorben bei dem Versuch zu helfen. Er hatte seinen Mut und seine Hilfsbereitschaft mit dem Leben bezahlt. Hector Jiménez war tot, ertrunken in seinem geliebten Meer. Estrella drückte die bebende Luz noch fester an sich. Was sollten sie nun nur tun? Was, bei allen Heiligen, sollte nun aus ihnen werden?

6.

Kirche von Almuñecar

Wann war ihr jemals so kalt gewesen, wann hatte sie so sehr gezittert? Die Sonne schien heiß auf die kleine, weiß getünchte Kirche ihres Heimatdorfes. Bunte Blumen rankten sich um den Eingang, Schmetterlinge flatterten fröhlich zwischen den üppigen Blütenständen umher. Aus der Ferne vernahm sie das Kreischen von Möwen, die täglich um diese Zeit hinaus aufs Meer flogen. Sie wussten, wann die ersten Fischerboote ihren Fang einholten. Heute würden die großen, stets hungrigen Vögel enttäuscht werden. Kein Fischerboot war draußen auf dem Meer, obwohl die See so still und ruhig war wie schon seit Wochen nicht mehr. Fast schien es, als wolle sie Abbitte leisten für das, was geschehen war. Abbitte für den Toten, der dort im Halbdunkel in einem wunderschönen Sarg lag.

Estrella umklammerte den zart duftenden Jasminzweig, als könne er ihr Halt geben. Direkt vor ihr ging ihre Mutter auf den offenen Sarg zu. Doña Alba war an ihrer Seite, hatte ihren Arm schützend und tröstend um ihre Schultern gelegt. Estrella sah wie, die Dame ihrer verzweifelt weinenden Mutter Halt gab, als diese zu straucheln drohte, sah, wie sie Aurora fest an ihre Seite drückte und wie sie leise auf sie einsprach. Die Doña hatte es sich nicht nehmen lassen, Vaters Sarg zu bezahlen. Sie und ihre Diener waren gekommen, hatten still und ganz selbstverständlich geholfen. Die Köchin hatte leichte Speisen zubereitet und dafür gesorgt, dass auch die Mädchen etwas zu sich nahmen, der Vertraute der Doña hatte sich um alle Gelddinge gekümmert. All dies war vor Estrellas Augen wie ein Traum abgelaufen, ein Traum, aus dem sie inständig hoffte zu erwachen. Aber sie erwachte nicht, sie konnte sich dem Schrecklichen nicht entziehen. Vater war tot und er würde nie wieder zurückkommen. Nie wieder sollte sie seinen fröhlichen Gruß vernehmen, sobald er am Abend durch die Türe ihres Heims trat. Nie wieder würde sie sein Lächeln sehen, seinen liebevollen Blick, sobald er seine Frau oder seine Töchter betrachtete. Niemals wieder.

Eine leichte Bewegung zu ihrer Rechten holte Estrella zurück in die bittere Gegenwart. Rosa hatte ihre Hand umklammert und zog sie sanft weiter. Obwohl man den Mädchen freigestellt hatte, ob sie von ihrem Vater Abschied nehmen wollten, hatten sie alle bis auf Luz, die mit einer Zofe der Doña am Strand spazieren war, darauf bestanden, ihn ein letztes Mal zu sehen. Und so traten sie und Rosa nun Hand in Hand an den Sarg heran. Ihr erster Gedanke war: Vater schläft. Er ist nicht tot, gewiss schläft er. Die Augen geschlossen, die Gesichtszüge entspannt, ja, friedlich. Fast schien es, als lächle er. Sein Haar war gebürstet, sein Bart wohlgepflegt. Das Hemd, das er trug, hatte sie nie zuvor erblickt, leuchtend weiß und offenbar sehr edel ließ es sein blasses Antlitz dunkler erscheinen. Seine Hände lagen gefaltet und mit einer Kette aus Perlen und

Jadesteinen umschlungen auf einer weichen Decke, die selbst hier im Dämmerlicht seidig schimmerte.

„Ich glaube, Vater hat nicht gelitten, sieh doch, er sieht sehr friedlich aus."

Erstaunt sah sie zu ihrer kleinen Schwester hinunter. Wie konnte Rosa so gefasst sein? Wie konnte sie nicht weinen, schluchzen, an allem verzweifeln, so wie sie selbst es am liebsten getan hätte? Aber Rosa hatte schon von ganz klein an einen anderen Blick auf alle Dinge gehabt, hatte sie alle des Öfteren überrascht und sprachlos sein lassen.

Die Schwester ließ ihre Hand los und trat noch näher an den Sarg. Als sie ihre kleine Hand ausstreckte und des Vaters Wange berührte, wollte Estrella eingreifen, fing jedoch den warnenden Blick der Doña ein.

„Lass das Kind, was sie tut, ist nur menschlich", vernahm sie deren kaum hörbares Flüstern. „Nimm auch du gebührend Abschied, dies ist die allerletzte Möglichkeit, ihm zu sagen, was du für ihn empfindest, die letzte Möglichkeit, ihn zu berühren, ihm deine Worte, deine Wärme mit auf seine lange Reise zu geben. Tu es jetzt, meine Kleine, hab Vertrauen, du würdest es bereuen, tätest du es nicht. Dann, mein liebes Kind, dann darfst du weinen, nun aber nutze diesen Augenblick."

Estrella hörte die Worte der Dame und sie ließ die Botschaft zu ihrem Herz vordringen. Die allerletzte Möglichkeit. Die Endgültigkeit dieses Satzes erschütterte sie und ließ sie gleichzeitig verstehen. Ja, sie wusste, was sie zu tun hatte. Sehr langsam und vorsichtig beugte sie sich über den Sarg, betrachtete noch einmal die geliebten Züge, das so vertraute Gesicht, den Mund, der zu loben und auch heftig zu schelten vermocht hatte. Sie ließ ihren Blick über das kantige Kinn gleiten, über den breiten Brustkorb hinab zu den gefalteten Händen. Eine lange, noch leicht blutige Narbe mit nur wenig schwarz verkrustetem Blut zog sich über den Rücken der rechten Hand. Mit ihr musste er versucht haben, die lose Ankerkette festzuhalten, welch ein wahnsinniges Unterfangen. Estrella löste ihre verkrampften Finger aus dem Jasminzweig und legte diesen neben die Hände ihres Vaters. Plötzlich erschien ihr alles ganz selbstverständlich. Zuerst zaghaft, dann zunehmend mutiger streckte sie die Rechte aus und berührte ihres Vaters Gesicht. Es war sehr kühl. Die Weichheit seiner Wangen war Härte gewichen und dennoch war es ihres Vaters Haut, die sie berührte. Sanft streichelte sie ihn, legte ihre Hand auf die seine.

„Leb wohl, Vater. Wohin du auch gehen magst, ich bitte dich, vergiss uns nicht. Ich verspreche dir, dass ich dich niemals, egal, was dieses Leben mit mir vorhat, vergessen werde. Du wirst immer in meinen Gedanken und in meinem Herzen sein. Du wirst mir unendlich fehlen, an jedem einzelnen Tag meines Lebens, in jeder Minute. Ich werde deine Stimme im Sommerwind hören, wenn ich am Ufer des Meeres stehe, ich werde dein Lachen hören, wenn die Wellen sich am Ufer brechen. Ich liebe dich, Vater, und ich hoffe von ganzem Herzen, dass du das wusstest." Noch einmal strich sie dem Toten liebevoll über sein Haar und seine Stirn. „Nachdem du das gehört hast, weißt du es ganz gewiss. Nimm meine, nimm unsere Liebe mit dir."

Sie spürte die warme Hand auf ihrer Schulter und sah in das tränenüberströmte Gesicht ihrer Mutter. „Das hast du so wunderschön gesagt, mein großes tapferes

Mädchen. Nun kann seine Seele in Frieden gehen, wohin Gott ihn auch immer führen mag."

Mutter hatte nicht gewollt, dass Vater so wie einige der anderen verunglückten Fischer auf dem Meer bestattet wurde. Darum fand Hector Jiménez seine letzte Ruhestätte auf dem kleinen, idyllischen Friedhof neben der Kirche. Sein Grab war direkt unter einem ausladenden Laubbaum mit großen, grünen Blättern. Estrella ertappte sich bei dem seltsamen Gedanken, dass dieser Ort ihrem Vater sicherlich gefallen hätte. Sie und Elena waren die Letzten die heute, nur zwei Tage nach der furchtbaren Nacht, nach der ergreifenden und würdevollen Beerdigung noch am Grab standen und auf den Sarg hinabblickten, während der Gehilfe bereits damit begann, Erde in das Grab zu schaufeln.

„Es war eine schöne Beerdigung. Die Doña und der Priester haben so schön von Vater gesprochen und trotzdem musste ich so sehr weinen."

Sie umschlang Elena und zog sie an sich. „Wir alle mussten weinen. Was gäbe es Seltsameres, als auf der Beerdigung eines über alles geliebten Menschen keine Tränen zu vergießen? Tränen reinigen unser Gemüt, unsere Seele, das ist wichtig für uns und für die Zukunft." Sie drückte die traurige Schwester noch fester an sich. „An diese Zukunft müssen wir denken, ob wir das wollen oder nicht. Mutter braucht uns, unsere kleinen Schwestern brauchen uns. Vater hätte gewollt, dass wir stark sind."

Elena wischte sich die Tränen von den Wangen und musterte sie mit deutlicher Bewunderung im Blick. „Ich neide dir deine Kraft, deine Stärke fast schon etwas, das weißt du, nicht wahr? Du bist so unbeschreiblich tapfer."

Sie lächelte, wobei es ihr schwerfiel, die Tränen zurückzuhalten, die sie gerade jetzt so gern geweint hätte. „Glaub nicht immer dem äußeren Schein, meine liebe Schwester. Der vermag zu täuschen, vertrau mir. Dennoch sollten wir nun gehen. Lass uns morgen zurückkehren und Blumen auf Vaters Grab legen."

„Estrella, ich bitte dich, auf ein Wort." Diese Stimme kannte sie, lediglich hören wollte sie diese heute nicht.

Sie entdeckte Edmondo erst auf den zweiten Blick, da er sich im Schatten einer Pinie verborgen hatte und nun erst in die Sonne trat.

„Ich muss mit dir sprechen, auch wenn du das gewiss in diesem Moment nicht möchtest."

Sie konnte eine harsche Entgegnung nur unterdrücken, da sie sein bleiches, von Trauer und Schuld gezeichnetes Gesicht sah. „Du vermutest richtig, Edmondo, ich möchte wirklich nicht mit dir sprechen. Bitte versteh mich, nicht hier und nicht zu diesem Anlass."

Er nickte zaghaft und hob dann erst seinen Blick, der fest auf dem harten, staubigen Boden des Friedhofes geruht hatte. „Natürlich verstehe ich. Ich verstehe nur allzu gut. Ich kann nur um Vergebung, um dein Verständnis, bitten, auf deinen Großmut hoffen. Ich habe mit meiner Familie gesprochen. Ich werde in einigen Tagen zu euch kommen. Es liegt mir am Herzen, was ich dir, deiner ganzen Familie zu sagen habe. Ich gehe jetzt. Nochmals, bitte verzeih mir."

Er verschwand so rasch, dass sie nicht mehr auf seine Worte antworten konnte. Wobei sie nicht sicher war, ob das, was sie gesagt hätte, nicht eine sehr große Dummheit gewesen wäre. Wer aber sollte es ihr verdenken? Estrella nahm Elenas Arm. „Lass uns gehen, ehe noch mehr Leute mit uns sprechen wollen. Ich möchte heute niemandem mehr zuhören müssen, auch wenn ich damit gewiss vielen Menschen Unrecht tue."

Elena hakte sich bei ihr unter und sie verließen gemessenen Schrittes den Friedhof. „Er will dich heiraten, das weißt du, nicht wahr Estrella?"

„Ich denke schon."

„Nein, nicht denken, meine liebe Schwester, das wissen wir alle. Ich befürchte, dass da etwas ganz anderes in deinem Kopf vor sich geht."

Sie zog eine ungeduldige Grimasse. „Lässt du mich an deinen Gedanken teilhaben oder muss ich sie mühsam erraten?"

„Nun komm, sei nicht wütend auf mich. Ich habe nichts getan. Auch Edmondo wollte nichts Böses. Ja, er hat eine große, furchtbare Dummheit begangen. Aber er wollte doch niemals jemandem schaden." Elena atmete hörbar ein, ehe sie fortfuhr. „Alles, was er wollte, und das habe ich bei einem Gespräch zwischen Soledad und Mutter mitangehört, war, dich zu beeindrucken und deine Bewunderung zu bekommen."

Estrella blieb so plötzlich stehen, dass Elena um ein Haar gestrauchelt wäre. „Meine Bewunderung? Indem er das Leben von anderen aufs Spiel setzt und letztendlich die Schuld am Tod unseres Vaters trägt. Bewunderung? Wie soll ich das machen? Elena, ich kann ihm nicht einmal in die Augen sehen, ohne den Wunsch, ihm diese auszukratzen."

Die Schwester wand sich deutlich unbehaglich. „Ich habe noch mehr gehört. Das Gespräch hat lange gedauert. Soledad hat lange mit Mama geredet."

„Das heißt also, dass du gelauscht hast, sehe ich das richtig?" Elenas Blick war eindeutig schuldbewusst. „Gib es zu. Und wenn du schon damit anfängst, dann will ich es auch wissen. Schließlich muss ich, sollte Edmondo wirklich auftauchen, gewappnet sein."

„Es kann sein, dass dir nicht alles, was ich dir erzähle, auch gefallen wird."

Sie lachte bitter auf. „Derzeit gefällt mir nur sehr wenig, was ich so sehe und höre. Also, bitte erzähl es mir, ich erfahre es ja doch und so bin ich vorbereitet."

Elena holte tief Luft. „Gut, aber sei nachher nicht böse auf mich, versprichst du es?"

Sie nickte. „Ich verspreche es."

„Gut, also Soledad sagte, dass sie und Alvaro gemeinsam mit Edmondo über alles lange gesprochen haben. Sie meinte, Edmondo würde dich schon seit langem lieben und ihr und Alvaro sei die Verbindung sehr recht. Hier kämen zwei gute Familien zusammen. Edmondo hat wohl sehr große Schuldgefühle und er bedauert sehr, was er getan hat. Aber er hat es eben nur für dich getan, um dich endlich einmal zu beeindrucken. Soledad denkt, dass du deine Wut auf ihn bald vergessen wirst und dann vernünftig denken kannst. Sie sagte auch, dass er eine gute Partie wäre, ein Mann, der viele Bewunderinnen hat und der wählen kann unter den Mädchen."

„Dann soll er gerne wählen, das ist für mich eine gute Lösung."

„Ich war noch nicht fertig!“ Elena klang verärgert. „Das ist schwer für mich, alles wieder in meinem Kopf zusammen zu bekommen, verstehst du das denn nicht?“

Estrella küsste die Schwester entschuldigend auf die Wange. „Nicht böse sein, ich bin schon wieder ruhig.“

„Gut. Das, was sie dann sagte, war nicht so schön. Soledad meinte, Mutter soll sie nicht falsch verstehen, aber sie sollte unbedingt mit dir reden. Es sei zwar so, dass du durch die viele Zeit mit Doña Alba sehr gebildet seist und viel Wissen hast. Dass du dich gut ausdrücken kannst und ein gutes Benehmen haben würdest, bei all dem aber nicht vergessen sollst, dass du immer noch die Tochter eines Fischers bist und kein reiches Mädchen aus edlem Haus, dem die Verehrer zu Füßen liegen. Du solltest nicht vergessen, wer du wirklich bist.“

Es dauerte recht lange, bis das, was Soledad mit diesen Worten hatte sagen wollen, in Estrellas Kopf ankam. Zu unbegreiflich erschien es ihr, zu anmaßend, um wahr sein zu können.

Sie musste sich setzen und so ließ sie sich im Schatten eines mit kleinen blauen Blüten übersäten ausladenden Busches nieder. Sie sollte also nicht vergessen, wer sie war. Als ob es nötig wäre, sie daran zu erinnern. Sie war stolz darauf, wer sie war, sehr stolz. Sie war Estrella Jiménez, die Tochter des Fischers Hector Jiménez. Sie war die Tochter eines liebevollen Vaters, der stets hingebungsvoll für seine Familie gesorgt und der ihnen Demut vor dem Leben und der Natur gelehrt hatte, der ihnen Respekt und Nächstenliebe beigebracht hatte. Die edle Dame hatte hier lediglich unterstützend eingegriffen und sie in anderen Dingen geschult, ihnen die

Welt und die Geschichte nahegebracht, ihre Ausdrucksweise verbessert und, ja, sie lehrte sie lesen und schreiben. Dafür war sie Doña Alba sehr dankbar. Es war offensichtlich, dass Soledad danach trachtete, sie in ihre Schranken zu weisen und so den Weg zu einer Heirat mit Edmondo zu ebnen.

„Jetzt bist du doch böse, nicht wahr?" Die Stimme ihrer Schwester klang so ängstlich, dass sie sofort aufblickte. „Aber doch nicht auf dich, du Liebe. Du hast mir lediglich die Augen geöffnet. Sag mir, hast du noch weitere Neuigkeiten über mich in Erfahrung bringen können?"

Elena setzte sich neben sie, nicht ohne darauf zu achten, ihren Rock ordentlich zu glätten. „Nur noch, dass wir stets daran denken sollen, dass mit Vater unser Ernährer gestorben ist und Edmondo somit diese Pflicht übernehmen könnte."

Estrella schüttelte langsam und nachdenklich den Kopf. „Somit wissen wir nun, wo wir stehen und wie sich andere unsere Zukunft vorstellen. Ich muss sagen, das sind harte Worte, die Soledad hier ausgesprochen hat. Was hat denn unsere Mutter darauf geantwortet?"

„Dass sie mit dir sprechen wird. Sie klang sehr traurig. Ich denke, sie hätte dir gerne die Möglichkeit gegeben, selbst über deine Zukunft zu entscheiden."

„Das glaube ich auch. Vor allem, da sie weiß, wie ich fühle. Halt, lass mich das richtig sagen, da sie weiß, wie ich mich nach dem Tod unseres Vaters fühle. Aber darüber muss ich gut nachdenken und ich muss mit der Doña darüber sprechen, das muss ich sogar sehr dringend tun. Ich bin sicher, sie kann mir einen guten Rat geben. Ich brauche einen Rat, der nicht von der Not geleitet wird, sondern aus einem offenen Herzen kommt, verstehst du, was ich sagen möchte?"

Elena lächelte zögerlich. „Ich glaube wenigstens, dass ich verstehe, was du sagen willst. Dass du eine Meinung brauchst, die nicht von der Angst um unsere Zukunft geleitet wird. Habe ich recht?"

Estrella rappelte sich wieder auf und reichte der Schwester die Hand, um auch ihr auf die Beine zu helfen. „Das hast du richtig verstanden, meine kluge kleine Schwester."

Der Gedanke an die edle Dame, die immer einen Ratschlag für sie gehabt hatte, machte ihr schweres Herz leichter. Sicher würden sie gemeinsam einen Weg finden.

7.

Malaga, Haus von Doña Alba

„Ihr müsst packen, Herrin. Bitte vergebt mir mein Drängen, aber Ihr wisst, dass Euer Bruder sich sehr sorgt. Es ist kein Geheimnis mehr, dass die katholischen Hoheiten Ferdinand und Isabella den Bischöfen die Rückkehr nach Granada und Malaga garantieren. Sultan Abu Abd Allah ist nicht blind. Mögen sie ihn auch noch König von Granada nennen, so weiß er sehr wohl, dass dies nur eine Geste ist, um die Muselmanen vorerst ruhig zu stellen. Die Dokumente, deren Inhalt uns unsere Vertrauten am Hofe Ferdinands haben zukommen lassen, sprechen eine deutliche Sprache. Herrin, das Emirat von Granada wird es nicht mehr geben. Schon heute sprechen sie alle hinter vorgehaltenen Händen nur noch vom ‚Bistum von Malaga‘.“ Ibrahim schüttelte besorgt den Kopf. „Der Bischof ist bereits in Malaga, überall sind Soldaten, der Grundstein für die Rückführung des Emirats in die Hände der Herrscher Kastiliens ist gelegt.“

Alba strich ihr langes Kleid sorgsam glatt, ehe sie sich auf dem breiten Diwan in ihrem Salon niederließ. „Sorge dich nicht, Ibrahim. Ich bin mir der Gefahr bewusst. Meine ersten Habseligkeiten sind verstaut und mein und Farouks langjähriger Freund Enrique kümmert sich bereits um einige andere Angelegenheiten. Bitte, teile Javier mit, dass wir schon ab morgen beginnen können, meinen Besitz auf das Schiff zu bringen. Erinnere ich mich richtig, dass er in sieben Tagen ablegen möchte?"

Ibrahim wirkte deutlich erleichtert. „Ja, Herrin. Wir hatten Gewürze und Stoff geladen und nun nehmen wir schon Kisten und Taschen an Bord, die nach Anfa gebracht werden sollen. Die Menschen beginnen, sich zu fürchten, sie fangen damit an, ihr Hab und Gut zu retten. Wir müssen alles mit Bedacht tun. Noch ist es nicht verboten, seine Reichtümer außer Landes zu bringen. Dies jedoch ist lediglich eine Frage der Zeit."

„Ich teile deine Befürchtungen. Darum kümmert sich Enrique um alles."

Ibrahim schien, wie so oft, wenn es um die Bewohner Kastiliens ging, nicht gänzlich überzeugt. „Seid Ihr sicher, dass Ihr ihm vertrauen könnt? Derzeit wird es zunehmend schwerer, Freund von Feind zu unterscheiden."

Alba lächelte. „Ja, ich vertraue Enrique mit meinem Leben. Kein Vertrauen habe ich hingegen in meinen Verwalter Francisco. Seit Farouks Tod ist er hier bei uns auf dem Anwesen. Mag er bis vor einem Jahr gute Arbeit geleistet haben, so bemerke ich seit einer Weile, dass er, in zunehmendem Maße, Dinge für sich ... wie sage ich es nur ... einnimmt. Das ist sehr höflich ausgedrückt. Ich lasse ihn gewähren, um meine eigenen Pläne verfolgen zu können, ohne ihn darauf aufmerksam zu machen. Dennoch verärgert es mich zutiefst. Er durfte auf dem Anwesen schalten und walten, wie er es wollte. Unser Landbesitz ist nicht sehr groß, wie du weißt, unsere wenigen Pächter, vier an der Zahl, mussten nie eine zu hohe Pacht leisten. Es sind gute, freundliche und arbeitsame Menschen. Ich kenne jeden Einzelnen von ihnen und ich kenne ihre Kinder. Es schmerzte mich, als ich herausgefunden habe, dass Francisco eigenmächtig die Pacht in die Höhe getrieben hat und sich mit dem Überschuss die eigenen Taschen füllt. Habe ich denn diesen Mann nicht stets gut entlohnt?"

Ibrahim hob in einer hilflosen Geste die Schultern. „Herrin, er wird nicht der Einzige bleiben, der einen Teil unserer ‚Reichtümer' für sich haben möchte. Die falschen Berichte über die Goldschätze der Muselmanen werden immer lauter, die Gier in den Augen der Menschen, selbst in denen des Kastilianischen Adels, immer stärker. Ihr seht, Euer Verwalter ist in erlesener Gesellschaft."

„Ich weiß das. Sehr zu meinem Missfallen. Aber ich habe Vorkehrungen getroffen, vertraue mir. Ich weiß sehr wohl, wann ich belogen werde. Wenn ich von hier fortgehe, dann nicht, ohne zuvor dafür zu sorgen, dass alles seine Ordnung haben wird." Alba wurde von einem leisen Klopfen unterbrochen. Sie hob erstaunt den Kopf und blickte zur Türe. „Ja, was ist?"

Carmela betrat, einen Brief ähnlich einem Schild vor sich hertragend, den Raum. „Dies wurde für Euch abgegeben, Herrin."

Neugierig griff sie nach dem Dokument. In wunderschöner Schrift prangte darauf ihr Name und als sie es umdrehte, fand sie nichts, was auf den Schreiber hinwies. „Carmela, wer hat das hier gebracht?"

Carmela wirkte unsicher. „Das junge Mädchen, das vom Strand, Herrin."

Alba seufzte. Hin und wieder wünschte sie sich, Carmela wäre ein wenig gesprächiger. „Carmela, welches Mädchen? Und was hat das Mädchen dazu gesagt?"

„Es war die Älteste der Jiménez-Mädchen. Sie bestand darauf, dass ich den Brief annehme und Euch persönlich übergebe. Sie sagte, es wäre sehr wichtig."

Erstaunt huschte ihr Blick zwischen Ibrahim und Carmela hin und her. „Estrella? Sie war hier? Sie haben kein Pferd und keinen Wagen, wie ist das Kind denn den ganzen weiten Weg bis zu mir gekommen? Ist sie etwa gelaufen? Sie muss seit dem Morgengrauen auf den Beinen sein. Warum holst du sie denn nicht zu mir herein?"

Carmela wand sich sichtlich verunsichert. „Sie sagte nicht, dass sie zu Ihnen wollte, Herrin."

Alba war sich dessen bewusst, dass Carmela für sie durch Feuer gehen würde, ab und an jedoch hätte sie sich ein klein wenig mehr gesunden Menschenverstand gewünscht. „Ach, Carmela, das muss sie nicht. Die Kleine ist gut erzogen. Gewiss fürchtete sie, zu stören oder mich gar zu verärgern, wenn sie unangemeldet hier auftaucht. Das ist Unsinn. Es ist gerade einmal zwei Monate her, dass die Familie ihren geliebten Vater und Aurora ihren über alles geliebten Ehemann verloren hat. Das Mädchen hat alles Recht der Welt, hier zu erscheinen. Ich selbst habe es ihr doch angeboten, zu mir zu kommen, wenn sie Hilfe benötigt." Ungeduldig wedelte sie mit dem Papier durch die Luft. „Ibrahim, du hast ein Pferd hier? Bitte versuche, Estrella noch zu erreichen. Ich würde mir große Vorwürfe machen, wenn ihr etwas zustieße. Du wirst sie erkennen, sie ist ausnehmend hübsch und etwas größer als ich."

Der getreue Ibrahim verneigte sich und verließ mit schnellen Schritten den Salon, sofort danach vernahm Alba seine Schritte auf dem Marmorboden der Eingangshalle.

Sie öffnete das Schreiben und blickte dabei zu Carmela. „Nun schau mich nicht an, als würde ich dich gleich dem Henker ausliefern, Mädchen, du weißt doch, dass ich mich rasch wieder beruhige. Aber sollte noch einmal eines der Jiménez-Mädchen hier auf meiner Schwelle stehen, holst du sie bitte herein, verstanden?"

„Ja, Herrin. Benötigt Ihr mich dann noch?"

Alba schüttelte den Kopf, während sie bereits die ersten Zeilen des eng beschriebenen Briefes las. „Ach, halt, warte. Einen Tee könntest du noch zubereiten. Minze, bitte, mit Honig, das wäre gut. Mach gleich mehr, falls Ibrahim das Kind zurückbringt, wird sie sicher durstig sein."

Das Mädchen zog sich leise zurück und Alba las eilig weiter. Mit der Zeit verfinsterte sich ihre Stimmung zunehmend. Als sie fertig war, faltete sie das Papier langsam und nachdenklich zusammen. „Das arme Mädchen, als habe sie nicht genug mitmachen müssen." Sie stand auf, wobei es ihr nicht mehr so leicht fiel wie noch vor ein paar Jahren, und streckte sich. Langsam ging sie zum Fenster und sah hinaus in den Park. „Keine Angst, Estrella, ich finde einen anderen Weg, einen der dir gefallen könnte." Alba lächelte. Ja, sie konnte sich vorstellen, dass der Weg, der gerade in ihren Gedanken Gestalt annahm, Estrella sogar sehr gefallen könnte.

Estrella war müde und erschöpft. War sie auf dem Herweg von einem Eselskarren ein ganzes Stück mitgenommen worden, so hatte sie sich nunmehr auf einen langen und sehr beschwerlichen Rückweg eingestellt. Den riesigen Muselmanen, der angaloppiert kam und dessen dunkle Augen unter seinem weißen Turban gefährlich zu funkeln schienen, hatte sie keinesfalls erwartet. Er hatte sie ohne jegliche Umschweife gefragt, ob sie Estrella Jiménez sei, und sie hatte ehrlich bejaht. Ehe sie etwas unternehmen konnte, saß sie vor ihm im Sattel und er hielt sie eisern fest.

„Doña Alba bat mich, dich zu suchen. Ich soll dich zu ihr bringen. Hab keine Angst."

Beruhigende Worte. Angst hatte sie aber dennoch, er sah schon recht furchteinflößend aus mit seinem wehenden Umhang und dem Krummsäbel an seinem Gürtel. Sie war noch nicht weit gekommen, als er sie aufgegriffen hatte. Daher und da er ritt wie der Teufel, näherten sie sich bereits wieder dem Anwesen der edlen Dame. Was mochte sie dort erwarten? War sie zu weit gegangen mit ihrem Hilferuf? War die Doña gar verärgert? Der große kräftige Reiter, der sie fest umfangen hielt, und der Gedanke an eine wütende Doña Alba ließen ihren Mut zunehmend schrumpfen.

„Du hast ja doch Angst, Mädchen." Sie vernahm das Lachen des Reiters.

„Woher wollt Ihr das denn wissen, Herr?" Er durfte nicht denken, dass sie furchtsam war. Stärke zu zeigen, war in solchen Fällen gewiss viel besser.

Er aber lachte erneut. „Ich weiß das, weil du zitterst wie ein Palmenblatt im Herbstwind. Außerdem bin ich nicht ‚Herr‘ sondern mein Name ist Ibrahim und deine Angst ist unbegründet. Die Dame ist nur sehr besorgt, es könne dir etwas zustoßen, und das haben wir soeben verhindert.“

Sie ritten schnell durch das große Tor am Anwesen, durch das sie noch vor geraumer Zeit mit wild klopfendem Herzen und zögerlichen Schrittes gegangen war. Ibrahim zügelte sein Pferd, sprang ab und reichte ihr seine Rechte. „Nun komm schon, sie hat bis heute noch keinem Menschen den Kopf abgeschlagen. Du wärst die erste.“

Sie musste tatsächlich erschrocken dreingeblickt haben, denn er lachte lauthals. „Vertraue mir, Estrella Jiménez, du wirst deinen Kopf behalten und nun komm.“

Estrella klopfte auf Anweisung von Ibrahim schüchtern an der großen Türe, die zum Salon führte. „So kommt herein, ich habe euch kommen sehen.“ Immerhin klang die Dame freundlich und nicht verärgert.

Kaum hatte sie den Raum betreten, erkannte sie, dass die Doña keineswegs verärgert war. Sie kam ihr mit großen Schritten entgegen und erfasste ihre beiden Hände.

„Mädchen, wieso läufst du denn fort? Sagte ich denn nicht, du könntest jederzeit zu mir kommen? Aber du hättest mir eine Nachricht zukommen lassen sollen, dann hätte ich dir die Kutsche geschickt oder wäre selbst zu dir gekommen. Ist alles gut, bist du unversehrt?“

Estrella nickte. „Es geht mir sehr gut. Don Ibrahim hat mich aufgelesen und zu Euch gebracht."

Sie verstand nicht, warum die Dame nach diesen Worten heftig schmunzelte. Ibrahim hingegen verneigte sich sichtlich erheitert.

„Herrin, ich würde mich, ehe ich noch in den Adel aufsteige, gerne zurückziehen. Wenn es in Eurem Sinne ist, senden wir in der kommenden Nacht bereits ein paar Männer, die einige der Dinge, die Ihr gepackt habt, schon aufs Schiff bringen."

Alba erwiderte, dass das ein sehr guter Plan sei, und Ibrahim verließ, noch immer lachend, den Salon.

„Habe ich etwas Falsches gesagt? Das tut mir leid." Estrella war doch recht verunsichert ob des seltsamen Verhaltens der beiden.

Die Dame legte ihren Arm um sie und zog sie an sich. Der glänzende blaue Stoff ihres langen Kleides war kühl an Estrellas Wange und der leicht wippende, sehr schön gefertigte Spitzenkragen kitzelte sie an der Nasenspitze. Estrella wusste, dass Alba die in enge Falten gelegten Spitzenkrägen, die den Hals versteckten und dazu zwangen, sehr herrschaftlich das Kinn in die Höhe zu recken, nicht ausstehen konnte. Sie kleidete sich lieber mit den ausladenden Spitzenkrägen, die den Hals vielmehr betonten. Obwohl sie eine Witwe war, trug sie bunte Kleider mit schön bestickten weiten Röcken und enganliegenden Ärmeln in bunten Farben. Lediglich die Überkleider, nicht selten aus Samt gefertigt, waren meist in Schwarz gehalten. Estrella bewunderte nicht zum ersten Mal ihre schöne, geschmackvolle Kleiderwahl.

„Gewiss hast du nichts Falsches gesagt, Kind. Es ist eben nur so, dass Ibrahim der langjährige Bedienstete und Vertraute meines Bruders ist. Ein Don wird der überzeugte Muselmane wohl niemals." Sie schob Estrella sanft zu dem Diwan, an dem Carmela gerade dampfende Teegläser, eine Schale mit Gebäck und Honig servierte.

„Herrin, falls Ihr noch weitere Wünsche habt?"

Die Dame verneinte und entließ ihre Bedienstete mit einer kurzen Handbewegung. Estrella folgte der Einladung ihrer Gastgeberin, sich zu setzen, und fand sich umgehend mit einem Glas Tee in ihren Händen.

„Du bist sicher durstig nach dem langen Marsch vom Meer bis zu mir. Trink, Kleines, das ist Tee aus frischer Minze. Er wird deine Lebensgeister wieder wecken."

Estrella wagte nicht zu entgegnen, dass sie nichts benötigte, um sie wacher werden zu lassen. Sie war viel zu aufgeregt, denn eigentlich sollte die Doña den Inhalt des Schreibens niemals erfahren, zumindest wenn es nach Soledad Mendez und ihrer eigenen Mutter ging. „Es geht mir sehr gut, Doña Alba, und ich hoffe von Herzen, dass ich das Richtige getan habe, als ich den Brief geschrieben habe."

„Das hast du, Kind." Die Dame griff nun auch nach ihrem Glas, ließ etwas Honig hineinrinnen so wie zuvor bei ihr und setzte sich dann neben sie. „Ich werde jetzt einmal alles, was ich erfahren habe, zusammenfassen und du unterbrichst mich, wenn ich etwas missverstanden habe, wollen wir das tun?"

Sie nickte zaghaft und hoffte, dass sie sich in ihren Zeilen verständlich und nicht allzu kläglich ausgedrückt hatte.

„Der Tod deines Vaters stellt für eure Familie eine sehr große Veränderung dar. Nicht nur, dass ihr einen wertvollen und unersetzlichen Menschen verloren habt, ihr habt den Ernährer verloren. Ihr, die vier Schwestern und eure Mutter stehen vor der Frage, wie es weitergehen soll. Ohne Söhne kann niemand die Fischerei übernehmen. Die Familie Mendez möchte nunmehr, dass du, wie schon vor dem Tod deines Vaters so gut wie abgemacht, deren Sohn Edmondo ehelichst. Hier muss ich dir eine wichtige Frage stellen. Hast du diesen jungen Mann denn jemals geliebt oder war es bereits seinerzeit eine Vernunftentscheidung?"

Sie antwortete rasch und aufrichtig. „Er war mir seit langem ein lieber Freund. Wir sind gemeinsam aufgewachsen und er hat schon als Junge auf meine Schwestern und mich geachtet. Aber bis zu dem Tag, an dem es ausgesprochen wurde, habe ich niemals einen Gedanken auf eine Heirat verwendet. Ich mag ihn, nein, ich muss das anders sagen, ich mochte ihn." Die Hand, mit der sie das Glas hielt, begann zu zittern, was die Dame sofort bemerkte und die ihre sanft auf Estrellas Arm legte. Langsam wurde sie wieder ruhiger und fuhr mit leiser Stimme fort. „Heute sehe ich in ihm den Mann, wegen dessen Starrsinn und dessen falscher Entscheidung mein Vater sterben musste."

„Gut, ich sehe schon, und nun sollst du gegen deinen Willen doch mit ihm verheiratet werden. Hast du denn mit ihm gesprochen? Habt ihr über die Zukunft geredet? Was sagte er denn in seinem Antrag? Aus deinen Zeilen sprach die große Angst, dass es für dich keinen anderen Weg mehr gibt und du keine Möglichkeit siehst, eine Heirat mit ihm zu verhindern."

Seufzend nickte sie. „Ich weiß mir wirklich keinen Rat mehr. Übermorgen wollen Edmondo und seine Eltern zu uns kommen. Sie möchten die Verlobung ankündigen und Edmondo solle nochmals mit mir sprechen, um mir die dummen, kindlichen Träume aus dem Kopf zu vertreiben.“

„Wer sagt so etwas Herzloses?“ Die Doña wirkte regelrecht erzürnt. „Wer kann es wagen, so etwas zu einem jungen Mädchen zu sagen, das tieftraurig ist, das sein Leben aber noch vor sich hat?“

Estrella blickte erstaunt zu ihr auf. „Selbst meine Mutter redet seit einiger Zeit so. Sie fürchtet, dass wir vor dem Nichts stehen werden, wenn ich Edmondo abweise. Mutter denkt, ich würde mich an ihn gewöhnen, da er gutaussehend und gesund sei. Vor allem aber denkt sie, dass er mich liebt und nur das zähle.“

„Sagt deine Mutter das? Aus ihr spricht, so glaube ich, die Angst vor der drohenden Armut. Sie befürchtet, euch nicht mehr ernähren, euch nicht mehr kleiden zu können. So wie ich das hier verstehe, setzt Edmondos Mutter sie stark unter Druck. Das Boot eures Vaters ist das größte der Flotte und noch gehört es euch, dazu die zwei kleinen, mit denen er und sein Freund oft zum Angeln hinausfuhren. Ja, ich erinnere mich sehr gut daran. Oft saß ich unter meinem Schirm am Ufer und sah ihm dabei zu. Willst du wissen, was ich denke? Ich denke, dass die Mendez’ das alles gut geplant haben. Dein Vater war ein angesehener Mann. Als Vater deines zukünftigen Ehemannes sieht Alvaro Mendez sich nunmehr bereits als Bürgermeister von Almuñecar und Besitzer der Boote deines Vaters, die bei einer Heirat unweigerlich an Edmondo gehen würden. Ich weiß zufällig, dass es nicht Alvaro war, den dein Vater als seinen Stellvertreter in seinen Ämtern eingetragen hat. Offenbar hielt er wohl nicht annähernd so große Stücke auf diesen ‚besten Freund‘, wie Alvaro es gerne gehabt hätte. Du kennst den freundlichen, ruhigen Bootsbauer, der immer die angeschlagenen Schiffe und Boote wieder repariert? Ich kenne ihn durch meinen Bruder Javier. Ruben ist ein guter Mann, fleißig, klug, besonnen und sehr geschickt in seinem Handwerk. Er war es, den dein Vater zu seinem Stellvertreter gemacht hat, so ist derzeit auch er es, der still und bescheiden, wie er nun einmal ist, die Geschicke des Dorfes in seinen Händen hat. Ich befürchte, der gute Alvaro gedenkt dies, sobald sein Sohn mit Hectors Tochter verheiratet ist, anzufechten.“

„Aber was kann ich tun? Soll ich meine Familie in die Armut stürzen? Wir Mädchen können die Fischerei nicht weiterführen, auch können wir keine Ämter übernehmen. Alles, was wir tun können, das ist entweder irgendwo in die Dienste einer wohlhabenden Familie zu treten oder eben zu heiraten.“ Estrella hörte den hoffnungslosen Klang in ihrer Stimme und ahnte bereits, dass ihr kaum ein anderer Ausweg bliebe.

Die Doña erhob sich, stellte ihr Glas ab und ging zu ihrem wuchtigen Schreibtisch, der sich in der hinteren Ecke des Raumes befand. Sie öffnete ein paar der Schubladen, als suche sie etwas, und zog letztendlich ein Blatt Papier hervor. Estrella konnte zuerst nicht erkennen, worum es sich handelte, und spähte neugierig zu der Dame hinüber.

Die drehte sich zu ihr um und musterte sie eingehend. „Estrella, mein Kind, du hast es soeben selbst zur

Sprache gebracht. Du könntest in die Dienste einer Familie treten. Das könntest du, aber das weiß ich zu verhindern. Denn wenn du etwas Derartiges tust, dann habe ich einen Vorschlag für dich, über den du gut nachdenken solltest. Ich meine es ernst, sehr ernst und für dich würde sich dein ganzes Leben verändern. Alles wäre mit einem Schlag auf den Kopf gestellt, es würde niemals wieder so sein, wie es heute ist, hörst du? Niemals! Aber ich kann dir versprechen, dass du ein neues Leben bekämst, ein Leben voll von neuen Erlebnissen, neuen Orten, neuen Eindrücken. Und weder du noch deine Familie müssten Angst vor Armut haben, dafür stehe ich ein. Allerdings musst du mir bedingungslos vertrauen.“

„Das tue ich doch, Doña Alba.“

„Lass mich aussprechen, meine Kleine. Du musst mir bedingungslos vertrauen und es besteht durchaus die Gefahr, dass du deine Familie sehr lange Zeit nicht wiedersehen wirst, wenn nicht gar auf immer. Wärst du dazu bereit? Überlege dir das sehr gut. Wenn wir den ersten Schritt tun, gibt es für uns beide kein Zurück mehr.“

8.

Almuñecar, Haus der Familie Jiménez

„Das hättest du nicht tun dürfen. Das war anmaßend von dir. Die Dame hat schon so viel für unsere Familie getan. Wir dürfen uns ihr nicht aufdrängen." Selten hatte Estrella ihre sonst so ruhige Mutter derart aufgebracht erlebt.

„Mama, ich habe mich ihr nicht aufgedrängt. Sie ließ mich von ihrem Diener zurückholen und ich denke, ich hätte mich dagegen nicht wehren können. Die Doña sagte mir, ich könne immer zu ihr kommen, wenn ich Kummer oder Sorgen hätte. Nur das habe ich getan."

„Estrella, hier geht es nur um uns, nur um die Familie. Haben wir denn nicht eine gute, zufriedenstellende Lösung für alle gefunden? Am Nachmittag wird Edmondo mit seinen Eltern hierherkommen. Nun sagst du mir, dass auch die Dame Alba sich angekündigt hat. Das ist eine unangenehme Situation, mein Kind."

Estrella, zwar verunsichert, aber gleichzeitig sehr genau auf jedes Wort der Mutter achtend, wurde zunehmend aufgebrachter. „Mama, bitte sag mir, für wen die Situation unangenehm ist. Für mich ist sie es nicht, denn ich habe lange mit Doña Alba gesprochen, ehe wir ihren Besuch hier beschlossen. Sie möchte ebenso mit dir sprechen wie Edmondo mit mir. Müssen wir denn nicht große, wichtige Dinge entscheiden? Planen du und Soledad nicht über meinen Kopf hinweg eine Zukunft, zu der ich gar nicht mehr befragt werde?"

„Hat die Dame dir diese dummen Zweifel in den Kopf gesetzt? Soledad hat wahrlich recht, wenn sie sagt, die Freundschaft mit ihr würde dir zunehmend schaden ..."

„Mir schaden? Sag mir doch bitte, warum sie mir schaden sollte." Sonst unterbrach sie ihre Mutter nie, hier aber erschien es ihr dringend angeraten.

„Weil sie dich glauben lässt, du hättest Möglichkeiten, wie sie in unseren Kreisen einfach nicht denkbar sind. Wir sind nicht reich, Estrella, ich habe keinen Sohn, wir müssen vernünftig sein, wir müssen der Realität ins Auge sehen. So versteh doch, dass deine Heirat mit Edmondo eine Möglichkeit ist, unsere Sorgen zu vergessen und in eine gesicherte Zukunft zu blicken." Aurora erhob sich und strich das lange schwarze Kleid glatt, das sie an diesem wie auch an allen anderen Tagen trug. Seit Hectors Tod waren Trauer und Furcht im Hause Jiménez allgegenwärtig.

„Ich liebe ihn nicht! Sagte ich es denn nicht schon so oft, dass ich, wann immer ich ihn zu Gesicht bekomme, sofort daran denken muss, dass er die Schuld an Vaters Tod trägt?" Sie konnte fühlen, wie sich ihre Wangen ob ihrer Erregung röteten. Sie schöpfte tief Atem, um sich zu beruhigen.

Ihre Mutter unterbrach sie ungewohnt barsch. „Unterlass solche Anschuldigungen, damit ist niemandem geholfen und uns am allerwenigsten, du ...". Aurora stockte in ihrem zornigen Redefluss, denn draußen vernahm man deutlich das Klappern von Pferdehufen und das Knirschen von Rädern auf dem Weg.

Erleichtert atmete Estrella auf. „Doña Alba ist hier. Ich gehe hinaus, um sie zu begrüßen, und bitte sie herein." Sie wusste, dass jetzt alles gut werden würde. Gewiss, es graute ihr vor dem, was noch geschehen konnte, aber der Respekt, den ihre Mutter der Dame entgegenbrachte, war so groß, dass kein allzu großer Widerstand zu erwarten sein würde. Als sie ins Sonnenlicht trat, blieb sie überrascht stehen, da sie Ibrahim auf seinem schwarzen Pferd erblickte. Er war direkt neben der Kutsche, stieg nun ab und reichte der Dona, die sich soeben anschickte aus der Kutsche zu klettern, seine Rechte. Es war das erste Mal, dass sich die Dame von dem Bediensteten ihres Bruders begleiten ließ, sorgte sie sich mittlerweile so sehr um ihre Sicherheit? Estrella erinnerte sich noch an jedes Wort, das vor zwei Tagen im Haus der Dame gesprochen worden war und es machte sie traurig, dass jemand wie sie, die stets so gut und voller Freundlichkeit war, nun so voller Sorge, ja, Furcht leben musste. Sie schüttelte ihre Überraschung ab und eilte auf die Kutsche zu.

„Doña Alba, wie schön, Euch zu sehen, hattet Ihr eine gute Fahrt?" Höflich wandte sie sich an Ibrahim. „Guten Tag, Ibrahim, ich freue mich, auch Sie wiederzusehen."

In Ibrahims dunklen Gesicht blitzten die strahlend weißen Zähne auf.

„Die Freude ist ganz meinerseits, Estrella, du Stern Kastiliens."

Sie konnte nicht verhindern, dass ihr bei diesen Worten das Blut in die Wangen schoss. Sie war es nicht gewohnt, mit solch blumigen Worten bedacht zu werden.

Alba schien das zu bemerken und schlug Ibrahim leicht mit ihrem Fächer auf den Unterarm. „Ibrahim, unterlass das, du machst das Kind ja ganz verlegen. Sie ist noch nicht an die schönen, fantasievollen Komplimente der Wüstensöhne gewöhnt."

Ibrahim schüttelte lediglich den Kopf und lächelte erneut. „Sie wird sich daran gewöhnen, das verspreche ich."

Ehe sie sich weitere Gedanken über Sterne machen konnte, ergriff die Dame ihren Arm. „Komm, mein Kind, die Sonne ist nicht mehr stark, aber in meinem dunklen Überwurf wird mir nun doch warm. Lass uns ins Haus gehen, wir haben viel zu besprechen."

Estrella hielt inne und blickte zu ihrer Begleiterin. „Darf ich aufrichtig sein? Ich habe Angst, ich habe sogar große Angst. Ist das falsch von mir? Sollte ich denn nicht dankbar sein?"

Alba tätschelte ihr zärtlich den Arm. „Estrella, es wäre töricht, keine Angst zu haben. Bei dem, was wir heute deiner Mutter eröffnen werden, bei dem, was vor dir liegt, so es uns denn gelingt, unsere Pläne umzusetzen, ist es nur menschlich, dass du dich fürchtest. Du bist ein sehr kluges Mädchen, Estrella. Ich würde mich sorgen, gingst du gänzlich ohne Furcht in diese Zukunft. Und nun komm, es wird nicht besser, wenn wir es hinauszögern, denkst du nicht auch?"

Weise und wahre Worte und das wusste Estrella, daher umfasste sie den Arm der Dame etwas fester und betrat an ihrer Seite das Haus, während Ibrahim und der Kutscher zurückblieben.

Die Begrüßung zwischen der Dame Alba und ihrer Mutter fiel herzlicher aus, als sie es erwartet hätte, was vor allem daran lag, dass Alba ihrer Mutter keine Gelegenheit bot, eine seltsame Stimmung aufkommen zu lassen. Sie umarmte Aurora mit den Worten: „Meine liebe Freundin, es ist schön, Sie wiederzusehen."

Somit blieb ihrer Mutter keine Wahl, als die Freundlichkeit der Dame zu erwidern. „Auch ich freue mich, Sie wiederzusehen, Doña Alba. Und ich danke nochmals für die vielen Geschenke und die Gaben zum Tod meines Mannes."

„Ach, das ist selbstverständlich unter Freunden und das sind wir doch, nicht wahr?" Doña Alba sah sich suchend um und entdeckte ihren Lieblingssessel, den Rosa nahe ans Fenster, näher zur Sonne geschoben hatte. „Sieh an, mein alter Freund der Stuhl hat einen neuen Platz gefunden. Gewiss fühlt er sich wohl im Schein der Sonne. Lasst mich herausfinden, ob auch ich so empfinde." Schmunzelnd entledigte sie sich ihres Überkleides aus dunkelblauem Samt, strich ihr graues Kleid glatt und setzte sich. Ihr Blick huschte zu Estrella und sie zwinkerte ihr beruhigend zu.

Merkte die kluge Frau, wie aufgeregt sie war, obwohl sie sich so große Mühe gab, es zu verbergen? Sie sah sich suchend um. Von ihren Schwestern war nichts zu sehen. Sie argwöhnte, dass Mutter sie nach draußen geschickt hatte, um in Ruhe mit der Familie Mendez verhandeln zu können. Vom Besuch der Dame wussten die Mädchen nichts.

Als die Dame zu sprechen begann, wurde Estrellas Mund staubtrocken, wohingegen ihre Handflächen feucht wurden vor Aufregung.

„Aurora, meine Liebe, bitte setzen Sie sich zu mir. Ich habe mit Ihnen zu reden und es ist von großer

Wichtigkeit, was ich Ihnen heute mitteilen möchte. Bitte vertrauen Sie mir, wenn ich sage, dass ich um Ihre Sorgen und Nöte bestens Bescheid weiß. Der Verlust Hectors hat nicht nur ein großes Loch in unser aller Herzen gerissen, er ließ die Familie auch ohne einen Mann im Hause zurück. Bitte vergeben Sie Estrella dafür, dass sie zu mir kam und mir über die Pläne einer Heirat mit dem jungen Edmondo berichtete. Vergeben Sie ihr vor allem deshalb, weil sie verzweifelt ist. Noch ist sie voll tiefer Trauer um den geliebten Vater und soll nun mit dem Mann vermählt werden, den sie für dessen Tod verantwortlich sieht."

Estrella erkannte, dass ihre Mutter etwas entgegnen wollte, doch die Doña bat darum, fortfahren zu dürfen.

„Später, liebe Aurora. Für den Moment möchte ich meine Geschichte und meinen Plan erzählen, ehe die Mendez' hier erscheinen, bitte verstehen Sie das. Ich bin in diesem Land geboren, ebenso wie mein verstorbener Gatte. Stets haben wir uns als hier heimisch gefühlt. Doch die friedlichen Jahre, die Zeit des Emirats von Granada gehen zu Ende. Ihre katholischen Hoheiten Ferdinand und Isabella von Kastilien trachten seit langem danach, Malaga und Granada wieder unter dem Siegel der Krone zu vereinen. Unser König ist nur noch eine geduldete Person im eigenen Palast. Seit längerem bereits werden wir zunehmend bedrängt, diese unsere Heimat aufzugeben. Das neue Bistum von Malaga legt den Muselmanen nahe, in ihre wahre Heimat zurückzukehren." Sie schnaubte ärgerlich auf, ehe sie weitersprach. „Wahre Heimat! Dies hier war und ist meine Heimat. Aber ich bin nicht so töricht, um nicht zu erkennen, dass die Lage zunehmend gefährlich wird. Von überallher werden Soldaten ins Bistum gebracht, angeblich, um die Bischöfe zu schützen. Vor wem, das sei dahingestellt. Um meine traurige Geschichte abzukürzen. Ich werde Malaga verlassen. Schon bald segle ich mit meinem Bruder auf dessen Schiff gen Marokko. Den größten Teil meines Hab und Gutes lasse ich hier zurück. Nicht nur mein geliebtes Zuhause, ich lasse auch die Gräber der beiden wichtigsten Menschen in meinem Leben zurück, werde sie niemals wieder besuchen können. Im Gegensatz zu vielen anderen, die in eine ungewisse Zukunft flüchten, habe ich eine Schwester samt großer Familie in Marrakesch, die mich mit offenen Armen aufnehmen wird. Aber ich möchte nicht allein aufbrechen, möchte nicht allein auf dem Segler und später in einem Land sein, das mir fremd ist. Ich möchte jemanden an meiner Seite haben, den ich liebe wie eine Tochter, dem ich vertraue und von dem ich denke, dass es der Beginn eines neuen, eines möglicherweise faszinierenden Lebens für sie werden könnte."

Sie wandte sich um und streckte Estrella ihre Hand entgegen, die erhob sich von ihrem Stuhl, ging zu ihr und ergriff die dargebotene Linke.

„Ich möchte Estrella mit mir nehmen. Sie soll ein gutes Leben haben und ich versichere Ihnen, Aurora, dass ich bestens für das Mädchen sorgen werde."

„Aber ... Estrella ist meine Älteste. Ich kann sie nicht entbehren, sie ... die Heirat ..." Aurora kämpfte sichtlich um ihre Fassung und Estrella sah die Furcht in ihren Augen, Furcht vor der Zukunft, wenn ihre Pläne vereitelt würden. Jedoch entdeckte Estrella da noch etwas anderes, da war auch eindeutig die Furcht, sie, ihre Tochter, zu verlieren.

Alba wehrte mit einer ungeduldigen Geste ab. „Mir ist durchaus bewusst, was Sie mir vermitteln möchten, meine Liebe. Sie fürchten, wenn Estrellas Fortgehen eine Verbindung zu diesem Edmondo, dem Sohn Ihrer Freundin, vereitelt, dann habe das nachteilige Auswirkungen auf Ihre Zukunft und vor allem die der Mädchen, nicht wahr?"

Aurora nickte zaghaft. „Ich weiß, dass Estrella Edmondo nicht liebt, sie liebt ihn noch nicht. Doch das Leben ist nun einmal kein Traum, es ist die bittere Wahrheit und sie könnte es viel schlechter treffen, bitte glaubt mir das. Edmondo versprach, für die ganze Familie zu sorgen, so wie Hector es tat. Er weiß, dass Hector ohne seine unüberlegte Tat noch am Leben wäre. Edmondo trägt schwer an dieser Schuld und wird das nie vergessen. Das gewährt uns allen Sicherheit."

„Da mögen Sie wohl recht behalten, aber es gewährt Estrella keine Aussicht auf das Glück, einen Mann zu finden, den sie von ganzem Herzen liebt. Und sagen Sie mir jetzt bitte nicht, dass Sie Hector nicht liebten, diesen eindrucksvollen, feurigen Mann?"

Aurora öffnete zwar den Mund, schloss ihn jedoch wieder und Estrella bemerkte, dass ihre Mutter weinte.

Alba fuhr mit leiser Stimme fort. „Ich möchte Ihnen nicht die Tochter rauben, meine Liebe. Was ich möchte, das ist, Estrella in ein neues Leben mitzunehmen, von dem ich denke, dass es ihr Freude bereiten kann. Nicht nur das, ich habe hier noch etwas für die Familie." Alba nahm den Beutel aus Samt, den sie stets mit sich trug, öffnete ihn und holte ein in Pergament eingeschlagenes Schriftstück hervor. „Dies, liebe Aurora, ist mein Vermächtnis an Ihre liebenswerte Familie, in deren Kreis ich viele wunderbare Stunden verbringen durfte. An Ihre Töchter, die ich aufwachsen sah und die mir an Herz gewachsen sind. Ich habe einer jeden der Drei eine Mitgift überschrieben. Sobald sie heiraten, sind die Mädchen eine gute Partie. Und ich habe für Sie, liebe Freundin, veranlasst, dass Ihnen jedes Halbjahr eine festgelegte Summe übergeben wird, die Sie in die Lage versetzt, nicht nur Ihr Haus zu behalten, sondern Ihnen und den Mädchen eine gute, sorgenfreie Zukunft sichert, bitte sehen Sie es sich an.“

Sie wollte Aurora das Dokument reichen, jedoch reagierte Estrella rasch. Sie wusste, dass ihre Mutter kaum lesen konnte, dann auch noch mit den Augen voller Tränen dürfte es sehr schwer für sie werden. „Mama, soll   ich   es   dir   vorlesen?“ Der dankbare Blick ihrer Mutter gab ihr recht und so las sie den Inhalt des Schreibens vor. Als sie endete, schlug ihre Mutter die Hände vor ihr Gesicht.

„Das kann ich nicht annehmen, Doña Alba, das ist zu viel, bitte.“

Die Dame lächelte Estrella zu, ehe sie antwortete. „Nein, liebe Aurora, das ist es nicht. Ich bin bestens versorgt, ich habe keine eigenen Kinder und ich weiß, dass ich nie mehr in dieses Land zurückkehren werde. Mein Treuhänder Enrique wird sich um alles kümmern, und man kann ihm vertrauen, das ist unerlässlich in diesen Zeiten. Ich habe meinen Pächtern das Land, auf dem sie leben, überschrieben und hier kann die Krone nicht zugreifen, denn es sind allesamt Christen. Ihnen das, was ich ihnen schenke, wieder wegzunehmen, würde zu großem Unmut in der Bevölkerung führen. Ebenso ist es bei diesem Geschenk. Ihr seid eine christliche Familie, euch kann man es nicht wieder fortnehmen, und bei euch ist es gut aufgehoben. Euch alle in Sicherheit zu wissen, macht mein Herz leichter." Sie drückte Estrellas Hand, die erneut in der ihren lag. „Und noch etwas muss ich erwähnen, liebe Freundin, es fiel Estrella sehr schwer, die Entscheidung zu treffen, mit mir zu kommen. Es kostete sie viele Tränen, da der Gedanke, ihre Familie verlassen zu müssen, schon sehr schmerzte. Aber euch alle versorgt zu wissen, freut auch sie. Vor allem aber erwartet Estrella eine gänzlich neue Welt und ich wage zu hoffen, dass sie sich auf diese Welt freut."

Estrella stimmte zu, wenn auch mit leichtem Zögern. „Ja, ich freue mich, das muss ich eingestehen. Die Reise mit dem großen Schiff, das fremde Land, die neuen Eindrücke, all das, was mich erwartet. Da ist aber auch Furcht. Denn wie werden die Menschen dort mich aufnehmen, ich bin als Christin doch deren Feind. Schließlich vertreiben wir sie gerade ohne Gnade mit Schwert und Speer aus ihrer Heimat."

Die Doña umfasste sie fest. „Hab keine Angst, Estrella, in dem Augenblick, in dem sie in dein Herz blicken können, wissen sie, dass du kein Feind bist. Sie werden dich als eine der ihren ansehen. Gib ihnen nur etwas Zeit."

Plötzlich straffte die Doña ihre Schultern, richtete sich zu ihrer vollen Größe auf und hob stolz ihr Kinn. „Nunmehr werden wir jedoch noch etwas tun müssen, was, so denke ich, die Familie des lieben Edmondo nicht sehr erfreuen wird. Teilen wir ihnen, so liebenswert es uns möglich ist, mit, dass es keine Verlobung geben wird. Ich werde auch die komplette Schuld auf mich nehmen, indem ich erkläre, ich wünsche, dass Estrella mich begleitet. So werde ich den Unmut der Mendez zu tragen haben, doch ich bin es gewohnt, so einiges auf meinen Schultern zu tragen, daher kommt es auf die Wut eines Fischerjungen und seiner Familie nun auch nicht mehr an."

9.

Im Hafen von Malaga, an Bord der Rahila

„Nur fünf Tage, um Abschied von meinem Kind zu nehmen! Mein Kleines, ich weiß nicht, wie das Leben ohne dich weitergehen soll." Aurora hielt Estrella seit Minuten im Arm und weinte bitterlich.

„Mama, ich in ebenfalls sehr traurig. Dich und meine Schwestern zurücklassen zu müssen, ist schrecklich, aber wir haben es so beschlossen. Bitte, lass uns die letzten gemeinsamen Momente nicht mit Weinen vergeuden."

Wieder einmal war Alba sich sicher, die richtige Entscheidung getroffen zu haben. Estrella gehörte nicht in die Enge eines Fischerhauses, sie gehörte in die Weite der Welt. Vielleicht ja in die großen Häuser Marokkos, das würde sich zeigen. Wie sie nun Abschied nahm, wie überlegt sie alles vorbereitet hatte, wie ruhig und stark sie alles ertrug: von der Enttäuschung des jungen Fischers über den unverhohlenen Zorn von dessen Familie bis hin zu der schier grenzenlosen Traurigkeit ihrer Schwestern. Alba wusste, dass die ihre Älteste schmerzlich vermissen würden, doch auch hier hatte sie vorgesorgt. Carmela, ihre Zofe, wollte niemals mitsegeln, hätte sich bis zuletzt geweigert, in ein ihr unbekanntes Land zu reisen. Außer-dem hatte Carmela Familie hier.

Ihre greisen Eltern und einen Bruder, mit dem sie sich gut verstand. Die Familie war stets auf das Geld angewiesen, das Carmela mit ihrer Anstellung bei Alba nach Hause brachte, selbst wenn der Bruder fleißig als Zimmermann arbeitete. Ab sofort würde Carmela der Familie Jiménez zur Hand gehen. Ihr Lohn war auf mehrere Jahre gesichert und Enrique würde sich auch darum kümmern.

Alba atmete tief die salzige Seeluft in ihre Lungen. Der Wind blies hier im Hafen noch nicht so kräftig wie draußen auf dem offenen Meer. Trotzdem knotete sie die Bänder ihres Umhanges fester, man konnte nie wissen. Ihr Blick glitt suchend über das Deck des Schiffes. Just, als sie begann, sich zu sorgen, entdeckte sie ihn. Enrique kam schnellen Schrittes über das Deck auf sie zu.

„Meine liebe Freundin, ich kann nicht behaupten, dass ich dich um diese Reise beneide. Mir wird schon jetzt übel von der Schaukelei." Er umarmte sie und schenkte ihr ein liebevolles Lächeln. „Dann ist es nun also so weit? Ihr segelt mit der Flut, nicht wahr?"

Alba nickte. „Ja, Javier möchte keinen Tag länger warten. Mein Hab und Gut ist im Bauch der ‚Rahila' verstaut und dank deiner sind all meine Dinge hier in diesem Land geregelt. Bitte sorge persönlich dafür, dass die Pächter ihr Land erhalten und vor allem behalten dürfen. Niemand wird es wagen, deine Entscheidungen in diesem Fall infrage zu stellen. Alles, was meine Freunde, die Familie Jiménez, anbelangt, lege ich ebenso vertrauensvoll in deine Hände."

Enrique nickte mit zusammengekniffenen Lippen. Der Abschied fiel ihm eindeutig schwer. „Ich werde mich um alles kümmern. All dein Silber und Gold, ebenso der Schmuck, den ich zur Verwahrung hatte, wurde in der letzten Nacht an Javier übergeben. Du wirst keine Not leiden dort im fernen Morgenland. Sobald du es wünschst, werde ich einen Käufer für dein Heim suchen und ..."

Sie unterbrach ihn mit sanfter Stimme. „Das wirst du nicht. Kein Fremder wird in dem Haus leben, in dem ich mit Farouk so glücklich war. Kein Emporkömmling des Adels wird durch die Halle schreiten, durch die mein kleiner Sohn lief. Niemand wird sich dieses Hauses bemächtigen, auf das Viele schon lange begehrlich blicken. Und niemand wird sich in dem Park vergnügen, in dem sich die Gräber meiner Lieben befinden." Sie griff in ihren Beutel und holte das darin wohlverwahrte Dokument hervor. Lächelnd reichte sie es Enrique.

Der las, wobei seine Augen immer größer wurden. „Liebste Alba, das kannst du nicht tun. Dies ist doch dein Haus, dein geliebtes Heim."

„Soll ich es etwa tatsächlich Fremden überlassen, gar zulassen, dass man es sich, sobald mein Fortgehen bekannt wird, mit Gewalt aneignet? Soll mein wundervolles Haus diesen Vandalen in die Hände fallen? Das wird niemals geschehen. Ich schenke es dir, Enrique. Gib es deiner reizenden Tochter als Geschenk. Ich will in der Sicherheit von hier fortgehen, dass in nicht allzu langer Zeit wieder fröhliches Kinderlachen durch die Räume schallt. Ich möchte sicher sein, dass Menschen, die mir schon seit so vielen Jahren treue Freunde sind, in meinem Salon sitzen und dass Farouks und mein Erbe in wirklich guten Händen ist. Mein Haus ist jetzt deines und niemand wird es wagen, dies anzuzweifeln. Willst du mir versprechen, die Gräber meiner beiden Männer in Ehren zu halten, dafür sorgen, dass sie nicht verwüstet werden?"

„Alba, bei meiner Seele, ich schwöre dir, dass dein, dass euer Andenken auf alle Zeit in Ehren gehalten werden wird. Ich danke dir, das ist ein ausnehmend großzügiges Geschenk, du beschämst mich, Alba. Ich konnte nur so wenig für dich tun."

Sie trat auf ihn zu und schloss den langjährigen Freund fest in die Arme. „Du hast mehr getan, als du glaubst. Allein mit deiner Freundschaft. Nun aber ist die Zeit für das Lebewohl gekommen. Lass uns keine Tränen vergießen, zu viele und zu schöne Erinnerungen tragen wir auf ewig in unseren Herzen, als dass wir weinen sollten."

Der Freund umarmte sie ein letztes Mal. „Alba, ich bewundere dich mehr denn je für deinen Mut und deine unglaubliche Stärke. Ich wünsche dir ein friedliches und erfülltes Leben in deiner neuen Heimat."

Estrella fiel es unendlich schwer, ihre Mutter und die drei traurigen Schwestern loszulassen. Aber sie musste loslassen, das wusste sie und Tränen würden alles nur noch schlimmer machen.

Luz klammerte sich schluchzend an sie. „Du darfst nicht weggehen, du bist doch meine große Schwester."

Sanft löste sie die Ärmchen der Kleinen und winkte Elena herbei. Sie legte Luz' kleine Hand in die Elenas. „Ab heute ist Elena deine große Schwester und Rosa. Ihr drei habt euch und ihr werdet euch immer haben. Ich bin es, die traurig ist, weil sie euch zurücklassen muss. Aber ich habe es Doña Alba versprochen. Sie muss dieses Land verlassen, sie muss alles, was ihr lieb war, hier zurücklassen. Daher versprach ich, mit ihr zu segeln und mich um sie zu kümmern. So wie sie sich um euch kümmert. Ihr und Mutter müsst euch keine Sorgen machen, um nichts. Carmela wird euch bei allem unterstützen und zur Hand gehen. Falls ihr doch Sorgen haben solltet, so ist Don Enrique immer für euch da. Ihr werdet Tag und Nacht in meinen Gedanken sein, das verspreche ich. Ich werde immer an euch denken." Sie lächelte die traurige Elena aufmunternd an. „Meine Liebe schicke ich euch mit dem Abendwind übers Meer."

Elena lächelte unter Tränen. „Oh, Estrella, du und dein geliebtes Meer. Und ausgerechnet unsere Piratin segelt in das Land der endlosen Wüsten. Ich werde deiner Stimme im Abendwind lauschen, vergiss nicht, mir von all deinen Abenteuern zu erzählen, hörst du?"

„Ich werde alles berichten, aber ob ich Abenteuer erleben werde, das weiß ich nicht." Estrella umarmte ihre Geschwister ein letztes Mal, drückte ihre weinende Mutter an sich und löste sich erst von ihr, als sie Ibrahims leise Stimme vernahm.

„Deine Familie muss nun leider das Schiff verlassen, kleiner Stern. Die Flut kommt, der Wind frischt auf und wir setzen die Segel."

Estrella stand an der Reling der ‚Rahila' und winkte noch, als sie die winzigen Gestalten in der Ferne an der immer kleiner werdenden Pier schon nicht mehr erkennen konnte. Jetzt konnte sie weinen, all die Tränen, die sie zuvor tief in sich verborgen hatte, um ihren Lieben den Abschied leichter zu machen.

Doña Alba trat neben sie und nahm sie in die Arme. „Weine, meine Liebe. Tränen reinigen die Seele. So kannst du deinem neuen Leben mit Freude entgegensehen."

Estrella lächelte, wenn auch noch immer unter Tränen. „Diesem neuen Leben sehe ich schon jetzt mit Neugier und Freude entgegen. Allerdings fürchte ich, dass da noch einige Tränen sind, die geweint werden wollen."

„Das ist durchaus zu verstehen, meine Liebe. Ich hoffe von Herzen, dass das Leben, in welches ich dich hier entführe, dir viel Freude bringen wird. Du weißt, ich kann es nicht versprechen, aber ich werde alles daransetzen, dass es dir wohl ergeht."

„Doña Alba, das weiß ich und würde ich nicht fest daran glauben, stünde ich, so denke ich, nun nicht hier neben Euch." Estrella erwiderte den sanften Druck der Hand der Dame.

Doña Alba nickte nachdrücklich. „Ich wusste von Anfang an, würdest du dich erst mit dem Gedanken vertraut machen, käme die Freude auf eine neue Zukunft ganz von allein. Und noch etwas klären wir nun hier und jetzt, meine Liebe."

Sie erschrak, sollte sie schon in solch kurzer Zeit einen Fehler gemacht haben? „Ja, Doña Alba, ganz wie Ihr wünscht, was kann ich tun?"

„Genau das eben nicht mehr, meine Kleine. Ab sofort nennst du mich bitte Tia Alba." Die Dame warf einen sichtlich traurigen Blick zurück an die langsam im Dunst versinkende Küste. „Die edle Doña, bleibt dort in Kastilien zurück, auf immer und ewig. Nie wieder werde ich eine der Edlen jenes Landes sein und ich habe mich damit abgefunden. Es ist kein Verlust für mich, denn ein Titel, mein Kind, dessen sei dir bewusst, ist nichts, wofür es sich zu kämpfen lohnt."

Sie spürte den Arm der Dame um ihre Mitte.

„Worum es sich hingegen zu kämpfen lohnt sind die Liebe und das Leben."

10.

Marokko, Marrakesch, Palast Ahmed al-Mahdis

Je näher er und die wenigen Männer, die nach Passieren der Stadtmauer noch mit ihm ritten, dem Palast kamen, desto mehr krampften sich seine Eingeweide schmerzhaft zusammen. Dem Bruder des Sultans und Kriegsherrn des Landes eine Nachricht zu überbringen wie die heutige, war gefährlich. Noch dazu, da es seine Pflicht gewesen wäre, dafür zu sorgen ... ach, zum Teufel, nichts, aber auch gar nichts hatte er zu seiner Verteidigung vorzubringen. Zornig drückte er seinem Pferd die Fersen in die nassgeschwitzten Flanken und leistete dem edlen Ross in selben Augenblick Abbitte. Das Tier konnte nichts für seine schreckliche Lage.

Sie erreichten den Palast und er zügelte sein Pferd. „Männer, hört mir zu. Ihr kümmert euch um die Tiere und geht dann in eure Quartiere. Sobald ich dem Herrn die furchtbare Nachricht überbracht habe, werde ich zu euch kommen." Er sprang vom Pferd und streckte sich. „Sofern ich dieses Gespräch lebendig überstehe."

Ein jeder seiner Leute nickte lediglich kurz und zog sich schnellstmöglich zurück. Er verstand sie nur zu gut. Keiner wollte auch nur in der Nähe sein, bei dem, was Bassam nun tun musste. Er aber hatte keine Wahl. Bassam atmete tief ein, klopfte etwas Sand von seiner

Uniform und tat dann den ersten Schritt in den Palast. Für die Schönheit des zweistöckigen, mächtigen, aus braunem Lehm und Sandstein erbauten Gebäudes, das er sonst stets aufs Neue bewunderte, hatte er heute keinen Blick. Schnellen Schrittes hastete er am Hammam, dem Dampfbad des Palastes, vorbei, eilte über den mit herrlichem Mosaik ausgelegten Innenhof, entlang des ebenfalls mit bunten Mosaiken gefliesten Wasserbeckens, wo das klare Wasser blau und grün schimmerte, bis zum Säulengang, der zu der Halle führte, in der Ahmet seine Gäste empfing. Die Zedernholzornamente neben dem ebenfalls mit kunstvollem Mosaik verzierten Tor erschienen ihm heute regelrecht bedrohlich. Sein Herz klopfte so sehr, dass er seine Schritte verlangsamte und sich den Schweiß, der ihm auf der Stirn stand, mit seinem Ärmel abwischte. Bei dem Staub und dem Dreck, der sich in den Falten seiner hellbraunen Uniform abgesetzt hatte, wahrscheinlich eine schlechte Idee, doch darauf konnte er gerade keine Rücksicht nehmen.

Die beiden Wachen neben dem Eingang grüßten ihn respektvoll. Bassam erwiderte den Willkommensgruß und musste sich räuspern, ehe er die wichtige Frage stellen konnte. „Ist der Herr im Palast, kann ich zu ihm?"

Die rechte Wache verbeugte sich. „Ja, Sayyid Bassam, Sheikh Ahmed erwartet Sie bereits." Ohne auf Bassams Geste zu achten, mit der er verhindern wollte, dass der Wächter sofort öffnete, stieß der Mann pflichtbewusst das Portal auf. „Bitte, treten Sie ein."

So gern er sonst seinem langjährigen Dienstherrn gegenüber trat, so schwer fiel es ihm heute. Seine Zunge fühlte sich in seinem Mund an wie eine Dörrfeige und er fragte sich, wie er auch nur ein Wort herausbringen sollte.

Sheikh Ahmed unterband weitere Überlegungen. „Bassam, mein Freund, ihr wart lange fort. Ich war in Sorge, als man mir keine Nachricht übersandte. So komm doch näher und erzähle."

Bassam verbeugte sich wortlos vor seinem Herrn und hob dann, zögerlich wie niemals zuvor in seinem Dasein, den Blick. Ahmed stand vor seinem riesigen Sessel aus Zedernholz. Die goldenen Beschläge und die Edelsteine des Möbels glänzten in dem sanften Licht, das durch die bunten Fenster fiel. Ahmed trug einen grünen Kaftan mit goldbestickten Rändern, darunter eine dünne weiße Tunika. Er war so bequem bekleidet, wie man nun einmal treue Weggefährten und langjährige Begleiter empfängt. Er setzte sich auf seinen eindrucksvollen Sessel und zeigte auf den mit einem Samtkissen gepolsterten Hocker neben sich. „So setz dich, Bassam, was ist denn los? Du siehst aus, als sei dir ein Geist begegnet."

Langsam, sehr langsam stieg Bassam die eine mit weichen Teppichen ausgelegte Stufe zu seinem Herrn empor und setzte sich. „Mein Herr, wir waren nicht in der Lage, Nachrichten zu senden. Wir fürchteten, die Botschaft könne den Falschen zu Ohren kommen. Herr, ich habe schreckliche Nachrichten zu überbringen."

Ahmed umfasste mit beiden Händen die Lehnen seines Sessels. „Bassam, du beunruhigst mich. So sprich doch endlich, was kann so furchtbar sein, dass der Heerführer meiner Truppen sprachlos ist?" Nach dem letzten Wort hielt der Sheikh inne. Er hob den Blick und sah zum Eingang. Lange verharrte sein Blick auf der nun wieder verschlossenen Pforte. Dann wandte er sein Gesicht langsam und mit Bedacht wieder seinem Heerführer zu. „Bassam, sag mir. Wo ist Hischam? Wo ist mein Sohn?"

Ahmed hielt die blutverkrustete Jacke in seinen Händen. Bassam hatte ihn noch nie weinen sehen, der Sheikh weinte nicht, auf gar keinen Fall vor anderen Menschen. Nun weinte Ahmed al-Mahdi, der Bruder des Sultans. Leise, ohne einen Ton, ohne auch nur eine Gefühlsregung in seinem edlen Antlitz zu zeigen, er hatte sich selbst im Griff, nicht jedoch die Tränen, die er um seinen ältesten Sohn vergoss. Die vermochte er nicht zu verhindern.

„Wie, Bassam, wie konnte das geschehen? Es war ein aufständischer Clan, keine Kriegsmacht. Es war kein Feldzug, nichts dergleichen. Es sollte Frieden gestiftet werden, um unsere Grenzlinie zu sichern. Hischam hat in wahren Schlachten gekämpft und ihm wurde kein Haar gekrümmt. Ich kann es nicht begreifen. Warum stirbt mein starker und stets kluger und bedachter Sohn bei einer harmlosen Wüstenmission?"

„Wenn ich das nur wüsste, mein Herr. Alles war abgesprochen, ja, nicht nur das, wir hatten alles mit den Anführern geklärt. Doch während wir noch im Zelt saßen, verließen Hischam und Amir uns. Ich fragte mich noch, wohin die beiden Männer denn wollten, der Respekt vor dem Clanführer verlangte es jedoch, dass zumindest ich blieb. Als Nächstes vernahmen wir von draußen einen schrecklichen Tumult und hörten, wie Pferde losgaloppierten. Als wir nach draußen liefen, teilten uns die Männer aufgeregt mit, dass Hischam und Amir Spione verfolgten. Alleine, ohne einen der Männer mitzunehmen. Welch ein entsetzlicher Fehler! Wir machten uns sofort auf den Weg, mein Herr, folgten den Spuren, doch in der Wüste verblassen diese Spuren viel zu schnell. Die Ältesten des Clans halfen uns bei der Suche, da sie besorgt waren, wie Fremde es so nahe an ihr Lager geschafft hatten. Wir suchten, bis auch das letzte Licht verblasste. Am nächsten Morgen, mit der ersten Dämmerung setzten wir unsere Bemühungen fort. Nach Stunden der aufreibenden Suche fand einer der Berber die blutdurchtränkte Jacke Eures Sohnes und den zerrissenen Schwertgurt Amirs. Überall im Sand fanden sich noch Spuren eines Kampfes, getrocknetes Blut hatte sich mit Sand verfestigt. Mein Herr, wir haben die Leichname der beiden Männer nicht finden können." Bassam stockte, da er sah, wie fest Ahmed die Jacke seines Sohnes umklammerte, doch er musste fortfahren, musste diese Geschichte zu Ende bringen. „Mein Herr, die Ältesten des Clans versprachen beim Leben ihrer Söhne, sollten sie die beiden Körper entdecken, so würden sie mit allen Ehren bestattet werden."

„Hischam muss hier begraben werden, hier im Palast, nicht in einem namenlosen Loch in der Wüste. Mein Sohn wurde mir entrissen und mir soll nicht einmal ein Ort vergönnt sein, an dem ich trauern kann?" Ahmed erhob sich und ging zu einem der Fenster, die hinaus auf den prachtvollen Innenhof führten. „Welch Wahnsinn. Welch ein sinnloser Tod. Was hat meinen sonst so besonnenen Sohn so weit gebracht, kopflos in die Wüste zu reiten? In seinen Tod und den Amirs. Bei Allah, welch eine Tragödie."

Bassam beantwortete die Frage seines Herrn nicht, er musste es nicht. Ahmed wusste um den Tod in der Wüste, wusste, dass man Tote schnell unter die Erde bringen musste, da sonst Hitze und Trockenheit ihr grausames Werk taten.

„Herr, bestraft mich, wenn ihr denkt, ich habe versagt, aber die Männer, die mit uns ritten, trifft keine Schuld. Sie wollten mit den beiden reiten, doch es wurde ihnen eindringlich verwehrt."

Ahmed hob abwehrend die Linke. „Bestrafung? Nein, Bassam, es ist nicht deine Schuld. Auch weiß ich, wie sehr du Hischam geliebt hast, so, als sei er dein eigenes Kind. Nein, ich bin mir dessen gewiss, dass auch du auf lange Zeit die Trauer um diesen wertvollen Mann in deinem Herz tragen wirst. Nun aber haben wir beide einen sehr schweren Weg vor uns, einen Weg, den ich nicht allein gehen werde." Ahmed wandte sich zu ihm um. „Aiza, meine geliebte Frau ... Wir müssen Hischams Mutter die Nachricht vom Tod ihres Sohnes überbringen."

Ihm wurde kalt, so kalt, dass der Schweiß, der ihm den Nacken hinablief, zu gefrieren schien. Daran hatte er nicht gedacht. Aiza, die wunderbare, liebenswerte Erstfrau Ahmeds, die ihren Sohn über alles liebte. Ihr nun gegenüber treten zu müssen, entsetzte ihn zutiefst, aber Bassam wusste, dass er dem Befehl seines Herrn Folge leisten musste. So erhob er sich, stieg mit steifen Knien die Stufe hinab und trat zu Ahmed, der noch immer die Jacke in seiner Hand hielt.

„Du kannst es noch nicht wissen, aber Aiza erwartet wieder ein Kind. Nachdem sie zwei Ungeborene verlor, erwartet sie erneut ein Kind. Bete, Bassam, bete, dass dieses Kind leben wird, denn sonst wird meine Frau Kummers sterben."

Er würde beten, ganz gewiss. Tagelang und nächtelang, für den Rest seines Lebens, wenn es denn sein musste.

11.

An Bord der „Rahila“

„Komm zu mir, Estrella. Es ist an der Zeit, dass ich dir deine neuen Kleider zeige. Ich hoffe, dass sie passen werden, die Schneiderin schien sich dessen gewiss zu sein." Alba winkte sie aufgeregt zu sich.

„Aber Doña Alba … Verzeiht mir … Tia Alba, ich habe meine Kleider mitgebracht. Es ist doch nicht nötig, mir neue Kleidung schneidern zu lassen. Ich verstehe nicht. Ich bin doch keine edle Dame." Estrella wusste in diesem Augenblick nicht, was angemessen wäre, doch dass die Dame sie erneut beschenkte, verwirrte sie. Hatte sie zu Beginn erwartet, als Zofe Albas angesehen und behandelt zu werden, so sah sie sich im Irrtum. Nicht nur, dass Javier, der Eigentümer des Schiffes, ihnen die wunderschön ausgestattete Kabine des Kapitäns, nämlich seine eigene, überließ, so schlief sie auch noch gemeinsam mit der Doña darin. Die Matrosen auf dem Segler, fast ausnahmslos Mauren, verneigten sich gar vor ihr. Schon der Umstand, dass sie die Dame nun Tia, also Tante, nennen sollte, war eine Überraschung gewesen.

Alba unterbrach Estrellas Überlegungen, indem sie ihre Aufforderung wiederholte. „So komm, Kind, ich möchte sehen, ob alles passt."

„Ich komme, aber ich bin doch überwältigt. Das muss ich schon sagen, ich bin doch als Ihre Zofe mit auf diese Reise gegangen.“

Nun lachte die Dame. „Da hast du meine Absichten gründlich missverstanden, mein Kind. Du bist mir von Kindesbeinen an lieb und teuer. Als ich dir den Vorschlag unterbreitete, mich zu begleiten, war das nicht die Aufforderung, mir als Dienerin zu folgen. Nein, meine Liebe, ich brauche eine Vertraute, eine junge Freundin, ein Bindeglied zur alten Heimat. Ich brauche jemanden, der mir die Furcht vor dem Neuen nimmt, denn, ich gestehe das gerne ein, auch für mich ist dies – mag mich auch eine Familie erwarten – eine Reise ins Ungewisse. Mit dir an meiner Seite bin ich jedoch guter Dinge. Verstehst du das, Estrella?“

O ja, das verstand sie nur zu gut. Als Alba nunmehr den Deckel einer schön geschnitzten Truhe aus dunkel glänzendem Holz aufklappte, konnte Estrella einen Laut der Begeisterung nicht unterdrücken. Lange Kleider, gefertigt aus weichen, fließenden Stoffen, große Tücher, farblich zu den Kleidern passend, alles in fröhlichen hellen Farben. Etwas ungewohnt, aber sehr ansprechend. Ganze fünf Kombinationen entnahm Alba langsam der Truhe. Estrella war überwältigt, zwar waren ihre eigenen Kleidungsstücke durchaus ansprechend und sehr ordentlich, diese hier allerdings stellten sie mühelos in den Schatten.

Sie griff nach einem gelben, mit Goldfäden durchwirktem Kleid. „Darf ich?“

„Du sollst sogar. Lass mich sehen, wie es an dir aussieht.“

Es sah überwältigend aus. Die langen Ärmel reichten ihr bis zu den Händen, waren aber keinesfalls zu warm, da der Stoff dünn und weich wie Seide war. Das Kleid floss an ihrem Körper hinab wie ein glänzender Wasserfall in der Morgensonne. Zu dem Gewand gehörte ein großes, ebenso zart gewebtes Tuch in einem sehr hellen Rotton, welches Alba ihr geschickt um die Schultern drapierte. Ihr dunkles Haar harmonierte wundervoll mit den fröhlichen Farben. Estrella war entzückt, Alba ganz offensichtlich nicht weniger.

„Wusste ich doch, dass du ausnehmend gut in dieser Tracht aussehen wirst. Es ist kein traditionelles Kleid, dennoch den schönen, aufwändig gefertigten Kleidern der Damen in Marokko nachempfunden." Alba betrachtete sie mit sichtlicher Zufriedenheit. Dann legte sie ihr die Hände auf die Schultern und schenkte ihr ein glückliches Lächeln. „Es war mir wichtig, dass du dich vom ersten Augenblick an nicht allzu fremd in deiner neuen Heimat fühlst. In dieser Kleidung wirst du dich, so zumindest meine Hoffnung, wohlfühlen."

Ja, sie fühlte sich wohl, sehr sogar.

Zwei Tage waren seit ihrer Abreise in Malaga vergangen. Sie kamen nur langsam voran, da der Wind nicht so kräftig war, wie Javier es gehofft hatte, das allerdings kam Estrella sehr gelegen. So konnte sie sich tagtäglich etwas mehr auf das Neue und Aufregende einstellen, das sie dort im Morgenland gewiss erwartete. Sie vermisste ihre Familie in jeder Stunde, sie jedoch so wohlversorgt zu wissen, wie sie alle es nach den Absprachen mit der Dame waren, machte ihr Herz um ein Vielfaches leichter. Heute sollten sie eine Meerenge passieren, die sie aus dem Mittelmeer hinaus in den Ozean führen würde.

„Tia Alba, wenn wir das Mittelmeer verlassen, was wird uns erwarten?"

„Wie meinst du, Kind? Der Ozean ist rauer, wilder und wir werden an der Küste entlangsegeln bis nach Anfa. Dort werden wir von Bord gehen und dann gemeinsam mit Ibrahim und einigen Männern die Javier dazu ausgewählt hat, nach Marrakesch reisen. Dazu werden wir wohl, zumindest habe ich meinen Bruder so verstanden, auf Kamelen reiten müssen."

„Kamele? Ist es denn nicht möglich, mit dem Schiff bis dorthin zu fahren?" Der Gedanke, auf einem dieser fremdartigen Tiere reisen zu müssen, die sie zwar aus Granada und der Umgebung ihres Heimatortes kannte, aber nie geritten hatte beunruhigte sie gehörig.

Alba lachte gutmütig auf. „Aber nein, meine Kleine, Marrakesch liegt nicht am Meer. Dazu müssen wir ein Stück ins Innere des Landes. Hier sind Kamele eindeutig die bessere Wahl, es sei denn, du verfügst über ein Gefährt, das über Sand fahren kann."

„Nicht am Meer?" Nun war es soweit. Das, was ihre Schwester vorausgesagt hatte, traf ein. Sie musste ihrem geliebten Meer Lebewohl sagen. Nie mehr das Rauschen der Wellen vernehmen? Nie mehr den endlos weit entfernten Horizont bestaunen, der immer aufs Neue die Frage aufwarf, was sich dahinter wohl alles verbarg? Nie mehr durch das seichte Wasser am Strand laufen und die Zehen im nassen Sand vergraben? Offenbar gelang es ihr nicht, ihre Trauer darüber zu verbergen.

„Estrella, wusstest du das denn nicht? Anfa liegt am Meer, doch dort bleiben wir nur kurze Zeit und, wenn ich den Worten Javiers Glauben schenken darf, dann ist das auch eine gute Entscheidung. Es muss ein sehr buntes Treiben herrschen in dieser Stadt."

„Eine neue Welt. Darauf bin ich vorbereitet und ich bin sehr neugierig, was uns dort erwarten wird." Estrella unterdrückte ihre Enttäuschung über die neue Erkenntnis so gut sie konnte. Sie wollte der Doña nicht das Herz schwer machen, indem sie ihre Traurigkeit zur Schau stellte. Sie musste stark sein und sich dem stellen, was nun kam. Wenn ihr neues Leben nunmehr weit entfernt von ihrem über alles geliebten Meer sein würde, dann musste sie dies annehmen. Sie hatte sich entschieden und nun gab es kein Zurück.

„Das zu hören, freut mich sehr, meine Kleine. Und nun setzen wir uns bitte und ich werde dir einige Sätze unserer Sprache lehren. Gewiss fühlst du dich wohler, wenn du zumindest etwas verstehst und, so es denn notwendig sein sollte, auch antworten kannst." Die Dame setzte sich auf den schön gedrechselten Stuhl des Kapitäns und winkte ihr auffordernd zu.

Ach, du Schreck. Daran hatte sie nun keinen Gedanken verschwendet. Wie dumm von ihr. Sie reiste in ein anderes Land und wusste nichts von dessen Sprache. Wohl hatte sie sich Wissen über einige der Gepflogenheiten angeeignet, die Landessprache dabei leider gänzlich vergessen. Wie konnte sie nur? „Vergeben Sie mir, Tia Alba, daran, die Sprache zu lernen, habe ich gar nicht gedacht. Es tut mir sehr leid. Natürlich werde ich mich bemühen, sie schnellstmöglich zu erlernen." Sie zog einen Stuhl neben ihre Begleiterin und setzte sich mit zerknirschter Miene.

„Aber Kind, mach dir bitte darüber keine Gedanken. Du hast so Vieles getan und an alles gedacht, wie solltest du da auch noch daran denken, eine neue Sprache zu lernen? Noch dazu muss ich eingestehen, dass unsere Sprache für euch schwer ist. Es ist angeraten, dies im Land zu tun, sprich mit den Menschen. Sie werden dir helfen und dir die richtigen Worte sagen. Was wir heute tun, ist, lediglich einige Sätze lernen, die wichtig sind, wenn dich jemand begrüßt und du etwas Angemessenes darauf entgegnen möchtest." Sie betrachtete Estrella eine kleine Weile mit einem Lächeln auf den Lippen. „Besonders vonnöten wird in deinem Fall sein, allzu neugierige Zeitgenossen abwehren zu können. Hier gibt es einige sehr treffende Sätze, die du dir gut merken solltest."

„Abwehren? Aber warum denn? Wer sollte mir denn zu nahekommen?"

Alba seufzte leise und schüttelte mit nachsichtiger Miene den Kopf. „Kind, du verstehst es tatsächlich nicht, nicht wahr? Du weißt noch immer nicht, so beginne ich langsam zu glauben, welch eine bildschöne junge Frau du bist. Alles an dir erscheint harmonisch, ja, nahezu perfekt. Deine großen, wunderschönen und so sanften Augen, die es verstehen, zu lächeln und Wärme zu schenken. Dein herrliches, dichtes Haar, das bereits glänzt und schimmert, sobald du dich nur bewegst. Dein so schönes Antlitz, das mich in seiner Vollkommenheit stets an die Bildnisse unserer fantasievollen Maler erinnert, nur dass es bei dir das pure Leben ist. Dein Körper, nicht zu schmal und nicht zu breit, einfach nur eine Freude, dich anzusehen, so, als sei eine der Statuen der Alhambra zum Leben erwacht. Kleines, du hast stets deine Schwester Elena für ihr hübsches Äußeres gelobt. Kam dir denn nie in den Sinn, dass auch du eine sehr schöne junge Frau geworden bist? Beginne dein neues Leben nunmehr bitte damit, dich selbst wertzuschätzen, und lerne, dich selbst zu lieben. Denn nur, wer mit sich selbst im Reinen ist, kann auch echte Liebe geben.“

„Sie machen mich verlegen, liebe Tia. Ich bin doch nur ein einfaches Mädchen. Ja, jung und gesund und von der Natur nicht nachlässig behandelt, dennoch bin ich nur Estrella, die Tochter eines Fischers aus Almuñecar. Ich bin gewiss nichts Besonderes.“

Nun lächelte Alba. „Allein diese Worte machen dich zu etwas Besonderem. Deine tiefe Bescheidenheit, deine Natürlichkeit, die keinen Schmuck, keinen teuren Putz benötigt, all das macht dich zu einem der wunderbarsten und liebenswertesten Menschen, die ich in meinem langen Leben kennenlernen durfte.“ Sie straffte ihre Schultern und griff nach einem in Leder gebundenes Buch, das vor ihr auf dem Tisch lag. „Und nun genug des Lobes, meine Liebe. Jetzt wird gelernt, damit du gegen alles gewappnet in dein neues Leben schreiten kannst.“

Hafen von Anfa, Marokko

Gewappnet? Wovon hatte die Doña da vor zwei Tagen gesprochen? Wie sollte sie auch nur im Geringsten gegen etwas wie das gewappnet sein, was sich hier vor ihren Augen abspielte?

Die „Rahila" war in den Hafen von Anfa eingelaufen und die Matrosen warfen den Anker aus. Estrella dankte allen Göttern, dass sie nicht direkt an der Pier anlegen konnten, da dort soeben gleich drei andere Segelschiffe entladen wurden. Sollte sie im Hafen von Malaga gedacht haben, es herrsche reges Treiben, so war es hier ein wahres Tollhaus. Zahllose Boote und kleine Schiffe bahnten sich in halsbrecherischer Manier ihren Weg zwischen den gigantischen Seglern hindurch, die im Hafenbecken lagen. An Land herrschte ein scheinbar heilloses Durcheinander, Menschen schrien sich gegenseitig wild gestikulierend wie auch immer geartete Dinge zu. Die großen Schiffe wurden ebenso eilig entladen wie einige Fischerboote, deren Fracht Männer in langen Gewändern mit riesigen Körben auf ihren Köpfen forttrugen. Fässer wurden über die Steine gerollt, mächtige Tonkrüge auf den Schultern balanciert, Stoffballen auf breiten Rücken geschleppt. Zwischen all diesem Trubel bahnten sich Händler mit ihren Waren einen Weg, die sie offenbar lautstark anpriesen, so laut, dass Estrella sie bis auf das Deck der „Rahila" zu hören vermochte. Des Weiteren entdeckte sie Schiffe, die höchst abenteuerlich auf sie wirkten, mit zum Teil verschlissenen Segeln oder gebrochenen Masten, auf denen fremdartig aussehende und sehr seltsam gekleidete Männer arbeiteten und offenbar damit beschäftigt waren, die Spuren der letzten Fahrt zu beseitigen.

„Tia Alba, was sind das für Matrosen? Seht Ihr, die dort auf dem Schiff mit den etwas dunkleren Segeln." Estrella deutete zaghaft in Richtung des Segelschiffes.

Es war nicht die Doña die antwortete, sondern es war die tiefe, beruhigende Stimme Ibrahims. „Piraten, kleiner Stern, das dort auf dem Schiff sind Piraten. Anfa ist seit geraumer Zeit ein, sagen wir schützender Hafen für diese Gesellen. Sie tun niemandem etwas zuleide und man lässt sie gewähren. Hier reparieren sie die Schäden an ihren Schiffen und treiben nicht selten Handel mit ihrer Beute.“

„Ihrer Beute?“ Estrella verstand die Welt nicht mehr.

„Ja, hier herrschen andere Gesetze als an deinen Gestaden, mein schöner Stern aus dem Abendland.“ Ibrahim legte ihr beruhigend die Hand auf die Schulter. „Daran wirst du dich rasch gewöhnen.“

„Daran soll sie sich gar nicht erst gewöhnen müssen. Wir werden nur so lange in diesem Durcheinander verweilen wie unbedingt nötig.“ Die edle Dame schien Anfa nicht für einen längeren Aufenthalt in Betracht zu ziehen, was Estrella sehr beruhigte. Alba wandte sich suchend um und entdeckte ihren Bruder. „Javier, ist die Unterkunft für uns vorbereitet? Was mich noch um einiges mehr beschäftigt, wann glaubst du, können wir unsere Reise fortsetzen?“

„Liebe Schwester, ist es möglich, dass diese herrliche Stadt nicht dein Wohlwollen findet? Ich sehe schon, dein ruhiges, beschauliches Leben dort im Emirat von Granada hat dich träge werden lassen. Sorge dich nicht. Es ist eine schöne und ruhige Unterkunft am Rand der Stadt für euch vorbereitet und die Karawane kann schon am Morgen des übernächsten Tages aufbrechen. Ist dies in deinem Sinne, meine liebe Schwester?“ Estrella konnte an der heiteren Miene ihres Kapitäns erkennen, dass er nur scherzte und Späße mit seiner Schwester trieb.

Die funkelte ihn fröhlich an. „Versuchst du mich zu ärgern, mein kleiner Bruder? Sei gewarnt, du kennst mich lange genug. Ich weiß mich zu wehren."

Javier verdrehte die Augen und grinste. „Das, meine Liebe, musst du mir nicht bestätigen. Aber lass uns ernst sein. Ich bringe euch, sobald wir an Land gehen, sofort zu den von mir ausgewählten Gastgebern. Vertraut mir bitte, wenn ich euch beiden versichere, dass Anfa, sobald man den Hafen hinter sich gelassen hat, bei weitem nicht so schrecklich ist, wie ihr glauben mögt. Gebt der ehrwürdigen Stadt der Berber die Möglichkeit, sich euch vorzustellen."

Es dauerte nicht lange und ein Ruderboot legte neben der „Rahila" an, um sie an Land zu bringen. Der Segler selbst konnte erst am Abend anlegen, um die Kisten und Taschen der beiden erleichterten Passagiere zum Weitertransport vorzubereiten. Estrella hielt während der Fahrt so gut als möglich die Luft an. Es stank erbärmlich nach totem Fisch und Dingen, denen sie gar nicht erst auf den Grund zu gehen gedachte. An Land erwarteten sie zwei Sänften, die Estrella allein durch die aufwändige Verzierung in Entzücken versetzten. Dass zwei starke Männer sie durch die Stadt tragen sollten, erstaunte sie. „Ibrahim, ich kann doch laufen. Das muss nicht sein. Es genügt vollends, wenn Tia Alba eine Sänfte erhält."

„Ganz gewiss nicht, Mädchen. Sieh dich einmal kurz um, bitte."

Sie blickte sich gehorsam um und verstand auf der Stelle. Begierige Blicke musterten sie von Kopf bis Fuß und die Männer wandten ihre Augen auch nicht ab, als Estrella ihnen ins Gesicht blickte. Sofort fühlte sie sich sehr unwohl.

„Verstehst du, warum auch du in einer Sänfte verschwinden wirst?“ Ibrahims Blick ruhte fragend auf ihr.

„Ja, ich denke, ich verstehe. Ich werde sehr gerne in die Sänfte steigen.“

„Wusste ich es doch. Dann hinein mit dir. Die Dinge, die ihr beide für die nächsten Stunden benötigt, werden euch auf dem schnellsten Wege gebracht. Ich werde euch begleiten.“

Mit dem Mauren an ihrer Seite hatte Estrella zu ihrer eigenen Überraschung keine Furcht mehr, ein klein wenig vielleicht, aber die Neugier begann zu überwiegen. Tatsächlich veränderte sich die Stadt, sobald sie den Hafen, seinen Lärm und den Gestank hinter sich ließen. Wunderschöne Häuser, verziert mit aufwändigen Mosaiken, hölzerne Pforten, die Palästen zur Ehre gereicht hätten, mit goldenen und kupfernen Ornamenten beschlagen. Ab und an erspähte Estrella eine offene Tür und entdeckte Innenhöfe, in denen Springbrunnen plätscherten oder Kinder fröhlich zwischen Blumentrögen spielten. Sie erblickte am Straßenrand Händler, die ihre Waren feilboten, und gepflegte Plätze, an denen ganz ähnlich wie in ihrer Heimatstadt die Menschen auf Bänken oder Hockern beisammensaßen und sich unterhielten oder etwas tranken und aßen. Es mochte etwas staubiger sein als zu Hause, dennoch war es neu, bunt und sehr schön anzusehen. Im Geiste tat sie Anfa Abbitte, doch der erste Eindruck am Hafen hatte sie zutiefst erschreckt.

Viel zu schnell erreichten sie ihr Ziel. Ein zweistöckiges Haus in leuchtend gelber Farbe gestrichen, nicht das allgegenwärtige Weiß wie zu Hause erwartete seine Gäste. Die Eingangspforte aus rötlichem Holz war sehr eindrucksvoll mit Kupfernägeln beschlagen, die eng an eng ein gleichmäßiges wellenförmiges Muster bildeten und in der Sonne glänzten. Direkt über dem Eingang prangte ein, wie Estrella annahm, geschmiedetes Kunstwerk, das einem Wappen ähnelte und wohl zu bedeuten hatte, dass hier eine edlere Familie lebte.

„Ibrahim, ist dies ein königliches Wappen?" Sie deutete zu dem fein gearbeiteten Kunstwerk hinauf.

„Nein, mein Stern, dies ist das Zeichen dafür, dass hier ein guter, ein erfolgreicher und hoch angesehener Goldschmied lebt und arbeitet."

„Oh, es sieht sehr beeindruckend aus."

„Das ist es, Kind, warte ab, bis du die Arbeiten der Handwerker in Marrakesch zu Gesicht bekommst. Seien es Silberschmiede oder Künstler, die Kupfer verarbeiten, ein jeder ist für sich einzigartig. Du wirst beeindruckt sein." Man konnte den Stolz aus Ibrahims Erklärung heraushören.

„Ich bin schon jetzt beeindruckt, das musst du mir glauben." Estrella hätte gern das schöne Gebilde etwas bestaunt, doch die Pforte öffnete sich und man bat sie und die Dame, ins Haus zu kommen.

Eine kleine, rundliche Frau in einem prächtigen grünen Kleid eilte auf Alba zu. „Willkommen in Anfa, willkommen in der Heimat, liebe Freundin."

Es dauerte eine ganze Weile, ehe Estrella begriff, dass die Frau ihre Sprache gesprochen hatte. Das erklärte auch den seltsamen Blick, den diese ihr zuwarf. Sie war

wohl eine derjenigen, die hier eine neue Heimat gefunden hatten. Sie würde sehr achtsam mit ihren Worten
umgehen müssen, wenn sie keinen Fehler machen
wollte.

12.

Marrakesch, Palast Ahmed al-Mahdis

So sehr Bassam noch vor wenigen Wochen den Palast und die dazu gehörenden Gärten geliebt hatte, so unwohl fühlte er sich derzeit an diesem schönen Ort. Mehr als verständlich, betrachtete man die letzten Ereignisse. Heute hatte er die Ställe kontrolliert und die Wachen eingeteilt, nun musste er zurück in den Palast, um dort nach dem Rechten zu sehen. Viel lieber wäre er, verborgen von allen Blicken, hier im Park geblieben, hätte sich an einen der Springbrunnen gesetzt und einfach nur an nichts gedacht, sofern er dazu derzeit überhaupt in der Lage war. Er erblickte sie schon, als sie mit zweien ihrer Dienerinnen aus einem Seiteneingang des Palastes trat. Sie war eine stolze, eindrucksvolle Frau. Noch immer schön, noch immer hoch aufgerichtet trotz all des Kummers, den sie hatte ertragen müssen und den sie noch immer so tapfer ertrug. Mochte er zu anderen Gelegenheiten die Nähe der klugen Frau und ihre Fähigkeit, sehr interessante und unterhaltsame Gespräche zu führen, sehr schätzen, so wäre er heute nur allzu gern unsichtbar gewesen.

Aiza, die von Ahmet sehr geliebte und von allen geachtete Erstfrau, sah ihn jedoch sofort und winkte ihm zu. Ihre Geste zu „übersehen", stand außer Frage und so verbeugte er sich und ging ihr langsam und gemessenen Schrittes entgegen.

Selbst an einem Tag wie diesem rang ihm ihre Erscheinung Bewunderung ab. Mochte man die Trauer in ihren Zügen lesen können, so war sie doch stets die stolze und edle Frau, die zu sein von ihr erwartet wurde. Sie trug ein schwarzes langes Kleid, darüber einen silberdurchwirkten Umhang. Ihr langes, schwarzes Haar verbarg sich unter einem geschickt drapierten Schleier, der ihr Antlitz frei ließ.

Er sah ihr in die Augen und der Schmerz, der daraus sprach, tat ihm selbst weh. Mitschuld an diesem Schmerz zu tragen, peinigte ihn.

Bassam verbeugte sich erneut, dieses Mal etwas tiefer. „Herrin, ich freue mich, Euch zu sehen. Wie geht es Euch? Kann ich etwas für Euch tun?"

Aiza lächelte ihn an und es war ein trauriges Lächeln, das erkannte selbst er, der mit weiblichen Gefühlen noch immer nicht problemlos zurande kam. „Das kannst du, Bassam, begleite mich eine Weile auf meinem Spaziergang. So kann ich mich sicher fühlen und ich habe einen Gesprächspartner, den ich derzeit nicht so oft zu Gesicht bekomme."

Er schämte sich. Merkte sie, dass er ihr aus dem Weg ging? Natürlich, Aiza war eine einfühlsame und weise Frau. Ihr konnte er nichts vormachen. „Es ist mir eine Freude, Herrin. Ich begleite Euch sehr gerne."

Aiza musterte ihn kurz, dann legte sie ihre Hand auf seinen Arm. „Lügner. Bassam, glaubst du denn, ich bemerke es nicht, wenn du den Palast und somit auch mich meidest? Denkst du, ich wüsste nicht, was in dir vorgeht? Du kennst mich seit dem Tag, an dem ich hierherkam. Jung, unerfahren und voller Furcht, etwas falsch zu machen. Du warst es, der mir Mut gemacht hat, du warst es, der meinen Sohn so Vieles gelehrt hat, du warst es, der mir stets mit Rat und Tat zur Seite stand. Darya hat einen wundervollen Mann bekommen. Ich habe mich so sehr für sie und dich gefreut." Er sah erstaunt zu ihr hinüber und entdeckte, dass sie noch immer lächelte. „Ich befürchtete schon, du würdest nie eine Frau erwählen. Dir war doch hoffentlich bewusst, dass dich eine jede meiner Dienerinnen mit großer Freude in ihre Arme geholt hätte?"

„Herrin, Ihr macht mich verlegen. Aber, ja, ich hatte einige ... Begegnungen ... mit den jungen Damen. Nur bei Darya konnte ich an nichts und niemanden anderes mehr denken." Er stockte. „Vergebt mir, Herrin. Ich denke, Ihr verspürt derzeit nicht den Wunsch, über meine Familie zu sprechen."

Aiza zeigte auf eine Bank aus weißem Marmor im Schatten eines von Blumen überrankten Pavillons. „Setzen wir uns doch bitte. Ich glaube, dass ein klärendes Gespräch zwischen uns beiden dringend angeraten ist." Während ihre Begleiterinnen sich in den Schatten einer kleinen Palme setzten, nahm er neben ihr auf der Bank Platz. Ein großes Privileg, das wusste Bassam. Ihm fiel beim besten Willen nichts ein, um ein vernünftiges Gespräch zu beginnen, das war aber auch gar nicht nötig. Es war Aiza, die leise, aber bestimmt zu sprechen begann.

„Mein lieber Freund, denkst du denn, ich wüsste nicht, was du durchmachst? Glaubst du, ich könne mir nicht vorstellen, durch welche Qualen du gehst? Du hast Hischam wie deinen Sohn behandelt und ab und an hätte man glauben können, er sähe in dir mehr seinen Vater als in meinem Gatten. Nein, widersprich mir nicht. Ich meine das in keiner Weise abfällig oder anklagend. Hischam hat dich stets für deine Stärke, die von dir ausgehende Ruhe und Sicherheit bewundert. Du warst ihm ein exzellenter Lehrmeister, das weiß ich und das weißt du ebenso gut. Mir ist bewusst, dass du dir die Schuld an Hischams Tod gibst. Darum meidest du Ahmed und auch mich, ja, die ganze Familie. Bassam, ich bitte dich, du hast keine Schuld. Hischam tat etwas Unüberlegtes, in seiner Jungend, in dem irrsinnigen Glauben an die Unsterblichkeit der jungen Männer tat er etwas, das falsch war. Etwas, das auch Amirs Leben kostete, nicht nur ich trauere, auch Amirs Mutter und sein Vater trauern. Ich muss dir nicht sagen, dass ich meinen Sohn über alles geliebt habe, ihn immer lieben werde, doch es war nicht deine Schuld, hörst du mich?"

Die Verzweiflung drohte, ihm die Kehle zuzuschnüren. Da saß diese unglaublich starke, mutige und tapfere Frau und tröstete ihn? Tat sie das tatsächlich? Bei Allah, was war er nur für ein Mann? „Herrin, Ihr seid zu freundlich zu mir. Ich weiß zu gut, dass ich versagt habe. Mir stünde es anheim, tot zu sein, nicht Hischam und Amir. Ich trug die Verantwortung für diese Unternehmung. Nicht genug damit, dass ich deren Leben auf dem Gewissen habe, nun gesellt sich dazu noch das Ungeborene, dem meine Unfähigkeit ebenso das Leben kostete."

„Hör damit auf, Bassam. Hör sofort damit auf!" Aiza hatte seine Hand ergriffen. „Ja, ich habe das Kind verloren, doch wer weiß, ob es nicht Allahs Wille war? Alle haben mich so liebevoll umsorgt, wirklich alle. Kiran wich kaum von meiner Seite und verwöhnte mich. Sie servierte mir frische Fruchtsäfte mit Granatapfel und Gewürzen, um mich zu stärken, und dennoch verlor ich das Kind. Ich bin unsagbar traurig, ja, das gestehe ich gerne ein, dennoch ist all das nicht deine Schuld. Bassam, verstehst du das? Wie oft hast du bereits unser aller Leben gerettet? Wie oft hast du die Familie mit deinem Leben beschützt? Wir alle können es nicht mehr zählen, können den Dank dafür nicht mehr in Worte fassen. Darum, ein letztes Mal, hör auf, dich zu quälen, verstehst du mich? Ab sofort will ich dich wieder im Palast sehen, ich möchte, dass du Ahmed zur Seite stehst, der in tiefer Trauer um seinen Ältesten verharrt und der einen wahren Freund benötigt. Ich will dich sehen und ich will, dass du auch wieder für uns alle da bist. Trauere um Hischam, das kann und will ich nicht untersagen, doch gib dir nicht die Schuld an seinem Tod. Hast du das verstanden?"

Ja, er hatte verstanden. Er hatte diese einzigartige Frau nur allzu gut verstanden und er gedachte, ab heute noch viel mehr als zuvor auf sie zu achten, auf sie, auf den Sheikh und auf die anderen Familienmitglieder. Er versprach Aiza, dass er ab sofort versuchen wolle, wieder der alte Bassam zu werden. Er versprach, ihre guten Wünsche an Darya und die Kinder zu übermitteln, und vor allem versprach er ihr, dass er auch weiterhin sein Leben für sie und die anderen geben würde.

Nachdem sie sich erhoben hatte und mit ihren Damen langsam weiter durch den Park spazierte, sah er ihr nach, bis sie um die Ecke in Richtung Hamam entschwand. Etwas in ihrer Erzählung wollte ihm nicht aus dem Kopf, etwas, das er schon einmal gehört haben musste, etwas, das wichtig war. Nur was? Alles, was Aiza ihm gesagt hatte, war von Wichtigkeit. Er musste dringend seine Gedanken ordnen, wenn er keinen Fehler begehen wollte. Nach ein paar Schritten wurden seine Überlegungen allerdings auf sehr zauberhafte Weise von einem Engel unterbrochen.

„Bassam! Sieh zu mir! Sieh doch, wie schnell ich bin. Pass auf, Bassam, ich komme."

Gerade noch gelang es ihm, sich umzudrehen und die Arme auszubreiten, als der bunte Wirbelwind auch schon hineinflog. Mochten ihn seine Untergebenen fürchten, mochten manche Wachen zusammenzucken, sobald er nur auftauchte, und mochte man ihm innerhalb und außerhalb des Palastes mit großem Respekt begegnen. Dieses kleine Wesen hatte noch nie Furcht gezeigt, das Kind war ihm noch nie ängstlich gegenübergetreten, alles, was das Mädchen zeigte, war reine Liebe und grenzenloses Vertrauen. Er hob Hafsa hoch und nahm sie auf den Arm. Das runde Kindergesicht mit den vom Toben geröteten Wangen und den riesigen Mandelaugen blickte strahlend zu ihm auf, während ihr das lange lockige Haar über die Augen fiel. Die dunkelbraune Haarflut wischte die Kleine ungeduldig beiseite. „Ich lerne fliegen!"

Bassam unterdrückte ein Lachen, als er die atemlose Kinderfrau über den Weg auf sie zulaufen sah. „Bist du wilder kleiner Vogel wieder deiner Dienerin entwischt?", fragte er. „Hafsa, du weißt doch, dass sie jedes Mal ausgeschimpft wird, wenn du dich verletzt oder sonst etwas passiert. Nun benimm dich doch wie eine Dame. Und noch etwas, du kannst nicht fliegen.“

Die Stirn der Kleinen legte sich in bedrohliche Falten. „Wieso sollte ich das nicht können?“

„Weil du ein kleines Mädchen und kein Vogel bist.“

„Du hast gerade selbst gesagt ich sei ein wilder kleiner Vogel, oder etwa nicht?“

„Das habe ich nur gesagt, weil du dich so benimmst. Du bist nun einmal ein Menschenkind.“

„Dann werde ich eben ein Vogel.“

„Das bezweifle ich, Hafsa.“

„Und warum?“

„Weil ich keine Flügel sehe, und die brauchst du, um fliegen zu können. Habe ich denn nicht recht?“

Das kleine Mädchen spielte gedankenverloren mit einer seiner langen, langsam ergrauenden Haarsträhnen, die sich aus den Knoten auf seinem Kopf gelöst hatte. „Ach, weißt du, ich bin ja noch jung. Vielleicht wachsen mir noch Flügel, wenn ich es mir ganz fest wünsche. Du bist schon älter, du kriegst keine mehr.“

„He, du frecher, kleiner Zwerg, wer sagt hier, dass ich alt bin?“

Sie grinste ihn zufrieden an, zog die Haarsträhne vor seine Augen, was geringfügig schmerzhaft war und meinte: „Du hast schon graue Haare, schau.“

„Das wundert mich nicht, bei den Sorgen, die ich mir immer um dich machen muss, da bekommt man schon einmal graue Haare.“ Er versuchte sich an einer sehr ernsten Miene.

Das Gesicht des Mädchens veränderte sich und die Augen wurden noch größer. „Wirklich? Bin ich daran schuld? Nicht böse sein, Bassam, das wollte ich nicht.“

Ihre Kinderarme schlangen sich um seinen Hals und sie legte ihre Stirn an seine Wange. „Ich will nicht schuld sein, dass du alt wirst.“

Er drückte die Kleine an sich und grinste. „Ach, Hafsa, alt werde ich ganz von allein, nur bei den grauen Haaren müssen wir aufpassen, einverstanden?“ Er setzte sie wieder auf dem Boden ab und streichelte ihr liebevoll über ihr Haar. „Nun, Prinzessin, gehst du zu deiner Dienerin, nimmst ihre Hand und gehst so ordentlich und brav spazieren, wie es sich für die Tochter Sheikh Ahmeds gehört. Hast du mich verstanden?“ Er beugte sich tief zu ihr hinunter und flüsterte ihr, sodass die junge Frau es nicht hören konnte, ins Ohr. „Und das nächste Mal nehme ich dich wieder auf meinem Pferd mit, aber das bleibt unser Geheimnis, einverstanden, meine Prinzessin?“

Hafsa strahlte. „Einverstanden, ich mag unsere Geheimnisse“, antwortete sie ihm ebenfalls im Flüsterton. Lauter kam ihre Antwort. „Ja, Bassam, natürlich bin ich brav, wenn du das sagst.“ Gehorsam griff sie nach der Hand der sichtlich erleichterten Dienerin. „Eigentlich bin ich doch immer gehorsam, nicht wahr, Leila?“

Die Angesprochene zog eine sehr amüsante Grimasse und nahm die Hand der übermütigen Prinzessin fest in die ihre. „Ich danke Euch, Sayyid Bassam, Ihr wisst immer, wie man mit unserer Kleinen umgehen muss. Ich gebe zu, ab und an ist es für die Dienerschaft schwer, ihr gerecht zu werden. Nicht einmal Maha gelingt es und sie ist die Ältere von uns.“

Bassam schmunzelte. „Sie ist einfach voller Leben, sehr viel und sehr fröhliches Leben. Freuen wir uns, dass dem so ist.“

Während sich Dienerin und Schützling nun gemäßigten Schrittes auf den Weg zurück ins Haus machten, ging Bassam langsam und nachdenklich ebenfalls weiter seines Weges. Und plötzlich, als er am anderen Ende des Weges den herrlichen Granatapfelbaum erblickte, wusste er, was ihm beim Gespräch mit Aiza so seltsam erschienen war. Er erstarrte in der Bewegung. Vielleicht irrte er sich ja. Hoffentlich irrte er sich, denn wenn nicht, dann hatte der Tod in diesem Haus ein Gesicht.

13.

Berberstraße zwischen Anfa und Marrakesch

Immer wieder warf Estrella einen prüfenden Blick auf Alba. Es war heiß und sie waren bereits seit dem Vortag unterwegs. Obwohl sie und die Dame es so bequem wie irgend möglich hatten, war sie doch in großer Sorge um Alba.

Am frühen Morgen des vergangenen Tages waren sie in Anfa aufgebrochen und mit nur einer Unterbrechung bis zum späten Nachmittag geritten. Kamele erwiesen sich als viel angenehmere Reittiere, als Estrella zuerst gedacht hatte. Die „Schiffe der Wüste", so nannte Ibrahim sie und damit hatte er, betrachtete man das gleichmäßige Geschaukel, sogar recht. Um sie vor der Sonne zu schützen, hatte man beide Frauen in die Tracht der Berber gekleidet. Lange, weite Kleider und ein dichter Schleier als Schutz vor Sand und Sonne zugleich. An den Sätteln hatte man leichte, mit Tüchern bespannte Stangen befestigt, um die Frauen zusätzlich vor der Sonne zu schützen. Die Nacht hatten sie in Zelten der Berber verbracht und erneut sah sich Estrella überrascht. Geräumig, luftig, angenehm, sogar mit Teppichen, auf denen man ihre Decken ausrollte und wo sie wirklich sehr gut schlafen konnte.

Auch Alba sagte zwar, dass es ihr gut gehe, nur wollte Estrella ihr das nicht glauben. Sie konnte derartige Strapazen nicht gewöhnt sein. Estrella zog ihre Schleier etwas beiseite und beugte sich zu der Dame. Das war nicht leicht, da sie darauf achten musste, nicht aus dem aus Holz geschnitzten Sattel zu rutschen. Wobei Ibrahim ihr bereits versichert hatte, sie würde das sehr gut machen. Sie saß auf einem Lederkissen, das auf einem Holzgestell befestigt war. Vor ihr ragte ein hölzerner Knauf auf, an dem ihr Wasserschlauch hing und um den sie ihr rechtes Bein schlang, welches danach links eng am Körper des Kamels war, eine Haltung, die ihr Sicherheit gab. Der linke Fuß steckte an der Seite in einer Art Bügel und bot guten Halt. In ihrem Rücken befand sich eine ebenfalls aus Holz geschnitzte Lehne, beinahe wie an einem Stuhl. Ein sinnvolles und gut durchdachtes System, dieser Kamelsattel. Jetzt gerade stützte sie sich mit dem linken Fuß gut ab und rief ihrer Begleiterin zu, ob sie eine Pause brauchte.

Alba schüttelte den Kopf, ehe sie ihr antwortete. „Kleines, ich bin kräftiger, als du zu denken scheinst. Ich freue mich sogar auf noch eine Nacht in dieser unendlich erscheinenden Wüste. Morgen erreichen wir dann Marrakesch, heute jedoch lass uns dieses Abenteuer noch genießen."

Estrella lächelte. Sehr gut. Solange die Dame es als Abenteuer betrachtete, sollte sie es auch als solches sehen. Wer konnte wissen, ob sie jemals wieder in einem dieser schönen Zelte würde schlafen dürfen und wann sie jemals wieder ihre Mahlzeit beim Schein eines Feuers unter einem solch atemberaubenden Sternenzelt einnehmen konnte. Dieser Nachthimmel! Estrella konnte sich nicht an ihm sattsehen. Abertausende von Sternen leuchteten in der undurchdringlichen Dunkelheit der Wüste auf sie herab. Erst als sie erbärmlich zu frieren begann, war sie in der vergangenen Nacht Ibrahims Aufforderung gefolgt, sich in das schützende Zelt und unter warme Decken zurückzuziehen.

Mit sicherem Griff nahm sie ihren Wasserschlauch, öffnete ihn und trank, so wie es ihr geraten worden war, nur zwei kleine Schlucke. Das reichte aus, um den Mund zu befeuchten und den Durst gar nicht erst aufkommen zu lassen.

„Sieh hin, kleiner Stern. Dort werden wir unser Nachtlager aufschlagen. In dieser Oase findest du sogar Dattelpalmen." Ibrahim zeigte nach vorn und tatsächlich schälten sich aus der vor Hitze flirrenden Luft die Umrisse von Palmen.

„Unsere letzte Nacht in der Wüste. Glaubst du mir, wenn ich sage, dass ich es bedauere, schon morgen wieder in einer Stadt anzukommen?" Seufzend suchte sie seinen Blick.

Dass er lachte, sah man an seinen Augen. Diese waren das Einzige, das man tagsüber von Ibrahims Gesicht sehen konnte. Der Rest seines Kopfes war unter einem kunstvoll verschlungenen Turban versteckt. „Sagte ich es dir nicht, dass du die Wüste mögen wirst?"

„Wie konntest du dir so sicher sein? Ich habe mein ganzes bisheriges Leben am Meer verbracht, die Wüste ist so vollkommen anders, ja das komplette Gegenteil."

„Nein, mein Stern, das ist falsch. Wer das Meer liebt, liebt auch die Wüste. Sag mir, was liebst du am Meer?"

Sie dachte gut nach. „Die Weite, die Wellen, die sich
vor mir in weißen Schaumkronen brechen, der Horizont, auf den ich blicken kann."

Ibrahim nickte. „Gut und nun sag mir, was du siehst."
Er machte eine ausladende Bewegung mit seinem Arm
und musterte sie dann eingehend.

Die Karawane überquerte soeben eine Düne und so
hatte sie eine sehr gute Aussicht. Sie ließ ihren Blick
über die vor ihnen liegende Wüste schweifen. Sie erkannte die Weite, sah die goldenen Wellen, die der
Wind in den Sand zauberte, vernahm die Ruhe und, als
sie den Blick noch etwas hob, entdeckte sie weit in der
Ferne, im Schein der bereits tiefer sinkenden Sonne,
die Linie des Horizontes.

„Etwas trocken, aber tatsächlich wunderschön. Auch
hier habe ich die Weite vor Augen, die Unendlichkeit,
sogar Wellen sehe ich. Du hattest recht, Ibrahim, die
Wüste ist wunderschön."

„Siehst du. Mag man auch beides nicht vergleichen
können, so ist jedes für sich einzigartig. Beides erscheint uns unendlich, beides fasziniert auf seine
Weise. Und nun beeile dich, Estrella, dich erwartet eine
Köstlichkeit."

Ehe sie fragen konnte, trieb er bereits sein Tier an und
so ging es um einiges schneller als zuvor in Richtung
der verlockend vor ihnen liegenden Oase.

Während die Männer, die die Karawane begleiteten,
die Kamele von ihren Lasten befreiten und begannen,
das Lager für die Nacht zu errichten, führte Ibrahim sie
und die Doña zu den Palmen. Er blieb stehen, legte den
Kopf in den Nacken und blickte hoch zu den sattgrünen Palmzweigen. Darunter entdeckte Estrella lange

Stränge, an denen, ähnlich wie Trauben, Früchte hingen.

„Ibrahim, was ist das?" Sie zeigte zu den dicht an dicht hängenden Strängen.

„Das sind Datteln. Richtige Datteln, nicht das getrocknete Zeug, das ihr da drüben esst."

Alba drohte ihm mit erhobenem Zeigefinger. „Hüte deine Zunge. Wenn ich mich recht entsinne, haben dir meine getrockneten und in Sirup eingelegten Früchte immer bestens gemundet, oder täusche ich mich?"

Der Maure wickelte den unteren Teil seiner Kopfbedeckung ab und lachte. „Nein, Herrin Ihr täuscht Euch nicht. Die waren tatsächlich außer-gewöhnlich gut. Dennoch geht, so denke ich, nichts über die frisch gepflückten Früchte."

Estrella sah noch immer nach oben in die Palme. „Das mag sein, Ibrahim, aber sag mir doch bitte, wie man an die Datteln herankommen soll."

„Das ist leicht. Du musst nur nach oben klettern und schon hast du sie."

Estrella konnte spüren, wie ihre Augen sich ungläubig weiteten. „Das meinst du nicht so, nicht wahr? Ich komme da nie und nimmer hinauf. Ich bin doch kein Affe."

Nach ihren Worten erschien ihr Ibrahims Grinsen schon sehr verdächtig. Allerdings hatte er sich rasch wieder im Griff. „Mädchen, ich sagte ja auch nicht, dass du selbst da raufklettern sollst. Schließlich möchte ich dich gerne lebendig und mit heilen Knochen in Marrakesch abliefern. Warte einmal." Er wandte sich suchend um und winkte einen seiner Männer heran.

Estrella verstand nicht, was er zu ihm sagte, mochte sie tatsächlich einige Worte Arabisch sprechen und verstehen, die Sprache der Berber würde wohl auf ewig ein Geheimnis für sie bleiben. Sie sah lediglich, wie der junge Mann nickte, von Ibrahim einen Dolch entgegennahm, sich diesen zwischen die Zähne klemmte, was eigentlich schon gefährlich genug aussah, und dann behände wie eine Katze die Palme hochkletterte. Voller Bewunderung verfolgte sie jede seiner Bewegungen. Es sah bei ihm so leicht, so einfach aus. Oben angelangt nahm er den Dolch aus dem Mund, hielt sich mit nur einer Hand fest und schnitt einige der dicken Stränge durch. Nach einem Warnruf ließ er sie zu Boden fallen. Ibrahim sammelte die Fruchtstände auf, ging zu dem etwa zehn Meter entfernt liegenden Wasserloch, wusch die Früchte kurz ab, kam zurück und zupfte zwei der prallen, dunkelbraun glänzenden Datteln von den Zweigen. Er reichte sowohl der Doña wie auch ihr je eine Dattel. „Kostet davon, meine Damen.“

Die Früchte waren köstlich! Noch warm von der Sonne, süß und saftig, ein wahrer Genuss. „Sie schmecken wirklich sehr gut. So etwas habe ich noch nie gegessen.“

Er lächelte und reichte ihr eine ganze Handvoll, die er inzwischen sorgfältig abgezupft hatte. „Du warst ja auch noch niemals in einer Oase mitten in der Wüste, mit Datteln, die im Licht der heißen Sonne reifen durften und ganz frisch in deinen Mund wandern.“

Die Nacht kam rasch, hier in der Wüste. Die Dunkelheit brach schnell über die Reisegruppe herein und nur das Feuer und einige Öllampen, die von Ibrahim geschickt um den Lagerplatz angeordnet worden waren, spendeten Licht und auch Wärme. Vor allem Letzteres war dringend vonnöten, denn mochte auch am Tag die Sonne mit sengender Hitze auf den Wüstensand herniederbrennen, so war es nächtens furchtbar kalt. Estrella hätte niemals erwartet, dass es möglich war, dass sich die Wüste, vor allem jedoch der Sand, tagsüber heiß, kaum dass die Sonne unterging, so schnell abkühlen könnte. Sie konnte! Die Mahlzeit, die ihnen die Männer servierten, war sehr schmackhaft. Das flache Brot buk der Berber, der bereits die Datteln vom Baum geholt hatte, frisch in einer Pfanne über dem offenen Feuer. Es war außen knusprig und innen weich, passte perfekt zu dem Käse, den Ibrahim ihnen, da es sinnvoll war, direkt auf dem Brot reichte. Dazu gab es sehr gutes Gemüse, das ebenfalls in der Pfanne kurz gebraten und mit aromatischen Gewürzen versetzt wurde. Die diversen frischen Früchte, die sie sich schmecken ließen, waren ebenso süß und saftig wie zuvor die Datteln. Auf Estrellas Frage, warum es kein Fleisch gäbe, lächelte Ibrahim.

„Lieber nicht, kleiner Stern, eure Mägen sind empfindlicher als meiner und die meiner Männer. Fleisch verdirbt viel zu schnell in der Hitze des Tages und, seien wir ehrlich, jagen ist etwas schwierig hier in der Wüste."

Neugierig musterte sie ihn. „Gibt es denn Tiere hier im Sand?"

Ibrahim hob die rechte Augenbraue und schmunzelte. „Gewiss, Kind, Skorpione, Schlangen, Spinnen, Wüstenfüchse, ab und an einen Schakal, selten Gazellen. Ich könnte dir einen Fuchs jagen, aber ich weiß nicht, ob der dir schmecken würde."

Sie schüttelte sich. „Bitte nicht. Lass den armen Fuchs am Leben. Ich betrachte ihn lieber lebendig aus der Ferne, sollten wir einen sehen."

„Eine gute und weise Entscheidung, mein Stern. Nun jedoch lass dir die Früchte schmecken, trink noch etwas Minztee und dann sieh zu, dass du genug Schlaf bekommst. Wir wollen früh aufbrechen, um Marrakesch vor Mittag zu erreichen. So müsst ihr euch nicht erneut der Mittagshitze aussetzen."

So kuschelte sich Estrella nach einem freundlichen Nachtgruß an Alba in ihre weichen Decken. Sie freute sich auf Marrakesch. Mochte Anfa sie auch in den ersten Momenten furchtbar erschreckt haben ob des Trubels, der fremdartig erscheinenden Menschen, des schmutzig und gefährlich anmutenden Hafens, so war es der Stadt doch gelungen, sie von sich zu überzeugen. Nun berichteten Tia Alba und Ibrahim übereinstimmend, dass Marrakesch viel schöner als Anfa sei. Dies schürte ihre Neugierde und zugleich ein gutes Maß an Vorfreude.

Am nächsten Morgen brachen sie kurz vor Sonnenaufgang auf. Nur etwas Brot, Käse und heißen Tee waren ihr und der Dame vergönnt, ehe Ibrahim sie wieder auf die Kamele klettern ließ.

„Dies wird wieder ein heißer Tag und ich möchte die Strapazen für euch beide geringhalten. Ich bin mir dessen gewiss, dass dies in Eurem Sinne ist, Herrin." Ibrahim musterte die Dame fragend.

Die nickte zustimmend, während sie bereits wieder nach den Zügeln des Kamels griff. „Vollkommen, Ibrahim, und je schneller wir nach Marrakesch gelangen, desto größer wird meine Freude sein."

Estrella zog sich ihren dichten Schleier zurecht und setzte sich auf ihrem Sattel so bequem als irgend möglich. Interessiert verfolgte sie den Aufbruch der Karawane. Die Kamele erhoben sich langsam und gemütlich, so, als könne nichts und niemand sie aus der Ruhe bringen. Ihre Reiter trieben sie mit seltsam klingenden Lauten dazu an, sich etwas rascher fortzubewegen und nach einigen Minuten hatten alle Tiere der Karawane ein gleichmäßiges und für ihre Reiter angenehmes Tempo erreicht. Von den Männern sah man auch heute wieder lediglich die Augen. Estrella kannte mittlerweile einen jeden von ihnen. Freundliche, jedoch wortkarge Männer, die das harte Leben in der Wüste von Kindesbeinen an gewöhnt waren. Hier draußen in der Wüste sprach man nicht viel. Viel wichtiger war, seinen Weg zu finden, beizubehalten und nicht von ihm abzuweichen. Wie Ibrahim ihr erklärt hatte, war dies auch das Lebensmotto der Berber. Finde deinen Weg und gehe ihn voller Stolz.

Ein guter Satz, so fand Estrella. Betrachtete sie sich die Männer hier in ihrer Karawane, so schienen sie, ein jeder für sich, genau dies zu tun. Sie ruhten in sich, waren eins mit der Wüste, mit den Gegebenheiten, welche die Natur ihnen bot, und sie nahmen ihr Leben an. Die durchwegs dunklen, fast schwarzen Augen, die aus den weißen, geschickt geschlungenen Kopfbe-deckungen hervorfunkelten, zeugten von großer Stärke. Keine Stärke im herkömmlichen Sinne, mochten sie auch allesamt kräftig, geschickt und durchhaltefähig sein. Nein, es war eine Stärke, die aus ihrem Inneren kam, eine, die ihnen aus den Augen strahlte. Doña Alba und Javier hatten sie „ihre Diener" genannt. Estrella konnte sich dem nicht anschließen, mochte sie auch lächelnd schweigen. Diese Männer waren keine „Diener". Sie waren stolze, freie Männer, die im Gegensatz zu ihnen jederzeit hier überleben konnten. Ihre Heimat war die Wüste und wenn man sie am Abend beobachtete, was Estrella oft aus dem Augenwinkel getan hatte, dann sah man, wie sich ihr Blick in der Weite verlor. Ihre Augen schienen die Dunkelheit durchdringen zu können und Dinge zu erblicken, die ihr verborgen blieben. Nein, Ibrahim kam ganz gewiss nicht aus einem Volk, das dazu geboren war zu „dienen". Sie war sich dessen so sicher, wie sie sich selten zuvor gewesen war.

Der Morgen brach an und mit ihm erhob sich die Sonne über die Wüste. Auch dies ein beeindruckendes Schauspiel. Der Sonnenaufgang verwandelte das sandige Grau der Wüste in pures Gold, in ein edles Tuch, das sich funkelnd und glänzend zum Horizont hinzog. Alles war binnen weniger Augenblicke in warme Töne getaucht, die Kälte schwand und wich der angenehmen Wärme, welche die sich langsam und majestätisch aus dem Sand erhebende Sonne mit sich brachte. Estrella genoss dieses Wunder der Natur und kam nicht umhin zu erkennen, dass es in ihrem Leben sehr viel noch zu lernen und zu erleben gab. Vor allem lernen musste sie, etwas, dem sie mit Begeisterung und in freudiger Erwartung entgegenblickte.

Sie vergaß Raum und Zeit um sich, genoss den Ritt. Mochte sich auch ihr Rücken ab und an mit einem schmerzlichen Ziehen zu Wort melden, so wog das, was sie sah, das, was noch alles vor ihr lag, diesen zeitweisen, diesen lächerlichen Schmerz vollkommen auf.

„Es ist so weit, meine Damen. Unser Ziel ist nahe. Seht hin, dort vorne ist es, dort liegt Marrakesch.“

Ibrahims Ruf holte sie umgehend aus ihren Tagträumen zurück. Neugierig richtete sie sich kerzengerade in ihrem Sattel auf und spähte angestrengt in die von Ibrahim gewiesene Richtung. Es dauerte etwas, ehe sie es erkannte. Nur langsam schälten sich die Umrisse einer großen, eindrucksvollen Stadt aus dem flirrenden Sonnenlicht. Marrakesch! Sie waren am Ziel.

14.

Marrakesch, Marokko

Estrella betrachtete die imposante Stadtmauer, die zahlreichen Türme, die dahinter in den blauen Himmel ragten, sah mit Staunen die bunten Farben. Schon vor den Toren der Stadt wuchsen hohe Palmen und leuchtend bunte Blüten rankten sich an der Mauer empor. Je näher sie der Stadt kamen, desto kolossaler erschien sie ihr. Kaum weniger überwältigend war das geradezu ehrfurchtgebietende Bergmassiv, das sich hinter Marrakesch in der Ferne erhob. Einer der Türme, der alle anderen an Höhe überragte, schien ihr besonders beachtenswert zu sein. Sie trieb ihr Reittier zu schnellerem Schritt an und schloss zu Ibrahim auf. „Ibrahim, verzeih meine Neugier, was ist das für ein Bauwerk?"

Der Blick des Mauren folgte ihrer ausgestreckten Hand. „Gut gesehen, Estrella. Das ist das Minarett der Koutoubia Moschee, der größten und schönsten Moschee im Land, so wird zumindest behauptet."

„Es sieht sehr schön aus. Es erinnert mich an unsere Alhambra."

Ibrahim lachte leise. „Kluges Kind. *Eure* Alhambra wurde sogar noch vor diesem Bau errichtet, gleiche Bauweise, ähnliche Ausbildung der Baumeister. Das hast du gut erkannt.

Ihr war aufgefallen, dass er das Wort „Eure" sehr seltsam betont hatte. Sie wollte keine Missstimmung aufkommen lassen, lieber fragte sie unumwunden, ob sie etwas Falsches gesagt habe.

Ibrahim jedoch lächelte nur, antwortete nach einer Weile aber dann doch. „Ich fand es nur bemerkenswert, wie rasch das Christentum sich unsere Festung angeeignet hat. Einst galt die Alhambra als unsere Burg, hier lebten unsere Emire, hier war das Zentrum der Regierung von Al-Andalus. Mir ist gewiss bewusst, dass sich schon seit langer Zeit begierige Blicke auf die Alhambra richten. Wie du sagtest, auch sie ist ein Meisterwerk unserer Baukunst."

„Ibrahim, ich wollte dich nicht verärgern. Ich weiß, wer diese herrlichen Bauwerke in Al-Andalus errichtet hat. Uns ging und geht es gut unter dem Emirat von Granada. Ich habe nur geflüsterte Dinge gehört, da ist niemand, der laut darüber spricht, was derzeit alles geschieht, und doch glaube ich zu wissen, was du meinst. Ich habe in unserer Kirche gehört, dass das Emirat den Bischöfen weichen soll. Bitte glaube mir, ich wollte niemals, dass euch das Land, das ihr liebt, genommen wird."

Der Maure beugte sich zu ihr und griff nach ihrer Hand. „Das weiß ich, kleiner Stern, das weiß ich ganz sicher. Du musst mir verzeihen, wenn Bitterkeit aus meinen Worten spricht. Es soll dir nicht dein Herz schwer machen. Du bist nun hier in unserem Land und es soll dich von Herzen willkommen heißen. Ich tue das auf jeden Fall. Es ist schön, dass du hier bist, Estrella Jiménez, Tochter des Fischers."

Dem konnte sie sich mit Freuden anschließen.

Das Tor, auf das die kleine Karawane zuritt, war trutzig und kunstvoll zugleich. Bewundernd betrachtete sie das mächtige Bauwerk und die leuchtend karmesinrote Stadtmauer.

Ibrahim schien, wie so oft, ihren Blick bemerkt zu haben. „Worauf du so bewundernd blickst, ist das Bab Agnaou, Bab heißt bei euch das Tor. Dieses hier ist fast dreihundert Jahre alt. Direkt dahinter beginnt bereits die Stadt, erschrick nicht. Hier ist alles etwas lauter und bunter als in deinem Land.

Ja, es war bunter und es war lauter, um ein Vielfaches lauter. Mochte sie einst geglaubt haben, der Markt in Granada oder in Malaga wäre überlaufen und zu trubelig, so belehrte sie Marrakesch schon nach wenigen Minuten eines Besseren. Zahllose Kamele samt ihren Reitern bahnten sich ihren Weg über die breiten, festen Straßen. Dazwischen eilten in bunte, fröhliche Farben gekleidete Menschen herum. Kinder wuselten zwischen den großen Tieren umher und auch hier entdeckte sie sofort wieder die vielen Händler, die entweder aus großen Körben oder aus Karren, die sie vor sich herschoben, ihre Waren verkauften.

In Anfa war der Geruch, zumindest im Hafen, unangenehm gewesen. Hier war dem nicht so. Ganz im Gegenteil. Kamele rochen nicht unangenehm und offenbar gelang es den vielen Blumen und Bäumen mühelos, mit ihrem Duft alles andere zu übertreffen. An vielen der Bäume, die vor Häusern und in kleinen Parkanlagen standen, entdeckte Estrella Früchte oder Blüten, die ihr fremd waren. Andere Blumen kannte sie, sowohl aus den herrlichen Gärten der Alhambra wie auch aus dem weitläufigen Garten der Doña. Sie spähte angestrengt zu einem wuchtigen, ausladenden Baum. „Ist das …? Nein, das kann nicht sein, nicht so groß."

Ibrahim lachte. „Nur falls du fragen willst, ob das ein Granatapfelbaum ist, ja, das ist einer. Siehst du, die Früchte sind fast reif, und schau, wie viele daran hängen."

Voller Erstaunen betrachtete sie den gigantischen Baum, der gewiss fast fünf Meter hoch und gut drei Meter breit war. Seine Äste hingen herab, schwer mit prallen Früchten beladen. „So riesig habe ich ihn noch nie gesehen und auch noch niemals so große, dunkelrote Früchte."

„Warte, bis du diese Bäume im Frühjahr in der ersten Blüte zu Gesicht bekommst. Sie blühen zwei Mal im Jahr. Im Frühling und dann noch einmal bis Ende Juli, Mitte August. Sie sind süß und voller köstlichem Saft, gesund ist diese himmlische Frucht auch noch. Sie hält dich jung und schön."

Estrella warf ihm einen fragenden Blick zu. „Das ist gut zu wissen für die Jahre, die kommen. Noch bin ich recht zufrieden."

Schmunzelnd musterte sie ihr Begleiter. „Das kannst du auch sein, Kleines. Abgesehen von jung und schön stärkt die Frucht jedoch auch noch deine Abwehrkräfte und hilft dir, nach einer Krankheit rascher zu gesunden. Der Saft, erwärmt mit Honig und etwas frischem Orangensaft versetzt, ist nicht nur köstlich, sondern stärkt deinen Körper."

Estrella warf ihm einen dankbaren Blick zu. „Das werde ich im Kopf behalten. Wer weiß, vielleicht ist mir das irgendwann von Nutzen. Und wenn nicht, dann habe ich immerhin ein sehr schmackhaftes Getränk."

„Ich sage doch, ein kluges Mädchen. Wir kommen unserem Ziel näher." Er wandte sich zu der Dame Alba um. „Herrin, unser Ziel liegt vor uns. Ich bin sicher, Eure Schwester erwartet Euch bereits sehnsüchtig."

Umgehend wandte Estrella ihre Aufmerksamkeit wieder ihrer Umgebung zu. Die Straße, die sie entlangritten, war breiter als die vorherige und imposante, eindrucksvolle Häuser säumten sie. Selbst über die hohen Mauern konnte sie erkennen, wie schön die Bauwerke waren. Zinnen, Giebel herrlich geschmückt mit in der Sonne blitzenden Kacheln strahlten ihnen entgegen. Das Haus, vor dem Ibrahim und seine Männer die Kamele zum Stehen brachten, war eines der kleineren, jedoch außergewöhnlich schön verziert. Die Mauer leuchtete in beinahe dem gleichen Karmesinrot wie zuvor die Stadtmauer und das Portal war mit Intarsien aus Kupfer und bemalten Kacheln versehen. Estrella kam nicht umhin festzustellen, dass hier ganz offensichtlich Meister ihres Handwerks ihre Spuren hinterlassen hatten. Ibrahim half der Doña von ihrem Reittier, was diese mit einem leisen, gequält klingendem Ton quittierte.

Sie streckte sich vorsichtig. „Ich muss eingestehen, mag es auch ein schönes Abenteuer gewesen sein, so weiß ich festen Boden unter meinen Füßen nun durchaus zu schätzen."

Estrella kletterte ohne Hilfe von ihrem treuen Kamel. „Ich werde die Tiere vermissen. Sie sind zuverlässig und sie tragen uns Menschen klaglos und sicher durch die Wüste. Ich bin sehr dankbar, dass es sie gibt." Ibrahims Lächeln freute sie.

Der Maure pochte mit der Faust fest und laut gegen das Tor und schon einen kleinen Augenblick später wurde das Portal geöffnet. Zwei junge Männer, beide in eine Art Uniform gekleidet, bestehend aus einem weißen Hemd mit bauschigen Ärmeln und braunen, weiten Kniebundhosen, eilten heraus und verbeugten sich vor der Dame Alba, die inzwischen vor dem Tor angekommen war. Estrella verstand nicht, was sie sagten, doch es schien Alba zu erfreuen, denn sie nickte huldvoll und antwortete sehr freundlich.

„Estrella, hier sind zwei der Diener meiner Schwester. Sie werden uns zu ihr führen. Falls du dich verabschieden möchtest, wäre dies ein guter Zeitpunkt dafür."

Verabschieden?! So rasch, so plötzlich? Sie war sich dessen bewusst, dass die Reise vorüber war, jedoch war Ibrahim ihr zu einem wichtigen Menschen geworden. Die ruhige, freundliche Art, die Stärke, die der Maure ausstrahlte, die Sicherheit, die er vermittelte, würden ihr sehr fehlen. Und doch musste sie nun auf Wiedersehen sagen. Sie wandte sich zu dem Berber um, der gemeinsam mit seinen Männern die Kamele entlud. „Ibrahim, ich denke ich muss mich verabschieden. Du wirst mir fehlen. Ich möchte dir für alles danken. Die Reise war sehr schön und lehrreich für mich."

Er stellte die Truhe zu Boden, die er soeben abgeladen hatte, erteilte einem der Diener noch eine kurze Anweisung und wandte sich ihr zu. „Kleiner Stern aus dem Abendland, es wird kein Abschied für immer. Ich bin sicher, wir sehen uns wieder. Ich freue mich, dass ich dir deine Reise angenehm gestalten konnte. Achte gut auf dich, lass dich niemals entmutigen, bleibe das starke und umsichtige Mädchen, als das ich dich kennenlernen durfte." Ibrahim verneigte sich leicht, dann lächelte er, trat einen Schritt auf sie zu und küsste sie auf die Stirn. „Ich wäre töricht, würde ich diese Möglichkeit nicht ergreifen. Und nun geh hinein, dein neues Zuhause erscheint mir sehr schön und einladend."

Estrella winkte ein letztes Mal und folgte dann an der Seite der Dame einer jungen Dienerin, die sie führte. „Tia Alba, warum kommt Ibrahim nicht zumindest kurz mit uns?"

„Er macht seine Arbeit und sucht dann seine Familie auf, Kleines. Vertraue mir, wenn ich dir sage, dass er sich schon seit längerer Zeit darauf freut. Aber nun sieh, wer dort kommt, das ist meine Schwester. Das ist Asmara."

Die Frau war etwas jünger und auch ein wenig kleiner als Alba und doch erkannte Estrella, dass sie aus der gleichen Familie kamen. Nur wenige silberne Strähnen zeigten sich im kunstvoll hochgesteckten schwarzen Haar, die warmen braunen Augen strahlten vor Freude und das schmale Gesicht wies dieselben edlen Züge auf wie das der Doña. Die Schwester war in ein leuchtend rotes Gewand gekleidet, das mit gelben Fäden bestickt war, was ihr sehr gut zu Gesicht stand. Mit ausgebreiteten Armen lief sie auf Alba zu.

„Schwester, endlich. Es ist so schön, dich wieder in meine Arme schließen zu können. Hattest du eine gute Reise?"

„Meine liebe Asmara, du glaubst nicht, wie gut es tut, dich zu sehen. Unsere Reise verlief ohne Zwischenfälle und wie immer waren wir bei Ibrahim und seinen Berbern in guten Händen." Sie umarmte ihre Schwester herzlich und schob sie schließlich auf eine Armlänge von sich. „Du siehst gut aus, Schwester, besser als bei unserem letzten Treffen. Es scheint eine gute Entscheidung gewesen zu sein, Granada zu verlassen." Asmara nickte. „Ja, das war es. Die Bedrohung ist weg. Nicht mehr andauernd die Angst zu verspüren, von den katholischen Königen und deren ruchlosen, geldgierigen Handlangern aus dem Land gejagt zu werden, ist durchaus beruhigend."

Estrella schluckte. Dies schien kein guter Einstieg in das neue Leben zu werden. Wenn Asmara ihr feindlich gegenüberstand, dann konnte sie sich hier nie wohlfühlen.

Als Alba fortfuhr, schien es Estrella, als könne diese ihre Gedanken lesen. „Asmara, ich möchte dir meine Begleiterin vorstellen. Dies ist Estrella Jiménez, die Tochter von Hector und Aurora Jiménez. Du erinnerst dich, der Fischer und Alcalde von Almuñecar. Hector verstarb vor kurzem auf dem Meer und Estrella hätte ein eintöniges Leben in einer lieblosen arrangierten Ehe erwartet. Davor musste ich sie natürlich bewahren." Alba trat neben sie und legte ihren Arm um sie. „Ich muss noch erwähnen, dass sie mir, seit sie ein kleines Mädchen war, lieb und teuer geworden ist und ich ihre Gesellschaft nicht missen wollte."

Asmaras Gesichtsausdruck veränderte sich sofort. „Aber gewiss doch. Ich erinnere mich, wir haben die Familie einmal bei einem der Feste im Ort besucht. Hector war solch ein netter Mann, sein Tod ist ein schrecklicher Verlust." Sie nahm Estrellas Hände in die ihren.

„Herzlich Willkommen in meinem Zuhause, Estrella. Ich hoffe, du wirst dich hier wohlfühlen. Einiges wird dir fremd und vielleicht seltsam erscheinen, aber hab einfach Geduld, ich denke, du wirst dich schnell einleben."

Estrella atmete erleichtert auf. Das klang schon viel besser. Einleben würde sie sich rasch, dessen war sie sich sicher und sie würde sich größte Mühe geben, keine Fehler zu machen, sofern es in ihrer Macht stand. „Ich danke Ihnen von Herzen, Doña Asmara, für dieses freundliche Willkommen. Es ist mir eine Freude, hier sein zu dürfen, und ich bedanke mich für Ihre Gastfreundschaft." Sie blickte von Alba zu deren Schwester. „Ich bin etwas verwundert. Sprechen hier in Marrakesch alle meine Sprache?"

Asmara zog eine schmerzliche Grimasse. „Derzeit tun das mehr, als uns allen lieb ist. Das liegt an dem Umstand, dass sehr viele unserer Freunde und Nachbarn aus Al-Andalus fliehen. Niemand, der bei gesundem Verstand ist, kann sich nun, da die Bischöfe zurück in Malaga sind und offen darüber gesprochen wird, dass das Bistum wieder eingerichtet werden soll, noch sicher fühlen. Um einige derer, die so sehr an ihrer Heimat hängen, dass sie zögern und noch immer auf Besserung hoffen, sind wir in größter Sorge." Asmara stockte und warf ihrer Schwester einen vielsagenden Blick zu. „Du bist hier und damit ist auch das letzte Mitglied unserer Familie in Sicherheit. Traurig, was in Al-Andalus geschieht, jedoch zu wissen, dass uns allen nichts mehr zustoßen kann, ist sehr beruhigend. Und nun kommt mit in den Salon. Meine Köchin hat sich selbst übertroffen und einen herrlich aromatischen

Eintopf gekocht. Ihr seid gewiss hungrig nach den Tagen in der Wüste.“

Estrella wusste aus den Erzählungen der Doña, dass deren Schwager gemeinsam mit Javier regen Handel mit Gewürzen, aber auch mit Stoffen und Schmuck betrieb. Betrachtete sie das Haus der Schwester, schien dies guten Gewinn abzuwerfen. Der Salon war mit mehreren Diwans, auf denen gewebte, bunte Tücher lagen, und bequemen Sitzkissen aus Leder eingerichtet. Ein großer und mehrere kleine Tische boten die Möglichkeit, gemütlich zu essen oder Dinge abzulegen. Jetzt stand dort ein voluminöser, irdener Topf, aus dem es verführerisch duftete. Bunte Schalen standen daneben, ebenso wie mehrere silberne Löffel. Ein junges Mädchen trat ein und stellte, nachdem es sich vor Alba verbeugt hatte, ein Tablett mit dampfenden Bechern ab.

„Ihr mögt sicher süßen Minztee, nicht wahr? Er weckt eure Lebensgeister wieder und macht Appetit auf unser Mittagessen.“

Estrella stimmte freudig zu. In den vergangenen Tagen war der süße, aromatische Tee zu einem ihrer Lieblingsgetränke geworden.

Das Essen war ein sehr gut gewürzter marokkanischer Eintopf aus Gemüse, Datteln und zartem Fleisch. Die Kombination aus der leichten Süße der Datteln und dem deftigen Rest war neu für Estrella, schmeckte ihr aber hervorragend.

Erst nach einer ganzen Weile wurde sie sich dessen bewusst, dass die beiden Frauen in ihrer Sprache redeten. „Tia Alba, Sie können gerne arabisch sprechen. Ich muss es irgendwann lernen, das tue ich am besten, indem ich zuhöre.“

Alba und Asmara musterten sie lächelnd.

Es war Asmara, die antwortete. „Es ist lieb, dass du das sagst. Jedoch muss ich eingestehen, dass unsere Sprache schwer ist. Du wirst sie rasch erlernen, da bin ich mir sicher, nur möchte ich nicht, dass du dich in unserem Land als Außenseiterin wähnst. Wir beide wollen, dass du dich hier willkommen fühlst. Vertraue mir, es wird früh genug beginnen, dass du nichts mehr verstehst. Alleine, wenn mein Gatte nach Hause kommt, der nur noch arabisch spricht." Asmara hielt eine Weile inne, fuhr aber dann fort. „Er ist tief getroffen von allem, was in Al-Andalus geschehen ist. Er hatte bis zuletzt gehofft, dass sich alles noch zum Guten wendet, dass Vernunft und Gerechtigkeit siegen könnten. Ein vergebliches Hoffen, wie wir inzwischen wissen. Es ist gut, dass wir frühzeitig gegangen sind, so musste er Vieles gar nicht erst mitansehen. Estrella, du darfst es ihm nicht übelnehmen, falls er zuerst etwas seltsam erscheinen mag. Er kämpft sehr mit sich und seinem Zorn auf das katholische Königspaar, doch er weiß auch, dass das alles nicht deine Schuld ist, so wie viele Menschen diesen Irrsinn nicht wollten. Daher habe bitte Geduld mit ihm."

Estrella schluckte den letzten Bissen des wohlschmeckenden Gerichtes hinunter. „Gewiss, ich bin hier zu Gast und ich bin sehr dankbar dafür. Er wird vielmehr Geduld mit mir haben müssen, solange ich nur einzelne Worte seiner Sprache verstehe."

„Siehst du nun, warum ich dir geschrieben habe, dass dieses Mädchen ein wunderbares Geschöpf ist? Sie ist ein Muster an Bescheidenheit, Freundlichkeit, Hilfsbereitschaft und, was in diesen Zeiten durchaus von

Nutzen ist, Mut." Alba warf ihr einen liebevollen Blick zu. „Du verstehst jetzt sicher auch, warum ich Estrella nicht einfach zurücklassen konnte, dazu verdammt, in einer lieblosen Ehe zu verharren, mit einem Mann, dem sie den Tod ihres Vaters, nicht zu Unrecht, wie ich behaupten möchte, anlastet."

Asmara schmunzelte. „Schwester, dein Hang zur Romantik ist mir hinlänglich bekannt. Aber du hast das Richtige getan." Sie wandte sich Estrella zu. „Auch ich denke, dass es dir bei uns gefallen wird, wenn du dich erst einmal an das ganze Fremde und Unbekannte gewöhnt hast."

Das Mädchen kam zurück in den Raum, fragte seine Herrin etwas und diese nickte zustimmend. An Alba und Estrella gewandt erklärte sie. „Jemina fragt, ob sie abräumen kann. Ich denke, wir sind fertig, nicht wahr? Ich würde euch beiden gerne eure Zimmer zeigen, dann könnt ihr euch in aller Ruhe einrichten und vor allem etwas ausruhen."

Von Ausruhen konnte nicht die Rede sein. Kaum hatte Asmara die beiden Räume verlassen, die für Alba und Estrella gedacht waren, betrachtete diese all die herrlichen Dinge, die sie vorfanden, mit wachsender Begeisterung. Die Räume befanden sich im oberen Teil des Hauses mit Blick auf den Garten. Estrellas Zimmer konnte man von dem Albas mit einem dicken Samtvorhang abtrennen, wenn man das wollte. Der Raum der Dame war hell und fröhlich eingerichtet. Das Bett war mit einem leuchtend roten Überwurf bedeckt, der mit rotgemusterten Fliesen gekachelte Boden war, rund um das Bett mit weichen, fast weißen Teppichen ausgelegt. Mehr sah Estrella nicht, denn ihr eigenes Zimmer nahm sie regelrecht gefangen. Ein flaches Bett, groß, gemütlich, mit zahlreichen bunten Kissen und einer hellgelben Decke, in der sich die durch das hohe, rechteckige Fenster fallenden Sonnenstrahlen fingen. Orangefarbige Teppiche und feine, aus hellem Holz gefertigte Tischchen neben dem Bett und neben einem sehr einladend wirkenden Sofa, ebenfalls in Gelb, mit orangefarbigen und roten Kissen darauf. Die Gegenstände waren samt und sonders wunderschön gefertigt und gefielen ihr außerordentlich. Direkt vor dem Bett stand eine wuchtige große Truhe mit einem herrlichen Mosaik aus kleinen, bunten Fliesenstücken im Deckel. Neben der Truhe entdeckte sie ihre Taschen, die nur darauf warteten, ausgepackt zu werden. Auf einem der Tische stand ein Krug aus buntem Glas mit Wasser, in dem Zitronenscheiben schwammen, daneben eine Schale, die aus Silber sein musste, so schön, wie sie glänzte. Darin warteten neben den allgegenwärtigen Datteln noch Pfirsiche, Feigen und duftende Orangen darauf, verspeist zu werden.

„Tia Alba, das ist alles so wunderschön, regelrecht paradiesisch!" Sie konnte sich kaum mehr beruhigen ob der wachsenden Begeisterung über ihre märchenhaft schöne Bleibe.

Die Dame kam mit neugierigem Blick zu ihr. „Ja, das Heim meiner Schwester ist schon sehr schön. Anders als mein, wie du ja sicher weißt, über alles geliebtes Zuhause, aber nichtsdestotrotz sehr schön. Ich muss mich noch etwas an die hier vorherrschende Farbenpracht gewöhnen. Dagegen war es bei mir fast schon düster. Aber ich mag es, es stimmt fröhlich." Sie setzte sich mit einem leisen Seufzen auf das Sofa. „Auch sehr angenehm, dieser Diwan. Kind, ich möchte dir nicht die Freude an all dem schmälern, dennoch muss ich es tun. Asmaras Gatte, mein Schwager, ist ein herzensguter Mann, aber aus dem Land vertrieben zu werden, in dem er geboren wurde, hat ihm böse zugesetzt. Bitte wundere dich nicht, wenn er zu Beginn etwas verbittert erscheinen mag, ja?"

Asmaras Gatte Hakim stellte sich als sehr nachdenklicher, äußerst ernster Mann heraus. Tatsächlich behielt Alba recht und er würdigte Estrella nach der kühlen Begrüßung, die nur aus einem Kopfnicken bestand, kaum eines Blickes. Auch sprach er, wie vorausgesagt, nur arabisch, was es Estrella schwer machte, der Konversation beim Abendessen im großen Salon auch nur annähernd zu folgen. Sie fühlte sich unwohl und nicht willkommen, da Hakim seine Schwägerin ausführlich über die derzeitigen Zustände in Al-Andalus ausfragte. So widmete sie sich dem wohlschmeckenden Mahl aus Hirse, kleinen, scharfen Fleischbällchen und frischem Fladenbrot, lächelte ab und an pflichtschuldig und war ansonsten sehr still.

Nachdem das Essen vorüber war und sich die Familie auf die Terrasse im Garten begab, um dort noch einen Tee zu trinken und süßes Gebäck zu genießen, bat Estrella darum, sich zurückziehen zu dürfen. Natürlich gewährte Alba ihr diese Bitte und so machte sie sich auf den Weg in ihr Zimmer. Als sie kaum drei Stufen nach oben gegangen war, kam ihr Jemina entgegen. Sie verbeugte sich vor Estrella und zu deren Überraschung fragte sie in sehr gutem Kastilisch, ob sie noch etwas für sie tun könne. Das konnte sie!

„Jemina, ich wusste nicht, dass du meine Sprache sprichst. Ich bin überrascht.“

Jemina hob, fast schon entschuldigend, ihre Schultern. „Ich bin in Granada zur Welt gekommen und erst vor wenigen Jahren mit der Herrschaft nach Marokko gesegelt. Meine Eltern waren arme Leute, das Versprechen von Doña Asmara, sich auch weiterhin so gut um mich zu kümmern wie in Granada, reichte meinen Eltern aus, um mich mitzuschicken.“ Sie nagte unsicher an ihrer Lippe. „Ich musste die Sprache hier schnell lernen. Die Menschen sprechen kein Kastilisch und selbst wenn sie es können, dann wollen einige es einfach nicht mehr sprechen. Wenn ich mir anhöre, was alles in Al-Andalus geschieht, wundert es mich nicht.“

Estrella freute sich zwar nicht über die Geschehnisse in ihrem Land, dafür umso mehr, jemanden gefunden zu haben, der beide Sprachen beherrschte und der ihr annähernd gleichgestellt war. „Das ist gut, das ist sogar sehr gut. Ich muss es ebenfalls lernen und das so rasch als möglich. Es ist nicht erstrebenswert, wenn ich nichts von dem, was mein Gastgeber berichtet, verstehen kann. Ich fühle mich sehr unwohl damit. Das heutige Abendessen war nicht erfreulich.“

Jemina lächelte schüchtern. „Verzeih meine Ehrlichkeit, aber der Herr ist schon seit längerem kein gut gelaunter Gesprächspartner mehr. Früher war er ein ganz anderer Mensch, aber seit der Flucht, wie er es nennt, hat er sich sehr verändert. Ich hatte großes Glück. Die Köchin hier im Haus hat lange Jahre bei einer sehr wohlhabenden Familie in Malaga gearbeitet. Erst, als diese schon vor mehreren Jahren ins Osmanische Reich zogen, hat sie sich geweigert mitzugehen und ist stattdessen auf ein Schiff gegangen und hat hier in Marrakesch eine Stellung gefunden. Doña Asmara hat sie der anderen Herrschaft regelrecht abgeschwatzt und dann abgekauft, als sie ihre Kochkünste erleben durfte. Von ihr habe ich arabisch gelernt."

„Sehr gut, dann kann ich es jetzt also von dir lernen?" Estrella jubilierte regelrecht. Das traf sich wunderbar. Jemina wirkte weniger glücklich. „Ich bin lediglich eine Dienerin. Das sähe die Doña wohl nicht so gerne."

Estrella schüttelte entschlossen den Kopf. „Das missverstehst du gründlich. Ich bin als Begleiterin von Doña Alba hergekommen. Dass ich sie Tia nenne, heißt nicht, dass sie meine Tante ist. Sie möchte lediglich, dass ich sie so anspreche. Ja, sie gewährt mir viele Freiheiten, letztendlich bin ich aber dennoch ihre Dienerin, wenn auch eine, die ihr sehr nahesteht."

„Oh, das wusste ich nicht. Es schien, als seist du ein Mitglied der Familie. Das könnte es leichter machen, dass wir miteinander sprechen und ich dir die Sprache beibringe."

„Siehst du, ich wusste es. Wie soll ich es denn sonst jemals lernen? Was hast du denn jetzt gerade vor?"

Jemina erklärte, sie sei auf dem Weg, um die Zimmer der Herrschaft für die Nacht vorzubereiten. Estrella durfte sie begleiten und so waren sie beide kurze Zeit später im Schlafzimmer der Herrin und Estrella half mit Freuden, Vorhänge zuzuziehen, Blumen neu zu arrangieren und Wasserkrüge aufzufüllen. Bei jeder Tätigkeit erklärte Jemina ihr geduldig, wie es auf Arabisch hieß und wie man es genau aussprach. So kam es, dass der Abend für Estrella doch noch schön und sogar von einem Erfolg gekrönt endete.

15.

Wüste, Grenze des Oasentals nördlich des Flusses Draa

„Welcher Wahnsinn treibt dich eigentlich immer wieder zu dieser Zeit und bei dieser morgendlichen Kälte hinaus in die Wüste?" Magrin schlang sich den wärmenden Umhang enger um den Körper.

Asirem grinste herausfordernd. „Nun führ dich bitte nicht auf wie ein jammerndes Weib, wobei ich argwöhne, dass unsere Frauen wesentlich abenteuerlustiger wären, als du es im Augenblick bist."

„Abenteuerlustig! Du beliebst zu scherzen, nicht wahr? Vor Sonnenaufgang und dann auch noch bei diesen Temperaturen. Noch dazu ist hier nichts als Sand und, wenn ich mich nicht täusche, ein ausgetrockneter Brunnen ein wenig weiter nördlich." Leise schimpfend stopfte sich Magrin seine dunklen langen Haare unter seinen Turban und band ihn neu, sodass Mund und Nase wieder bedeckt waren. Seine schwarzen Augen funkelten ärgerlich, das erkannte Asirem sogar in der vorherrschenden Dämmerung.

„Eben um diesen geht es mir. Der Brunnen war bis vor kurzem noch gut mit Wasser gefüllt, mein Vater kam im letzten Jahr mit seiner Karawane dort vorbei und man konnte die Tiere noch tränken. Ich möchte wissen, warum er so plötzlich versandet ist. Du weißt sehr wohl, wie wichtig unsere Wasserstellen sind. Die Karawanen unseres Volkes verlassen sich auf die Wasserstellen, die sie seit vielen Jahren kennen." Asirem musterte Magrin, der ihm seit seiner Kindheit ein treuer Freund war, mit Sorge im Blick. „Bedenke bitte auch, dass der Sandsturm, der letzten Abend und noch fast die ganze Nacht gewütet hat, sicherlich noch mehr dazu beigetragen hat, dass einige den Weg ins Tal der Oasen nicht so schnell finden, wie sie es sich erhofft haben. Und dieser Sturm war nicht der erste in den letzten Tagen."

Magrin brummelte etwas Unverständliches in seine Kopfbedeckung, ließ sich aber dann doch zu einer verständlichen Antwort herab. „Da könnte etwas Wahres daran sein. Die Stürme waren ungewöhnlich stark und haben länger gedauert, als wir es gewöhnt sind." Er setzte sich auf seinem Reittier zurecht, wenn auch sichtlich zaudernd.

Asirem atmete auf. Er wusste, dass der Freund nicht leicht von etwas zu überzeugen war. „Sehr gut, du siehst es also wie ich. Lass uns hin reiten und nach dem Rechten sehen. Wasser ist nun einmal unser Lebenselixier."

Magrin schnaubte leise. „Schon gut. Aber im Ernst, mein Freund, was willst du tun, wenn wir den Brunnen finden? Mit den Händen einen neuen graben? Es wäre schön, wenn du mich in deine Pläne einweihen würdest."

Asirem lachte. „Du sagst es, ich werde mit bloßen Händen nach Wasser graben, das war schon immer mein Begehr. Nein, ich will sehen, ob er tatsächlich vollkommen ausgetrocknet ist oder ob wir mit den Männern noch etwas retten können. Von hier aus ist es noch eine hübsche Strecke ins Tal. Wenn jemand sich auf diese Wasserstelle verlässt, könnte das gefährlich werden."

„Und wieder einmal beuge ich mich der Weisheit und Umsicht meines Herrn."

Er hörte Magrin nach diesen Worten seufzen und musste wohl oder übel grinsen. „Als ob du mich jemals als Herrn gesehen hättest und nun zügle deine Zunge, es ist ja nicht mehr weit."

Während ihre Kamele wieder in einen gleichmäßigen, schnellen Schritt fielen, beobachtete Asirem den Freund nachdenklich. Magrin war ein Jahr älter als er und der Sohn seines Onkels. Von Kindesbeinen an hatten sie so gut wie alles gemeinsam unternommen. Mit ihren teils aberwitzigen Abenteuern hatten sie ihre Eltern nicht selten an den Rand ihrer Duldungsfähigkeit gebracht. Asirems Vater Ahar, der Löwe der Wüste, und Fürst des Berberclans, dem sie beide angehörten, war ein sehr strenger, aber gerechter Mann, der nachdrücklich vermittelte, dass das Leben in der Wüste kein Kinderspiel war und einen gewissen Grad an Ernsthaftigkeit und Vernunft erforderte. So waren aus ihm und Magrin letztendlich doch noch verantwortungsbewusste und nicht mehr ganz so ungestüme Gesellen geworden. Zumindest meistens.

„Sieh hin, dort vorne ist es schon. Die Palmen sehen nicht vertrocknet aus, das müsste eigentlich bedeuten, dass es noch Wasser gibt. Fragt sich nur, in welcher Tiefe. Sag einmal, siehst du das auch? Das sind keine Sandhügel, die ich dort sehe. Das ist ... " Asirem drückte seinem Kamel die Fersen in die Seite. „Na komm, mach schneller, ich weiß, du kannst es.“

Sie erreichten die einstige Wasserstelle und sofort brachten sie ihre Tiere dazu, sich zu setzen, sodass sie ungehindert absteigen konnten. „Bei Allah, das sind Pferde, wie kommen die denn hierher?“ Asirem bückte sich zu den am Boden liegenden Tieren. „Magrin, rasch, den Wasserschlauch, das Tier hier lebt noch.“

„Die beiden hier auch. Allerdings nicht mehr lange, befürchte ich.“ Magrins Stimme klang seltsam.

Asirem wandte sich dem Freund, der etwa fünf Schritte entfernt im Sand kniete, überrascht zu. „Noch mehr Pferde?“

„Nein, zwei Männer. Junge Männer, sofern ich das erkennen kann, der Sturm und der Sand scheinen ihnen böse zugesetzt zu haben.“

Sofort war er an Magrins Seite. Der versuchte bereits, einem der beiden augenscheinlich Bewusstlosen etwas Wasser einzuflößen. „Los, mach jetzt keinen Ärger und trink. Noch lebst du, aber ohne Flüssigkeit könnte sich das schnell ändern.“

Asirem öffnete seinen Wasserschlauch und hob sanft den Kopf des anderen Mannes an. „Das sieht gar nicht gut aus. Sie sind schrecklich schwach und offenbar vollkommen ausgetrocknet. Wenn sie nicht trinken, werden sie sterben. Welch ein Wahnsinn, bei diesen Sandstürmen in die Wüste zu reiten, noch dazu mit Pferden!“ Er schob seinen Zeigefinger sacht zwischen die rissigen Lippen des Mannes vor ihm. „Trink, mein Freund, bitte, sonst stirbst du uns unter den Händen weg.“ Er ließ das kostbare Nass tropfenweise in den Mund des Fremden fließen. Es dauerte, doch endlich kam Leben in den Mann, wenn auch nicht allzu viel. Immerhin, er schluckte und stöhnte, also zumindest ein kleiner Erfolg. Asirem nahm etwas Wasser und benetzte damit das Ende des halboffenen Turbans des Fremden. Vorsichtig wischte er ihm den Sand aus Augen und Nase. „Das ist ein junger Kerl, so wie du und ich. Wie sieht es bei seinem Begleiter aus?"

Magrin zuckte die Achseln. „Er trinkt endlich, aber er scheint mir zu Tode erschöpft zu sein. Bringen wir sie ins Lager, hier können wir ihnen nicht helfen. Deine Mutter und dein Großvater wissen sicher, was zu tun ist, um sie zu retten." Magrin räusperte sich. „Asirem, hörst du mir zu?"

„Ich höre dir sehr wohl zu. Vor allem aber traue ich gerade meinen Augen nicht." Er griff in den vollkommen verdreckten Umhang des Mannes vor sich und zog behutsam etwas heraus. „Siehst du, was das ist?"

Magrin schüttelte den Kopf. „Eine Kette, aber warum ist das jetzt wichtig? Sein Schmuck interessiert mich, ehrlich gesagt, nicht."

„Das denkst du, aber das hier ist kein normaler Schmuck. Das ist das Siegel des Sultans, der Kerl hier ist – sofern er die Kette nicht gestohlen hat – ein Mitglied der Herrscherfamilie." Asirem wickelte, so vorsichtig er konnte, den Rest der Kopfbedeckung des Mannes ab. Ihm wurde ein klein wenig kühler, als er erkannte, wer hier vor ihm lag. Er kannte dieses Gesicht, mochte es auch um Jahre älter wirken. Er kannte, die dichten langen Haare, die dem Jungen nun in dicken, sandigen Strähnen bis zu den Schultern fielen. „Ich fasse es nicht. Wenn wir ihn und seinen Gefährten retten, dann ist uns ein Wunder geglückt."

Magrin, der sich den anderen bereits auf die Arme lud, um ihn zu seinem Kamel zu bringen, musterte ihn sichtlich verständnislos. „Einen Menschen zu retten, ist das nicht immer ein Wunder?"

„Eigentlich schon. Aber einen Toten wieder zum Leben zu erwecken, das ist etwas Anderes. Magrin, ich kenne ihn, schon seit langem. Vor vier Jahren habe ich ihn im Kamelrennen bei Marrakesch besiegt. Das hier ist Hischam, der Neffe des Sultans und ältester Sohn unseres Kriegsministers Ahmet Al-Mahdi. Er ist angeblich tot, seine Trauerfeier dauerte zwei Tage. Du erinnerst dich? Großvater und Vater waren in Marrakesch, um Ahmet Al-Mahdi ihr Mitgefühl auszusprechen."

Magrins Augen weiteten sich ungläubig. „Das ist wahrlich ein Wunder. Dann lass uns so schnell als möglich dafür sorgen, dass er nicht doch im Totenreich endet. Die Geschichte dahinter würde mich brennend interessieren."

Asirem hob den Körper des bereits wieder Bewusstlosen an. „Und mich erst. Tote reiten nicht durch Sandstürme, da steckt etwas Großes dahinter, das spüre ich."

Im Lager der Berber

„Mutter, Vater, schnell, wir brauchen Hilfe!" Mochte er sonst in gemäßigtem Trab ins Lager zurückkehren, so ging ihm heute nichts schnell genug. Dennoch musste er sehr darauf achten, seine bewusstlose Fracht nicht zu sehr leiden zu lassen.

Schon, als er seinem Kamel den Befehl erteilte, sich zu setzen, wurde am Zelt die schwere Stoffbahn am Eingang zurückgeschlagen und seine Mutter Izlan trat hinaus in den kühlen Morgen. „Asirem, was soll der

Lärm? Ich kann dich auch hören, wenn du nicht so brüllst."

Er zog lediglich eine ärgerliche Grimasse, nahm den bewusstlosen Hischam fest in seine Arme und stieg ab.

Seine Mutter reagierte so schnell wie immer. „Gut, ich sehe, es gibt vernünftige Gründe für dein Verhalten. Bring ihn ins Zelt, dann erzähl alles und das schnell."

„Gerne, aber wappnet euch, Magrin bringt den Zweiten mit."

„Zwei? Seit wann gibt es in der Wüste beinahe so viele Menschen wie im Souk?" Asirems Großvater war hinter ihnen aufgetaucht und beugte sich bereits über den Verletzten, den er soeben auf ein weiches Lager bettete.

„Großvater, das ist ein wenig übertrieben, findest du nicht?" Asirem musterte den alten Mann lächelnd. „Es waren nur zwei Männer."

Sein Großvater Yildir brummelte lediglich eine unverständliche Antwort, während seine Hand auf der Stirn des vor ihm liegenden Mannes ruhte. Wesentlich klarer und bestimmter waren seine Anweisungen. „Izlan, wärme Milch und bring kaltes Wasser. Asirem, zieh ihn aus. Ahar, mein Sohn, du und ich sehen nach dem anderen. Schnell, sie waren zu lange ohne Wasser in der Kälte der Nacht."

Asirem wusste, wann es nichts half nachzufragen und tat wie ihm geheißen. Rasch entkleidete er den jungen Mann, was enorme Mengen an Sand auf dem Teppich zur Folge hatte. Er blickte zerknirscht zu seiner Mutter auf. „Verzeih, Yamman, er war halb von Sand bedeckt. Ein Wunder, dass ich ihn gesehen habe, wäre das Pferd nicht neben ihm gelegen ..."

„Pferd? Was ist mit dem Tier?"

Das hätte er wissen müssen. Seine Mutter sorgte sich um alle lebenden Wesen. „Wir haben ihnen Wasser gegeben und ich denke, sie erholen sich. Wenn sie Verstand haben, folgten sie uns hierher."

„Mhm, hoffen wir es. Und nun deck ihn gut zu, der Sand soll uns nicht kümmern, sein Leben ist es, das mir Sorgen bereitet." Izlan kniete sich neben den Jungen, hob seinen Kopf an und begann, ihm warme Kamelmilch einzuflößen. Zu ihrer sichtlichen Freude reagierte der Kerl schnell und schluckte gleichmäßig. „Sehr gut, du musst das trinken. Du brauchst Flüssigkeit und Kraft. Diese Milch wird dir beides geben." Er trank eine ganze Schale leer. Izlan schien zufrieden mit dem Ergebnis. Sanft legte sie seinen Kopf zurück auf das Kissen und strich ihm das dunkle Haar zur Seite, das ihm an der nassgeschwitzten Stirn klebte. „Ein hübscher Junge, wer mag er sein?"

„Das kann ich dir sagen, Yamman, ich müsste mich sehr irren, wenn dies hier nicht Hischam Al-Mahdi, der Sohn unseres Kriegsministers, ist."

„Das ist nicht möglich. Dein Vater und ich waren bei seiner Trauerfeier im Palast. Hischam ist tot und in der Wüste verschollen. Bassam, der oberste Feldherr des Sheiks hat seine blutdurchtränkte Jacke in der Wüste gefunden." Yildir war wie immer gänzlich lautlos hinter ihn getreten, daran war Asirem bereits gewöhnt. Mochte er sonst bei solchen Sätzen seines Großvaters respektvoll nicken, so war ihm dies heute nicht möglich.

„Bei allem Respekt, Großvater, aber ich muss dir widersprechen. Dies hier ist, und da bin ich mir sicher, Hischam, der angeblich tote Sohn von Ahmet Al-Mahdi und der Lieblingsneffe des Sultans." Er nickte nachdrücklich, wie um seinen Worten zusätzlich Gewicht zu verleihen.

„Für einen Toten ist er immer noch recht lebendig, wie mir scheint. Auch sein Begleiter wird hoffentlich überleben, allerdings hat es ihn hier wohl schlimmer erwischt." Ahar, Asirems Vater, dem respektvoll Platz gemacht wurde, beugte sich zu dem Jungen und legte ihm seine Rechte an die Wange. „Junge, kannst du mich verstehen? Gib uns ein Zeichen, wenn du verstehst, was ich sage. Na, komm schon, du hast Kraft, das kann ich spüren. Jetzt zu sterben, wäre wahrlich dumm."

Yildir zuckte die Schultern. „Diese mit Gold und Edelsteinen geschmückten Jüngelchen aus den Palästen von Marrakesch und Fés mussten wohl noch nie um ihr Leben kämpfen. Ich würde mir keine allzu großen Hoffnungen machen."

Ahar räusperte sich lautstark. „Baba, ich bitte dich, deine Abneigung gegen das Herrscherhaus ist uns wohl bekannt, wenn auch mir nicht verständlich. Hier liegen zwei junge Männer, die ebenso ein Anrecht auf ihr Leben haben wie du und ich. Sie haben uns weder Leid zugefügt, noch wollten sie uns Böses. Daher besinnen wir uns auf die Nächstenliebe, auf die Gastfreundschaft, derer man uns allseits rühmt. Wer hat mich denn zu einem gerechten Anführer erzogen?"

Yildir runzelte die Stirn. „Wer wohl? Ich."

Ahar seufzte. „Gut, dann wollen wir uns um die Jungen kümmern, als wären es unsere eigenen, nicht wahr?"

Da Yildir es vorzog, vielsagend zu schweigen, ergriff Asirem das Wort. „Baba, ich kann dir sogar beweisen, dass es Hischam ist. Er trägt das Siegel des Herrscherhauses an seiner Halskette. Sieh!" Er hatte Hischam, und er war sich sicher, dass es sich um jenen handelte, die Kette abgenommen und neben ihn gelegt. Nun ergriff er sie und reichte sie seinem Vater. „Hier, sieh sie dir an, du erkennst sie doch auch? Das Siegel war auf der Goldmünze, die ich für meinen Sieg im Rennen erhalten habe."

Ahar nahm das Schmuckstück in die Hand und betrachtete es eingehend. „Asirem sagt die Wahrheit. Das ist das Zeichen des Sultans. Niemand sonst dürfte solch ein Schmuckstück tragen, nur die königliche Familie." Er blickte erneut zu dem vor ihm Liegenden. „Was mag dort draußen in der Wüste nur geschehen sein?" Ahar beantwortete seine Frage selbst. „Es ist unwichtig, was geschehen ist, Ahmet Al-Mahdi muss auf dem schnellsten Wege erfahren, dass sein geliebter Sohn am Leben ist. Asirem, du und Magrin, ihr reitet noch heute nach Marrakesch. Zu denken, er habe seinen Sohn verloren, muss furchtbar für ihn sein. Erlösen wir ihn von seinen Qualen."

Asirem nickte. „Natürlich Vater, wir reiten sofort los." Er bückte sich, um die Kette wieder neben Hischam zu legen, als sich dessen Hand mit erstaunlicher Kraft um sein Handgelenk klammerte. Zuerst verstand er die mühsam geflüsterten Worte kaum. „Hischam! Du bist bei Bewusstsein! Das ist gut. Wir müssen deinen Vater benachrichtigen, er glaubt, du seist tot. Er muss erfahren, dass du am Leben bist."

Er war sehr schwach, doch seine Worte waren nun, als er sie erneut aussprach, für alle verständlich. „Bitte nicht. Niemand darf wissen, dass ich noch am Leben bin. Sonst sterben viele Unschuldige, versprecht mir, nichts zu unternehmen. Noch nicht." Die Anstrengung war wohl zu groß für ihn gewesen, denn ohne Asirems Handgelenk loszulassen, fiel er erneut in einen unruhigen Schlaf.

16.

Marrakesch, Haus von Hakim und Asmara

Estrella legte den zarten Schleier, den sie über dem Kopf trug, wenn sie das Haus verließ, ordentlich zusammen und verstaute ihn in ihrer Truhe. Über einen Monat war sie nun schon in Marrakesch und von Tag zu Tag lebte sie sich mehr ein. Ja, sie vermisste die Mutter und ihre Schwestern. Vor allem die kluge, liebe Rosa, aber auch Elena und Luz fehlten ihr. Jedoch tat die Doña alles, um sie nicht in Trübsal verfallen zu lassen. Sie besuchte mit ihr Parks, nahm sie mit auf Märkte oder wenn sie entfernte Verwandte besuchte. So lernte sie nicht nur beinahe täglich neue Menschen kennen, nein, sie lernte Sitten und Bräuche ihrer neuen Heimat langsam, aber stetig im täglichen Umgang mit freundlichen, geduldigen Leuten. Ihr Gastgeber Hakim würdigte Estrellas Bemühungen, die Sprache schnell zu erlernen, und somit ihren Willen, ihm und Asmara den nötigen Respekt zu zeigen. Mittlerweile ließ er sich gar ab und an zu einem Lächeln oder einem Scherz hinreißen, den er dann für Estrella übersetzte, sofern sie es noch nicht gut verstand. Heute stand erneut eine Unterrichtsstunde mit Jemina an, die von ihrer Herrin nun ganz offiziell den Auftrag hatte, Estrella beim Lernen behilflich zu sein.

„Bist du schon fertig? Wir könnten in den Garten gehen." Jemina steckte neugierig den Kopf durch den Türspalt.

„Ja, wir waren heute Morgen nur sehr kurz bei einer Freundin von Tia Alba. Sie hat sich hingelegt, da sie müde ist. Ich hole nur mein Papier und komme sofort." Estrella freute sich auf den Unterricht mit der fröhlichen jungen Frau, die ihr mit schier engelsgleicher Geduld die äußerst schwere Sprache der Mauren beibrachte. Sie griff nach Papier, Tinte und Feder und eilte zu Jemina in den Garten. „Vielen Dank, dass du dir so viel Zeit für mich nimmst. Ich lerne so langsam."

„Unsinn, du lernst sogar sehr schnell. Du kannst es jetzt schon besser als ich nach einem ganzen Jahr. Gestern Abend konntest du dem Herrn schon fließend auf seine Fragen antworten."

Estrella schmunzelte, während sie sich unter dem Feigenbaum hinsetzte und ihr Schreibwerkzeug vorbereitete. „Ja, aber nur, da er mir solch einfache Fragen wie nach meiner Gesundheit oder meinem Hunger gestellt hat. Eine schwierige Konversation kann ich noch nicht bestreiten."

„Das musst du auch noch nicht können. Ganz ehrlich, du kannst stolz auf dich sein und nun lass uns weitermachen, wo waren wir?" Jemina zeigte auf ihre Notizen.

„Wir haben die Familienbande durchgearbeitet. Vater, Mutter, Tochter, Sohn, Neffe, Nichte ... erst hier merkt man wieder, wie verschlungen Familienpfade sein können." Estrella schürzte die Lippen. „Vor allem die hiesigen Familien."

Jemina grinste. „Das ist richtig. Wir wollen es dir auch nicht zu leicht machen."

Sie arbeiteten und lernten, ohne auf die Zeit zu achten. Erst, als Asmara auf sie zuging und sie mit leiser Stimme aus ihrer tiefen Konzentration holte, blickten die beiden jungen Frauen erschrocken auf. Vor allem Jemina wirkte schuldbewusst. „Bitte vergeben Sie mir, Herrin, wir waren so versunken in unsere Sprache, dass wir alles vergaßen. Darf ich Ihnen Ihren Tee bringen?"

Asmara wehrte freundlich ab. „Sorgt euch nicht. Ich freue mich, dass ihr so gut vorankommt. Es ist auch noch gar nicht so spät. Ich komme aus der Küche und überbringe eine Nachricht der Köchin. Sie hat zu ihrem Entsetzen bemerkt, dass sie bei ihrem Einkauf auf dem Markt Zimt und Piment vergessen hat. Sie bittet dich, Jemina, rasch zum Gewürzmarkt zu laufen und die für das Essen notwendigen Mengen zu besorgen." Asmara streckte die Hand aus, in der einige Münzen lagen. „Hier ist das Geld, der Korb steht noch in der Küche." Ihr Blick fiel auf Estrella, die bereits eilig alles zusammenpackte. „Ach, Kind, Alba schläft noch tief und fest. Wenn du möchtest, kannst du Jemina begleiten. Mit ihr an deiner Seite ist es ungefährlich, zum Markt zu gehen. Würdest du das gerne tun?"

Natürlich wollte sie. Der Gewürzmarkt war in ihren Augen ein wahres Paradies. Die zahllosen Gewürze des Morgenlandes, der Duft, der über allem schwebte, und die vielen bunten Farben faszinierten sie. Allein hätte sie sich ob des allgegenwärtigen Trubels und der vielen Menschen gefürchtet, gemeinsam mit Jemina, machte es ihr hingegen große Freude. So stimmte sie begeistert zu und bedankte sich bei Asmara für die Erlaubnis. Eilig brachte sie ihre Schreibutensilien zurück auf ihr Zimmer, sorgsam darauf bedacht, Alba im Nebenraum nicht zu stören. Sie zog ihr einfaches hellblaues Überkleid an und griff nach ihrem mit blauen Mustern durchwebten Schleier. Mit inzwischen geschickten Handgriffen drapierte sie ihn über ihrem langen Haar. Als sie nach unten kam, erwartete Jemina sie bereits.

„Oh, Estrella, mit dem Schleier siehst du aus wie eine Prinzessin."

Lächelnd hakte sie sich bei der Freundin unter. „Eine Prinzessin im einfachen Hauskleid, aber gewiss doch."

Jemina schüttelte energisch den Kopf. „Du siehst in allem aus wie eine Prinzessin, das solltest du endlich einmal einsehen. Das macht es uns leichter, an den Händlern vorbeizukommen, denen allein bei deinem Anblick die Augen aus dem Kopf fallen."

„Du übertreibst wieder einmal, meine Liebe, und nun lass uns gehen, meine Nase sehnt sich nach den Düften der tausend Gewürze dieses Landes."

Sie erreichten den Markt binnen kürzester Zeit und schnupperten sich an den Händlern, die alle lauthals ihre Ware feilboten, vorbei zu einem derjenigen, bei dem Asmaras Köchin ihre Gewürze zu kaufen pflegte. Sie wussten, dass die Gute allergrößten Wert auf die Qualität der Speisen legte, und so waren sie sorgsam darauf bedacht, nur das Beste zu erwerben.

„Was ist das da drüben?" Estrella zeigte über die vielen Köpfe der Menschen hinweg auf die deutlich sichtbaren Umrisse eines Zeltes.

Jemina, die gerade eine Prise Zimt zwischen den Fingerspitzen zerrieb, um das Aroma zu prüfen, folgte ihrer ausgestreckten Hand. „Das, oh, das ist nur der Kamelmarkt. Der findet nicht jeden Tag statt. Aber bald beginnen die Kamelrennen wieder und selbst das Volk der Tuareg und Clans der Meriniden-Dynastie kommen hierher. Unser Kamelmarkt ist über das ganze Land bekannt."

„Kann es sein, dass darum so viele Menschen hier sind?"

Jemina nickte zustimmend. „Es ist jedes Mal eine Sensation, wenn sie ihre Herden hierhertreiben. Sie müssen zwar am Rand bleiben, aber das macht nichts, es ist für uns immer aufregend es zu sehen. Estrella, kannst du bei Malik bitte schon einmal nach dem Piment suchen? Dann können wir nachher noch kurz bei den Kamelen vorbeisehen, wenn du magst."

Und ob sie mochte. Eilig bahnte sie sich ihren Weg zu Maliks Gewürzwagen. Malik war einer der privilegierten Händler, die einen stabilen Wagen ihr Eigen nannten. In schönen geflochtenen Körben bot er seine Gewürze feil und, das musste man ihm lassen, er verkaufte exzellente Qualität. Estrella hatte sich schnell gemerkt, wo man das Beste für sein Geld kaufen konnte und wo eher die mit billigem Mehl oder Schlimmerem gestreckten Gewürze angeboten wurden. Der Händler begrüßte Estrella freundlich. „Sei mir gegrüßt, junge Dame, was darf ich dir denn heute anbieten?"

„Ich grüße auch dich. Heute brauchen wir Piment, hast du guten anzubieten?" Sie war unendlich stolz darauf, dass sie diese beiden Sätze bereits in fließendem Arabisch sagen konnte.

„Das will ich meinen, den besten und aromatischten im ganzen Land." Malik schmunzelte bei diesen

Worten, offensichtlich amüsierte er sich über die eigene Übertreibung. „Nun, auf jeden Fall den besten auf diesem Markt. Wie viele Körbe darf ich dir denn einpacken, Estrella?"

Während sie noch darüber nachsann, wie sie am besten auf die Frage nach der Anzahl der Körbe antworten sollte, entstand hinter ihr ein regelrechter Tumult. Hohe Frauenstimmen riefen etwas, das sie nicht verstand, Malik sprang auf und spähte über sie hinweg, dann vernahm sie laute Männerstimmen und etwas, das wie das Knallen einer Peitsche klang. Sie hörte noch Maliks warnenden Ruf, dass sie sich in Sicherheit bringen solle.

Ja, aber wovor denn nur? Verwirrt blickte sie sich um. Dort, wo der Kamelmarkt sein musste, entdeckte sie eine große Staubwolke, Menschen liefen rasch in ihre Richtung, stießen um ein Haar den Wagen Maliks um. Sie sah nichts mehr außer immer schneller rennender Männer und Frauen. Verzweifelt blickte sie sich nach Jemina um, doch die Menschenmenge versperrte ihr die Sicht. Das Nächste, das sie zu ihrem Entsetzen erblickte, war eine Frau, die ein kleines Kind an sich drückte und kreischend in ihre Richtung rannte. Plötzlich strauchelte die Frau, versuchte noch, das Gleichgewicht wiederzuerlangen, doch es misslang kläglich. Sie stürzte der Länge nach in den Staub und begrub das Kind unter sich. Hinter den beiden entdeckte Estrella die Umrisse zweier Kamele die sich viel zu schnell näherten.

Sie sah die Frau vor sich auf dem Boden und mit einem Mal war in ihrem Kopf nur noch Stille. Stille und die ruhige, warme Stimme ihres Vaters. „Das Meer holt sich mit seiner unbeschreiblichen Kraft alles, was sich ihm widersetzt. Du musst jeder Welle mutig entgegentreten und ihr entreißen, was nicht fortgespült werden darf."

Anstatt fortzulaufen, tat Estrella beherzt einen großen Satz nach vorn. Sie griff nach dem Arm der noch immer schreienden Frau, zog sie unter enormer Kraftaufwendung hoch, umfasste das Kind, ein kleines Mädchen, das mit vor Schreck geweiteten Augen leise weinte, presste die Kleine an sich und stieß gleichzeitig die Frau hinter Maliks Wagen. In buchstäblich letzter Sekunde rettete sie sich mit dem Kind ebenfalls hinter den Wagen. Es konnten nur Zentimeter gewesen sein, die zwischen ihr und den vorübertrampelnden Kamelbeinen lagen.

Die Tiere waren bereits weg, als die Frau noch immer schrie. Somit war Estrella bewusst, dass sie lebte, mehr brauchte sie nicht zu wissen. Behutsam strich sie über den Kopf des kleinen Mädchens. „Alles ist gut, du bist in Sicherheit. Hast du dir weh getan?"

Anstatt eine Antwort zu geben, schlang die Kleine einen Arm um Estrellas Hals und legte die andere Hand an ihr Gesicht. Estrella konnte die Tränenspuren in dem verschmutzen Gesichtchen sehen und versuchte sie wegzuwischen. Das Kind schniefte und letzte Tränen rollten über die Wangen, bei denen sich an einer eine blutige Schramme zeigte.

„Oh, kleiner Engel, du hast dir ja doch weh getan. Warte, wir wischen das fort." Sie nahm ihren schönen Schleier und tupfte behutsam über die nur wenig blutende Wunde, als sie laute Schritte vernahm, die schnell näherkamen.

„Da ist sie, ich habe Hafsa gefunden! Bei Allah, ist das Kind verletzt?" Ein großer Mann in einer ihr fremden Uniform beugte sich über sie und streckte die Arme nach der Kleinen aus. Ohne zu überlegen, hielt sie das Mädchen weiter schützend in ihrem Arm, bemühte sich jedoch, sich aufzurappeln. Dabei half der Mann ihr und musterte sie mit sehr ernstem Blick. „Geht es dir gut, Mädchen?"

Estrella nickte. „Mir geht es gut, die Kleine hat sich an der Wange verletzt." Sie traute ihren Ohren nicht, als das Kind dem Mann ebenfalls antwortete.

„Sie hat mich gerettet und Maha auch."

Estrella sah sich suchend nach jener Maha um und entdeckte die Frau, die sich soeben zitternd vom Boden hochkämpfte. Ihre Knie waren blutig und auch an den Armen zeigten sich blutige Spuren.

Der Mann reagierte, ehe Maha auch nur ein Wort sagen konnte. „Du kommst mit uns. Du hast Hafsas Leben in Gefahr gebracht, vertrau mir, Weib, in deiner Haut möchte ich heute nicht stecken." An Estrella gewandt fuhr er viel freundlicher fort. „Gib mir die Kleine, Mädchen. Hab Dank für das, was du getan hast. Ich würde gerne deinen Namen wissen und wo wir dich finden, falls Hafsas Vater dir danken möchte. Das, was du getan hast, war sehr mutig."

Estrella war aufgeregt und unsicher. Nur ungern übergab sie die Kleine an den Uniformierten, doch er schien hier das Sagen zu haben und auch das Kind ließ sich widerspruchslos von ihm auf den Arm nehmen.

„Mein Name ist Estrella Jiménez, ich lebe bei Asmara und Hakim Al Tajir." Sie nannte noch die Straße und knickste dann vor dem Mann, da sie unsicher war, wie sie ihm entgegentreten sollte. Sie begegnete mutig seinem prüfenden Blick. „Ich habe es sehr gerne getan. Es zählt nur, dass es der Kleinen gut geht.“

Der Mann musterte sie eine Weile wortlos, dann nickte er. „Ich denke, wir sehen uns wieder, Estrella Jiménez.“ Ohne ein weiteres Wort wandte er sich ab, rief den weiteren Männern, die unschlüssig herumstanden, einen Befehl zu und sofort kam Bewegung in die Gruppe. Einer führte die weinende Maha am Arm mit sich fort und ehe Estrella es sich versah, waren da nur noch sie, der sie bewundernd musternde Malik und eine sichtlich erschrockene Jemina.

Während Malik seinen Wagen zurecht schob, die Körbe darauf wieder ordentlich ausrichtete und kleine Häufchen Gewürzpulver, die von der Erschütterung aus den Körben gefallen waren, mit den Händen behutsam dorthin zurückrieseln ließ, wohin sie gehörten, schüttelte er fortwährend den Kopf.

„Malik, was ist den los? Habe ich einen Fehler gemacht? Bitte, du musst es mir sagen. Ich weiß oft noch nicht, was sich schickt.“ Estrella war plötzlich unsicher, ob des seltsamen Gebarens des Händlers.

„Sich schickt? Estrella, du liebes Mädchen aus dem Abendland, das ist ganz sicher der falsche Ausdruck. Du hast ein Leben gerettet, wahrscheinlich gar zwei Leben. Wobei die Frau ganz offenbar nicht die klügste zu sein schien. Auf jeden Fall hast du ein kleines Mädchen davor bewahrt, von aufgebrachten Kamelen niedergetrampelt zu werden. Du warst sehr mutig. Aber ich muss dich das fragen: Hattest du denn keine Angst?“

Sie hob unsicher die Schultern. „Nein, eigentlich nicht. Ich wuchs am Meer auf. Unser Vater hat uns beigebracht, dass wir schnell reagieren müssen, wenn Gefahr droht. Es kann viel zu schnell zu spät sein."

Malik, der nun endlich auch den Sand von seinem Kaftan abgeklopft hatte, betrachtete sie ernst. „Ein kluger Mann, dein Vater. Und eine ebenso schöne wie mutige Tochter. Schade, dass ich schon verheiratet bin. Ich fürchte eine Zweitfrau kann ich mir nicht leisten."

Gerade noch rechtzeitig entdeckte Estrella das verschmitzte Lächeln des Mannes. „Meine Schwester sagt immer, ich sei ein schwieriger Charakter, also ist es so besser, denke ich." Sie schenkte Malik ein offenes, freundliches Lächeln.

Der schmunzelte kurz, wurde dann aber rasch ernst. „Mag sein. Was jedoch gewiss ist, das ist, dass du soeben einen Mann beeindruckt zu haben scheinst, den man nur schwer, wenn überhaupt, beeindrucken kann. Ihm begegnen alle hier mit Hochachtung und mit sehr viel Respekt."

Und schon wieder wurde ihr bang ums Herz. „Das ist nicht beruhigend, Malik. Von welchem Mann sprichst du?"

Der Händler runzelte die Stirn. „Na, hör mal, von wem wohl? Von dem Kerl, der dir die Kleine aus den Armen genommen hat, der mit dem dunklen Blick. Ich spreche von keinem geringeren als von Bassam, dem obersten Feldherrn unserer Truppen und engstem Vertrauten unseres Kriegsministers."

„Sayyed Bassam? Kind, du hast mit Bassam, dem obersten Feldherrn gesprochen?" Aus Hakims Blick sprach eine seltsam anmutende Mischung aus Respekt und Furcht. „Versteh mich bitte richtig, aber hast du ihm den ihm zustehenden Respekt gezeigt? Hast du dich tief verbeugt?“

Estrella zuckte kurz zusammen, besann sich aber dann rasch wieder auf die tatsächlichen Ereignisse dieses Nachmittags. „Mein Herr, das war mir nicht möglich mit dem weinenden Kind in den Armen, das sich an mich klammerte. Ich habe ihm meinen Respekt gezeigt, nachdem er die Kleine zu sich genommen hat.“

Asmara wirkte ebenso nachdenklich wie ihr Gatte. „Wer mag die Kleine gewesen sein, dass Bassam so aufgebracht war und sich persönlich darum sorgte? Vielleicht sein eigenes Kind? Estrella, denk bitte nach. Wie alt denkst du, war das Mädchen?“

Sie grübelte kurz, ehe sie antwortete. „Das Kind war nicht älter als zwei, höchstens drei Jahre. Sehr lieb und auch klug. Sie gab die Antworten, die eigentlich von ihrer Begleiterin hätten kommen sollen.“

Albas Schwester zog eine nachdenkliche Grimasse. „Dann kann es nicht Bassams Kind gewesen sein. Sein Mädchen muss jetzt mindestens vier sein und der Junge noch älter.“ Asmara steckte sich eine kandierte Feige in den Mund und kaute mit noch immer grübelnd gerunzelter Stirn. „Bei Allah! Ich wage kaum es auszusprechen, aber wäre es möglich, dass die Kleine niemand anderes als Hafsa, Ahmet Al-Mahdis Augenstern, war? Wäre dem so, dann hätte unsere Estrella die Tochter des Sheiks gerettet. Oh, wie märchenhaft das wäre.“

Im Laufe des Abends wurde das Thema von allen Seiten beleuchtet und immer wieder die Möglichkeit in Erwägung gezogen, dass sie tatsächlich die kleine Prinzessin gerettet haben könnte. Estrella war diese ganze Aufmerksamkeit unangenehm, die ihrer Person zuteilwurde. Sie hatte lediglich etwas getan, das jeder andere, zumindest dachte sie das, an ihrer Stelle auch getan hätte.

„Bitte, ich habe nichts Besonderes vollbracht. Ich habe lediglich das getan, was unser Vater mir beigebracht hat. Nämlich für andere da zu sein, wenn man gebraucht wird. Ihr werdet sehen, dass das alles schnell wieder in Vergessenheit gerät."

Der kurze Blick in die Gesichter von Alba, Asmara und Hakim, zeigte ihr, dass sie allein so dachte. Daher setzte sie nachdrücklich hinzu, „Ganz gewiss. Morgen ist der Vorfall vergessen und unser Leben geht so wie immer seiner Wege. Vertraut mir."

Am nächsten Morgen wachte Estrella von energischem Klopfen an der Pforte zum Garten auf. Es dröhnte so laut in ihren Ohren, dass sie erschrocken aus dem Bett sprang. Aus den vielen gerufenen Worten hörte sie einen Satz sehr deutlich heraus: „Öffnet dieses Tor, im Namen von Sheik Ahmet Al-Mahdi."

17.

Im Lager der Berber

„Baba, wann wusstest du, dass Mutter die Richtige für dich ist?" Asirem, der soeben noch seine Mutter beobachtet hatte, setzte sich neben seinen Vater ans Feuer.

Ahar malte mit einem langen dünnen Holzstock Wellenmuster in den Sand. Die Sonne stand schon sehr tief und alles erstrahlte in einem magischen, orangeroten Schein. Ebenso wie Asirems Mutter, die etwa fünfzig Meter entfernt von ihnen auf einer Düne stand und ganz allein den Sonnenuntergang abwartete. Ihre hohe, schlanke Gestalt wirkte in dem märchenhaften Licht wie eine Erscheinung aus einer anderen Welt. Die letzten Sonnenstrahlen brachten den Silberschmuck an ihrem schwarzen Gewand zum Leuchten. Sie hatte ihren dicht gewebten Schleier, den sie tagsüber als Schutz gegen die heiße Sonne trug, um ihre Schultern geschlungen und so fing sich das langsam zu Gold werdende Sonnenlicht in ihren langen, schwarzen Haaren.

„Sie kann die Wüste hören. Die Wüste spricht zu ihr, das war schon immer so. Deine Mutter versteht die Sprache des Windes und des Wassers, sie kann die Laute der Tiere deuten und die Wolken erzählen ihr Geschichten, die uns auf ewig verborgen blieben." Ahars Blick ruhte mit einer Mischung aus Bewunderung und

Liebe auf seiner Frau. Er sah nur kurz zu ihm hinüber, um sogleich wieder den Anblick Izlans in sich aufzusaugen.

Asirem folgte dem Blick seines Vaters. Ja, Mutter war eine wunderschöne Frau und, dass sie etwas Besonderes war, das begriff ein jeder, der sie zu Gesicht bekam, binnen kurzer Zeit. Ihn jedoch interessierte der eine Augenblick, die Sekunde vielleicht, die nötig gewesen war, um seinen Vater zu verzaubern. „Ja, aber hat es denn nicht einen Moment gegeben, bei dem du wusstest, dass sie die Frau ist, der dein Herz gehört?"

Ahar hob lächelnd seine dichten, dunklen Brauen. Die braunen Augen seines Vaters funkelten. Sein fast schwarzes, lockiges Haar fiel ihm leicht in die Stirn. Eine langgezogene Narbe an seiner rechten Wange, die er sich zugezogen hatte, als er ein Kind aus einem brennenden Zelt rettete, ebenso wie der schwarze Kinnbart, verliehen ihm ein nahezu verwegenes Aussehen. „Natürlich gab es jenen Augenblick. Dein Großvater und sein jüngerer Bruder hatten auf dem Markt Ziegen und drei Kamele gekauft. Da die Händler sowieso an unserem Lager vorüberzogen, war vereinbart worden, die Ziegen direkt zu uns zu bringen. Die Kamele nahm dein Großvater lieber gleich mit, du kennst sein Misstrauen gegenüber allen Menschen."

Asirem nickte seufzend. „Allerdings."

„Nun, am Abend kam die Karawane des Händlers und es stellte sich heraus, dass seine ganze Familie ihn begleitete. Dein Großvater, wir alle, waren aus den Zelten gekommen, um die Ziegen in den Pferch zu bringen und die Gäste zu begrüßen. Auf einem ihrer Kamele saß eine Gestalt, die in so viele Umhänge und Schleier gewickelt war, dass man nur argwöhnen konnte, es handle sich um eine Frau. Ich stand hinter deinem Großvater und er lud den Anführer ein, mit uns Tee zu trinken und die Nacht bei uns im Lager zu verbringen. Dieser wandte sich an seine Begleiter und rief ihnen zu, abzusteigen und zu uns zu kommen. Aus den wärmenden Umhängen schälten sich der Reihe nach seine Frau, der Vater seiner Frau und sein ältester Sohn. Die Gestalt auf dem letzten Kamel bewegte sich kein Bisschen. Durch die viele Kleidung, dachte ich, es müsse eine ältere Frau sein, die in der Nacht fror und die wohl schon etwas gebrechlich war, sicher die Mutter oder Tante seiner Frau. Daher, hilfsbereit wie ich nun einmal bin, ergriff ich das Wort und fragte laut und deutlich, ob ich der Großmutter vom Kamel helfen solle. Gleichzeitig ging ich schon forschen Schrittes auf das Tier zu. In diesem Augenblick erklang von oben ein höchst unwilliger Laut und schneller, als man schauen konnte, kam Bewegung in das Kleiderbündel. Sehr behände glitt es von seinem Kamel und kam direkt vor mir zum Stehen. Mit einem einzigen, geschickten Griff entledigte es sich der diversen Kleidungsstücke und vor mir stand das schönste junge Mädchen, das ich jemals zu Gesicht bekommen habe. Sie trug einen weißen Kaftan und dazu weiße, in Reitermanier gewickelte Hosen. Ihr schwarzes Haar reichte ihr bis zur Hüfte und die großen Augen wurden von langen dunklen Wimpern eingerahmt. Und diese Augen waren es, die mich bannten, mich fesselten und nie wieder losließen. Sie waren von der Farbe des Meeres. Eine helle Mischung aus blau und grün – und sie sprühten in jenem Augenblick feurige Funken.

‚Sei bedankt, Fremder, aber die Großmutter ist durchaus in der Lage, sich selbst zu bewegen.' Sie musterte mich so wütend, dass ich wohl etwas erschrocken gewirkt habe, denn von hinten kam die deutlich amüsierte Bemerkung deines Großvaters, ob ich denn jetzt Schutz bräuchte. In meinem Gesicht müssen sich tausend Gefühle gleichzeitig widergespiegelt haben und ich sah wohl nicht besonders klug aus, so wie ich sie anstarrte. Auf jeden Fall musterte mich dieses Märchenwesen kurz und begann dann zu lachen. ‚Sorge dich nicht, Fremder, heute komme ich in Frieden.' Sie verbeugte sich sehr elegant und dann hob sie den Kopf und lächelte. Das war der Moment, in dem ich wusste: Sie oder keine!

Ihr Vater erklärte uns entschuldigend, dass er, wenn sie bei Fremden waren, seine Tochter dazu zwang, sich zu verhüllen, da es ihm sehr unangenehm war, dass sie sich fast schon wie ein Mann zu kleiden pflegte, sobald sie mit der Karawane ritt. Er fürchtete um seinen Ruf als Familienoberhaupt, falls jemand herausfand, dass er ihr solch einen Unfug erlaubte. Allerdings konnte er wenig gegen seine Tochter ausrichten. Sie hatte schon damals ihren eigenen Kopf, sie war klug, freundlich, humorvoll, wissbegierig und unendlich schön. Und das, mein Sohn, ist sie heute noch. Deine Mutter ist die wunderbarste Frau unter unserer Sonne. Sie ist mein Leben.“

„Hast du dir darum keine zweite Frau genommen?“

Ahar musterte ihn, als habe er gefragt, warum er sich keine Skorpione in die Kleidung setzte. „Asirem, sieh sie dir an, welche Frau könnte neben deiner Mutter bestehen? Die Zeit, die ich habe, will ich mit ihr verbringen, denn jede Sekunde an ihrer Seite ist unendlich kostbar für mich. Hab Vertrauen in das Schicksal. Irgendwo gibt es die Frau, deren Augen und deren Lächeln dich auf ewig verzaubern werden."

Ihm lagen noch einige Fragen auf der Zunge, doch sie wurden von einem lauten Streitgespräch aus dem Zelt aufgeschreckt, in dem die beiden Verwundeten lagen.

„Ich werde nicht liegenbleiben, ich muss ihn sehen!" Das dürfte Hischams Stimme sein.

„Du wirst sehr wohl liegen bleiben, du bist viel zu schwach." Das war eindeutig die höchst aufgebrachte Stimme seiner Schwester.

„So versteh doch, Frau, ich habe ihn dazu verleitet, in die Wüste zu reiten, es ist meine Schuld, wenn er das nicht überlebt."

„Wenn du jetzt hier den Helden spielst, könnte es durchaus sein, dass auch du nicht überlebst. Also bleib liegen, wenn dir dein Leben lieb ist."

„Tötest du mich sonst, Frau, oder wie soll ich diese Drohung verstehen?"

„Das könnte wohl so sein, du machst es mir schwer, dich freundlich zu behandeln."

Ahar erhob sich stirnrunzelnd. „Wir sollten dem ein Ende setzen, ehe noch jemand verletzt wird, und ich fürchte, dass das der junge Mann sein könnte."

„Bei meiner Schwester wäre das durchaus möglich." Er folgte seinem Vater mit einem breiten Grinsen auf dem Gesicht.

Das Bild, das sich ihnen bot, hatte durchaus etwas Komisches. Hischam hatte sich aufgesetzt, zitterte aber tatsächlich noch am ganzen Leib, so schwach war er. Da sie ihm seine Kleider ausgezogen hatten, schien er nicht zu wissen, was er tun sollte, angesichts des Umstandes, dass vor ihm eine zornbebende Frau stand. Lunja hatte sich auf Anweisung ihres Großvaters in ein weites, dunkles Kleid gehüllt und verbarg ihr Gesicht hinter einem Schleier. Diese Kleidung war ihr sichtlich hinderlich, denn sie zupfte ungehalten an dem sich verschiebendem Schleier herum.

„Können wir bei der Lösung der hier vorliegenden Probleme behilflich sein? Was ist denn geschehen?" Ahar verschränkte die Arme vor der Brust und blickte zuerst zu Hischam und dann zu seiner Tochter.

Es war Hischam, der mutig das Wort ergriff. „Mein Herr, ich muss zu meinem Freund. Die Frau hier sagte zwar, er würde leben und alles würde wieder gut werden, aber ich glaube ihr nicht. Ich fürchte, man will mich nur beruhigen. Amir ist mein bester Freund, seit ich ein kleiner Junge war."

„Ach, sag bloß, du benimmst dich auch heute noch wie ein kleiner Junge."

„Lunja, zügle deine Zunge. Er ist lediglich in Sorge um seinen Begleiter, außerdem denke ich, er fiebert noch. Hab Geduld." Ahars Stimme duldete keinen Widerspruch

Hischam wirkte bedrückt. „Herr, ich bitte Euch um Verzeihung. Ich dachte, man, also vielmehr diese Frau, würde mich belügen, um mich ruhigzustellen."

Nicht gut! Die gänzlich falsche Wortwahl, das wusste Asirem in dem Augenblick, als er seine jüngere Schwester schnauben hörte. Es klang wie ein wütendes, junges Pferd und der Neffe des Sultans stockte erschrocken. Den Befehl ihres Großvaters vergessend, riss Lunja sich den störenden Schleier vom Kopf und ihre langen, schwarzen Locken wallten gleich einem dunklen Wasserfall über ihre Schultern. Seine Schwester war das jüngere Ebenbild ihrer Mutter, sie hatte sogar die hellen Augen der Mutter geerbt und diese Augen sandten jetzt zahllose spitze Dolche in Richtung Hischams.

„Hör mir gut zu, du Edelknabe, ich kümmere mich hier um dich, sorge dafür, dass du am Leben bleibst. Ich pflege dich und den anderen da und zum Dank bezichtigst du mich der Lüge? Lass dir eines gesagt sein: Ich, Lunja, die Tochter Ahars und Izlans, lüge niemals. Hast du das verstanden?"

Asirem wusste sehr wohl, dass seine Schwester eine Schönheit war. Er wusste auch, dass sie die Wahrheit sprach. Lunja log niemals, sie war so ehrlich, dass ihre Aufrichtigkeit ab und an wahrlich schmerzvoll sein konnte. In diesem Augenblick wirkte sie wie eine Göttin der Rache, so wie sie vor Hischam stand, die Arme in die Seiten gestemmt, das lange Haar wütend zurückwerfend, die vollen Lippen ärgerlich geschürzt. In dem Moment, als er von Lunja zu Hischam hinabblickte, erkannte er etwas. Das war solch ein Augenblick, einer, in dem die Welt, zumindest für den einen, stehenblieb, in dem die Sterne am Himmel etwas heller strahlten und von irgendwoher Musik erklang. Hischam sah mit weit aufgerissenen Augen und offenem Mund zu seiner Schwester auf. Als Asirem zu seinem Vater sah und dessen Lächeln erkannte, wusste er, dass er recht hatte.

Hischam warf ihm einen sichtlich hilfesuchenden Blick zu und er entschloss sich, ihn nicht länger leiden zu lassen. „Hischam, meine kleine Schwester mag kein einfaches Wesen haben, aber du kannst ihren Worten

Glauben schenken. Lunja spricht immer die Wahrheit, was ab und an äußerst schmerzhaft sein kann."

Hischam zog die Decke schützend über seinen bloßen Oberkörper und sah zu der noch immer zornbebenden Berbertochter auf. „Bitte vergib mir. Ich wollte dich doch niemals beleidigen. Ich vergehe lediglich vor Sorge um Amir. Wäre dem nicht so und wäre ich nicht noch halb im Reich der Toten, hätte ich es niemals gewagt, so mit dir zu sprechen. Wirst du mir verzeihen?"

Lunja hob die Augenbrauen, reckte kämpferisch stolz ihr Kinn nach vorn und schwieg eine kleine Weile. Wenige Augenblicke später seufzte sie, dann erschien ein Lächeln auf ihren Zügen. „Ich vergebe dir. Bedenke ich, dass ich dir jetzt gleich vergorene Kamelmilch einflößen werde, ist es wohl vielmehr so, dass ich dich bemitleiden sollte."

„Hilft es mir, wenn ich versichere, dass ich aus deinen Händen in Zukunft alles trinken werde?" Hischams Blick war unsicher.

„Was ich noch erwähnen wollte, es ist nicht nur so, dass sie niemals lügt. Sie hat auch ein einzigartiges Gedächtnis, mit solchen Bemerkungen lieferst du dich ihr mit Haut und Haaren aus, denn vertraue mir, mein Freund, sie wird darauf zurückkommen. Irgendeines fernen Tages, wenn du schon lange nicht mehr daran denkst." Asirem konnte sich das Grinsen nicht verkneifen, als er diese Worte sagte. Er wusste sehr wohl, dass dieser Tag kommen würde.

Seit zwei Wochen weilte Hischam nun schon im Lager seines Clans. Asirem beobachtete ihn sehr genau. Das fortwährende Misstrauen seines Großvaters steckte auch ihm tief in den Knochen. Yildir fürchtete stets um die Freiheit der Clans, wohl nicht zu Unrecht, wenn man ab und an bei den Reden und neuen Gesetzen des Sultans genau hinhörte. Die frei und ungebunden durch das Land ziehenden Clans waren Vielen ein Dorn im Auge. Asirem wusste nur zu gut, dass auch Hischams Vater zu diesen Menschen gehörte.

Der Sohn eben jenes Ahmet Al-Mahdis erholte sich tagtäglich. Auch seinem Freund Amir ging es viel besser. Die Haut, dort, wo sie von Sand und Wind ausgetrocknet worden war, schälte sich. Darunter jedoch kam gesunde rosige Haut zum Vorschein. Täglich bestrich Lunja diese mit dem heilenden Öl aus der Arganfrucht.

Seit jenem Abend, an dem Hischam das Temperament seiner kleinen Schwester kennenlernen durfte, war dieser sehr vorsichtig im Umgang mit ihr. Die Blicke, die er ihr zuwarf, waren pure Bewunderung mit einer winzigen Prise Furcht. Asirem sah all das mit gemischten Gefühlen. Ihm war bewusst, dass Yildir eine Verbindung mit dem Herrscherhaus nicht gutheißen würde. Zu tief ging sein Groll gegen die den Clans zunehmend aufgezwungenen Gesetze.

Heute war Hischam wach und wohl etwas unruhig. Er stand vor dem Zelt, sichtlich unsicher, was er tun, wie er sich verhalten sollte. Die Unnahbarkeit, die Asirem bei dem jungen Mann während das damaligen Kamelrennens festgestellt hatte, war verschwunden. „He, Hischam, komm doch zu mir. Ich wollte soeben nach euren Pferden sehen."

Sofort kam Leben in Hischam. Er eilte mit großen Schritten auf Asirem zu. „Was sagst du da? Unsere Pferde leben? Ich hatte nicht einmal gewagt, daran zu denken, geschweige denn, nach ihnen zu fragen. Ich wähnte sie beide tot, im Sandsturm umgekommen."

Asirem lächelte vielsagend. „Nein, beide haben überlebt, ein wenig von der Naturgewalt gezeichnet, aber sie leben. Du solltest mehr Vertrauen in deine Tiere haben, so leid es mir tut, das zu sagen, aber sie sind oftmals klüger als die Menschen."

Hischam zog eine bedauernde Grimasse. „Damit hast du gewiss recht. Wenn es keine Umstände macht, käme ich gerne mit. Ist es weit?"

„Nein, ist es nicht. Hier ist alles nah beieinander, damit wir schnell sein können, falls Gefahr droht."

Hischam wirkte überrascht. „Welche Gefahr sollte euch denn hier draußen in der Einsamkeit der Wüste drohen?"

Asirem zuckte zögerlich die Schultern, während er bereits die ersten Schritte in Richtung Pferde und Kamele tat. „Nun, lass mich nachdenken. Sandstürme, Skorpione, Wüstenschakale, ... lästige Regierungstruppen, die fortwährend alles und jeden kontrollieren."

Sein Begleiter schwieg nach diesen Worten und Asirem gab ihm die Zeit, die er brauchte, um das Gesagte zu begreifen. Endlich kam eine Antwort, wenn auch leise. „Es geht dabei nur um die Sicherheit aller im Land. Niemand hat etwas zu befürchten."

„Hörst du dir selbst zu, wenn du sprichst? Die Sicherheit aller! Dafür haltet ihr es für nötig, uns und die anderen Clans fortwährend unter Beobachtung zu haben? Gefährden wir denn eure Sicherheit? Deine Antwort würde mich wahrlich interessieren."

Sie waren bei der Herde angelangt und die Männer, die Wache hielten, sahen ihnen neugierig entgegen.

Hier wuchsen einige Palmen und mehrere knorrige, aber immerhin grüne Büsche. Das Wasser, das auch den Brunnen dieses Ortes speiste, bot genug Feuchtigkeit für die Pflanzen. Hischam hob seinen Kopf und sah zu dem umgefallenen Stamm einer gewiss schon vor geraumer Zeit abgestorbenen Palme, der im Schatten der gesunden Bäume lag. „Wollen wir uns kurz setzen? Bitte.“

Asirem stimmte zu und so ließen sie sich unter dem Blätterdach einiger Dattelpalmen nieder.

„Du und Magrin, ja, dein ganzer Clan, wenn ich es so betrachte, ihr habt mein Leben gerettet, darum möchte ich aufrichtig sein. Ich will dich nicht mit Unwahrheiten oder Floskeln abspeisen. Verstehst du das?“ Hischam war sehr ernst geworden.

„Ehrlichkeit ist das, was ich will. Nicht mehr und nicht weniger. Darum, ja, ich denke, ich verstehe dich.“

Hischam nickte, rückte sein Gewand zurecht und schien angestrengt nachzusinnen, ehe er nach einer gefühlten Ewigkeit weitersprach. „Du magst das vielleicht nicht wissen, ich weiß ja selbst nicht, wieviel von dem, was unsere Regierung betrifft, bis hierher in die Wüste vordringt, doch es ist derzeit nicht einfach für den Sultan. Ich denke, du bist so wie dein Vater und dein Großvater ein Mann, der die Geschichte seines Volkes kennt. Darum ist es unnötig, dich daran zu erinnern, dass es eine eurer Dynastien war, die Marokko fast vierhundert Jahre lang regierte. Glaubt man den alten Aufzeichnungen, und das tue ich, so bestimmen seit dem Jahre 1040 Berberdynastien über unser Land. Sofern meine Lehrer sich nicht irren, begann es mit dem Clan der Almoraviden, gefolgt vom Clan der

Almohaden und zuletzt regierten die Meriniden. Wir wissen, wie das vor nicht allzu langer Zeit endete, nicht wahr? Bitte vergib mir meine Aufrichtigkeit, doch die ewigen Streitereien unter den Oberhäuptern der Clans trugen nicht zur Festigung des Reiches im Innern bei. Diese ist mittlerweile immerhin grundlegend vorhanden.“

„Einen Augenblick bitte, deine Schlussfolgerung hat einen deutlichen Schwachpunkt, mein Lieber. Vergisst du bei all dem nicht etwas Grundlegendes, wenn du schon von ‚grundlegend‘ sprichst? Deine Aufzählung ist richtig, das will ich nicht bestreiten, jedoch möchte ich hier die Frage einwerfen, ob dir bewusst ist, dass Sultan Abu Muhammad Al-Mahdi, dein Onkel, möchte ich anmerken, selbst einem alten Berberclan angehört oder waren die Wattasiden nicht einst selbst in den Wüsten unterwegs?“

„Das waren sie. Genau darum kennen sie die Gedanken und das Leben der Clans so gut, darum können sie sich in euch hineinversetzen.“

„In uns hineinversetzen? Ah ja. Eine interessante Sichtweise der Dinge.“

Hischam wirkte verunsichert. „Nichts anderes ist es doch. Die Wattasiden sind seit langem sesshaft. Dieses Land braucht Stabilität. Das meine ich keinesfalls abwertend, bitte versteh mich nicht falsch. Frag dich einmal selbst. Braucht dieses Land denn nicht sichere Handelswege? Braucht es nicht Städte, die diese Handelswege säumen und damit allen Bewohnern Sicherheit und Wohlstand bieten?“

Asirem seufzte tief, griff nach einer herabgefallenen, vertrockneten Dattel und schnippte sie weit hinaus in den Sand der Wüste. „Hischam, ich sage doch nicht, dass diese Städte nicht gebaut werden sollen, ich verneine auch nicht, dass zahlreiche Menschen in diesem Land ein hohes Sicherheitsbedürfnis haben. All das hat aber nichts mit uns zu tun. Wir lieben unsere Freiheit. Selbst unsere Frauen lieben das raue Leben in der Wüste, lieben es, den Horizont ohne störende Mauern sehen zu können. Möchtest du Lunja, diese fröhliche, starke und gewiss auch etwas wilde Wüstenblume, denn tatsächlich hinter hohen Mauern einsperren? Ist es das, was du willst? Wir nehmen niemandem etwas weg, warum also die Furcht vor dem Leben, das wir führen?“

„Du hast den Punkt getroffen, Asirem. Eben jene unbändige Liebe zur Freiheit ist es, die dem Sultan Sorge bereitet. Sollte das Land jemals gegen außen Einheit und Stärke zeigen müssen, wo wärt ihr? Würdet ihr das Haus Al-Mahdi unterstützen, wärt ihr an unserer Seite oder würdet ihr in den Weiten der Wüsten verschwinden?“

Asirem hob die Augenbrauen und warf Hischam einen warnenden Blick zu. „Willst du sagen, wir würden feige davonrennen wie die Hasen bei einer Jagd?“

„Eure Tapferkeit steht außer Frage. Daran zweifle ich keinen einzigen Moment, aber du hast meine Frage nicht beantwortet. Du forderst meine Aufrichtigkeit ein, so darf ich dies auch von dir verlangen. Würdet ihr für uns in einen Krieg ziehen?“

Eine schwere Frage, über die er einen Augenblick nachsinnen musste. „Um der Wahrheit Genüge zu tun, ich weiß es nicht, Hischam. Wir, also die Mitglieder unseres Clans, haben schon oft um Territorien gekämpft.

Wir sind nicht feige und wir treten für unsere Rechte ein, unnachgiebig."

„Damit hast du meine Frage beantwortet, mein Freund. Für eure Rechte tretet ihr ein. Was aber ist mit den Rechten Marokkos? Bitte, tu mir einen Gefallen. Denk einmal in Ruhe über unser beider Standpunkte nach. Ich bin mir sicher, dass wir eine Lösung finden werden. Vielleicht war es uns vorbestimmt, dass ausgerechnet du und Magrin uns sterbend in der Wüste auflesen."

Er musste wohl oder übel grinsen. „Nun gut, sterbend ist nun etwas dramatisch ausgedrückt. Wir haben euch recht schnell wieder auf die Beine gebracht. Nicht so schnell wie eure Pferde, aber immerhin."

„Die Pferde!" Hischam sprang so schnell auf, dass er schmerzerfüllt das Gesicht verzog. „Au, ich sollte noch immer auf meine Bewegungen achten. Ich befürchte, dass meine Haut derzeit noch nicht für den ganzen Körper ausreicht."

Asirem lachte lauthals. „Sorge dich nicht, Hischam, deine Haut wird sich, ehe du es dich versiehst, wieder deiner Körpergröße anpassen. Und nun lass uns eure Pferde besuchen, sehr edle Tiere, wenn ich das richtig sehe."

Hischam nickte zustimmend. „Ja, allerdings. Sie sind von sehr edlem Geblüt und dienen uns treu. Sie sind auch von sehr schönem Wuchs und gelehrig und kräftig."

„Ah ja, also fast wie wir, nicht wahr? Mal abgesehen von dem Teil mit dem ‚treu dienen‘, oder irre ich mich?" Asirem musterte ihn abwartend.

„Ich mag deinen Humor, Berber. Ich mag ihn wirklich.“

18.

Marrakesch, hinter den Toren des Palastes

„Mein Herr, verzeiht mein Eindringen, doch mich treibt die Sorge um Euch und unseren Augenstern. Wie geht es Euch und hat das Kind das Unglück unversehrt überstanden?" Kiran verbeugte sich tief.

Ahmet Al-Mahdi musterte seine Zweitfrau liebevoll. Es rührte ihn, wie sehr sie sich um ihn und seine Tochter sorgte. Wann immer er sie erblickte, wärmte dieser Anblick sein Herz. Kiran war nicht nur die Mutter seines zweiten Sohnes Imran, sie war ein Juwel unter den Frauen. Ihre außergewöhnliche Schönheit war bis weit über die Grenzen des Landes bekannt. Selbst sein Bruder, der Sultan, beneidete ihn um diesen Edelstein unter seinem Dache. So, wie sie nun vor ihm kniete, das lange Haar zu einer kunstvollen Frisur verschlungen, die nur zu einem kleinen Teil von dem goldenen Stoff des dünnen Schleiers bedeckt wurde, die makellose Haut, die im Licht der frühen Sonne, das in den Saal drang, schimmerte wie helles Kupfer, ihr graziler Körper, von dem er nur zu gut wusste, wie biegsam er sein konnte ... Es war eine Wonne, sie zu betrachten.

„Es geht mir gut, meine Liebe, deine Sorge ist unbegründet. Das Kind ist unversehrt und ich habe bereits Bassam nach seiner Retterin ausgesandt. Das junge

Mädchen hat großen Mut bewiesen, als sie sich den Kamelen entgegenstellte. Ich gedenke, sie für ihren Mut zu belohnen. Maha allerdings wird für ihre Gedankenlosigkeit bezahlen müssen."

„Eine sehr gute Entscheidung. Solch ein Unglück muss zukünftig unter allen Umständen verhindert werden. Mein Herr, bitte erachtet es nicht als anmaßend, doch auch ich würde der Retterin unseres Engels gerne ein Geschenk machen. Erlaubt Ihr es, mein Gebieter?"

Wie hätte er ihr solch einen Wunsch abschlagen können? Er lächelte höchst erfreut. „Gewiss doch, Kiran. Ich freue mich über deinen Wunsch und bitte erhebe dich nunmehr. Zeig, was du dem Mädchen schenken möchtest." Auffordernd streckte Ahmet seine Hand aus und Kiran erhob sich in einer höchst anmutig wirkenden Bewegung, lächelte zu ihm auf und legte ein kleines, in gelben Samt gewickeltes Päckchen in seine Hand. Er öffnete es neugierig und musterte erstaunt die Rubinohrringe in ihrer üppigen Goldfassung. „Wunderschön, meine Liebe, doch ist dies nicht ein zu wertvolles Geschenk für ein einfaches Mädchen aus dem Volk?"

Kiran trat mit elegantem Hüftschwung neben ihn. „Aber nein, mein Herr, gewiss nicht. Im Gegenteil, nichts kann zu kostbar sein für die Retterin der kleinen Hafsa."

„Meine kluge und treusorgende Kiran. In dieser Sache kann und will ich dir nicht widersprechen." Er reichte ihr den Schmuck zurück und sah zu, wie sie ihn geschickt wieder verpackte. „Hafsa hat gemeinsam mit meiner Frau Aiza eines ihrer eigenen Armbänder ausgesucht, welches sie der Fremden gerne selbst anlegen möchte. Ich freue mich, dass Aiza sich darum gekümmert hat. Sie ist so sehr in ihrer Trauer versunken, dass ich mich wahrlich um sie sorgte. Die Freude und die Aufregung des Kindes haben am gestrigen Abend wahre Wunder bewirkt. Zum ersten Mal seit der Nachricht von Hischams Tod habe ich ein Lächeln auf ihren Lippen gesehen. Welch eine Erleichterung, nicht wahr?"

Kiran legte sanft ihre Hand auf seine Schulter. „Ja, mein Herr, eine große Erleichterung und Freude für uns alle. Wie schön, dass so auch Euer Herz Heilung erfährt. Ich bin sehr glücklich."

Er griff nach Kirans Hand und drückte sie sanft. „Ich danke dir, meine Schöne." Ahmet hob lauschend den Kopf. „Ich denke, ich höre meine Männer. Wollen wir hoffen, dass sie das Mädchen ausfindig gemacht haben. Ich bin sehr neugierig auf die Kleine." Nochmals blickte er zu Kiran auf und musterte sie. Der Schatten, den er auf ihren schönen Zügen zu sehen geglaubt hatte, als er Hafsas Retterin erwähnte, war offensichtlich nur den Sonnenstrahlen geschuldet gewesen.

***

Er ließ die junge Frau, die neben ihm herlief, ebenso wie ihre Herrin, die sie begleitete, keine Sekunde aus den Augen. Manchmal hasste er sich selbst angesichts seines übertriebenen Misstrauens, nur was sollte er dagegen tun? Leider behielt er so gut wie immer recht. Mochte er hier auch leisen Zweifel daran hegen, dass das Mädchen in einer Verschwörung steckte, dass jemand eine Absprache mit ihr getroffen hatte, so musste erst einmal der Beweis erbracht werden.

„Sayyid Bassam, darf ich Euch eine Frage stellen, bitte?“ Sie sah furchtsam zu ihm auf, so furchtsam, dass sie ihm leidtat.

„Aber gewiss, was möchtest du denn wissen?“

„Wie soll ich den Sultan denn ansprechen? Ich war noch nie am Hof eines Sultans.“

Die Begleiterin des Mädchens antwortete, noch ehe er reagieren konnte. „Liebes, Ahmet Al-Mahdi ist der Bruder des Sultans.“ Ihr schuldbewusster Blick, als er sie daraufhin fragend musterte, sprach Bände.

„Deine Herrin spricht die Wahrheit. Du bist hier nicht im Palast des Sultans, Mädchen, du bist im Haus des Bruders unseres Herrschers. Hier lebt Ahmet Al-Mahdi, wie du ja nun gehört hast, er ist der Kriegsminister unseres Landes. Sprich ihn mit ‚mein Herr‘ an, dies ist eine passende Anrede.“

„Ich danke Euch, Sayyid Bassam.“

Er musste lächeln ob des unsicheren Blickes des Mädchens. Welch ein hübsches, natürliches Geschöpf. Sie wirkte so herrlich frisch, gänzlich ungekünstelt und – auch wenn sich das noch herausstellen musste – nach seinem ersten Eindruck offen und ehrlich. Wenn dem tatsächlich so war, wäre die Kleine eine Wohltat für dieses Haus. Sollte all das aber erneut einer der Winkelzüge sein, mit denen er sich hier fortwährend herumzuschlagen hatte, dann müsste er mit aller Härte durchgreifen. Erneut blickte er in das Gesicht von Estrella Jiménez. So sehr wie schon seit langem nicht mehr hoffte Bassam, dass seine Menschenkenntnis ihn nicht trog. Die beiden Frauen, das junge Mädchen, wie auch die ältere Dame, deren Mündel sie nach eigener Aussage war, nachdem sie mit ihr aus Al-Andalus geflohen war, schienen sehr nervös zu sein. Er konnte sich nicht erklären warum. War dies denn schon ein erstes Schuldeingeständnis? Es konnte wohl kaum an ihm liegen. Er war am heutigen Tage ausgesprochen ruhig und freundlich gewesen, noch dazu, da Estrella von Ahmet Al-Mahdi in den Palast gebeten worden war, da sie sein Kind gerettet hatte.

Während sie sich dem großen Saal näherten, kratzte er sich nachdenklich an seinem Kinnbart. Vielleicht wäre es für Estrella hilfreich gewesen, diesen Umstand beizeiten zu erwähnen?

***

Ob der Mann in der prächtigen Uniform ihre Angst zu spüren vermochte? Wohl kaum, er schien das Wort Angst nicht einmal zu kennen, so überlegen und selbstsicher, wie er auftrat. So gut Estrella konnte, versteckte sie sich hinter seinem breiten Rücken, als sie sich nunmehr einer eindrucksvollen, mit kostbaren Mosaiken und goldenen Ornamenten geschmückten Pforte näherten. Er hatte ihr immerhin erklärt, dass sie wegen des gestrigen Vorfalles in den Palast kommen solle. Zu ihrem großen Leidwesen jedoch erklärte er ihr nicht, ob sie einen Fehler gemacht hatte oder ob es ein gutes Zeichen war, vor den obersten Kriegsherrn des Landes gerufen zu werden.

Viel Zeit, um zu grübeln, blieb ihr nicht. Bassam rief den Wachen einige Worte zu, die sie nicht verstand, und ehe sie es sich versah, öffneten die Männer beide

Flügel der imposanten Pforte gleichzeitig. Ohne zu überlegen, griff sie hilfesuchend nach der Hand von Tia Alba. Die umschloss die ihre und drückte sie beruhigend, was auch vonnöten war. Der Saal, den sie betraten, war an Prächtigkeit kaum zu überbieten. Herrliche, weiche Teppiche, kunstvoll gestaltete Wandbehänge, wohl aus Seide, so wie sie schimmerten. In der Mitte des Raumes prangten vier mächtige goldene Säulen, die eine mit herrlichen Bildern und Mosaiken gestaltete Kuppel trugen. In erlesenen, wundervoll bemalten Vasen streckten zahllose Blumen ihre duftenden Blüten in die Höhe. Ein Meer aus herrlichen, bunten Farben und exquisiten Gerüchen.

Zwischen den beiden hinteren Säulen führte eine Stufe zu einer mit Teppich ausgelegten Empore, dort saß auf einem prunkvollen Thron ein nicht minder eindrucksvoller Mann. Sein grünes, golddurchwirktes Gewand blendete sie regelrecht, so sehr glänzte der edle Stoff im Licht der Sonne.

Sie stolperte mehr, als dass sie lief, hinter Bassam her. Das war weniger der Furcht, als mehr der zunehmenden Neugier geschuldet, die sie ob des traumhaft schönen Raumes und des Ehrfurcht gebietenden Mannes ergriff. Estrella war es in Almuñecar einmal gelungen, den Besuch eines Abgesandten des Kalifats von Granada zu beobachten. Daher erinnerte sie sich an die respektvolle Verbeugung ihres Vaters vor dem Mauren. Nicht zu tief, aber auch nicht zu nachlässig, das waren später seine Worte gewesen, als sie ihn über den Tag ausfragte. Genau so, dass man dem Gegenüber den ihm zustehenden Respekt erweist. Als Bassam nun in einiger Entfernung von dem Mann stehen blieb, tat sie das, was sie seinerzeit beobachtet hatte. Sie verbeugte sich, verharrte in dieser Position und wagte nicht, den Sheik anzublicken.

Das Nächste, was sie vernahm, war eine tiefe, warme und sehr freundlich klingende Stimme. „Du hast sie mir also gebracht, Bassam." Dann sah sie plötzlich in ebenfalls goldgeschmückten Schuhen steckende Füße vor sich und spürte eine Hand an ihrem Kinn. „So lass dich ansehen, Tamrabt ino, hab keine Furcht. Ich will dir gewiss nichts Böses." Eine Hand griff nach ihrem Arm und zog sie behutsam aus ihrer Verbeugung in eine aufrechte Haltung.

„Mein Herr, bitte vergebt mir, wenn ich Eure Sprache noch nicht gut verstehe. Ich habe erst seit kurzem das Glück, in Eurem schönen Land zu weilen." Ihr blieb nur zu hoffen, dass sie die erlernten Worte richtig eingesetzt hatte. Offenbar war dem so, denn als sie einen schüchternen Blick wagte, blickte sie in das lächelnde Gesicht des Sheiks.

Sofort senkte sie wieder den Blick. Aus dem Augenwinkel entdeckte sie Tia Alba, die ebenfalls noch immer in einer tiefen Verbeugung verharrte.

„Bitte, erhebt euch beide. Ihr seid Gäste hier in meinem Palast, keine Bittsteller. Ich ließ euch rufen, um meinen Dank auszusprechen. Einen Dank, für den es kaum die richtigen Worte gibt."

Er sprach ihre Sprache! Der Sheik sprach sie sogar so perfekt, dass sie hätte denken können, sie sei wieder in Al-Andalus.

Sie musste sehr überrascht aussehen, denn nun lachte er. „Du wunderst dich, Tamrabt ino? Mein Engel. Denn das bist du in meinen Augen. Ich verfüge über zahlreiche Talente, die Fähigkeit, Sprachen schnell und gut zu erlernen, ist eines davon. Und nun komm mit mir." Ohne ihre Hand loszulassen, führte er sie über die Stufe hoch zur Empore, setzte sich und musterte sie lächelnd. „Kann es sein, dass Bassam es nicht als das, was es ist, nämlich als Einladung in den Palast vorgebracht hat?" Der hierauf folgende, recht tadelnde Blick galt eindeutig Bassam, der lediglich entschuldigend die Schultern zuckte.

„Herr, ich bedaure, sollte ich zu zielstrebig gewesen sein. Nun aber sind die Damen hier."

„Das sehe ich. So bringt Hocker für meine Gäste." Der Sheik winkte einigen Dienern im hinteren Bereich der Empore ungeduldig zu und schnell kam Bewegung in die Männer. Währenddessen fiel Estrella auf, dass sie hier oben keineswegs allein waren. Schräg hinter dem Sheik stand im Halbschatten des mächtigen Stuhls eine grazile Frau. Wie das Gewand des Sheiks war auch das ihre mit Gold geschmückt. Goldene Plättchen zierten, eng an eng aufgenäht, ihr zartes hellgrünes Kleid. Unter einem ebenfalls goldverbrämten weißen Schleier glänzte ihr schwarzes Haar. Mandelförmige dunkle Augen musterten Estrella prüfend.

„Kind, lass mich dir meine Zweitfrau Kiran vorstellen. Sie ist ebenso glücklich darüber, dass unserer Kleinen Dank deines Mutes nichts geschehen ist, wie ich es bin, und sie bat mich, dir ihre Dankbarkeit in Form eines kleinen Geschenkes zeigen zu dürfen. Kiran, bitte, so zeig, was du mitgebracht hast."

Die Frau trat in einer elegant fließenden Bewegung auf sie zu, legte ihre schmale, kühle Hand an ihre Wange und lächelte. „Auch meinen innigsten Dank für die Rettung unseres kleinen Sterns. Hier nimm, mein Kind, mögen sie dir Freude bereiten." Sie legte ein gelbes, schön verschnürtes Päckchen in Estrellas Hand, lächelte noch einmal und zog sich sogleich auf ihren Platz hinter ihrem Gatten zurück.

Neugierig öffnete Estrella das Geschenk. Sie erblickte wunderschöne Ohrringe. Rubine in Tropfenform, üppig in Gold gefasst und sehr schwer. Solch einen Schmuck hatte sie bisher weder gesehen, geschweige denn besessen.

„Vielen, vielen Dank, Herrin, dies ist ein außerordentlich kostbares und wunderschönes Geschenk. Zu kostbar für ein einfaches Mädchen, Herrin."

Kiran legte schüttelte leicht den Kopf, sodass die goldenen Tröpfchen an ihrem Schleier leise klirrten. „Nichts könnte für die Lebensretterin unserer Jüngsten zu kostbar sein. Trage sie, dieser Schmuck wird dir gut zu Gesicht stehen. Du hast ein hübsches Gesicht, meine Liebe."

Inzwischen hatten dienstbare Geister zwei Hocker gebracht und sie vor den Sheik gestellt, der sie und Alba bat, sich zu setzen. „So ist es doch besser. So sieht es auch endlich nach einem Besuch aus. Wo bleiben denn nun Hafsa und Aiza? Gerade Hafsa war so aufgeregt und wollte Estrella unbedingt wiedersehen. Estrella Jiménez, das ist dein Name, nicht wahr?"

Er deutete ihre Überraschung richtig. „Ja, mein Herr, so heiße ich. Ich bin verwundert, zu hören, dass Ihr meinen Namen kennt."

Wieder dieses spezielle Lächeln. „Tamrabt, ich weiß sehr Vieles. Bassam fragte dich gestern nach deinem Namen, erinnerst du dich?" Er beugte sich ein klein wenig nach vorn und betrachtete sie eingehend. „Du nanntest dich ein einfaches Mädchen. Was meintest du damit?“

Sie schluckte, jedoch nur, da sie aufgeregt war. Mit fester Stimme antwortete sie dem Sheik. „Mein Vater war ein Fischer, zwar war er auch der Alcalde unseres Dorfes, dennoch entstamme ich einer Fischerfamilie. Ich wuchs mit meinen drei jüngeren Schwestern in einem Haus in Almuñecar in Al-Andalus auf.“

Der Sheik sah sie lange an. „Du bist in der Nähe Granadas und Malagas groß geworden? Im Schatten der Alhambra und im Schutze des Kalifats von Granada. Und du bist die Tochter eines Fischers, eines Mannes, der dich ganz offensichtlich dazu erzogen hat, tapfer und mutig zu sein. Was ich ebenfalls bewundere, das ist, dass er dich, Estrella Jiménez, zur Bescheidenheit erzogen hat. Du bist jung und sehr schön. Bescheidenheit, wie du sie uns zeigst, läge vielen anderen fern. Am gestrigen Tag hast du, Estrella, großen Mut bewiesen. Nicht viele Männer stellen sich einem, in diesem Fall gar zwei wütenden Kamelen in den Weg und retten Fremde davor, niedergetrampelt zu werden. Du hast das getan. Ohne darüber nachzudenken, hast du gehandelt, wo andere versagten. Du, Estrella Jiménez, Tochter des Fischers, du bist alles andere als ein einfaches Mädchen.“

***

Ahmet freute sich, als er nach seinen Worten das Strahlen in ihren Augen sah. Welch ein angenehmes, anmutiges und natürliches Geschöpf. Er hatte diesen

Gedanken kaum zu Ende geführt, als sich die Tür öffnete und ein Wirbelwind in den Saal tobte.

„Sie ist gekommen, du hast sie zu mir gebracht! Danke, Vater." Hafsa, in ihrem gelben Kleidchen, die dunklen Locken von goldenen Spangen einigermaßen gebändigt, warf sich auf seinen Schoss, ohne auf die warnenden Rufe seiner geliebten Erstfrau Aiza zu achten.

Aiza eilte mit schuldbewusster Miene auf ihn zu. „Verzeih mir, nein, bitte verzeih uns, mein Herr. Sie war kaum mehr zu bändigen, so sehr freute sie sich darauf, ihre Retterin wiederzusehen." Sie zog sich den schwarzen, nur von wenigen goldenen Halbmonden geschmückten Schleier zurück. Ihr edles Gesicht wirkte endlich, nach all dem Kummer und Leid der vergangenen Wochen, wieder heller und er entdeckte sogar ein Lächeln auf ihren zuletzt stets traurig erscheinenden Zügen.

„Sorge dich nicht, meine Liebe, nicht wegen eines glücklichen Kindes. Ist es denn nicht schön, Freude zu sehen und sie gar selbst mitfühlen zu können? Wie geht es dir heute, Aiza?" Er drückte sein aufgeregtes Kind an sich und betrachtete seine Frau und langjährige Vertraute liebevoll.

Aiza verbeugte sich erneut. „Ich danke für deine Nachfrage, mein Herr. Es geht mir gut. Ein fröhliches Kind zu bändigen, nachdem die Kinderfrau sich nicht mehr blicken lässt, ist eine schöne Aufgabe. Was ist mit Maha geschehen, ist sie noch im Palast?"

Er nickte, nun wieder sehr ernst. „Das ist sie, meine Liebe."

Ahmet atmete tief ein und wandte seinen Blick Bassam zu. „Es ist an der Zeit, geh und hole sie, mein Freund." Kaum tat Bassam den ersten Schritt, setzte Ahmet seine Tochter behutsam auf dem Fußboden ab. „Mein Augenstern, erinnere ich mich recht? Wolltest du nicht deiner Retterin etwas schenken?"

Hafsa schlug sich mit weit aufgerissenen Augen die kleine Hand vor den Mund. „Vater, danke. Ja, ich hab ein Armband ausgesucht. Du hast gesagt, ich darf nehmen, was ich will."

Er musste schmunzeln. „Kleines, solange du nicht die Juwelen deiner Großmutter verschenkst, sei dir alles gestattet."

„Ummas Juwelen? Wo sind die?" Hafsas Antwort sorgte für Heiterkeit bei allen Anwesenden.

„Es ist gut zu wissen, dass du in diesem Fall ahnungslos bist, mein Augenstern. Ich ziehe es vor, dass dies auch so bleibt. Aber nun zeig uns, was du gewählt hast. Du machst uns alle neugierig."

Hafsa griff in die Falten ihres bauschigen Rockes und zog vorsichtig etwas daraus hervor. Sie blickte zuerst zu ihm auf, dann zu Estrella. „Darf ich, Vater?"

Er schob sie sachte in Richtung der jungen Frau. „Gewiss, nun geh schon."

Hafsa benötigte nur zwei Schritte, um zu Estrella zu gelangen. Sie blieb direkt vor ihr stehen, legte ihren Kopf schief und musterte das Mädchen kurz. „Ich möchte danke sagen. Dafür, dass du so mutig warst. Und dafür, dass du mich getröstet hast. Dies hier ist mein Lieblings-Armband. Ich hoffe, es gefällt dir." Sie hob ihre Hand und hielt Estrella das Armband entgegen.

Ahmet wusste sofort, um welches es sich handelte, und er war nun sehr gespannt auf die Reaktion des Mädchens. Denn dieses Schmuckstück war keineswegs wertvoll im herkömmlichen Sinne. Was es so besonders machte, das war, dass Hafsas Mutter, die direkt nach ihrer Geburt verstorben war, es für ihre Tochter gemacht hatte. Ein schmales Kettchen aus Silber, an das Sabah Muscheln, kleine Steinchen, das Abbild des Mondes, aus Muschelschalen gefertigt, und andere kleine Gaben gehängt hatte., von denen sie dachte, sie würden ihr Kind später im Leben beschützen. Offenbar war dem so, denn bis zum heutigen Tag war dem kleinen Wirbelwird nichts geschehen. Hafsa liebte das Kettchen sehr. Dass sie es Estrella schenkte, sagte viel aus.

Die junge Frau nahm mit forschendem Blick das Geschenk entgegen und betrachtete es. Langsam, sehr vorsichtig glitten ihre Fingerkuppen über die kleinen Anhänger. Als sie zu Hafsa blickte, strahlte sie. „Liebe Hafsa, dies ist ein wundervolles und kostbares Geschenk. Ich danke dir von ganzem Herzen. Bist du dir sicher, dass du es mir, einer Fremden, schenken möchtest?“

Ahmet verfügte über große Menschenkenntnis, wollte er bestehen, so war dies in seiner Stellung lebenswichtig. Wenn er nun in das Gesicht Estrella blickte, so sah er reine Freude. Eines wusste er mit Sicherheit. Dieses Geschenk gefiel ihr nicht nur besser als das Kirans, es rührte sie sogar sehr. Er lächelte, als er die Antwort seiner Tochter hörte.

„Sicher, du bist hier und ich weiß deinen Namen. Du bist nicht fremd.“

„So möchte ich dir noch einmal danken, Hafsa. Ich bin nicht so geschickt wie du. Kannst du mir bitte helfen, dieses schöne Armband anzulegen?"

Hafsa nickte eifrig und Estrella glitt von ihrem Hocker und kniete sich neben das Kind. Tiefe Falten erschienen auf Hafsas Stirn, als sie zuerst das Armband und dann Estrellas ausgestreckten Arm betrachtete. Sie blickte hilfesuchend zu ihm auf. „Vater, ich kann es nicht."

Ahmet seufzte leise. „Das lernst du gewiss sehr schnell. Alle Frauen lernen es, Schmuck gekonnt anzulegen." Angesichts des verständnislosen Blickes seines Kindes gelang es ihm nicht, das Lachen zu unterdrücken. „Du wirst diese Aussage bald verstehen, ich verspreche es dir." Er griff nach dem Schmuck, beugte sich zu Estrella hinab, die, wie er amüsiert bemerkte, heftig errötete, und legte das Armband um deren schmales Handgelenk. An Hafsa gewandt erklärte er: „Du hast weise gewählt. Es passt sehr gut."

Seine Tochter griff nach Estrella Hand und zog sie zu sich. Mit noch immer gerunzelter Stirn betrachtete sie das Schmuckstück und dessen Wirkung. „Gefällt es dir wirklich? Es ist nicht prächtig, aber es ist von meiner Mutter. Ich finde, es ist gut für dich."

„Es ist traumhaft schön, mein Kleines. Ich bin sehr glücklich über deine Gabe."

Zuerst hielt seine Tochter nur die Hand des Mädchens fest umschlossen und musterte Estrella eine Weile sehr ernst. Plötzlich warf sie ohne Vorankündigung ihre Arme um deren Hals. „Dich mag ich."

Mehr musste er von seiner Kleinen nicht hören. Seine Entscheidung war bereits getroffen. Allerdings wurden seine Überlegungen von Bassams Rückkehr unterbrochen.

Hinter seinen Feldherrn führten zwei Wachen die zitternde und weinende Maha in den Saal. Nur kurz überlegte er, ob er Aiza bitten sollte, das Kind hinauszubringen, entschied jedoch anders. Sie musste frühzeitig lernen, dass Fehlverhalten Strafen nach sich zogen. Diese Lektion konnte und wollte er ihr nicht ersparen.

Ahmet ging zurück zu seinem Lehnsessel und ließ sich darauf nieder. Er stützte beide Ellbogen auf die breiten Armlehnen und legte die Fingerspitzen vor seiner Brust aneinander. Darüber hinweg musterte er mit dunklem Blick die deutlich verunsicherte Kinderfrau. Er wusste nur zu gut, dass dies beeindruckend und respekteinflößend auf die vor ihm Sitzenden sowie Stehenden wirkte. „Maha! Weib, du weißt, warum ich dich habe holen lassen?"

Maha nickte lediglich.

„Das ist gut, so weißt du auch, dass du einen schweren Fehler begangen hast? Nicht nur, dass du dich mit meinem Kind von den begleitenden Wachen entfernt hast, du warst auch noch auf dem Kamelmarkt. Sagte ich nicht, dass dies nur in Begleitung von zwei starken Männern der Wache gestattet ist? So antworte, wenn ich dir eine Frage stelle."

Die Frau blickte schluchzend stur zu Boden, lediglich ein angedeutetes Nicken bezeugte ihm, dass sie ihn überhaupt verstand.

„Gegen meine Anweisungen zu verstoßen, kann nicht geduldet werden, dessen bist du dir bewusst. Erinnere ich mich recht, oder hattest du Hafsa im Park von Marrakesch bereits einmal aus den Augen verloren?

Sie ist ein kleines Kind, noch dazu eines, auf dessen Leben besonders geachtet werden muss. Sie ist alles, was mir von ihrer Mutter Sabah geblieben ist, und du spielst mit dem Leben dieses Kindes? Wie kannst du es wagen?" Mahas beharrliches Schweigen machte ihn wütender, als er eigentlich hatte werden wollen. Was ging in diesem Wesen nur vor sich? Er hatte schon seit einer ganzen Weile ein seltsames Gefühl jedes Mal, wenn er Hafsa und ihre Kinderfrau beobachtete. Irgendetwas stimmte nicht mit ihr, mochte auch Kiran beschwören, dass sie eine treue, verlässliche Dienerin gewesen sei. Er hatte keine Wahl.

„Du wirst dieses Mal deine gerechte Strafe erhalten. Vielleicht war ich zu nachlässig und hätte dich damals schon bestrafen sollen, heute jedoch kann ich nicht anders entscheiden. Angesichts dessen, dass du das Leben Hafsas in Gefahr brachtest, ist es ein mildes Urteil." Er beugte sich nach vorn und legte beide Hände auf die abgerundeten, mit Gold überzogenen Enden der Armlehnen. „Maha, ich verurteile dich zu dreißig Stockschlägen. Um sicher zu sein, dass es eine gerechte Strafe ist, wird Bassam persönlich dies übernehmen."

Plötzlich kam Leben in die zuvor so schweigsame Frau. Sie fiel auf ihre Knie, flehte und bettelte verzweifelt darum, ihr eine andere Strafe aufzuerlegen. „Er wird mich töten, dieser Drache wird mich töten, Herr, bitte habt Erbarmen."

Er sah, dass Estrella mit verunsichertem Blick, noch immer die Kleine auf den Armen, die fest ihren Hals umklammerte, zu Bassam trat und ihn etwas fragte. Ehe sein Feldherr antworten konnte, entschlüpfte Ahmet die ungehaltene Bemerkung, ob Estrella sich denn nicht an ihn wenden wolle, da sie offenbar eine Frage hatte. Diese, sichtlich erschrocken, wandte sich ihm zu.

„Bitte vergebt mir, mein Herr, ich fragte nur, was mit der Frau geschieht. Ich verstand zu meinem Bedauern nichts vom dem, was Ihr sagtet. Ihr habt sehr schnell gesprochen. Ich wollte Euch gewiss nicht verärgern, ich wollte nur verstehen, mein Herr." Die Stimme der jungen Frau war fest und ruhig. Eine angenehme Abwechslung zu Mahas hohen Klagetönen und sofort beruhigte er sich wieder. In kurzen, verständlichen Worten erklärte er dem Mädchen, was geschehen war, und wie seine Entscheidung lautete.

Sie hörte ihm mit ernster Miene zu und nickte sodann. „Ich danke Euch, mein Herr." Hier stockte Estrella, jedoch nur kurz, ehe sie entschlossen fortfuhr. „Mein Herr, bitte, darf ich sprechen?"

Ahmet machte eine auffordernde Handbewegung, wohl wissend, dass er noch immer furchteinflößend wirken musste.

Estrella trat samt seiner Tochter einen Schritt auf ihn zu und verbeugte sich vor ihm. Kein leichtes Unterfangen mit dem Kind im Arm, das nicht dazu zu bewegen war, ihren Hals auch nur eine Minute loszulassen. „Mein Herr, es ist mir bewusst, dass es mir als Fremde nicht zusteht, Bitten zu äußern. Sollte ich mit meinen Worten Euren Zorn herausfordern, so bedauere ich dies zutiefst, versuchen muss ich es dennoch. Gewiss ist es unverzeihlich, das Leben eines Kindes in Gefahr zu bringen. Aber hat die Kinderfrau denn nicht vielleicht so gehandelt, da sie der Kleinen eine Freude bereiten wollte, indem sie diese mächtigen Tiere aus der Nähe betrachteten? Erschrak sie nicht selbst fast zu Tode, als es zu dem Tumult kam? Ich sah sie, als sie mit dem Kind im Arm auf uns zueilte. Ihr stand das blanke Entsetzen ins Gesicht geschrieben. Ich versichere Euch, mein Herr, dass die Kinderfrau es bereits in jenem Augenblick über alle Maßen bereute, mit dem Kind dort gewesen zu sein. Ich flehe Euch an, mein Herr, der Frau eine mildere Strafe aufzuerlegen. Ich sah die Angst, die sie in jenem Moment hatte, so große Angst, dass dies bereits ein Teil der gerechten Strafe sein könnte."

Nach diesen Worten blickte Estrella ihm ernst und mutig entgegen, etwas, das er nicht allzu oft erlebte.

Ahmet schwieg lange und im Saal war es so still, dass man den Wind hören konnte, der durch den Innenhof fuhr. Er betrachtete nachdenklich das Bild, welches sich ihm bot. Die junge Frau, die sein Kind in den Armen hielt und deren Blick zunehmend fragend wurde. Hafsa, die unsicher zwischen ihm und Estrella hin und her blickte. Bassam, der, sichtlich beeindruckt, Estrella unter zusammengezogenen Augenbrauen musterte. Alba, die Herrin des Mädchens, die erschrocken wirkte und gewiss um ihren Schützling bangte. Er sah aber auch den sanften Blick Aizas und es war dieser Blick, der ihn endlich sprechen ließ.

„Du beweist erneut Mut, Estrella Jiménez. Großen Mut. Ich werde nicht gerade für meinen Langmut und meine Nachsicht bei Verstößen gegen meine Anweisungen gerühmt. Ich muss eingestehen, du ringst mir beinahe schon Bewunderung ab." Er hielt inne und betrachtete das Mädchen noch einmal eingehend, um dann fortzufahren. „Ich bin geneigt, deinen Wunsch zu erfüllen, jedoch nur unter einer Bedingung. Wärst du bereit, einen Handel mit mir einzugehen?"

Estrella sah kurz zu ihrer Herrin, dann wieder zu ihm. „Ja, mein Herr, denn ich bin mir sicher, dass Ihr weise und gerecht seid. Darum muss ich gewiss einen Handel mit Euch nicht fürchten."

Nur für einen winzigen Augenblick fehlten ihm die Worte. Welch eine kluge und wortgewandte junge Frau. Umso mehr war er sich nun dessen sicher, dass er die richtige Entscheidung getroffen hatte. „Eine weise Antwort, meine Kleine, eine wahrlich weise und kluge Antwort. So hör dir meine Bedingung an. Ich werde Maha verschonen. Allerdings muss sie noch heute den Palast verlassen und darf nie mehr in die Nähe meiner Tochter kommen. Ich habe eine neue Kinderfrau, eine neue Gefährtin für mein Kind erwählt. Jemanden, der meinem Kind Mut und Entschlossenheit lehren wird und der stets dafür Sorge tragen wird, dass ihm nichts zustößt."

Estrella streichelte die Wange seiner Tochter und sah ihn erfreut an. „Es freut mich sehr, das zu hören. Gewiss wird sich damit alles zum Guten fügen. Ich danke Euch für Eure großmütige Entscheidung, mein Herr."

Ahmet lächelte und erhob sich. „Danke mir nicht zu früh, Estrella. Möchtest du denn gar nicht wissen, wer Hafsas neue Kinderfrau wird?"

Das Mädchen musterte ihn ohne Arg. „Gewiss, sehr gerne, wen habt Ihr denn ausgewählt?"

Er stand nun direkt vor ihr und legte seine Hand auf die Schulter, die nicht von seiner Tochter beansprucht wurde.

„Dich, Estrella Jiménez. Du wirst die neue Gefährtin meines Kindes. Ich bin mir gänzlich sicher, dass dies eine gute und sinnvolle Entscheidung ist." Er neigte den

Kopf und blickte zu Aiza. Ihr erfreutes Lächeln war ihm erneut Bestätigung genug. Dann wandte er sich Alba zu, die schmunzelnd zu ihm aufblickte. „Ich denke, wir beide werden eine für alle zufriedenstellende Lösung finden.“

Die nickte sichtlich erleichtert und mit Freude im Blick. „Gewiss, Herr, die wird sich finden lassen. Estrella, Kind, was sagst du denn dazu? Ich habe dir ein aufregendes Leben versprochen. Wer kann es schon sagen, vielleicht ist dies der Beginn deines ganz persönlichen Abenteuers.“

Ehe Estrella antworten konnte, erklang Hafsas Stimme. „Du bleibst jetzt bei mir? Du gehst nicht mehr weg? Du bist meine Kinderfrau? Ja, das ist so schön!“

Den Ausruf seines Kindes vernahm er mit Genugtuung, den Blick Estrellas, der langsam von Unsicherheit zu Freude wechselte, registrierte Ahmet ebenfalls mit Zufriedenheit.

Er wandte sich an Maha, die zusammengesunken auf dem Boden hockte. „Erneut hast du es dem Mut dieser Frau zu verdanken, dass du verschont wirst. Pack deine Sachen und verlasse noch heute diese Mauern. Steh auf, geh!“

Während Maha unter gemurmelten Dankeswünschen an ihn und Segenswünschen für Estrella davoneilte, atmete Ahmet tief durch. Es war ein gutes Gefühl. Endlich nach langer Zeit wieder ein wirklich gutes Gefühl.

***

Bassam schritt langsam durch die Gärten des Palastes. Der heutige Tag machte ihn nachdenklich. Dieses Mädchen, diese Estrella, er mochte sie, ja, tatsächlich, er mochte sie wirklich. Wenn er ihr nun auch noch bedingungslos hätte vertrauen können, wäre dieser Tag noch besser gewesen. Die verärgerten Züge Kirans, als Ahmet das fremde Mädchen zuerst lobte, sie auszeichnete und sie gar für Maha sprechen ließ, waren ihm eine Genugtuung. Wenn sie Estrella nicht mochte, war das ein gutes Zeichen. War es ein gutes Zeichen? Sein Vertrauen in so gut wie jedermann war vor langer Zeit verschwunden und es dauerte lange, sehr lange, sich sein Vertrauen zu verdienen. Wusste er, ob es nicht doch eine geheime Absprache gab? War er sich sicher, dass er nicht getäuscht werden sollte? Er hoffte es, Sicherheit gab es jedoch keine.

Estrella und die Dame Alba waren von seinen Männern in einer Kutsche nach Hause zurückgebracht worden. Zu gern würde er jetzt die Unterhaltung der Damen mitanhören. Binnen weniger Augenblicke in den Palast des Sheiks beordert zu werden, musste für das junge Mädchen beängstigend gewesen sein, so denn alles mit rechten Dingen zuging. Nun auch noch dort leben zu müssen, Verantwortung zu tragen, das alles konnte sie nur erschrecken. Tat es das? Bassam seufzte und bog ab in den Garten mit den Obstbäumen. Ab heute trug sie die Verantwortung für Hafsa. Eine große und angesichts des Temperamentes dieses Kindes schwere Aufgabe. War sie dem gewachsen? So viele Fragen und erneut war da wieder jemand, den er im Auge behalten würde und das sehr genau.

Mittlerweile war es Nachmittag und das Mädchen sollte noch vor der Nacht in den Palast kommen. Aiza wollte sich persönlich um sie kümmern, sie mit ihren Aufgaben vertraut machen. Zwar hatte sich Kiran sofort angeboten, um Aiza zu schonen, die aber erklärte, es täte ihr gut, wieder etwas Leben und junge Menschen um sich zu haben. Er verstand sie nur allzu gut. Gäbe es auf dieser Welt mehr Menschen wie diese wunderbare Frau, wären auch seine Sorgen kleiner gewesen.

Bassam war mit seinem Rundgang beinahe fertig, als er fast schon an der Mauer das seltsame Bündel am hintersten Ende des Gartens entdeckte. Er trat näher und stieß überrascht die Luft aus. Maha. Offenbar war es jemandem zu gefährlich gewesen, sie einfach nur gehen zu lassen. Sie lag zusammengekrümmt unter einem alten Granatapfelbaum. Ihr Bündel mit Kleidern und persönlichen Dingen lag neben ihr, die rechte Hand hielt den Knoten noch fest umschlossen. Maha war noch nicht lange tot, wohl kaum eine halbe Stunde. Ihr Körper war noch warm. Er entdeckte den winzigen Fleck an ihren Lippen, rötlich, leicht schaumig. Gift, das offensichtlich schnell wirkte.

Er beugte sich suchend über sie, fand aber keine weiteren Verletzungen. Bassam wusste, dass er erneut schweigen musste, dass es nichts nutzen würde anzuklagen. Viel zu leicht fand sich hierfür ein Grund und wenn es als einfaches Schuldeingeständnis ausgelegt würde.

Ärgerlich richtete sich Bassam wieder auf und sah auf die tote Frau hinab. Er hatte es geahnt. Nun sah er sich erneut in seinem Verdacht bestätigt. Der Umstand, dass Maha den Palast nicht lebendig hatte verlassen dürfen, sprach eine deutliche Sprache. Wer zu viel wusste, musste sterben. Er musste dem bald ein Ende setzen, es war an der Zeit. So durfte es nicht weitergehen, nicht, wenn er es irgendwie verhindern konnte.

19.

Im Lager der Berber

Es waren wahrlich wundervolle Tiere. Die Pferde Hischams und Amirs fanden Asirems uneingeschränkte Bewunderung. „Gut, dass sie überlebt haben. Gut, dass sie klug genug waren, sich zwischen die Palmen zu legen."

Hischam schnaubte ärgerlich. „Als hätten wir das nicht auch versucht. Lediglich hat es uns wenig genützt. Warum muss auch ausgerechnet dieser Brunnen in der Oase, auf die wir stießen, ausgetrocknet sein. Wieviel Unglück kann einem Menschen eigentlich widerfahren?"

„Eine berechtigte Frage. Wäret ihr ein paar Tage später gekommen, so hättet ihr wahrscheinlich wieder Wasser gefunden. Magrin und ich waren unterwegs, um herauszufinden, was unsere Familie gegen das Versiegen des Wassers tun könnte." Asirem strich sanft über die Nüstern des Hengstes vor ihm, dessen rotbraunes Fell wie Kupfer schimmerte.

„Nun, so ganz hatte das Glück uns ja nicht verlassen. Immerhin seid ihr gekommen, ich mag mir nicht vorstellen, was andernfalls geschehen wäre."

„Das kann ich dir gerne beantworten. Binnen kürzester Zeit wärt ihr verdurstet. Warum hattet ihr kein

Wasser bei euch? Hischam, du kennst die Wüste, ich weiß das. Wie konntet ihr ohne Wasser unterwegs sein?“ Langsam fraß ihn die Neugierde auf, welche Geschichte sich hinter dem Abenteuer der beiden Männer verbarg.

Hischam schien seine Unruhe nicht zu entgehen. Welch Wunder. Natürlich gierte er nach der Wahrheit, dafür zeigte er allerdings eine wahrlich große Geduld, auf die er selbst stolz war. Sein Mienenspiel hingegen hatte er in den seltensten Fällen gut im Griff. Es verriet ihn stets aufs Neue. Asirem wusste, dass man, so man über ein wenig Menschenkenntnis verfügte, in seinen Zügen zu lesen vermochte. So, ganz offensichtlich, auch Hischam. „Du willst wissen, was es mit unserem seltsamen Unterfangen auf sich hat, nicht wahr? Ich sehe doch, dass du kaum mehr an dich zu halten vermagst und dich fragst, ob der Neffe unseres Sultans den Verstand verloren hat.“

Asirem konnte sich eines Grinsens nicht erwehren. „Um der Wahrheit Genüge zu tun, kommt das meinen Gedanken sehr nahe. Im Ernst, ich wüsste es wirklich sehr gerne. Gib es zu, es mutet tatsächlich sehr fragwürdig an.“

Hischam, der mit langsamen, zärtlichen Bewegungen den Hals des anderen Pferdes, eines großen, schwarzen Hengstes mit einer länglichen, weißen Zeichnung zwischen den Augen, streichelte, zögerte lange, ehe er begann zu erzählen. Asirem drängte ihn nicht, aber er ahnte, dass sich mehr als eine jugendliche Dummheit dahinter verbarg.

„Gut, aber ich erzähle es dir, vorerst, unter dem Siegel der Verschwiegenheit, versprichst du es mir, im Fall eines Falles zu schweigen?“

Asirem nickte. „Gewiss, was denkst du denn von mir? Sehe ich aus wie eines der Waschweiber am Fluss, die sich gegenseitig ihre Lebensgeschichte erzählen?“

Hischam zog eine lustige Grimasse. „Eigentlich nicht. Gut, also hör mir zu, Berberjunge. Ich musste nach einem Kontrollritt in das Oasental verschwinden, musste mich für tot erklären lassen. Hätte ich das nicht getan, so wären Unschuldige gestorben, Kinder, Asirem. Das konnte und durfte ich nicht zulassen.“

„Was zum Schaitan ...“

„Soll ich jetzt erzählen oder möchtest du noch eine Weile die Dämonen der Finsternis beschwören?“

„Ich bin ja schon still.“

„Das will ich hoffen. Nach dem Ritt, als wir nur noch eine Nacht in dem Wüstenlager verbringen wollten und auch noch die Abgesandten eines der Clans empfingen, berichtete mir mein Lehrer und der langjährige Vertraute meines Vaters, Bassam, unser oberster Feldherr, von einer Verschwörung im Palast. Asirem, im Palast meines Vaters geht der Tod um. Das Schreckliche ist, dass niemand einen Verdacht hegt, denn der Tod hat eine treffliche Verkleidung gewählt.“

„Langsam wird das Ganze etwas verworren.“

„Was sagte ich vorhin?“

„Ich solle schweigen.“

„Warum tust du es dann nicht?“

„Verzeih mir.“

„Ein letztes Mal, ein allerletztes Mal, ist das auch zu verworren für dich?“

Asirem schmunzelte. „Keineswegs.“

„Meine Mutter Aiza ist die Erstfrau meines Vaters. Nach ihr, als sie zwei Kinder vor der Geburt verlor, nahm er sich Kiran als Zweitfrau. Sie ist wunderschön. Einer der Künstler am Hof meines Onkels hat ein Lied für sie komponiert. Es beschreibt sie als Engel des Lichts. Inzwischen wissen einige wenige, was sie tatsächlich ist. Kiran ist der Engel des Todes. Bassam beobachtet sie seit dem ersten Tag. Kiran kam aus einer nicht sehr wohlhabenden Familie. Mein Vater überhäufte sie mit Geschenken, war genauso geblendet wie so viele andere ebenfalls. Als sie ihm Imran, meinen Halbbruder schenkte, war er entzückt. Er trug sie auf Händen, las ihr einen jeden Wunsch von den Augen ab. Was er dennoch nicht vernachlässigte, das waren meine Mutter und ich, sein Ältester. Zwischen Vater und Mutter besteht ein sehr enges Band. Er liebt und schätzt meine Mutter sehr. Ihre Meinung ist ihm wichtig und durch ihre warmherzige, liebevolle Art, ihre überlegten Entscheidungen wurde sie ihm zu einer Gefährtin, die er gewiss nie mehr missen möchte. Ich für meinen Teil bin nun einmal sein ältester Sohn und ich bin, denke ich, ein recht ansehnlicher und angenehmer Zeitgenosse.“

„Ähm …“

Hischam hob die rechte Augenbraue und musterte ihn eingehend. „Wolltest du etwas sagen, Berberjunge?“

„Niemals. Ich versprach zu schweigen …“ Trotz des tragischen Themas hatte Asirem seine liebe Not, Ernsthaftigkeit an den Tag zu legen. „Angenehmer Zeitgenosse“. Darauf musste er bei gegebenem Anlass noch einmal zurückkommen.

„Ach, was soll's. Es war nun so, dass Kiran in winzigen Schritten versuchte, Vater und Mutter einander zu entfremden. Sei es, dass sie ihn von Mutter und mir fernhielt. Dass sie Feste für ihn veranstaltete oder ihn bat, sie zu Ausflügen zu begleiten. Es war und ist wohl noch immer für ihn und viele andere im Palast schwer, ihr etwas abzuschlagen. Jedoch verlangte es Vater danach, Zeit mit meiner Mutter zu verbringen, und er war stolz auf mich, als Bassam ihm berichtete, wie gut ich mich im Fechten und Reiten machte. Er und mein Onkel kamen mit, als ich meine zwei ersten Kamelrennen ritt. Das am ersten Tag gewann ich um Längen, meine Gegner waren nicht schneller als Schnecken. Am zweiten Tag allerdings kam so ein großer, selbstsicherer Berberjunge an mir vorbei und rief mir zu, er wünsche mir Glück. Ich dachte kurzfristig daran, ihn zur Rede zu stellen, bis mir bewusst wurde, dass er es durchaus freundlich gemeint haben könnte." Hischam musterte ihn und lächelte. „Du warst ein würdiger Gegner und ein verdienter Sieger. Ich dachte während des Rennens, dein Kamel müsse Flügel haben. Aber du warst es, der ihm Flügel verliehen hat. Du bist sehr gut, Asirem."

Hischams Urteil freute ihn mehr, als er sich eingestehen wollte. „Du überraschst mich erneut. Ich danke dir, es freut mich, das zu hören."

„Es ist die Wahrheit, schlicht die Wahrheit, Asirem. Zurück zu Kiran, die es darauf anlegte, mich bei meinem Vater in das Licht eines Verlierers zu rücken. Kein kluger Plan angesichts des Umstandes, dass ich es war, der ihren übermütigen Sohn noch am selben Abend vor einer Horde rauflustiger Kameltreiber rettete. Imran ist eigentlich ein netter Junge, überschätzt sich nur leider allzu oft, da seine Mutter ihn glauben lässt, er sei eine Art Bote der Götter. Wieder im Palast befiel eine seltsame Krankheit meine Mutter. Sie war stets müde, schwach, fühlte sich unwohl und mein Vater sorgte sich zwar um sie, hielt sich aber ansonsten aus Rücksicht von ihr fern. Wasser auf Kirans Mühlen, die ihn in dieser Zeit nach allen Regeln der Kunst umwarb und umschmeichelte. Angeblich, um ihn von Aizas Krankheit abzulenken. Es war Bassam, der Mutter sehr schätzt, der Verdacht schöpfte. Er bestand darauf, die Dienerinnen meiner Mutter auszutauschen, und er überwachte sie persönlich. Keine Mahlzeit, kein Getränk kam mehr zu meiner Mutter, das nicht von seinen Vertrauten zubereitet worden war. Binnen weniger Tage war meine Mutter wieder genesen. Das Netz aus Schweigen rund um Kiran war jedoch so eng und so fest, dass niemand es zu durchbrechen vermochte. Ihren vorherigen Dienerinnen war nichts nachzuweisen und die Dienerin, die Mutter am nächsten gewesen war, verstarb an einem schweren Fieber. Es war alles sehr unerfreulich.

Wenige Wochen später brachte Vater von einer Reise nach Anfa Sabah mit. Sie war gerade erst sechzehn Jahre alt und wirklich reizend. Freundlich, sehr hübsch, neugierig, lernwillig und für mich fast wie eine Schwester. Wir alle mochten sie, selbst Kiran schien ihr sehr zugetan zu sein. Als Sabah ein Kind erwartete, war meine Mutter gerade im Palast des Sultans, da eine seiner Töchter erkrankt war. Mutter kennt sich aus in der Heilkunde und stellt so manchen Medicus in den Schatten. Jedenfalls war sie nicht hier, um Sabah zur Seite zu stehen, als diese zunehmend Probleme während der Schwangerschaft bekam. Kiran half ihr, für alle sichtbar, indem sie Sabah Säfte aus frischen Früchten brachte, mit Honig versetzte Kräuteraufgüsse und Vieles mehr. Als ob sie zeigen wollte, dass sie nichts Unrechtes tat, trank sie selbst von dem, was sie Sabah anbot. Bis heute wissen wir nicht, was und wie sie es getan hat. Auf jeden Fall überlebte Sabah die Geburt nicht, sie verblutete unter den Händen der Medici.

Ihre Tochter, Hafsa, meine kleine Schwester, ist ein wahrer Engel. Ein anstrengender Engel zwar, aber immerhin. Zwei Mal bereits entkam das Kind nur knapp dem Tod. Einmal fanden sich zwei Skorpione in ihrem Zimmer, das andere Mal entwischte sie angeblich ihrer Kinderfrau im Park und fiel in ein großes steinernes Wasserbecken. Hätte ihr meine Mutter nicht schon als kleines Baby das Schwimmen gelehrt, wäre sie hilflos ertrunken, da niemand in diesem Bereich des Parks war. Die Kinderfrau kam davon, da sie behauptete, jemand habe ihr das kleine Kind entrissen. In meinen Augen eine glatte Lüge. Vor allem, warum entfernt sich eine Kinderfrau, die auf ein kleines Mädchen aufpassen muss, so weit von den Wachen?"

Asirem kniff die Lippen zusammen, um weiter zu schweigen, so wie versprochen.

Hischam jedoch war die Geste wohl nicht entgangen. „Was willst du sagen? Ich bin froh über Meinungen, ich muss wissen, ob wir übers Ziel hinausschießen, ob wir uns verrannt haben. Ist das alles nur Zufall? Wohl kaum, bedenkt man, was danach kommt. So sprich."

Er stieß mit gespitzten Lippen die angehaltene Luft aus. „Das ist eine böse Verschwörung, Hischam. Das sollte eigentlich ein jeder erkennen. Nein, ihr fantasiert keineswegs. Ich bitte dich. Bei der Sache im Park haben Kinderfrau und Wachen zusammengearbeitet. Keine gute, pflichtbewusste Wache lässt zu, dass sich ihre Schutzbefohlenen zu weit entfernen. Sie halten stets Augenkontakt, sie wissen, dass sie aufmerksam sein und sofort eingreifen müssen, falls eine Gefahr auftritt. Vertraue mir, diese Wachen waren bestochen, ebenso wie die Kinderfrau."

Hischam nickt nachdrücklich. „Ich danke dir. Das sind auch meine Gedanken. Ab und an dachte ich schon, ich würde verrückt. Ich sorge mich um meine Mutter, um Hafsa und so ein kleines Bisschen auch um mich."

„Um dich? Was wollte sie dir antun?"

Hischam zuckte mit den Achseln. „Nichts weiter, abgesehen davon, dass sie Bassam zwang, mich umzubringen. Hätte er es nicht getan, so drohte sie, seine beiden Kinder zu töten. Und, vertrau mir, Asirem, sie täte es, ohne mit der Wimper zu zucken." Er atmete tief ein. „Ja, und darum bin ich nun tot. Verschollen in der Wüste. Ich sprach lange mit Bassam, der mir alles offenbarte und der niemals einem Mitglied unserer Familie auch nur ein Haar krümmen könnte. Er war nicht glücklich mit dem Plan, wollte zurück in den Palast und Kiran vor meinen Vater bringen. Das aber wäre mit Gewissheit für einige von uns tödlich. So wie die Wachen, die Hafsa ,aus den Augen verloren', so gibt es derer viele, die Kiran nahezu hörig sind. Sie will sich und ihren Sohn neben meinem Vater sehen, will, dass Imran eines Tages am Hofe des Sultans eine gehobene Position einnimmt, und sie will ihre Stellung festigen. Sie will nie wieder in den Vorort von Marrakesch zurück, von wo mein Vater sie in den Palast holte, und sie fürchtet um die Position Imrans, denkt, wenn er der Älteste ist, habe er alle Vorrechte, die nun ich habe. Welch ein kranker Geist!"

„Vergib mir, aber das ist ein Plan, der viel Leid verursacht, dessen bist du dir bewusst? Mein Vater berichtete uns von dem vor Trauer versteinertem Gesicht deiner Mutter, von dem Schmerz in den Augen deines Vaters. Wie lange willst du sie in dem Glauben leben lassen, sie hätten ihr geliebtes Kind verloren?"

Hischam wirkte plötzlich sehr schuldbewusst. „Inzwischen weiß ich auch, dass es vielleicht nicht so gut durchdacht war, wie ich zuerst annahm. Ich wollte auf jeden Fall alles tun, um Bassams Kinder zu beschützen. Und auch Hafsa ist mit meinem Tod nicht mehr so sehr gefährdet. Kiran muss sich vorerst um sich selbst und Imran kümmern und ihre vorgefassten Pläne, wie auch immer die aussehen, in die Tat umsetzen."

„Hischam, es ehrt dich, dass du solche Opfer für andere bringst, das meine ich ehrlich. Ich bewundere dich dafür. Immerhin wärst du um ein Haar in der Wüste tatsächlich gestorben. Nun aber müsst ihr handeln. Denkst du wirklich, dass diese Kiran jemals aufgeben wird? Wenn dein Vater seine kleine Tochter liebt, wenn er deine Mutter so sehr schätzt und ihr ebenfalls in Liebe zugetan ist, dann wird es nicht lange dauern, ehe Kirans Blicke sich erneut eifersüchtig auf diese beiden Menschen richten. Allein der Umstand, dass Hafsas Kinderfrau noch immer in der Nähe deiner kleinen Schwester ist, gäbe mir sehr zu denken.

Andererseits sind deine Überlegungen, dass Kiran um sich schlagen könnte, durchaus gerechtfertigt. Eine üble Lage, die sich da aufgetan hat. Allerdings weiß ich nun noch immer nicht, wie du an dem ausgetrockneten Brunnen gelandet bist. Ich kann mir nicht vorstellen, dass das zu deinem heroischen Plan gehörte."

Hischam verzog den Mund. „Wirklich amüsant. Nein, natürlich gehörte das nicht zu unserem Plan. Wir wollten zusammen für eine Weile nach Constantine. Diese wilde Stadt ist perfekt, um eine gewisse Zeit ungesehen zu verschwinden. Verschwunden ist dann leider die Stadt und das in einem der schlimmsten Sandstürme, die ich in meinem Leben gesehen habe. Gut, ich muss eingestehen, hinter den schützenden Mauern des Palastes lassen sie sich leichter ertragen, dieser aber war in der Tat das reine Inferno. Wir kamen gänzlich vom Weg ab. Ich gebe es gerne zu, ich bin ein schlechter Spurenleser und nach dem Sturm war sowieso nichts mehr zu erkennen. Also irrten wir tagelang orientierungslos umher. Letztendlich landeten wir in der Oase und ich wähnte uns schon in Sicherheit. Bis ich den Brunnen untersuchte. Ich hatte nicht einmal mehr die Kraft, wieder auf mein Pferd zu steigen, und dann kam noch ein Sturm, nicht so heftig wie der erste, aber für uns wäre er das Todesurteil gewesen. Ohne dich und Magrin hätten wir niemals überlebt."

„Constantine? Wirklich? Hischam, die Stadt ist schrecklich. Vor allem, wenn ihr schließlich am Rand des Oasentals gestrandet seid, dann seid ihr in einem Riesenbogen um Constantine herumgeritten und auf direktem Wege zurück. Bitte nimm es mir nicht übel, aber ich werde nie eine Unternehmung begleiten, bei der du den Weg bestimmst."

Hischam seufzte laut, legte seine Rechte auf Asirems Schulter und musterte ihn schließlich lächelnd. „Soll ich dir etwas gestehen, Asirem? Ich begleite ebenfalls keine Reise mehr bei der ich den Weg bestimmen soll.“

20.

Marrakesch, Haus von Asmara und Hakim

„Tia Alba, ich fürchte mich." Die Angst war so plötzlich gekommen, wie die Freude über die Stellung im Palast verflogen war. Je näher die Kutsche dem Haus von Albas Schwester kam, umso mehr begriff Estrella, was soeben geschehen war.

Die Hand der Dame drückte die ihre sanft. „Hab keine Furcht, mein Kind. Es mag beängstigend erscheinen, so überraschend unter dir fremden Menschen leben zu müssen, aber sag mir, hast du das nicht bereits einmal wundervoll gemeistert? Du kanntest keine Menschenseele hier in Marrakesch, einzig und allein mich. Sieh nur, wie rasch du dich heimisch gefühlt hast, ja, nicht nur das, du hast die Grundlagen der Sprache erlernt. Es gelang dir binnen kürzester Zeit, die Menschen hier für dich zu gewinnen. Nun hast du selbst den Sheik beeindruckt. Vertraue mir, wenn ich dir sage, dass das durchaus etwas Besonderes ist. Unsere Herrscherfamilie regiert mit strenger Hand. So wie Sheik Ahmet heute mit dir sprach, zeugt das von Wertschätzung und dies nicht nur, weil du seine kleine Tochter gerettet hast. Du hast Mut bewiesen, nicht nur einmal. Er wähnt sein Kind bei dir in Sicherheit, bitte führe dir vor Augen, welch großer Vertrauensbeweis dies ist. Du kommst unter durchweg erfreulichen Umständen in den Palast."

„Hier kannte ich Sie, Tia Alba, Asmara war mir wohlgesonnen und ich lernte Jemina kennen. Im Palast bin ich eine Fremde. Ich kenne die Regeln, die dort vorherrschenden Gesetze nicht. Mein Vater erzählte mir einmal, dass es bei Hofe stets sehr strenge Zeremonielle gäbe, die ohne Ausnahme einzuhalten seien. Ich werde Fehler machen, man wird unzufrieden mit mir sein ..."

„Wirst du wohl aufhören? Sofort! Niemand wird unzufrieden mit dir sein. Du bist ein wunderbarer Mensch, Estrella. Dir wurde eine gute Erziehung zuteil. Du hast ein ausnehmend umfassendes Wissen, dafür sorgte schon dein Vater und ich möchte erwähnen, dass auch ich mir zugutehalte, daran maßgeblich beteiligt gewesen zu sein. Darum darf ich dir versichern, dass es keinerlei Grund gibt, sich zu fürchten. Sieh, wir sind bald zu Hause. Asmara und ich werden dir dabei helfen, deine Kleider und alles, was du benötigst, einzupacken. Hast du verstanden, was der Sheik zu mir sagte, ehe wir uns verabschiedeten?"

Estrella verneinte schuldbewusst. „Nein, Tia Alba, ich war zu aufgeregt und habe versucht zu begreifen, was tatsächlich geschehen war."

Alba lächelte gutmütig. „Nur zu verständlich. Sheik Ahmet erklärte, dass er mir monatlich eine schöne Summe zukommen lassen wird, die ich für dich verwalten solle. Du selbst wirst im Palast alles haben, was du zum Leben benötigst, scheue dich nicht zu fragen, wenn du etwas haben möchtest. Zusätzlich wirst du jeden Monat einige Dirham erhalten, die dich in die Lage versetzen, dir deine eigenen, ganz speziellen Wünsche zu erfüllen. Du siehst, deine Zukunft sieht erfreulich gut aus. Ich verspreche dir, deinen Lohn gewinnbringend anzulegen und zu verwalten."

„Ich vertraue Ihnen in allem, was Sie tun, Tia Alba. Es bricht mir lediglich das Herz, Sie verlassen zu müssen."

Alba schloss sie fest in die Arme. „Wir werden uns auch weiterhin sehen können. Auch dies sicherte mir der Sheik zu. Du wirst uns besuchen dürfen und wenn ich meinen Besuch ankündige, darf ich dich im Palast besuchen. Wie du siehst, mein Kind, besteht kein Grund sich zu sorgen oder sich zu grämen."

Die Kutsche kam ruckelnd zum Stillstand und Estrella wusste, dass es keinen anderen Weg gab als den, der ihr offenbar bestimmt war. Angst war ein Gefühl, das ihr tatsächlich, ob ihrer Erziehung und ihrer eigenen Denkweise, fast fremd war. Heute aber, heute verspürte sie Angst. Allerdings durfte und wollte sie Tia Alba nicht enttäuschen. Zu sehen, wie sie litt, würde der Dame das Herz schwer machen. Vor allem aber durfte sie das kleine Mädchen dort im Palast nicht enttäuschen. Hafsa schien so glücklich zu sein, so voller ehrlicher Freude. Mochte die Furcht vor dem Unbekannten ihr auch regelrecht die Kehle zuschnüren, sie musste stark sein. So straffte sie ihre Schultern, hob das Kinn und zwang sich, Tia Alba ein, so hoffte sie zumindest, überzeugendes Lächeln zu schenken. „Gut, ich bin bereit. Ich verspreche, dass ich keine Furcht mehr haben werde und dass ich Ihnen keine Schande bereiten werde."

Die Dame musterte sie liebevoll. „Als ob mir das Sorgen machen könnte. Du wirst niemals irgendjemandem Schande bereiten, mein Kind."

Hakim legte seine Hand an ihre Wange und der Blick, mit dem er sie bedachte, war der eines stolzen Vaters. „Es ist eine Ehre für unser Haus, dass du, mein Kind, nun im Palast arbeiten wirst. Nicht nur das, du trägst eine große Verantwortung, indem der Sheik dich als Kinderfrau für seine geliebte Tochter eingestellt hat. Du machst uns alle sehr stolz."

Ob Hakim wusste, wie schwer er mit diesen gewiss gut gemeinten Worten ihr Herz machte? Ob es sich einer der hier vor ihr stehenden Menschen vorzustellen vermochte, was in ihr vor sich ging? Noch vor wenigen Monaten, es erschien ihr in weiter Ferne zu liegen, war sie mit ihren Schwestern unbeschwert über den Strand gelaufen, hatte mit bloßen Füßen und nassen Rocksäumen im warmen Wasser des Mittelmeeres gestanden und mit Luz geschimpft, weil sie in ihren Augen zu wagemutig gewesen war. Nun stand sie hier, mit gepackten Taschen und wild klopfendem Herzen, wartend auf die Kutsche, die sie, begleitet von Wachen, in den Palast bringen würde. Sie ließ ein letztes Mal ihren Blick von der Terrasse aus über den wunderschönen Garten schweifen, lauschte auf das leise Plätschern des Springbrunnens und sog den Duft der vielen Blumen tief in ihre Lungen. Sie war hier glücklicher gewesen, als sie es sich jemals erhofft hatte. Ihre Gastgeber waren ihr ans Herz gewachsen, ganz zu schweigen von Jemina. Estrella holte tief Luft und zauberte erneut ein Lächeln auf ihre Lippen. Sie wollte nicht, dass Asmara und Hakim sie für schwach und ängstlich hielten. Aus diesen Gründen trat sie nun auf Asmara zu, die sie fest umarmte.

„Mach uns alle stolz, mein Kind. Du wirst diese Aufgabe gewiss meistern. Ich vertraue auf deinen Verstand und dein Herz.“

Selbst Hakim wünschte ihr von Herzen alles Gute für diesen neuen Lebensabschnitt und küsste sie väterlich auf die Stirn, als sie höflich vor ihm knickste.

Die Umarmung von Tia Alba war lang und tröstlich. „Du weißt, dass wir zu jeder Zeit für dich da sein werden, wenn du mich, wenn du uns brauchst? Ich bin jedoch sicher, dass du auch diesen Schritt, so wie du alles andere in deinem Leben, sehr gut meistern wirst. Ich weiß, was dir die Anerkennung und die Liebe deines Vaters stets bedeuteten, darum darf ich dir versichern, dass er hier und heute sehr stolz auf seine Älteste wäre. Ich bin es ebenfalls und ich denke, nein, ich weiß, dass noch viel Schönes auf dich wartet, meine Estrella.“

Die Worte waren tröstlich und beruhigten sie ein klein wenig. Als Estrella das Knarzen der Räder der schweren Kutsche vernahm, wusste sie, dass der Zeitpunkt gekommen war, um den Schritt in ein neues Kapitel des Buches ihres Lebens zu tun. Niemand vermochte zu ahnen, wie schwer ihr dieser Schritt fiel, als sie nach ihren Taschen griff, sich aufrichtete und tief einatmete. Sie entdeckte Jemina an der hinteren Türe und sah die Tränen auf den Wangen des Mädchens. Wie gern hätte sie ebenfalls geweint, aber sie musste stark sein, durfte keine Schwäche zeigen, zumindest nicht in diesem Moment. So lächelte sie Jemina noch einmal aufmunternd zu, küsste Tia Alba, verbeugte sich zum endgültigen Abschied von ihren freundlichen Gastgebern und trat aus dem Schatten der Terrasse hinaus in den hellen Sonnenschein.

Die Wächter, die sie in den Palast bringen sollten, warteten bereits an der geöffneten Kutsche, halfen ihr dabei, ihre Sachen unterzubringen, und einer reichte ihr seine Hand, um ihr ins Innere zu helfen. Eilig und von allen unbemerkt wischte Estrella ihre schweißnassen Hände an ihrem Rock ab. In der Kutsche wagte sie es nicht, den blauen Samt beiseitezuschieben, der ihr den letzten Blick zurück verwehrte. Wenn sie darüber nachsann, war dies sogar gut, denn so konnte niemand die Tränen sehen, die nunmehr ungesehen über ihre heißen Wangen rollten.

21.

Ahar fuhr sich langsam und nachdenklich über sein Kinnbärtchen. „Eine wilde, fast schon unglaublich klingende Geschichte. Vor allem aber eine erschreckende Geschichte. Wir müssen sorgfältig überlegen und dürfen keine übereilten Entscheidungen treffen. Es geht um die Leben von unschuldigen Menschen. Ich muss gestehen, ich bin erleichtert, dass wir keinen Boten zu Sheik Ahmet gesandt haben. Hischam, Junge, was schlägst du vor? Du kennst den Palast, du kennst diese mordende Schlange, aber sag mir, kennst du auch ihre Helfer?"

Hischam seufzte tief und hob mit ratloser Miene die Schultern. „Das würde alles erleichtern, aber Kiran ist klug, sie weiß sehr wohl, wie sie sich und ihr Netz aus Mord und Lügen schützen kann. Ich bin mir lediglich bei Hafsas Kinderfrau absolut gewiss, dass sie von Kiran in den Palast gebracht wurde. Wie auch immer ihr das gelungen sein mag, aber es ist so. Ich fürchte um Hafsa, die Kleine ist lieb und vertrauensselig, eben genau so, wie ein Kind ja auch sein soll. Unbeschwert, ohne Arg."

„Wer könnte ein Auge auf diese Kinderfrau haben? Wem vertraust du derzeit im Palast?" Ahar musterte

Hischam eingehend. Er wusste, dass der Junge nicht nur die Wahrheit sprach, sondern um das Leben seiner Lieben fürchtete. Die Antwort Hischams überraschte ihn nicht.

„Vertrauen? Niemandem, außer meinem Vater, meiner Mutter und Bassam. Niemand weiß, wie weit sich das Gift Kirans inzwischen ausgebreitet hat. Meine große Sorge ist, dass Bassam nicht überall zugleich sein kann. Außerdem kommt noch dazu, dass mein Vater Kiran noch immer vertraut. Er ahnt nichts von ihren mörderischen Ränken, denn sie wusste stets zu vermeiden, dass die Wahrheit an ihn herangetragen wurde. Ein jeder, der infrage käme, schweigt, da ihm sein eigenes Leben oder das seiner Kinder lieb und teuer ist."

„Nicht weiter verwunderlich, nicht wahr?" Ahar beugte sich nach vorn und stocherte grübelnd mit einem Stock in der letzten Glut des Feuers, was zahllose tanzende Funken gen Nachthimmel sandte. „Was auch immer bisher geschehen ist, dieser Frau muss Einhalt geboten werden und das rasch, wenn nicht noch mehr Menschen ihr Leben verlieren sollen. Was mir besonders wichtig scheint, ist, dass deine kleine Schwester schnellstmöglich in Sicherheit gebracht wird. Dazu muss diese heuchlerische Kinderfrau verschwinden. Was denkst du, ist sie ebenso gefährlich wie Kiran?"

Hischam schüttelte den Kopf. „Keineswegs. Maha ist eher etwas tumb. Ein Umstand, für den ich sehr dankbar bin, denn wäre sie ebenso durchtrieben wie Kiran, dann wäre Hafsa wahrscheinlich schon tot. Wir müssen jemanden in den Palast einschleusen, der Bassam zur Seite steht. Ich habe mir in den letzten Stunden Gedanken dazu gemacht. Mein Vater hat edle und wertvolle Pferde, ihr habt zwei von ihnen draußen bei euren Tieren. Seit längerer Zeit sucht er jemanden, dem man die Pflege und die Ausbildung der Pferde anvertrauen könnte. Bisher war er noch nie mit den erbrachten Leistungen zufrieden." Hischam hielt inne und warf Ahar und dann Asirem einen sichtlich hoffnungsvollen Blick zu. „Was denkt ihr über den Plan, Asirem als Betreuer für die Pferde im Palast einzuschleusen? Bitte denkt darüber nach. Ich könnte eine Botschaft an Bassam verfassen und der Sohn des Clanführers würde sicherlich zu Bassam vorgelassen. Es müsste lediglich auf jeden Fall verhindert werden, dass dieses Schreiben in die falschen Hände gerät. Einzig und allein Bassam dürfte die Zeilen zu Gesicht bekommen."

Asirem räusperte sich. „Mir sei eine Zwischenbemerkung erlaubt, bitte. Werde ich eigentlich noch gefragt, ob ich überhaupt in diese Schlangengrube möchte?" Sein Sohn schien ihm ein klein wenig ungehalten zu sein.

„Gewiss wirst du gefragt, mein Sohn. Bedenke jedoch, dass Eile geboten ist. Ich finde Hischams Plan durchaus erwägenswert. Niemand kennt dich im Palast, außer vielleicht Ahmet selbst, der noch die Niederlage seines Sohnes gegen dich im Hinterkopf haben dürfte. Du könntest die Augen offenhalten und herausfinden, wer dieser Kiran zur Seite steht, und Bassam dabei helfen, dieses gefährliche Netz aus Mord und Lügen endgültig zu zerreißen."

„Danke für die Erinnerung an meine Niederlage, aber ich stimme deinem Vater vollkommen zu. Du bist jung, du kannst hervorragend mit Tieren umgehen, niemand kennt dich und du bist klug. Bassam braucht jemanden wie dich und meine kleine Schwester braucht dich auch. Bitte, Asirem, hilf uns, hilf mir. Du hast mir bereits das Leben gerettet, das ist schon viel mehr als ich verdient habe, denn nur dank meines Leichtsinns und der Idee mit Constantine kamen wir erst in diese gefährliche Lage. Nun aber muss ich dich erneut bitten, mir zu helfen. Es geht nicht mehr um mich, sondern um die Menschen, die ich liebe, die mir viel bedeuten." Hischams Blick war ehrlich und aufrichtig, seine Worte zeugten von Größe.

Ahar beobachtete Asirem aufmerksam. Er konnte erkennen, dass der nur kurz mit sich rang.

„Nun gut, wenn hier so deutlich auf meine Klugheit hingewiesen wird, kann ich ja kaum ablehnen, nicht wahr? Trotzdem zweifle ich daran, dass es so leicht sein wird, in den Palast zu kommen und danach sofort ungehindert in den Dienst des Sheiks gestellt zu werden. Nur mit einem Brief wird sich das nicht bewerkstelligen lassen." Asirem runzelte die Stirn. „Hat jemand noch eine andere Idee?"

Ahar nickte. „Ich hätte einen Vorschlag. Ich sende meinen Ältesten nach Marrakesch, da ich bei den Trauerfeiern nicht nur die edlen Tiere betrachten konnte, sondern mir auch noch zu Ohren kam, dass ein guter Betreuer für die Pferde gebraucht wird. Ich biete dem Sheik, der derzeit gewiss noch immer in tiefer Trauer um seinen geliebten Sohn verharrt an, dass mein eigener Sohn sich so lange um die Pferde kümmert, bis eine andere Lösung gefunden wird. Bis jemand auserkoren wird, sich dauerhaft der Tiere anzunehmen. Dies ist mein Beitrag, um den Sheik zu unterstützen. Mögen wir auch unsere Meinungsverschiedenheiten haben, so steht immer noch mit Gewissheit fest, dass wir uns gegenseitig schätzen. Ahmet wird mein Angebot annehmen, dessen bin ich mir gewiss. So müssen wir uns nicht die Köpfe zerbrechen und der Sheik muss nicht getäuscht werden."

Hischam wirkte sehr erleichtert. „Das ist ein wirklich guter Gedanke, so hat Bassam keine Schwierigkeiten zu befürchten und wir müssen uns nicht darum sorgen, dass Asirem nicht in den Palast gelangen könnte. Ahar, ich finde keine Worte, die groß genug wären, um dir meinen Dank auszudrücken."

Ahar musste wohl oder übel schmunzeln. „Du machst das schon recht gut, Hischam. Viel wichtiger ist, dass du Asirem nun sehr genau über die Gepflogenheiten in eurem Haus informierst. Es darf uns kein Fehler unterlaufen, wenn wir niemanden gefährden wollen. Ich muss auch gestehen, dass ich Asirem gerne lebendig wieder in die Arme schließen möchte, wenn das alles ausgestanden ist. Und nun schreib du deine Zeilen an Bassam, damit Asirem nicht zuerst Stunden damit zubringen muss, Bassams Vertrauen zu gewinnen. Ferner sollten wir in Erwägung ziehen, dass auch Magrin demnächst nach Marrakesch sollte, um die Verbindung zu uns aufrecht zu halten."

***

Schon zwei Tage später packte Asirem seine Kleidung und alles, was er sonst noch benötigte, zusammen. Sein Vater und auch Hischam hatten ihre jeweiligen Briefe verfasst und sie befanden sich wohlverwahrt in seinem Reitergewand. Es war beschlossen worden, dass

Magrin ihn begleitete und falls alles erfolgreich verlief, im Lager Bericht erstatten könne. Ihm war nicht ganz wohl in seiner Haut, denn mit Intrigen oder sonstigen derartigen Bosheiten war er bisher noch nie in Berührung gekommen. Magrin sollte bei Bassams Familie unterkommen, was eine schnelle Weitergabe von Neuigkeiten gewährleistete. Zwar schien Magrin zu zaudern, es blieb ihm allerdings keine Wahl, da nur so auch Asirems Sicherheit gegeben sein würde.

„Freund, du weißt, auf was wir uns hier einlassen?" Magrins Stimme klang so, wie er sich sicher auch fühlte: zweifelnd.

„Gewiss, bedenke jedoch bitte, dass es nicht nur um das Leben eines kleinen Kindes geht, sondern darum, dieser Kiran endgültig zu zeigen, dass ihre mörderischen Pläne zum Scheitern verurteilt sind."

Magrin seufzte. „Gut, ich beuge mich, darf aber anmerken, dass ich das nicht ohne Widerspruch tue."

„Das bedeutet?" Asirem hob fragend die Brauen.

„Das bedeutet, dass ich fast fertig gepackt habe, jetzt dann mein Pferd sattle, es tränke und wie immer an deiner Seite sein werde." Magrin lächelte. „Denkst du etwa, ich würde mir das entgehen lassen? Meine Nase in fremde Dinge stecken und Geheimnisse ergründen?"

„Es ist nun ja nicht so, als dass du das hier niemals tun würdest, nicht wahr." Asirem hatte seine liebe Not, ernst zu bleiben.

„Das habe ich überhört, mein Freund. Du hast großes Glück, dass es mich gibt. Deine Unverschämtheiten erträgt nicht ein jeder." Magrin blickte stur zu Boden, aber Asirem konnte erkennen, dass seine Schultern bebten. Schließlich lachte sein Freund lauthals los. „Ja, ich gebe es zu. Ich bin neugierig und ich will alles wissen. So wurde ich geboren und ich werde mich auf meine alten Tage nicht mehr ändern."

„Du bist einundzwanzig Jahre alt."

„Wollen wir jetzt über mein hohes Alter sinnieren oder endlich aufbrechen? Wirklich, mein Freund, dein Mitteilungsdrang ist bewundernswert."

Asirem grinste. „Weil ich derjenige von uns beiden bin, der viel redet, nicht wahr?"

Magrin warf das lose Ende seines Umhanges über seine Schulter und musterte ihn herausfordernd. „Genau hier breche ich diesen Disput ab und kümmere mich um mein Pferd. Ich liebe es, dich deinen ureigensten Gedanken zu überlassen."

Asirem lachte noch, als Magrin bereits außer Sichtweite war.

***

Lunjas Blick war voller Sorge und es entging Hischam nicht. „Sorge dich nicht. Dein Bruder ist klug, er ist gewitzt und er wird wissen, was zu tun ist."

„Mag sein, Asirem ist aber auch durch und durch ehrlich, aufrichtig und mit Giftmördern konnte er in seinem bisherigen Leben noch keine Erfahrungen sammeln. Natürlich sorge ich mich um ihn."

„Du bist böse auf mich, weil er sich nur wegen mir und meiner Familie in Gefahr begibt, habe ich recht?"

Lunja schüttelte leicht den Kopf, als müsse sie sich erst selbst von ihrer Meinung überzeugen. „Nein, Hischam, das verstehst du falsch. Er will helfen und Menschen retten. Das ist eine gute Sache. Aber ich will ehrlich sein. Ich sorge mich, weil er unter Menschen sein wird, die ihn und sein Leben ganz anders betrachten, als wir es tun."

„Du sprichst von eurer Freiheit? Davon, so zu leben, wie ihr es euch wünscht? Du sprichst von eurem Leben als Wüstennomaden?"

„Siehst du! Schon schwingt in deinen Worten wieder Geringschätzung mit. Was willst du mit ‚Wüstennomaden' umschreiben? Heimatlose, die umherziehen müssen, da sie nirgends sesshaft sein wollen? Sind wir das in deinen Augen?"

Hischam war sich dessen bewusst, dass er seine Worte nunmehr mit sehr viel Bedacht wählen musste. „Lunja, bemerkst du denn, dass du deine eigenen Gedanken, deine Einstellung mir gegenüber in meine Aussagen verbrämst? In meinen Augen hat das Wort Nomaden nichts Schlechtes an sich, ganz im Gegenteil. Nomaden sind freie Menschen, die ihr Leben allem zum Trotz wundervoll meistern. Menschen, die ihre Freiheit lieben und für diese Liebe eintreten, niemals wollte ich dich oder dein Volk mit diesem Wort kränken. Warum unterstellst du mir eine derartige Absicht?"

Er beobachtete die junge Frau sehr genau, während diese offensichtlich gründlich überlegte. Ihr schönes, ebenmäßiges Gesicht, ihre nachdenklich gekrauste Nase, ihre faszinierenden hellen Augen unter den dichten, dunklen Wimpern. Bei Allah, sie war einzigartig, sie war eine wahre Blume der Wüste ... und sie verachtete ihn, das „Kind aus den Palästen". Eine sehr, sehr üble Situation für ihn und für Gefühle, die ihm bis zu diesem Zeitpunkt ebenso fremd gewesen waren wie das Leben der Nomadenstämme. Er ärgerte sich über sich selbst. Er war der Nachfolger seines Vaters, der Älteste. Hätte er denn nicht früher auf den Gedanken kommen können, sich mit den Gegebenheiten in diesem, seinem Land etwas näher zu befassen? Hätte es ihm nicht in den Sinn kommen können zu lernen, zu begreifen, zumindest zu versuchen zu verstehen, was vor sich ging. Wohl hatte er zugehört, wenn sein Vater und dessen Bruder, der Sultan, über die Stämme sprachen, nur war es dabei stets um die Sichtweise der Brüder gegangen, um die gefühlte Bedrohung, die die Freiheitsliebe der Stämme für die Stabilität im Lande bedeuten könnte. Wohlgemerkt: Bedeuten könnte!

Warum hatte er niemals nachgefragt, woher diese Sorgen rührten? Warum hatte er nie nachgeforscht, ob sie begründet waren? Die Antwort gab er sich umgehend selbst. Weil er keinen Grund dafür gehabt hatte. Sein sorgenfreies und – hier hatte Asirem schon recht – behütetes Leben in Marrakesch hatte ihm keine Veranlassung dazu geboten, irgendetwas zu hinterfragen. Warum auch? Leise meldete sich eine Stimme in seinem Kopf und er vernahm die Worte seines alten Lehrers Omar, die dieser bereits vor vielen Jahren zu ihm gesagt hatte.

„Mein Junge, du musst mit offenen Augen durch dein Land gehen. Du musst es erkunden wie ein Löwe, der durch die Wüste streift, der alles sieht, dem nichts entgeht, da es sein Ende bedeuten könnte, wenn er unaufmerksam wäre. Lerne von allem und von jedem, denn du bist wie ein Gefäß, gemacht, um gefüllt zu werden. Gefüllt mit Wissen, zunehmend mit Weisheit, denn Wissen schafft Weisheit und Verständnis für andere."

Hischam schämte sich, dass er die Worte dieses weisen Mannes seinerzeit nicht zu schätzen gewusst hatte. Es gab so Vieles, was er von Omar hätte lernen können. So jedoch war er stets nur darauf bedacht gewesen, dass die lästigen Lehrstunden schnellstmöglich ihrem Ende entgegen gingen und er mit Amir sein sorgenfreies Leben genießen konnte.

Als Lunja endlich antwortete, erschrak er beinahe schon, so sehr war er in seine Gedanken versunken gewesen.

„Ich will dir nichts unterstellen, Hischam. Das musst du mir glauben. Aber du musst auch mein gesundes Misstrauen verstehen. Worum ich dich bitte, das ist, dass du versuchst uns zu verstehen, dass du versuchst zu begreifen, wie wir denken. Das ist schwer, das ist mir bewusst, aber du bist ein gebildeter Mann, ich bin sicher, es kommt der Tag, an dem du verstehen wirst."

Es dauerte eine Weile, ehe ihm bewusstwurde, dass sie ihn das erste Mal gelobt hatte. Er begriff jedoch auch, dass er an sich arbeiten musste, falls er nur einen einzigen Schritt vorankommen wollte.

Noch während er grübelte, schob sich ein ganz anderer Gedanke in seinen im Augenblick sowieso schon recht beanspruchten Kopf. Was würde sein Vater sagen, wenn er ihm erklärte, dass er sich in die Tochter eines Berberfürsten verliebt hatte?

Einen Augenblick! Was dachte er da eigentlich? Verliebt? Hischam ließ das Wort eine Weile in seinen Gedanken   nachklingen.

Verliebt! Entsprach das der Wahrheit oder wollte sein Gehirn ihm einen Streich spielen?

Er sah hinüber zu Lunja, die wieder in dem Topf rührte, der über dem Feuer hing und einen köstlichen Duft verströmte, wobei sie ihn keines Blickes würdigte. Ihr langes, schwarzes Haar war im Nacken zu einem fast armdicken Zopf geflochten, damit es ihr nicht ins Gesicht fiel. Heute war sie in ein einfaches blaues Gewand gekleidet, der Arbeit angemessen, die sie verrichtete, und dennoch erschien sie ihm schöner und begehrenswerter als jede der Frauen im Palast seines Onkels.

Hischam erinnerte sich an den Augenblick, als Lunja ihm die Faszination der Wüste nahezubringen versucht hatte. Warum nur sprang dieser Funke nicht auf ihn über? Es würde alles um so Vieles erleichtern, würde sie näher zueinander führen. Ein Gedanke, der ihn in seinen Überlegungen stocken ließ. Ob Ahar es gutheißen würde, wenn etwas ihn und Lunja näher zusammenführte? Den Zorn des Berberfürsten auf sich zu ziehen, lag ihm wahrlich fern und er durfte es keinesfalls als selbstverständlich ansehen, dass Ahar in Freudentänze ausbrechen könnte, wenn er ihm eröffnete, dass er sich in seine Tochter verliebt hatte. Dass dieses wilde, wunderschöne, bezaubernde, kluge Geschöpf ihn sprachlos machte, ihn über Dinge nachsinnen ließ, die ihm bis dahin gänzlich einerlei gewesen waren, dass Lunja sein erster Gedanke bei Sonnenaufgang war und sein letzter bei Nacht, sobald er seine Augen schloss, um den Schlaf zu erwarten. Er wollte sie beschützen, vor allem und jedem, wollte an ihrer Seite sein. Hischam, der auf einer Bank nahe am Feuer Platz genommen hatte, beugte sich seufzend nach vorn, stützte seine Ellbogen auf den Oberschenkeln ab und bedeckte sein Gesicht mit beiden Händen. Bei allen guten Geistern der Wüste; er war wirklich verliebt.

„Asirem, Magrin, kommt ihr? Das Essen ist fertig. Ihr wollt gewiss etwas im Magen haben, wenn ihr in die Stadt aufbrecht." Lunja hielt inne und warf Hischam einen seltsamen Blick zu. „Wer weiß, wann ihr wieder etwas wirklich Gutes zu essen bekommt?"

Ihm war durchaus bewusst, dass sie ihn necken wollte und schon wieder fiel ihm keine rasche, humorvolle Antwort ein. Viel zu sehr war er damit beschäftigt, auf ihre unvergleichlich schön geschwungenen Lippen zu starren.

Asirem kam ihm, gewiss ohne sich dessen bewusst zu sein, zu Hilfe. „Nun ja, ich wage zu behaupten, dass man im Palast unseres Kriegsherrn gut zu speisen weiß." Er lächelte ihn herausfordernd an, ehe er fortfuhr. „Allerdings werde ich konstant in der Furcht leben, vergiftet zu werden."

Hischam schüttelte leicht den Kopf. „Nicht doch. Das ist wirklich unnötig. Solange du Kiran nicht in die Quere kommst, solange du im Hintergrund bleibst, gibt es für sie keinen Grund, ihre Giftfinger nach dir auszustrecken."

Asirem schüttelte sich. „Ganz ehrlich? Ich denke, ich schlage mir hier noch einmal kräftig den Magen voll, noch dazu, da meine Schwester eine begnadete Köchin ist, und werde dann eine Weile fasten."

Ja, Hischam konnte es allein schon am Geruch erkennen, dass das, was Lunja gezaubert hatte, köstlich sein musste. Es war ein Eintopf aus zuvor gewürztem Kamelfleisch, Linsen, Bohnen und einem Gemüse, das er gar nicht kannte. Getrocknete und schließlich zu feinem Pulver zermahlene scharfe, kleine Paprikaschoten, Kurkuma und Piment vereinten sich mit getrockneten Datteln und klein geschnittenen Feigen zu einem ihm bis zu diesem Tag unbekannten Geschmackserlebnis. Die Schärfe zusammen mit der sanften Süße des getrockneten Obstes harmonierten wundervoll. Dazu reichte Lunja ihnen frisches, knuspriges Fladenbrot, das sie auf dem Boden eines umgedrehten Topfes gebacken hatte, den sie über das offene Feuer gestellt hatte. Als Lunja ihm lächelnd eine Schale mit dem duftenden Gericht in die Hand drückte, war er verwundert. „Ich dachte, es wird alles aus dem Topf gegessen?"

Es war Ahar, der grinsend sein Brot in die sämige Sauce im Topf tunkte, der ihm antwortete. „Ich ahne, dass meine Tochter lediglich verhindern möchte, dass du uns für Barbaren hältst, die keinerlei Manieren besitzen."

„Bitte, so vertraut mir doch endlich. Ich habe etwas Derartiges nicht einmal gedacht, niemals. Das Wort Barbaren in Verbindung mit euch käme mir im Traum niemals in den Sinn. Ich fühle mich sehr wohl in eurem Kreis." Es schien ihm an der Zeit, endlich für ein vertrauensvolles Miteinander zu sorgen, denn immer wieder schwangen in scheinbar achtlos hingeworfenen Bemerkungen Vorurteile mit.

Lunja, die gemeinsam mit ihrer Mutter etwas abseits saß und ein weiteres Brot zubereitete, hob den Kopf und musterte ihn sichtlich überrascht. Dann lächelte sie plötzlich. „Königssohn, welch schöne Worte. Und doch befändest du dich in angeblich bester Gesellschaft. Kennst du den Ursprung des Wortes ‚Berber'?"

Schon wieder musste er beschämt verneinen. „Darüber habe ich noch nie nachgedacht."

Lunjas Lächeln vertiefte sich. „Ich muss schon sagen, Königskind, dafür, dass ihr selbst aus einer uralten Berberfamilie abstammt, kennst du wenig über unsere und somit wohl oder übel auch deine Geschichte. Berber bedeutet im Grunde nichts anderes als Barbaren. Wir alle verdrängen das lediglich. Es waren vor unzähligen Jahren die Römer, die im Glauben, über alles und jeden erhaben zu sein, und da sie keinen anderen Namen für uns fanden, die Nomadenstämme als Barbaren bezeichneten. Und das von einem Volk, das eindeutig selbstherrlich, überheblich und letztendlich nicht fähig war, zu überdauern. Wir hingegen, wir haben überdauert und aus ‚Barbaren‘ wurde im Laufe der Jahrhunderte eben ‚Berber‘. Möchtest du sonst noch etwas über Geschichte und Ursprung deiner Untertanen erfahren?"

Ahars stolzer Blick, als dieser nach Lunjas Erklärung seine Tochter betrachtete, entging ihm keineswegs. Da bildete er sich etwas auf seine Ausbildung ein und dann zwang ihn dieses stolze, kluge Geschöpf mit nur wenigen Sätzen in die Knie. Er nahm mit dem Brot ein Stück des butterzarten Fleisches auf, schob es sich in den Mund, kaute, schluckte und wandte sich an Lunja. „Lunja, ich denke, dass ich noch sehr viel von dir werde lernen können. Ich könnte mir keine bessere Lehrerin wünschen."

Zum ersten Mal, seit sie sich kannten, hob sie den Kopf und musterte ihn ohne gerunzelte Stirn, ja, offenbar ohne Arg. „Und ich werde dir alles erklären, was du wissen möchtest, Königskind."

22.

Marrakesch im Palast des Sheiks

Estrella schrak hoch, als es unverhofft an ihrer Tür klopfte. Noch immer war da diese allgegenwärtige Furcht vor dem Neuen, dem Unbekannten. Seit zwei Tagen war sie nun bereits im Palast. Sie hatte sich überraschend gut zurechtgefunden. Zu verdanken hatte sie dies der Geduld und der Güte Aizas. Die erste Frau und, wie man ihr zugetragen hatte, Lieblingsfrau Sheik Ahmets hatte sich ihrer angenommen, als wäre sie eine liebe Verwandte, die zu Besuch im Palast war, und nicht eine Dienerin, eine Kinderfrau für die kleine Prinzessin.

Estrella, die noch damit beschäftigt war, die Spielsachen Hafsas aufzusammeln und in die dafür vorgesehenen Truhen zu befördern, richtete sich auf. „Bitte, tretet ein."

Überrascht stellte sie fest, dass es nicht wie angenommen eine Dienerin, sondern Aiza war, die leise die Tür öffnete. „Schläft unser Sonnenschein?"

Estrella verbeugte sich. „Ja, Herrin, sie war rechtschaffen müde. Wir haben heute bereits viel gelernt."

Aiza lächelte freundlich und nickte. „Ja, ich habe ein wenig davon im Nebenzimmer hören können. Estrella, du erzählst so wunderschöne Geschichten. Du bringst die Welt in Hafsas Gemächer. Niemand von uns war jemals an Orten wie Granada oder Malaga. Niemand sah den Schnee in der Sierra Nevada und außer dem Sultan weilte noch niemand aus diesem Hause in der schönen Stadt Cordoba und lauschte dem Flüstern der Fluten des Baetis, der gewiss so viele Geschichten mit sich trägt, wie du sie in deinem Herzen trägst."

Estrella war gerührt. „Herrin, ich danke für das Lob, von Herzen. Allerdings bin ich mir dessen gewiss, dass der Baetis sehr viel mehr zu erzählen hätte als ich, so er denn sprechen könnte."

Aiza legte den Kopf leicht schief und schmunzelte. „Nun, das, was ich heute hörte, mein Kind, das waren wunderbare Geschichten. Wenn Hafsa, dieser Wirbelwind, so lange stillsitzt und andächtig deinen Worten lauscht, dann ist das etwas Besonderes. Hafsa sitzt nicht still, zumindest bis heute. Du vollbringst bereits jetzt Wunder, mein Mädchen."

Mein Mädchen. Estrella freute sich über alle Maßen über diese Ansprache. Einzig ihr Vater und ihre Mutter hatten sie jemals so genannt. Dass nun die edle Aiza sie so anredete, ließ ihr Herz schier zerspringen. War sie auch, was den Palast und seine Regeln und Gesetze betraf noch ängstlich und unsicher, Aiza gab ihr Kraft und Zuversicht. Sie war eine bemerkenswerte Frau.

„Hafsa ist ein liebes, folgsames Kind. Ich wuchs mit drei Schwestern auf und bitte, Herrin, glaubt mir, die Jüngste, Luz, war noch um einiges lebendiger als Hafsa."

Nun lachte Aiza, etwas, das sehr selten geworden war, wie ihr eine der drei Dienerinnen im Vertrauen berichtet hatte, die für sie und Hafsa zuständig waren. So wusste Estrella nun auch in allen Einzelheiten um das Schicksal des jungen Sheiksohnes Hischam und die tiefe Trauer seiner Mutter. Sie wusste ebenso, dass Aiza das ungeborene Kind, das sie unter dem Herzen trug, verloren hatte und nun keine Kinder mehr bekommen konnte. Wie groß musste die Trauer in ihrem Herzen sein, welch unbändige Stärke musste in dieser Frau ruhen, um sich, statt in Trauer zu versinken, so liebevoll um sie, die Fremde, zu kümmern? Während Estrella noch ihren Gedanken nachhing, begann Aiza wieder zu sprechen.

„Das ist schön. Mit so vielen Geschwistern groß zu werden, ist ein Privileg, mag es auch ab und an nicht so erscheinen. Von Anfang an habe ich mir einen Bruder oder eine Schwester für Hischam gewünscht. Mein Wunsch wurde nicht erhört." Hier stockte Aiza und betrachtete Estrella nachdenklich. „Ich weiß es nicht, aber es mag sein, dass du verwundert bist über mein Tun. Darüber, dass ich mich um alles Mögliche kümmere, dass ich mich sorge und offenen Auges durch das Leben gehe. Mir ist bewusst, dass es in diesem Hause für alles Diener und Dienerinnen, Sklaven und Helfer gibt. Estrella, ich will dir ein Geheimnis verraten. Täte ich all dies nicht, ich fürchte, ich würde verrückt. Ich will am Leben teilnehmen, nein, ich muss am Leben teilnehmen, muss Neues hören und sehen, sonst würde ich schwermütig. Ich kann es nicht ertragen, in meinen Gemächern eingeschlossen, fernab von allem Leben und aller Fröhlichkeit dahinzusiechen. Die Trauer um meinen Sohn würde zu übermächtig, das kann ich nicht zulassen. Das hätte Hischam nicht gewollt. Von

Kindesbeinen an erlebte er seine Mutter als besonnen und stark im Leben. Das soll sich nun, nach seinem Tode nicht ändern. Verstehst du das, Estrella?"

Estrella schluckte schwer. Die Worte der Frau rührten sie zutiefst und sie verstand sie sehr gut. Wie konnte Aiza nur denken, dass jemand sie für ihr Tun verachten oder verurteilen könnte? Sie trat beherzt einen Schritt nach vorn und verbeugte sich vor Aiza. „Herrin, wie könnt Ihr auch nur denken, dass irgendjemand Euch für Eure Kraft, für Euer Tun geringachten könnte? Ich möchte aufrichtig sein, ehrlich, so wie ich es, seit ich denken kann, gelernt habe. Ich bewundere Euch für das, was Ihr tut. Ich bin sehr glücklich, dass Ihr Euch so sehr um mich kümmert, ich bin Euch von Herzen dankbar.

Aiza zögerte, dann streckte sie ihre schmale Hand aus. Auf dem Handrücken erkannte Estrella kunstvolle Zeichnungen und an den Handgelenken klimperten einige schmale Goldreifen. Aiza brauchte nicht viel Schmuck, um aufzufallen. Ihre Persönlichkeit, ihre Stärke genügten vollauf. Sie legte ihre Hand an Estrellas Wange. „Ich danke dir, mein Kind. Es wird der Tag kommen, an dem du verstehen wirst, warum ich sehr glücklich darüber bin, dich hier im Palast und in Hafsas Nähe zu wissen."

Sie hatte ihren Satz kaum beendet, als sie Hufgeklapper aus dem Hofe heraufhallen hörten. Überrascht hob Aiza eine Braue. „Welch seltsamer Lärm um die ruhige Nachmittagsstunde. Ich hoffe, es erwarten uns gute und keine schlechten Neuigkeiten. Etwas Schönes würde uns allen guttun. Bitte sieh nach, was da unten los ist. Ich bleibe hier bei Hafsa und bitte komm zurück, sobald du etwas herausgefunden hast."

Estrella nickte eifrig. „Natürlich, Herrin, ich beeile mich und komme zurück, so schnell ich kann." Sie zog ihren zartblauen Schleier vor ihr Gesicht, befestigte ihn und verließ geräuschlos den Raum.

Zu ihrer Überraschung erblickte sie am Ende des langen mit seidenen Teppichen ausgelegten Flures, Kiran. Das war seltsam, da sich Kirans Gemächer auf der anderen Seite des Palastes befanden, im Flügel für die Frauen des Sheiks. Warum war sie hier? Hatte sie Hafsa besuchen wollen? Aber sie musste wissen, dass die Kleine zu dieser Stunde ruhen sollte.

Da Kiran jedoch bereits um die Ecke verschwand, machte sich Estrella weiter keine Gedanken, sondern sah zu, dass sie rasch und leise zu den nach unten führenden Treppen gelangte. Sie hatte mit Gewissheit erwartet, Kiran hier wiederzusehen, doch die Frau war verschwunden. Wahrscheinlich war sie, als Frau des Sheiks, nach unten gegangen, um ebenfalls herauszufinden, woher der plötzliche Tumult rührte. Da Estrella an den Treppen nichts erblickte, eilte sie an eines der hohen Bogenfenster und spähte neugierig hinab.

Im Hof standen zwei herrliche Pferde, deren Reiter soeben ihre staubigen Umhänge ablegten. Beide Männer waren groß und stattlich, sie trugen unter den Umhängen eine Art helle Tunika, dazu geschlungene Reiterhosen, wie Estrella sie schon von ihren Begleitern während der kurzen Reise nach Marrakesch kannte. Sie konnte noch staubige hohe Stiefel aus Leder erkennen. Mutiger geworden, lehnte sie sich weiter aus dem Fenster, vergessend, dass man sie nunmehr von unten erblicken konnte. Als könne der eine Reiter ihre Gedanken lesen, hob er den Kopf und blickte ihr direkt in die Augen.

***

Eine tiefe und freundliche Stimme erklang in dem sonnendurchfluteten Innenhof. „Der Sohn Ahars, des Löwen, ist uns in diesem Hause stets willkommen."

„Das freut mich zu hören, Sayyed Bassam. Ich hätte nicht gedacht, dass Ihr mich noch erkennt." Asirem verbeugte sich leicht. Er war erleichtert, dass man ihnen nicht nur sofort Zugang zu Bassam gewährt hatte, sondern dieser auch noch sehr freundlich und zugänglich schien. Er hatte befürchtet, dass man ihnen von Seiten der Wachen ablehnend gegenüberstehen könne, nach dem ungeklärten „Tod" Hischams in der Wüste.

Bassam lachte. „Ach, Asirem, wie könnte ich Euch vergessen? Ihr habt unserem besten Reiter das Fürchten gelehrt. Vertraut mir, die Laune unseres Prinzen auf dem Weg zurück war alles andere als leicht zu ertragen. Aber Ihr habt seinen Ehrgeiz geweckt. Nach dieser grandiosen Niederlage ritt er täglich und war gar willens zu lernen. Somit hattet Ihr gleich in zweierlei Hinsicht Erfolg."

Magrin räusperte sich vorsichtig. „Ob der Sheik das genauso mit Humor sehen wird, muss sich noch herausstellen."

Asirem besann sich auf seine Manieren. „Sayyed Bassam, darf ich Euch meinen treuesten Freund und langjährigen Begleiter vorstellen, dies ist Magrin, mein Herr."

257

Bassam verneigte sich leicht. „Es freut mich, euch beide hier begrüßen zu können. Mein Herr, diese Begrüßung jedoch, das ist dem Sheik vorbehalten. Ich würde es begrüßen, nur Bassam genannt zu werden."

Asirem lächelte. „Ich denke, das sollte ich mir merken können, aber nur, wenn Ihr mich Asirem und diesen Spaßvogel dort Magrin nennt." Er griff nach den Enden seines Umhanges und zog ihn sich vorsichtig von den Schultern. Schließlich wollte er nicht den ganzen Wüstensand über dem arglosen Bassam ausschütteln. Als er den Umhang ganz abnahm, fiel sein Blick auf eines der oberen Fenster und es gelang ihm nicht, ihn wieder abzuwenden. Langes lockiges Haar, das im Licht der Sonne wie Gold schimmerte, große hellbraune Augen unter schön geschwungenen Brauen, ein schmales Gesicht, von dem er wegen des zarten Schleiers nur die obere Hälfte erkennen konnte. Noch nie hatte er in solche Augen gesehen, noch nie hatten die Augen eines Mädchens solch ein Feuer in ihm entzündet. Nur mit Mühe gelang es ihm, den Blick wieder abzuwenden.

An Magrins hoch gezogener rechten Augenbraue erkannte er, dass diesem der Zwischenfall nicht verborgen geblieben war.

Bassam hingegen schien nichts bemerkt zu haben. Umso besser. Das hätte ihm gerade noch gefehlt, gleich in den ersten Minuten den Unmut des gefürchteten Heerführers auf sich zu ziehen.

„Ihr beiden kommt also auf den Wunsch Ahars und wollt tatsächlich vorerst die Pflege der Pferde übernehmen? Das wird Sheik Ahmet sehr erfreuen und Freude ist etwas, das hinter diesen Mauern derzeit dringend benötigt wird." Bassam überflog noch einmal das Schreiben, das sein Vater ihm mitgegeben hatte.

Den anderen, noch wesentlich wichtigeren Brief, den Hischams, trug er wohlverwahrt in den Falten seiner Tunika. Dieser Brief durfte von niemandem außer Bassam gesehen und gelesen werden.

„Wenn ihr unseren Stallknechten vertraut, so übergebt eure Tiere nunmehr ihnen. Ich versichere euch, dass sie in guten Händen sein werden. Ihr seid lange geritten, gewiss möchtet ihr euch erholen und wieder zu Atem kommen. Ich würde dennoch gerne sofort mit euch zu unserem Herrn gehen. Er schätzt es nicht besonders, wenn Fremde unter seinem Dach weilen, die er nicht kennt und die man ihm nicht vorgestellt hat. Daher Asirem, Magrin, wollt ihr mir bitte folgen? Ich weiß, dass der Sheik sich in den Gärten befindet, lasst ihn uns suchen."

„Es ist uns ein Anliegen, so rasch als möglich dem Sheik das Angebot meines Vaters vorzutragen. Wir möchten unseren Teil dazu beitragen, dass die Sorgen des Sheiks zumindest hier gemildert werden."

Bassam lächelte. „Weise Worte für so einen jungen Kerl, wie du es bist, Asirem. Ist es möglich, dass die Wüste den Geist in bemerkenswerter Art und Weise formt?"

Asirem seufzte. „Es mag zu einem kleinen Teil an der Magie der Wüste liegen, zu einem wesentlich größeren jedoch an der Strenge meines Vaters und meines Großvaters. In jedem Fall formt uns das Leben und die Geschichte unseres Volkes."

Bassam musterte ihn nach diesen Worten lange und nachdenklich. „Junge, du gefällst mir. Du bist anders, ich weiß noch nicht wie sehr, aber es gefällt mir."

Bassam bedeutete ihnen, ihm zu folgen, und Asirem tat es gern und mit leichtem Herzen. Schien der Feldherr im Herzen doch noch immer die Magie der Wüste zu tragen, ein Umstand, der ihm durchaus beruhigend und erfreulich erschien.

***

Estrella trat hastig einen Schritt zurück und lehnte sich an die marmorne Säule, neben der sie stand.

Noch immer lag ihre Hand auf ihrem Herz. Fast, als fürchte sie, es könnte herausspringen, würde sie es nicht festhalten. Ihr Atem ging so schnell und stoßweise, wie es sonst nur nach einem schnellen Lauf der Fall war, und ihr war heiß. Gut, die Sonne schien auf sie herab, aber das machte ihr sonst nie etwas aus. Es lag nicht am Sonnenschein, das begriff sie, ohne lange nachdenken zu müssen. Es lag an den fast schwarzen Augen des Reiters. Er hatte sie direkt angeblickt, ihr gefühlt eine Ewigkeit in die Augen gesehen und doch hatte er seinen Blick viel zu rasch wieder abgewandt. Mühsam rang sie darum, ihre Fassung zurückzuerlangen. Ein solch schönes Männergesicht hatte Estrella noch nie in ihrem Leben erblickt. Ja, viele der Jungen im Ort waren nett anzusehen gewesen, einige konnte man sogar als gutaussehend bezeichnen. Dieser hier aber war außergewöhnlich. Aus diesen Augen sprach etwas, das sie fesselte, sie faszinierte, ihr den Atem raubte: Aus seinen Augen sprach die Freiheit. Wie sollte man so etwas erklären, wie es beschreiben? Wie beschrieb man ein Gefühl, das so plötzlich über einen kam wie ein Sturm im Sommer? Der Blick des Fremden war nicht nur in ihre Augen gerichtet, sein Blick drang tiefer. Er hatte ihre Seele berührt.

Erneut atmete sie ein, tief und langsam sog sie die warme Luft in ihre Lungen. Sie musste träumen, sie musste verrückt geworden sein, welch seltsamen Gedanken hing sie hier nach? Das war nicht sie, das war nicht die besonnene, ruhige Tochter von Hector Jiménez, sie musste wieder zu klarem Verstand gelangen, vor allem, da ihre Herrin Aiza auf Nachricht wartete. Aiza! Der Gedanke an sie ließ sie endlich wieder einigermaßen klar denken. Eilig zog sie sich zurück und eilte zurück in die Räume, die sie mit Hafsa bewohnte. Sie hatte genug gehört.

„Der Sohn Ahars und Izlans. Welch eine schöne Überraschung und welch große Geste, uns seinen Sohn zu senden, um uns zu helfen." Aiza schien sehr erfreut über die Neuigkeiten, die sie ihr erzählte. „Asirem hat vor gar nicht allzu langer Zeit meinen Sohn im Rennen besiegt. Ein Junge, der weiß, was er kann und der keine Rücksicht darauf nahm, dass er den Sohn des Sheiks gar nicht gut aussehen ließ."

Estrella konnte sich das Schmunzeln nicht verkneifen. „Und dennoch mögt Ihr ihn, Herrin?"

Aiza nickte. „Gewiss doch. Es hat meinem Sohn nicht geschadet. Man muss lernen, dass einem nicht alles im Leben zum Geschenk gemacht wird. Schließlich war es nicht sein Geburtsrecht zu siegen. Aber was mich noch vielmehr interessiert, mein Kind, warum bist du so erhitzt und aufgeregt. Ist denn noch etwas anderes geschehen?"

Sie hätte es wissen müssen, dass der aufmerksamen und klugen Frau ihr Zustand nicht verborgen bleiben konnte. Sollte sie abwiegeln? Sollte sie ...? Nein, sie wollte Aiza nicht belügen. „Verzeiht Herrin, aber ich wurde von Asirem entdeckt, als ich in den Hof hinabblickte. Er sah mich am Fenster stehen und blickte mich direkt an. Ich bin wahrscheinlich einfach erschrocken."

Aiza zögerte kurze Zeit, ehe sie antwortete. „Erschrocken bist du? Möglich, allerdings denke ich, dass dieses Erschrecken etwas sehr Angenehmes war, habe ich nicht recht?"

Aus dem Bett hinter dem schweren goldfarbenen Vorhang hörte man lautes herzhaftes Gähnen und Estrella war Hafsa zutiefst dankbar, dass jene in genau diesem Augenblick erwachte. Natürlich waren auch für Hafsa die Neuankömmlinge sofort ausnehmend interessant.

„Ich will sie sehen. Darf ich, Estrella?"

Sie warf Aiza einen hilfesuchenden Blick zu. Noch wagte sie kaum, der Kleinen einen Wunsch abzuschlagen.

Aiza bemerkte offenbar ihr Zögern und reagierte rasch. „Du wirst deine Neugier zügeln, so wie wir alle es tun, Thalwist*. Du lässt dir von Estrella beim Ankleiden helfen und wir warten, bis dein Vater uns alle rufen lässt, um die Neuankömmlinge vorzustellen."

„Oh, das kann aber lange dauern. Ob ich es so lange aushalte?"

Dieses Mal war Estrella mutiger. „Wir alle warten, meine Liebe, also wirst auch du dies tun. Nun komm, wir suchen gemeinsam ein schönes Kleid für dich aus, sodass du die Schönste im Raum bist, wenn dein Vater dich den Gästen vorstellt, was denkst du?"

Die Kleine lief zu ihr, umfasste Estrellas Beine und blickte dann strahlend zu ihr auf. „Ich denke, das ist sehr gut."

Immerhin, ihr erster Erziehungserfolg bei der kleinen Prinzessin. Aizas zufriedenes Lächeln bestärkte sie noch zusätzlich.

Der Ruf des Sheiks ließ nicht lange auf sich warten. Ein Diener Ahmets überbrachte die Nachricht, dass die Damen im großen Saal erwartet würden.

„Estrella, schnell, ich bin so neugierig." Hafsa hüpfte vor Aufregung von einem Bein aufs andere, sodass ihre schwarzen Locken fröhlich wippten.

„Schon gut, meine Liebe, beruhige dich bitte oder willst du mit hochroten Wangen vor deinen Vater treten?" Estrella versuchte es mit Vernunft. Es blieb bei dem Versuch.

„Oh, mein Vater liebt mich auch dann."

Dagegen konnte sie nun beim besten Willen nichts sagen.

Als sie mit dem Kind an der Hand den Saal betrat, waren dort bereits viele Menschen versammelt. Der Sheik saß auf seinem Sessel, auf Hockern neben ihm entdeckte Estrella Aiza und Kiran. Imran, Kirans Sohn, den diese scheinbar vor allen verbarg, stand heute neben seiner Mutter. Seine Miene drückte eine Mischung aus Unsicherheit und Überheblichkeit aus, wie es Estrella schien. Bassam saß, wie die beiden Neu-ankömmlinge auf einem bequemen ledernen Sitzkissen vor Ahmet. Man hatte kleine runde Tische aufgestellt, auf denen Estrella Tee und süßes Gebäck entdeckte. Offenbar sah nicht nur sie es.

„Honiggebäck! Wie schön!" Hafsa war eindeutig begeistert.

„Liebes, noch nicht. Begrüß bitte zuerst deinen Vater." Estrella flüsterte, um zu verhindern, dass Ahmet sie hörte, doch auch hier scheiterte sie.

Das Lachen des Sheiks klang jedoch sehr freundlich. „So komm schon hierher, du ungeduldiges Wesen." Er beugte sich nach vorn und breitete einladend die Arme aus, in welche Hafsa sich jubilierend warf. Ahmet drückte seinen Wirbelwind an sich und hob den Blick. Sein Lächeln galt nunmehr Estrella, der er einladend zuwinkte.

„So komm näher, hier im Palast ist es mir ein Anliegen, dass man sich kennt. Daher darf ich dir Asirem, den Sohn Ahars, eines unserer Berberfürsten, und dessen Begleiter Magrin vorstellen." Ahmet, noch immer seine Tochter in den Armen haltend, wandte sich an die Gäste. „Hier sehr ihr nun auch meine Jüngste, Hafsa. Sie und Imran sind alles, was mir geblieben ist. Umso mehr gilt ihnen meine Liebe und mein Schutz. Da ich von Schutz spreche, möchte ich auch Hafsas Kinderfrau Estrella nicht vergessen. Nun, meine lieben Gäste kennt ihr, bis auf die Diener und einige Sklaven, alle, die sich im Palast bewegen. Dir, mein lieber Asirem, habe ich ein schönes Quartier im Seitenflügel bereiten lassen und wenn ich es richtig verstanden habe, dann wird Magrin im Haus Bassams leben, solange er hier in der Stadt verweilen möchte?"

Bassam nickte. „Ja, Herr, es schien uns die beste Lösung zu sein. Falls Asirem bei den Pferden Hilfe benötigt, kann Magrin ihm sofort zur Hand gehen. Es ist meiner Frau und mir eine Freude, ihn zu beherbergen."

Ahmet schien sehr zufrieden. „Ein guter Gedanke. Ich muss eingestehen, ich bin Ahar für seine großzügige Geste sehr dankbar. Die Pferde haben schon seit längerer Zeit keine erfahrenen Betreuer mehr gehabt. Seit Hischams Tod, so gebe ich zu, musste Vieles geändert werden und auch für mich und meine Frau wird Vieles nie wieder so sein wie vor seinem Ableben. Darum ist es für mich eine Beruhigung, dass du, Asirem, dich der Tiere annehmen wirst. Bei dir weiß ich sie in den besten Händen."

Estrella sah, dass der junge Berber sich über das Lob des Sheiks freute. Sein Gesichtsausdruck wirkte sehr zufrieden. Sie wagte nicht, näher zu kommen, und blieb im Halbschatten einer der Säulen im Raum. Allerdings sehnte sie sich regelrecht danach, erneut in diese faszinierenden Augen zu blicken. Auch Magrin schien ein freundlicher und aufgeschlossener Mensch zu sein, seine schwarzen Locken waren nun nicht mehr staubig vom Wüstensand, sondern leuchteten in tiefem Schwarz im Licht der Petroleumleuchter und Kerzen im Raum. Asirem hatte sich wohl rasch umgekleidet und sich seines Umhanges und der Reitkleider entledigt. Seine dunkelblaue Tunika war sauber und stand ihm ausnehmend gut zu Gesicht.

Auf die erneute Aufforderung Ahmets setzte sich Estrella an den hintersten Tisch, an dem lediglich zwei der Dienerinnen Aizas und Kirans saßen. Da diese ihr zwar freundlich zulächelten, aber kein Gespräch begannen, gab ihr das die Muse, weiterhin Asirem zu bestaunen.

Wie sehr wünschte sie sich, er möge ihr seinen Blick zuwenden. Estrella konnte erkennen, dass er einige kurze Worte mit Bassam wechselte. Danach drehte er sich endlich um und blickte zu ihr. Was aber war das für ein Blick? Abschätzend, ja beinahe bedrohlich musterte er sie, ließ den zuvor von ihr so heiß ersehnten Blick über sie gleiten, als überlege er, was sie hier eigentlich wollte. Was war geschehen? Was hatte sie falsch gemacht?

Sie gab sich die Antwort sofort selbst. Nichts! Sie hatte nicht einmal mit ihm gesprochen, er kannte sie nicht, kein bisschen. Warum also so plötzlich dieser abweisende, kalte Blick, der sie bis ins Mark traf? Ihr wurde kalt und Traurigkeit breitete sich in ihr aus. Nein, dieser Mann war ihr gewiss nicht wohlgesonnen, er schien sie regelrecht zu verachten. Estrella fühlte sich von einer Sekunde auf die andere klein und verletzlich. Hilflos und um nicht vollkommen reglos zu sitzen, griff sie nach einem Becher mit köstlichem Pfefferminztee. So sehr sie dieses Getränk, das mit Honig und gerösteten Pinienkernen gereicht wurde, sonst auch liebte, heute schmeckte sie nichts außer Bitterkeit.

Mittlerweile waren der Sheik, Asirem, Magrin und Bassam in ein angeregtes Gespräch verwickelt, Aiza und Kiran scherzten mit Hafsa und Imran stand noch immer, reglos wie eine Statue, hinter seiner schönen Mutter.

Unter gesenkten Lidern versuchte sie einen Blick auf den beeindruckenden Berber zu erhaschen. Er wirkte wieder fröhlich und freundlich, plauderte mit dem Sheik und, als Hafsa vertrauensvoll zu ihm lief, um ihm einen Teller mit frischen Datteln zu reichen, bedankte er sich herzlich bei der Kleinen und griff nach einer der prallen Früchte. Alle schien er zu mögen, alle schienen seine Anerkennung zu bekommen, nur sie, sie verabscheute er, falls sie diesen Blick auch nur annähernd richtig gedeutet hatte.

Niemand bemerkte ihre inneren Qualen, alle waren guter Dinge. Die Ankunft der beiden Männer sorgte sichtlich für Freude und Zufriedenheit bei Ahmet und somit auch bei allen anderen im Hause. Mittlerweile wurden duftende Speisen aufgetragen, doch Estrella hatte keinen Hunger. Noch immer nippte sie an dem kalt gewordenen Tee und zermarterte sich den Kopf darüber, warum der junge Berber sie so deutlich verachtete. Die Bitte Aizas, Hafsa zu Bett zu bringen, enthob sie weiteren verächtlichen, abschätzenden Blicken und ermöglichte es ihr, sich still mit dem Kind zurückzuziehen. Das Hochgefühl, welches sich ihrer so kurz und überwältigend bemächtigt hatte, war zu tiefer Enttäuschung geworden.

23.

Marrakesch, Im Haus Bassams und seiner Familie

„Herrin, ist es Euch auch wirklich keine Last, wenn ich mich hier, ohne eingeladen gewesen zu sein, einquartiere?" Magrins Blick hatte etwas von einem kleinen Jungen, der nach Schutz suchte, und Asirem konnte sich eben noch so das Lachen verkneifen.

Darya, Bassams Ehefrau jedoch lächelte lediglich nachsichtig. „Danke für die Herrin, bitte nennt mich Darya, so wie alle dies hier zu tun pflegen. Wir sind nicht im Palast und befinden uns auch nicht beim Sultan. Das wirst du spätestens bemerken, wenn ich dir deine karge Kammer zeige."

Magrin schien bereits einen Verschlag aus Holzbrettern vor Augen zu haben, das schelmische Lächeln Daryas hatte er eindeutig nicht bemerkt. Lachend legte er ihm den Arm um die Schultern. „Mein Freund, ich sehe schon, harte Tage stehen dir bevor."

Darya nickte ungerührt. „Siehst du, er hat es verstanden."

Langsam breitete sich so etwas wie Verstehen auf Magrins Zügen aus. „Ihr alle treibt eure Scherze mit mir? Ihr wisst, dass das nicht gerade liebenswert ist?"

Darya hob den Kopf und lächelte Magrin an. „Ich bin die reine Liebenswürdigkeit, mein Junge. Wo steckt eigentlich mein Angetrauter? Wollte er nicht über etwas Wichtiges sprechen?"

Sofort wurde Asirem sehr ernst. „Ja, Darya, wir müssen über etwas wirklich Wichtiges sprechen. Darum war es mir auch unerlässlich, Bassam hierher zu begleiten. Das, was wir zu berichten haben, darf keinesfalls in die falschen Ohren gelangen."

„Du willst mir also höflich erklären, dass es nicht meine legendäre Schönheit war, die dich hierhergetrieben hat? Nun bin ich enttäuscht." Daryas amüsiertes Lächeln strafte ihre Worte umgehend Lügen.

Asirem mochte diese hübsche und kluge Frau, dessen war er sich sicher. Anders als das, was er heute hatte erleben müssen. Wie hatte er sich so sehr irren können, wie hatte er so töricht sein können? Sonst täuschte er sich nie in einem Menschen. Ein Blick in die Augen des anderen und er konnte sagen, ob ein guter Mensch vor ihm stand. Die Augen der jungen Frau im Palast waren eindeutig der Lüge verschrieben gewesen. Er hatte Sanftheit in ihnen zu erkennen geglaubt, Aufrichtigkeit, Wissen, Liebreiz. Ein Trugschluss, ein unglaublicher Trugschluss. Sie war die Kinderfrau der Kleinen und somit die Frau, die bereits mehrmals versucht haben musste, das bezaubernde Geschöpf zu töten. Wie war es möglich, dass dieses wunderschöne Augenpaar so viel Falschheit in sich barg? Er fand keine Erklärung.

Die Rückkehr Bassams aus dem Stall, wo er sich gemeinsam mit einem Sklaven um die Pferde gekümmert hatte, riss ihn aus seinen wirren Gedanken.

Bassam ließ sich stöhnend auf einem der massiven hölzernen Stühle nieder, die im Wohnraum um einen eindrucksvollen Tisch aus dunklem Holz herumstanden. „Wohlan, Asirem, du hast mir noch etwas mitzuteilen, was niemand wissen darf? Ich muss eingestehen, dass mich die Neugier zerfrisst. Welche Nachrichten, die so verstörend sind, könnten aus der Wüste zu mir kommen?"

Asirem hob eine Augenbraue. „Du wirst sogleich deine Antwort erhalten." Er griff in die Falten seines Überwurfes und zog den Brief Hischams hervor. „Erkennst du die Handschrift?"

Bassam war blass geworden. „Wie kommst du zu einem Schreiben unseres jungen Herrn?"

Asirem reichte ihm den Brief. „Lies selbst, er ist ja auch an dich gerichtet. Und eines sage ich dir: Ich mag den Kerl inzwischen wirklich, aber er ist ein miserabler Pfadfinder."

Während Bassam sichtlich aufgewühlt die eng beschriebenen Seiten las, reichte Darya ihnen Granatapfelsaft, vermengt mit Orangensaft.

„Tut etwas für eure Gesundheit. Irgendetwas sagt mir, dass ihr sie dringend für das, was da auch immer vor euch liegen mag, benötigt."

Endlich legte der Feldherr seufzend Hischams Nachricht zur Seite und fuhr sich mit beiden Händen über das Gesicht. „Dieser Wahnsinnige! Nach Constantine will er und landet im Tal der Oasen. Es ist unglaublich."

Asirem nickte zustimmend. „Allerdings, wenn er wenigstens in einer ordentlichen Oase gelandet wäre, aber er findet zielsicher die einzige mit ausgetrocknetem Brunnen. Hätten wir die beiden nicht gerade noch gefunden, wäre die Trauerfeier hier in Marrakesch durchaus berechtigt gewesen."

Bassam holte tief Luft. „Ich mag nicht einmal daran denken. Junge, glaub mir, ich bin dir unendlich dankbar. Möge Allah dich segnen und dich bis zum Ende deines Lebens schützen. Ich jedenfalls werde dies tun, soweit es in meiner Macht steht. Ich verstehe die Angst Hischams, wenn es um seine Mutter und um Hafsa geht. Allerdings ist Aiza derzeit wohl annähernd in Sicherheit. Sie hat das Ungeborene verloren und kann keine Kinder mehr gebären. Somit stellt sie für Kiran keine Bedrohung dar. Wo sie hingegen die Bedrohung durch ein kleines, unschuldiges Kind sieht, erschließt sich uns nicht. Alles, was ich tun kann, das ist Hafsa im Auge zu behalten.“

Asirem runzelte ärgerlich die Stirn. „Wäre es denn nicht angebracht, sich zuerst dieser von Kiran gedungenen Kinderfrau zu entledigen? Wenn ich Hischam richtig verstanden habe, hat sie mehrmals versucht, die Kleine zu töten. Warum auch immer das geschehen soll. Sie erscheint mir klug, gewitzt, ich wage zu behaupten, sie ist eine Meisterin der Verstellung. Denn als ich sie heute das erste Mal erblickte, hätte ich niemals angenommen, dass sie eine Mörderin sein könnte. Sie wirkte ... aufrichtig, ja, freundlich und warmherzig. Wenn es jemandem gelingt, sich so zu verstellen, dann ist er gefährlich. Also muss dieses Mädchen eine Hexe im Körper eines Engels sein.“

Bassam musterte ihn eindeutig ratlos. „Asirem, ich dachte immer, dass ich nicht gerade begriffsstutzig bin, aber jetzt im Moment kann ich deinen Gedanken nicht folgen. Wovon bei allen Heiligen sprichst du?“

Er zog eine ungehaltene Grimasse. „Ich spreche von niemand anderem als dieser Kinderfrau der Kleinen.

Wenn ich Hischams Worten Glauben schenken darf, dann ist sie eine Gefahr für das Kind. Eine Gefahr, die gebannt werden muss."

Bassam schlug sich mit der flachen Hand an die Stirn. „Ich beginne zu begreifen. Du sprichst von Maha, der letzten Kinderfrau Hafsas. Du kannst dich beruhigen. Maha wurde zuerst in Schimpf und Schande fortgejagt und letztlich von Kiran vergiftet. Jeder, der zu viel weiß oder etwas argwöhnt, erleidet einen plötzlichen und unerklärlichen Tod, musst du wissen. Nein, Estrella scheint mir ein tapferes, kluges und aufrichtiges Mädchen zu sein. Sie hat auf dem Markt Maha und die Kleine vor durchgegangenen Kamelen gerettet, ohne an sich selbst zu denken. Das Mädchen war erst kurz zuvor als Gesellschafterin einer edlen Dame aus Al-Andalus in unser Land gekommen. Sie hat binnen kurzer Zeit unsere Sprache recht gut erlernt, sie ist wissbegierig und, wie mir scheint, freundlich und respektvoll, stets darauf bedacht, nichts falsch zu machen. Ich gebe zu, ich war zuerst misstrauisch, da es wieder eine List von Kiran hätte sein können. Nachdem Maha sich als tumb und nicht hilfreich erwiesen hatte, wäre die kluge Estrella gewiss ein guter Ersatz gewesen. Das jedoch habe ich inzwischen verworfen. Estrella liebt die Kleine, sie selbst kommt aus einem Haus mit vier Schwestern, von denen sie die Älteste ist. Sie weiß, wie man mit Kindern umgeht. Von ihr droht keine Gefahr. Im Gegenteil, da sie ein sehr hübsches Mädchen ist und Ahmet sie mag und auch Aiza sie in ihr Herz geschlossen hat, könnte sie selbst früher oder später in Kirans Augen zu einer Gefahr werden. Das wäre übel für Estrella."

„Nicht die gefährliche Kinderfrau? Das Mädchen ist nicht die Bedrohung, vor der Hischam mich so eindeutig gewarnt hat? Und ich habe sie vorhin im Saal mit meinen Blicken um ein Haar getötet. Was bin ich doch für ein Dummkopf." Asirem stand von seinem Stuhl auf und begann, rastlos durch den Raum zu laufen. Schließlich blieb er stehen und wurde sich der drei Augenpaare gewahr, die fragend auf ihm ruhten. Es war ihm zutiefst unangenehm. „Ja, schon gut. Sie erschien mir auf den ersten Blick, als sei sie einem Märchen entsprungen. Mit den Sonnenstrahlen im Haar und auf ihrer Haut, die so fast schon wie flüssiges Gold wirkte und dann noch diese Augen ..." Er stockte, als er Magrins unfassbar breites Grinsen sah. Er kniff die Augen zu schmalen Schlitzen zusammen. „Ich warne dich, mein Freund, ein falsches Wort!"

„Mein Gebieter, als ob ich es wagen würde, über dich zu spotten." Alle im Raum konnten erkennen, dass Magrin tapfer um seine Fassung kämpfte, jedoch kläglich verlor. „Asirem, du bist verliebt. Sie hat dich auf den ersten Blick verzaubert. Darum warst du auch so unfassbar wütend, als du geglaubt hast, sie sei die bösartige Dienerin. Du warst wütend auf dich selbst, weil du glaubtest, dich so sehr in ihr getäuscht zu haben. Oh, ich bin begeistert, Asirem, der Unnahbare, der der alle Frauen, sobald sie ihm zu nahekamen, bisher mit Missachtung strafte, wurde von einem einzigen Blick aus sanften hellbraunen Augen verzaubert. Dass ich das noch erleben darf."

„Seid ihr zwei Waschweiber dann fertig mit eurem Liebesgeplänkel? Nicht, dass ich es jemandem missgönnen würde, verliebt zu sein aber sollten wir uns nicht auf etwas weitaus Wichtigeres konzentrieren?" Bassam trommelte ungeduldig mit den Fingern auf die Tischplatte und Asirem nickte beschämt.

„Es tut mir leid, natürlich hast du recht. Vor allem müssen wir rasch für klare Verhältnisse sorgen und diesen Augiasstall gründlich ausmisten. Hischam muss zurück zu seinen Eltern. Ich vermag mir ihr Leid kaum vorzustellen. Zu denken, er wäre tot, es ist so grausam."

„Wer hat dich denn erzogen? Dass du in der griechischen Mythologie zu Hause bist, verwundert mich nun schon."

Asirem freute sich. „Mein Großvater, mein Vater und meine Mutter. Allerdings möchte ich hier nicht weiter darauf eingehen, worauf sich die Aussage bezog." Er blickte schmunzelnd zu Bassam. Der seufzte nur.

„Ich kann es mir auch so denken. Umso mehr freut es mich, dass du hier bist und wir Seite an Seite Kirans Lügengebilde und ihr korruptes Netz aus gekauften Söldnern zerschlagen können. Nun lass uns einige Regeln festlegen. Du benimmst dich vollkommen natürlich, während du deiner Arbeit nachgehst. Sprich einfach so wenig wie möglich, es heißt sowieso, dass ihr Wüstenberber keine Freunde von vielen Worten seid." Er blickte zu Magrin. „Tu mir den Gefallen und widerleg das nicht, solange wir Kiran nicht am Haken haben."

Magrin grinste lediglich, ehe er dann doch noch antwortete. „Ich bin stets verschwiegen und still."

Asirem räusperte sich etwas übertrieben. „Ein wahrer Ausbund an Schweigsamkeit. Aber nun weiter. Ich werde Augen und Ohren offenhalten, denn solange wir nicht wissen, wer diejenigen sind, die Kiran treu ergeben sind, ist keinerlei Gefahr gebannt."

„Richtig. Hüte dich davor, jemandem zu vertrauen. Zu meinem großen Ärgernis muss ich hier auch die Wache mit einbeziehen. Zu oft haben, wie es mir scheint, die Wachen in den letzten zwei Jahren versagt. Vor allem in Bezug auf Hafsa und, wenn ich es mir recht überlege, war auch Hischam mehrmals in ernster Gefahr. Das können keine Zufälle mehr sein. Jemand in meinen eigenen Reihen ist ein Verräter. Auch die Dienerinnen Kirans sind gewiss gefährlich. Sie tauchen an Stellen im Palast auf, an denen sie nichts zu suchen haben. Achte auf sie, achte darauf, wo sie sind und was sie tun. Wenn du die Pferde im Innenhof trainierst, kannst du ein Auge auf sie werfen. Vor allem aber hüte dich vor Kiran selbst. Sie kennt kein Erbarmen. Es wäre denkbar, dass du bereits ihre Aufmerksamkeit geweckt hast. Du bist, wie soll ich es sagen, ... durchaus nett ...“

„Bei Allah, nun nenn das Kind doch beim Namen, Bassam. Er ist ein schöner Mann. Das kann man doch einfach einmal so aussprechen.“ Darya seufzte und wandte sich wieder dem Topf zu, der vor ihr über dem Feuer hing. „Männer.“

„Ihr Frauen tut euch bei so etwas viel leichter. Aber sie hat schon recht. Es ist wahrscheinlich, dass Kiran auf die eine oder andere Weise mit dir ins Gespräch zu kommen versucht. Sei auf der Hut. Sie ist eine Schlange, eine sehr falsche Schlange. Hör ihr zu, sei freundlich, aber zurückhaltend und melde es mir bitte sofort, falls es geschehen sollte. Und nun noch eine Bitte, die du wahrscheinlich gerne erfüllen wirst. Ich kann nicht überall sein. Hab ein Auge auf Estrella und unsere Prinzessin. Wie gesagt, ich fürchte, dass Estrella bereits den Zorn Kirans auf sich gezogen hat.

Jedermann mag das Mädchen und Ahmet sieht sie öfter lange und prüfend an, als es für sie gut ist. Ich will nicht, dass noch jemand hinter diesen Mauern einen grausamen Gifttod erleiden muss.“

Asirem nickte. „Du kannst dich auf mich verlassen. Ich werde sehr aufmerksam sein und ich verspreche, dass ich die Kleine und auch ihre Kinderfrau mit meinem Leben beschützen werde, so es denn vonnöten sein sollte.“

Magrins Mund war bereits offen, doch Asirem warf ihm einen dermaßen giftigen Blick zu, dass er ihn wieder schloss.

„Gute Entscheidung, mein Freund. Eine richtig gute Entscheidung.“ Dass er innerlich jubelte, musste niemand wissen. Seine Menschenkenntnis hatte ihn also doch nicht getrogen. Sie war keine Verbrecherin, sondern das bezaubernde Geschöpf, das er in ihr zu erkennen geglaubt hatte. Nun musste sie nur noch überleben.

24.

Marrakesch, zurück im Palast

„Kind, Estrella, du hast Besuch." Aiza betrat, gefolgt von zwei ihrer Dienerinnen, den Raum, in dem Estrella gerade mit Hafsa ein Bild malte. Einen Strand mit Palmen, dahinter das azurblaue Meer und Schiffe, die auf kleinen Wellen schaukelten.

Wer konnte sie hier im Palast besuchen wollen? Als sie das freundliche Gesicht von Tia Alba entdeckte, sprang sie sofort auf. „Tia Alba, welch eine schöne Überraschung. Ich freue mich so sehr, Sie zu sehen."

Aiza lächelte. „Wenn ihr Lust habt, geht in den Garten mit den Springbrunnen. Ich lasse euch beiden etwas Tee und Gebäck bringen. Es ist sehr angenehm dort im Schatten der Bäume."

Alba verneigte sich vor Aiza. „Das ist sehr liebenswürdig, Herrin, und es ist eine sehr gute Idee, bei diesen angenehmen Temperaturen nach draußen zu gehen. Aber muss Estrella nicht auf ihren Schützling achten?"

„Das, liebe Alba, übernehmen meine Dienerinnen und ich. Bitte, nehmt euch Zeit füreinander." Aiza winkte sie freundlich, aber bestimmt aus dem Raum.

Alba hakte sich sofort bei Estrella unter. „Kind, du musst mich führen, denn ich bin nicht bewandert in den Gängen und Wegen des Palastes unseres Sheiks."

Estrella schmunzelte. „Ich bin es dafür umso mehr. Hafsa hat mir noch an meinem ersten Tag alles gezeigt, was sie für sehenswert hielt, und ich versichere Ihnen, das war sehr viel. Es war für mich so schön zu sehen, wie vertrauensvoll mir die Kleine von der ersten Stunde an begegnete, und ich lernte rasch, mich im Palast zu bewegen. Ich gestehe ein, dass ich immer noch voller Sorge bin, etwas falsch zu machen, sollte dem so sein, so ist es in jedem Fall keine böse Absicht. An jenem ersten Tag fand ich erst weit nach Mitternacht den ersehnten Schlaf, den ich nach all der Aufregung dringend brauchte. Das Mädchen erzählte mir unter anderem von seinem großen Bruder, der nun ein Stern am Himmel über der Wüste sei. Ich hatte meine liebe Not, die Tränen zurückzuhalten.“

Alba nickte. „Es muss ein Drama gewesen sein. Aiza, die erste Frau Sheik Ahmets verlor ob der schrecklichen Nachricht gar ihr ungeborenes Kind. Ich weiß von Asmara, dass die Stadt tagelang in Trauer versank. Der junge Hischam muss ein sehr liebenswerter Zeitgenosse gewesen sein. Soweit ich das richtig verstanden habe, mochten ihn alle hier.“

Die beiden Frauen hatten den Garten erreicht, den Aiza angesprochen hatte. Rosen blühten hier in üppiger Pracht und verströmten einen unvergleichlichen Duft. Der von zwei niedrigen Mauern von den übrigen Gärten abgetrennte kleine Park wurde von Aiza gern für stille Stunden genutzt. Gewiss auch, da einst Hischam oft die Pferde hier hindurchführte, wollte er zum Reitplatz hinter dem Palast. Die Frauen fanden Sitzkissen und einen runden, niedrigen Tisch bereitstehen, auf dem Diener Tee, kühlen Saft und mit Honig getränkte Gebäckstücke arrangierten.

Estrella half Alba dabei, sich zu setzen, ehe sie selbst auf ihrem Kissen Platz nahm. „Sitzen Sie bequem, Tia Alba?" Sie ergriff die Hand der Dame. „Ich freue mich wirklich so sehr über Ihren Besuch."

Alba musterte sie fragend. „Fühlst du dich denn nicht wohl hier? Bist du einsam, quält dich etwas? Sag es mir. Der Sheik versprach mir, dass es dir hier gut ergehen würde. Du würdest es mir sagen, wenn dem nicht so wäre, nicht wahr?"

Sofort wehrte Estrella ab. „Aber nein, es geht mir sehr gut hier. Vor allem die Herrin Aiza ist sehr freundlich und aufmerksam. Wann immer ich sie oder ihren Rat benötige, ist sie sofort bei mir. Mag es mir zuerst seltsam erschienen sein, so verstehe ich es seit einiger Zeit sehr gut. Sie muss sich beschäftigen, muss das Gefühl haben, gebraucht zu werden. Sie ist eine kluge Frau, die ihr geliebtes Kind verlor. Sie sagte, sie würde verrückt, wenn sie sich in ihren Gemächern verstecken und sich der Trauer anheimgeben müsste. Für mich ist es eine große Freude, sie in meiner Nähe zu haben."

„Gewiss ist das auf beiden Seiten so. Meine Liebe, du bist eine sehr angenehme junge Frau, du bist liebenswert und einfühlsam. Das sage ich dir nicht zum ersten Mal, aber ich erzähle dir das sehr gerne immer, wenn es deiner inneren Sicherheit und der Zuversicht, in der Furcht keine Fehler zu machen, helfen sollte." Alba lächelte, griff nach einem der süßen Teilchen und biss herzhaft hinein. „Soll ich dir ein Geheimnis verraten? Ich liebe diese verboten süßen Dinge. So schmackhaft konnte sie nicht einmal meine wundervolle Köchin in

Malaga zubereiten. Und nun erzähl mir, was geschehen ist. Ich habe das Gefühl, gerade rechtzeitig gekommen zu sein, und erzähle mir nicht, dass nichts sei. Estrella, ich kenne dich seit deiner Geburt. Ich weiß, wenn du etwas auf dem Herzen hast."

Sie wand sich nahezu qualvoll. „Tia Alba, es ist aber tatsächlich nichts, ich will sagen, nichts, womit Sie sich belasten müssten. Es ist lediglich ... es ist nur ..." Sie geriet ins Stottern und kniff die Lippen zusammen.

„Es ist lediglich was? Kind, komm mir nicht so. Nun erzähl schon."

Widerstrebend, aber gehorsam, berichtete sie Tia Alba von den Geschehnissen am vergangenen Nachmittag und Abend. „Ich war mir so sicher, dass er mir freundlich gesonnen sei, doch nur wenig später im Saal, hat er mich mit seinen Blicken erdolcht und seine Augen waren so kalt wie der Schnee in der Sierra Nevada. Ich hatte ihm aber doch nichts getan, wir haben ja noch nicht einmal miteinander gesprochen. Womit kann ich seinen Zorn hervorgerufen haben?"

„Mit nichts, Kind. Mit rein gar nichts. Entweder ist der Kerl nicht ganz bei Sinnen oder er ist mit so viel Überheblichkeit gesegnet, dass es ihm die Fähigkeit zu denken einschränkt. Wer, bei allen Heiligen, könnte dich mit solch einem Maß an Missachtung strafen, grundlos, wenn ich das noch anfügen darf. Nein, Kind, hier muss es eine vernünftige Erklärung geben." Sie wischte sich mit einem mit Rosenwasser getränktem Tuch den Honig von den Fingern und drückte tröstend Estrellas Hand. „Glaub mir, das Ganze muss ein dummes Missverständnis sein. Aber eines wüsste ich schon gerne. Wie konnte es diesem Fremden so schnell gelingen, dich so sehr zu beeindrucken, ja, für ihn einzunehmen?"

Estrella hob ratlos die Schultern. „Ich habe ihm nur einen kleinen Moment in die Augen gesehen und es fühlte sich so wunderschön an. Es war ein warmes Gefühl, so, als ginge in mir die Sonne auf, so, als begännen Vögel zu singen, und ich konnte das Rauschen des Meeres hören. Kann ich das hören, weiß ich, dass ich grenzenlos glücklich bin. Sie verstehen, wie weh es tat, als er mir nur wenig später so ablehnend und feindselig gegenübertrat?"

„Ja, ich verstehe es bestens. Estrella, du wirst sehen, es gibt eine vernünftige Erklärung für sein seltsames Verhalten, quäl dich nicht länger. Alles wird sich fügen." Wohl, um sie von ihren traurigen Gedanken abzulenken, berichtete ihr Tia Alba von den neuesten Nachrichten aus der alten Heimat. Das Kalifat sollte nunmehr mit Gewissheit seine Macht verlieren, Die Menschen flüchteten jetzt in aller Eile, oft nur noch in der Lage, das Nötigste mit sich zu nehmen. Für Viele war es mit großer Trauer verbunden, da sie keine andere Heimat als Al-Andalus kannten.

„Aber wir dürfen nicht ungerecht sein, wir müssen auch in unsere Reihen blicken. In den letzten Jahren hat sich so Vieles verändert. Unsere Herrscher wurden zu selbstsicher, ja, ich möchte beinahe sagen, zu überheblich. Sie vergaßen die Gebote, lebten wie die, die sie auf der anderen Seite als die ‚Heiden' beschimpften. So war es Wasser auf die Mühlen der Bischöfe. Dazu kommt noch, dass der Reichtum des Kalifats begehrliche Blicke auf Granada und Malaga fallen ließ. Es war ein Zusammentreffen von vielen unschönen Dingen.

Leiden musste, wie das zu unser aller Trauer immer so ist, die Bevölkerung, die wie so oft das zu spüren bekommt, was die Herrscher, egal welchen Glaubens, beschließen und rücksichtslos durchsetzen." Sichtlich betrübt trank die Dame ihren Tee, wobei sich ihre Gesichtszüge rasch wieder erhellten. „Und mein Bruder brachte Neuigkeiten von deiner Familie. Gute will ich meinen. Dieser Edmondo war nun kein übler Zeitgenosse, sieht man davon ab, dass er euren Vater dazu zwang, aufs Meer zu fahren, um sein Leben zu retten. Auf jeden Fall bedauert er es noch immer zutiefst und es setzt ihm wohl übel zu. Er geht deiner Mutter zur Hand, wo immer er kann, hilft, bringt einen Teil seines Fanges zu euch nach Hause und vieles mehr. Deine Mutter denkt, er beginne sich, nachdem er langsam über dich hinweggekommen ist, in deine Schwester Elena zu verlieben. Dies wäre für alle eine großartige Fügung, denn Elena ist ihm durchaus zugetan und damit wäre die Familie zusätzlich abgesichert. Es geht ihnen auch jetzt gut, denn deine Mutter verwaltet die Summe, die sie von mir erhalten hat, wohl sehr weise und mit viel Bedacht. Eine Heirat aber wäre wahrlich wünschenswert. Gelingt es mir, dich mit diesen guten Neuigkeiten aus der Heimat ein klein wenig aufzuheitern?"

Estrella seufzte tief. Sollte sie sich freuen? Gewiss, denn heute, mit etwas Abstand zu den schrecklichen Ereignissen, vermochte sie, Edmondo wieder als den freundlichen Kerl zu sehen, der er war. Da steckte noch immer eine Prise Groll in ihr, bei weitem aber nicht mehr so tiefsitzend wie vor ihrer Abreise. „Nicht nur, dass es schön ist von meiner Familie zu hören, die Neuigkeiten freuen mich sehr. Ich wusste schon immer, dass Elena Edmondo bewunderte, es wäre also wahrlich eine Fügung des Schicksals, wenn er ihre Gefühle erwidern könnte und sie zur Frau nähme. Sie ist schön, liebenswert, belesen, klug und freundlich, auch weiß sie mit Kindern umzugehen und sie wird es hervorragend beherrschen, an der Seite des geliebten Mannes eine liebevolle und höchst vorzeigbare Ehefrau zu sein."

„So sehe ich das auch, meine Liebe. Ich war sehr erleichtert über diese guten Nachrichten und ich freue mich ganz besonders darüber, dass ich die Grüße deiner Familie und die Liebe, die sie dir schicken möchten, hiermit persönlich überbringen kann." Alba nippte genüsslich an ihrem Tee. „Dieses Aroma, dieser Duft, es geht nichts über frische marokkanische Minze. Aber, Kind, was ist denn mit dir, du bist plötzlich so blass."

Welch Wunder. Wenn ihr in diesem Augenblick alle Farbe aus dem Gesicht wich und ihr Herz pochte, als wolle es ihr die Brust sprengen, so hatte das einen guten Grund. In etwas über dreißig Metern Entfernung war Asirem aufgetaucht. Er führte einen der edlen Hengste am Zügel mit sich, auf die der Sheik zu Recht unbändig stolz war. Als er mit dem Tier langsam näherkam, konnte sie sehen, wie das Fell des Tieres in der Sonne tiefschwarz glänzte. Welch ein prachtvolles Tier ... Welch ein eindrucksvoller Pfleger.

Alba folgte ihrem Blick. „Ist dies der ungehobelte Mensch, der dir solchen Kummer bereitet hat und noch immer bereitet?"

Erschrocken legte sie den Zeigefinger an ihre Lippen. „Ja, Tia Alba, das ist er, aber ich bitte Sie, dies nicht zu erwähnen. Bitte, ich möchte das nicht."

„Ich werde ihm schon nicht den Kopf abreißen. Aber ungnädig anblicken, das darf ich ihn, was denkst du?" Alba lächelte schelmisch.

Mittlerweile war Asirem fast bei ihnen angelangt. In nur wenigen Augenblicken würde er mit dem Pferd auf dem Weg direkt neben ihnen vorbeilaufen. Noch immer blickte er zu Boden, oder zu dem Tier an seiner Seite. Tatsächlich wurde er ihrer und Albas Anwesenheit erst gewahr, als er nur noch wenige Meter entfernt war. Er sah sie direkt an und ... lächelte. Nicht nur das. Sein Lächeln war herzlich und sehr freundlich. Er blieb neben ihnen stehen und verbeugte sich leicht.

„Meine Damen, ich grüße Euch. Ich hoffe, mein Schützling und ich stören Euch nicht bei der Teestunde. Ich wusste nicht, dass ich nicht allein hier unten sein würde." Er musterte sie sichtlich neugierig. „Estrella, nicht wahr? Bitte verzeiht mir, wenn ich mir noch nicht alle Namen merken konnte, den Euren jedoch, konnte ich, so will ich zumindest hoffen, sogleich im Kopf behalten." Er verbeugte sich erneut, wobei ihm eine seiner langen Locken vor die Augen fiel. Asirem pustete sie schmunzelnd beiseite. „So will ich nicht weiter stören, ich wünsche den Damen noch einen schönen, unterhaltsamen Tag." Er schenkte ihr ein weiteres strahlendes Lächeln und verschwand mit dem Pferd in Richtung Rückgebäude, wo er das Tier auf einem Sandplatz laufen lassen konnte.

Den Platz kannte Estrella, hatte Hafsa ihr doch sofort gezeigt, wo die von ihr so geliebten Pferde bestaunt werden konnten.

„Mit Blicken erdolcht, Augen, kalt wie der Schnee der Sierra Nevada? Mein Kind, ich bin verwirrt. Das war eine freundliche, höfliche, ja, über das Höfliche hinausgehende Begrüßung, möchte ich sagen."

Estrella zuckte ebenso ratlos wie hilflos die Schultern. „Tia Alba, glauben Sie mir bitte, ich teile diese Verwirrung. Ich verstehe nicht, was über Nacht mit dem Mann geschehen ist." Sie drehte sich um und erhaschte einen letzten Blick auf Asirem, ehe er hinter einem gemauerten Torbogen verschwand.

***

„Behaltet sie im Auge. Ich wünsche über jeden ihrer Schritte informiert zu werden. Sie spielt die Unschuld, täuscht alle hier im Haus. Mich kann sie nicht in die Irre führen, ich weiß, was dieses Wesen im Schilde führt. Ich kenne die Menschen und ihre Gier nach Macht und Luxus, ich kenne die dunklen Abgründe in ihren Herzen. Sie will an die Seite des Sheik und Ahmet verschlingt sie fast schon mit seinen Blicken. Beinahe bin ich mir sicher, dass sie Hafsa für ihre eindeutigen Zwecke missbraucht. Dem muss beizeiten ein Ende gemacht werden. Hört ihr?"

Die beiden Dienerinnen, welche zu knien hatten, waren sie Kiran nah, nickten wortlos.

„Gut. Geht und tut, was ich euch aufgetragen habe. Du, Sadia, wirst ab heute unseren neuen Gast beobachten. Er scheint mir klug zu sein, ich brauche in diesem Nest aus Dummheit und Neid dringend Verbündete, die fähig sind, klar zu denken. Wir müssen, so schnell es möglich ist, herausfinden, ob er mir wohlgesonnen ist." Ungeduldig wedelte sie mit der Rechten. „So geht schon. Die Zeit drängt und wir müssen beizeiten

285

handeln." Kaum hatten die beiden Frauen den Raum verlassen, ließ Kiran sich aufstöhnend auf eines der weichen Sitzkissen in ihrem Gemach fallen. Als sie aus dem Augenwinkel eine Bewegung wahrnahm, erschrak sie zuerst, erkannte dann aber ihren Sohn, der an einer der beiden Säulen des Torbogens lehnte, der zum Nebenraum führte. „Imran, wieso schleichst du hier durch die Räume? Du hast mich erschreckt."

Imran kam zögerlich näher. Sein hübsches Jungengesicht wirkte angespannt. „Mutter, ich schleiche nicht. Mein Unterricht war beendet und ich wollte zu dir. Dass ich das Gespräch mitangehört habe, war nicht meine Absicht."

Kiran war verärgert. Imran von all dem hier fernzuhalten, war ihr bisher stets gelungen. „Das Gespräch ist für dich ohne Belang. Es geht einzig und allein um deine und meine Sicherheit. Meine Sorge ist berechtigt, du aber musst dich mit solchen Dingen nicht belasten. Es ist genug, wenn ich mich darum kümmere. Sei ganz beruhigt."

Imran schien nicht überzeugt. „Mutter, wenn es dir Sorgen bereitet, dann betrifft es auch mich, ist das nicht richtig? Und wenn du dich auch noch um meine kleine Schwester sorgst, dann sollte ich wohl zumindest aufmerksam sein, ist dem nicht so?"

Kiran hatte über ihren dunklen Gedanken vergessen, dass Imran über einen scharfen Verstand und eine rasche Auffassungsgabe verfügte. Sie musste ihn beruhigen, unbedingt. Er vertraute seinem Vater und das war gut so. Vater und Sohn hatten ein gutes, enges Verhältnis. Imran war auch Hischam sehr zugetan gewesen. Welch Wunder. Hatte jener doch stets den großen, besorgten Bruder gespielt. Natürlich bewunderte Imran den Älteren, der ein exzellenter Reiter und Fechter gewesen war und der bei allen in hohem Ansehen gestanden hatte. Ihren Sohn pflegte sie stets von allem fernzuhalten, daran durfte sich nichts ändern. Er war viel zu vertrauensselig. Kiran wusste: ein falsches Wort zu Ahmet, ein noch so vager Verdacht und das sorgsam aufgebaute Konstrukt, mit dem sie ihre Ziele zu erreichen gedachte, würde zusammenbrechen.

„Imran, mein Liebling, vertraust du mir?"

„Gewiss, Mutter, ich vertraue dir." Seine Antwort kam zögerlicher, als es ihr lieb sein konnte.

„Gut, dann vergiss bitte, was du gehört hast, und sei ohne Sorge. Ich werde mich um alles kümmern."

„Mutter, bitte sag mir, bist du in Gefahr? Ich muss es wissen."

Ihr Atem begann, unruhig zu werden, und ihre Handflächen wurden feucht. Ein untrügliches Zeichen dafür, dass sie viel zu aufgeregt wurde. Sie musste den Jungen mit einer wie auch immer gearteten Halbwahrheit abspeisen, um seinen Kopf zu beschäftigen.

„Nun gut. Hör mir zu. Wie du weißt, starb dein Bruder Hischam in der Wüste. Niemand kann die Umstände seines Todes benennen. Gewiss ist jedoch, dass es ein Nomadenvolk war, bei dem unsere Männer für Ordnung sorgen sollten. Ich bin mir dessen sicher, dass es einer vom Berbervolk war, der deinen Bruder tötete, nur weiß niemand, wer der feige Mörder deines Bruders war. Nun erscheint wie aus dem Nichts der Sohn eines der mächtigsten Anführer, Asirem, der Sohn Ahars, hier im Palast und sein Vater bietet dem Sheik seine Hilfe an. Alles, was ich will ist, diesen Mann im

Auge zu behalten, herausfinden, ob er einer derer ist, die Schuld am Tod deines Bruders tragen. Meine Angst geht dahin, dass er einer der Mörder sein könnte und nunmehr auch du als der jetzt älteste Sohn Sheik Ahmets in Gefahr sein könntest. Darum befahl ich, den Fremden im Auge zu behalten. Kannst du das verstehen?"

Erneut zögerte Imran für den Bruchteil eines Augenblicks ehe er antwortete. „Ja, Mutter, das erscheint mir vernünftig."

„Sehr gut. Und du versprichst mir, dass du dich sowohl von diesem Asirem wie auch der neuen Kinderfrau Hafsas fernhalten wirst?"

Imrans Blick drückte nach dieser Aufforderung eindeutig Verwirrung aus. „Von Estrella fernhalten? Aber, Mutter, warum denn nur? Sie ist eine Heldin. Sie hat Maha und Hafsa gerettet. Estrella ist immer freundlich und sie weiß wunderschöne Geschichten zu erzählen. Sie berichtete von Al-Andalus auf der anderen Seite des Meeres. Sie erzählte von herrlichen Bauwerken in einer Stadt mit dem Namen Granada und von der Schifffahrt auf einem Schiff das Rahila heißt. Ich höre ihr so gerne zu und sie nimmt keinen Anstoß daran, dass sie nicht nur Hafsa erzählt. Mutter, ich bin mir sicher, dass Estrella ein liebenswürdiger Mensch ist. Ich mag sie sehr. Ich war früher fast immer in meinen Räumen oder allein, vor allem seit Hischams Tod. Estrella hat mich neugierig werden lassen und sie hat mir die Augen für die Welt außerhalb des Palastes geöffnet." Es sollte der nächste Satz sein, der, mit dem Imran seine Rede beendete, der Kiran wie ein Stachel in ihr Fleisch drang. „Auch Vater mag Estrella, er sagte einmal, sie sei wie ein Sonnenstrahl, den man sich in Haus geholt habe."

Vorsicht war geboten. „Ja, Imran, ich verstehe dich durchaus. Sollte dir jedoch etwas Seltsames an ihr auffallen, so bitte ich dich, es mir mitzuteilen. Ansonsten werde ich dir nicht untersagen, weiterhin ihren Geschichten zuzuhören. Versprich mir jedoch, bei Asirem Vorsicht walten zu lassen."

Dieses Mal nickte er, sichtlich erleichtert, sich nicht von der jungen Frau fernhalten zu müssen. „Das will ich tun, Mutter. Ich verlasse dich nun. Vater wird mit mir ausreiten, darauf freue ich mich schon den ganzen Morgen."

Sie blickte ihm nach, bis er die Tür hinter sich schloss und sie seine Schritte leise im Flur vernehmen konnte. Erst dann schlug sie zornig mit der Hand auf das Kissen. Imrans Worte, ausgesprochen unschuldig und voll kindlicher Zuneigung waren der Beweis. Sie hätte es wissen müssen, wissen, dass es niemals vorbei sein würde. Wieder war ein Stern am Himmel Ahmets aufgetaucht. Jung, schön, gebildet, freundlich und offenbar begehrenswert. Der Hass auf das junge Mädchen nahm stetig zu und Kiran wusste eines mit tödlicher Sicherheit: Sie musste sich ihrer entledigen und das schnell.

25.

Im Lager der Berber

„Sagtest du nicht, du seist ein exzellenter Kamelreiter?“ Es brauchte nicht viel Fantasie, um das Lachen aus Lunjas Stimme zu hören.

Hischam erhob sich mühsam und klopfte sich den Sand von der Kleidung. „Gefällt es dir, dich auf meine Kosten zu amüsieren? Es ist mir eine Freude, dein Leben in diesem Belang zu bereichern.“ Er ärgerte sich selbst über den trotzigen Unterton in seiner Antwort.

„Nein, Hischam, verzeih. Ich wollte dich nicht kränken. Ich meinte das nicht böse, das musst du mir glauben.“

Das klang aufrichtig. Überrascht hob er den Blick. Lunja sah ihn mit ernster Miene an. Warum wurde er nicht klug aus dieser Frau? Warum traf ihn jedes einzelne ihrer Worte so tief? Es fiel ihm leicht, sich die Antwort selbst zu geben. Weil sie ihm etwas bedeutete. Etwas? Nun, das war wohl kaum der richtige Ausdruck. Er versuchte sich an einem Lächeln. „Ich kann dir nicht einmal widersprechen. Es scheint, als sei ich eingerostet. Vom Kamel zu fallen, ist schon eine anerkennenswerte Leistung für den besten Kamelreiter des Sheiks.“

Lunja erwiderte sein Lächeln. „Du bist zu streng mit dir. Das ist ein sehr junges und wildes Tier, mit ihm hast du es dir schwer gemacht. Dafür hast du dich tapfer gehalten."

Er suchte in ihrer Stimme, ihrer Aussage und ihrem Gesicht nach Hinweisen, dass sie über ihn spottete, doch da fand sich nichts. Lunja meinte offenbar genau das, was sie sagte. Sofort weitete sich sein Brustkorb vor Freude. „Danke, es freut mich, dass du das so siehst."

„Was wahr ist, muss auch gesagt werden. Abgesehen davon hast du für heute genug gewagt. Mutter schickte mich, um dich zum Abendessen zu holen. Hast du denn keinen Hunger?"

Er nickte grinsend. „O doch und wie. Aber ich gebe gerne zu, dass es sich nicht mit meinem Ehrgeiz vereinbaren ließ, mich nicht vernünftig nützlich zu machen. Ich will nun, da ich mich wieder normal bewegen kann, nicht nur faul herumliegen und euch zur Last fallen."

Kurz wirkte der Gesichtsausdruck der jungen Frau unergründlich, dann erschien ein wunderschönes Lächeln auf ihren Lippen. „Königssohn, ich muss zugeben, du überraschst mich immer aufs Neue. Ich glaube, in dir steckt noch viel mehr, als ich geargwöhnt hatte." Lunja schwieg kurz, ehe sie fortfuhr. „Du weißt, dass mein Vater dich mag?"

Allein für Lunjas letzten Satz wäre er gern noch einmal vom Kamel gefallen. Durfte er tatsächlich hoffen? Er wusste, dass er seinem Vater sagen konnte, er möchte Lunja zur Frau. Sie würde in den Palast beordert und ihre Wahlmöglichkeiten wären wohl recht gering. Das aber wollte er nicht. Auf keinen Fall. Er wollte, dass sie ihn schätzte, ihn mochte, ihn akzeptierte, …

dass sie ihn liebte. Er wollte, dass sie sich aus freien Stücken dazu entschied, an seiner Seite zu sein.

Sie liefen eine Weile schweigend nebeneinander her, ehe er seine Frage stellte. „Habt ihr schon Neuigkeiten aus Marrakesch? Eine Nachricht von Asirem oder Magrin?"

Lunja schüttelte sichtlich traurig den Kopf. „Nein, es sind aber erst sieben Tage vergangen, seit die beiden losgeritten sind. Ich denke auch, dass sie sehr vorsichtig sein müssen. Diese Kiran ist nach allem, was wir über sie wissen, eine gefährliche Frau. Hier geht es um Menschenleben, ich bin mir sicher, das Asirem sehr bedacht mit der Situation umgeht."

„Du liebst deinen Bruder sehr, nicht wahr?"

„Ja, ich liebe ihn mit ganzem Herzen. Er hat es mir als kleines Kind nicht leichtgemacht. Er hat mich herausgefordert, mich an meine Grenzen geführt und, wenn es irgendwie möglich war, noch darüber hinaus. Er hat mich stark und mutig gemacht." Lunjas Stimme klang bewundernd und sanft, sobald sie von ihrem Bruder sprach.

„Er ist auch stark und mutig. Und er ist ein Mann, den ich sehr gerne meinen Freund nennen würde, so er mich denn ließe."

Lunja bremste so plötzlich ab, dass er beinahe ins Stolpern geriet. „Ach, Königssohn, ab und an bist du schon schwer von Begriff und ich meine auch das nicht böse. Aufrichtig, Hischam, hast du es denn nicht verstanden? Asirem ist bereits dein Freund. Denkst du, er würde so viel aufs Spiel setzen, wenn er dich nicht schätzen würde, wenn er dich nicht mögen würde? Und – jetzt kommt der wichtigste Teil – glaubst du tatsächlich, er ließe jemanden, den er geringachtet, mit seiner geliebten und ach so behüteten Schwester so viel allein? Na, komm, nun denk bitte einmal gründlich nach und enttäusche mich nicht. Du weißt sehr wohl, wie die Berber sind, sobald es um ihre Frauen geht, oder? Glaubst du ernsthaft, du hättest all diese Freiheiten mir gegenüber ... gut, Freiheiten, die ich mir einfach nehme, aber dennoch, wenn er dich nicht als einen Freund sähe?"

Er konnte es fühlen. Es ließ sich beim besten Willen nicht verhindern. Das breite, zufriedene Grinsen, das sich nach Lunjas Worten auf seinem Gesicht ausbreitete, kam aus seinem Herz. „Danke, Lunja, du kannst dir nicht vorstellen, wie viel mir das bedeutet."

Sie lächelte vielsagend. „Hischam, ich befürchte, es mangelt dir noch immer an Wissen, was ich mir alles vorzustellen vermag. Und jetzt komm endlich, sonst gibt es kalte Fleischspieße und klebriges Fladenbrot."

Ahar wickelte eines der saftigen, scharf gewürzten Fleischstücke in das knusprige, noch warme Fladenbrot und biss herzhaft hinein. „Hör zu, Hischam, wenn du es möchtest, aber nur, wenn du es wirklich willst und dich auch wieder stark genug dafür fühlst, dann kannst du uns morgen auf dem Erkundungsritt begleiten. Wir wollen ins Tal reiten und sehen, was wir an Früchten finden. Es wäre mir auch lieb, wenn wir versuchen könnten, etwas Holz einzusammeln."

Er nickte erfreut. „Es wäre mir eine Ehre. Ich bin dank der sehr guten Pflege bereits seit langem wieder genesen und ich begleite euch sehr gerne."

„Dann ist es beschlossen. Wir reiten noch vor Sonnenaufgang los. Zwar ist es zu dieser Zeit des Jahres nicht mehr so heiß, aber dann sind wir vor Sonnenuntergang wieder hier." Ahar steckte sich mit genussvollem Blick den letzten Bissen des köstlichen Mahles in den Mund, kaute andächtig und erhob sich dann. Im Vorbeigehen klopfte er Hischam anerkennend auf die Schulter. „Nun, mein Lieber, hättest du noch vor wenigen Wochen ernsthaft in Erwägung gezogen, mit Nomaden durch die Wüste zu reiten? Mir gefällt diese Entwicklung durchaus. Ich wünsche allseits eine angenehme Nacht."

Hischam blickte dem beeindruckenden Anführer des Clans nachdenklich hinterher. Nein, das hätte er nicht in Erwägung gezogen. Aber heute machte es ihn stolz, dass er eingeladen wurde, mit ihnen zu reiten. Heute erfüllte es ihn mit reiner, ehrlicher Freude, dass Lunja ihm ein freundliches Lächeln schenkte und dass Izlan ihn im Vorübergehen auf den Scheitel küsste. Omar wäre stolz auf ihn, könnte er sehen und vor allem fühlen, was er in diesem Moment fühlte. Es war befriedigend zu lernen, es war gut, mit offenen Augen durch die Welt zu gehen, und die Anerkennung, die Freundschaft dieser großartigen Menschen zu spüren, erfüllte ihn mit purem Glück. Nun musste er nur noch deren Liebe zur Wüste verstehen lernen.

26.

„Ich habe noch einen entdeckt, komm!" Hafsa rannte, so schnell ihre noch kurzen Beine sie trugen, und Estrella schwante Böses.

„Nein, Hafsa, lass ihn liegen, er ist …" Zu spät.

Die Kleine hielt mit triumphierendem Blick einen riesigen Granatapfel in ihren Händen. Dass die überreife Frucht bereits an einer Seite aufgeplatzt war und der Saft dunkelrot und zähflüssig austrat, war ihr einerlei.

„Mein Engel, bitte leg ihn weg. Er ist bereits verfault, man kann ihn nicht mehr essen. Siehst du, der Saft ist schon ganz dick und das ist kein gutes Zeichen."

„Kiran sagt, Granatapfel ist gesund." Der kleine Schmollmund war bezaubernd, wirkte jedoch bei Estrella nicht. Den kannte sie dank ihrer Schwestern zur Genüge.

„Das ist richtig, Hafsa. Aber nur, solange er frisch, reif und geschlossen ist. Möchtest du denn kleine Tiere mitessen?"

Das Kindergesicht verzog sich sichtlich angewidert. „Tiere? Nein, bäh. Können wir bitte nach reifen Früchten suchen?"

„Heute nicht mehr, meine Kleine, heute wird gebadet und dein Vater hat angeordnet, dass du heute noch zu ihm kommen sollst." Estrella wusste, dass mit dieser Bemerkung jegliche Diskussion beendet war.

„Ja, Vater ist zurück. Komm rasch, baden." Hafsa griff nach ihrer Hand und zog sie kurzerhand hinter sich her.

So hatte sie sich das ausgemalt. Sehr gut. Allerdings nahm das Kind, wie so oft, die Abkürzung über die Ställe und das war nun wieder nicht in Estrellas Sinn. Sie wollte ihn nicht sehen.

Noch immer konnte sie für sich keine vernünftige Erklärung finden, warum sich der geheimnisvolle Berber so seltsam benahm. Jedes Mal, wenn sie ihn sah, konnte sie kaum mehr atmen. Davon, ihm in die schwarzen Augen zu blicken, einmal ganz abgesehen. Er grüßte sie stets freundlich, ließ Hafsa auf einem der Pferde reiten, während er es am Zügel führte, und machte Scherze mit der Kleinen. Dabei warf er auch ihr immer wieder freundliche, ja, fragende Blicke zu, wenigstens versuchte sie, es sich so zu erklären, warum er sie so seltsam betrachtete. Mochte sie sonst auch immer in der Lage sein, eine angeregte Unterhaltung zu führen, so versagte diese Fähigkeit vollkommen, sobald er vor ihr stand. Ihr Mund war wie ausgetrocknet, tausend Gedanken wirbelten durch ihren Kopf und keinen einzigen davon vermochte sie, in vernünftige Worte zu fassen. Ehe sie sich immer wieder vor ihm zum Narren machte, mied sie ihn lieber, obwohl sie das beinahe schon körperlich schmerzte.

„Schneller! Wir müssen uns beeilen." Hafsa wirbelte um die Ecke und lief, mehr oder weniger mit Anlauf, in eine große Gestalt. Asirem. Konnte es nicht jemand von den Wachen oder einer der Pferdeknechte sein?

Warum musste es andauernd Asirem sein? Estrella seufzte leise.

„Aua!" Hafsa rieb sich die Stirn, die unliebsame Bekanntschaft mit Asirems Oberschenkel gemacht hatte.

Der beugte sich sofort zu der Kleinen hinunter. „Prinzesschen, hast du dir weh getan? Lass mich das ansehen, na komm, nimm die Hand weg." Er rieb vorsichtig über die leicht gerötete Stirn der Kleinen. „Es ist nichts passiert, alles ist gut. Weißt du, was meine jüngere Schwester Lunja immer macht, wenn sich jemand verletzt hat? Sie pustet magische Luft auf die Stelle und ich schwöre dir, es hilft."

Hafsa reckte Asirem ihren Kopf entgegen. „Kannst du das auch?"

Der Berber schmunzelte. „Ich kann es gerne versuchen." Er legte seine Hände an Hafsas Wangen, zog ihren Kopf leicht zu sich und pustete sanft auf ihre Stirn.

Wann hatte sich Estrella das letzte Mal gewünscht, sie möge wieder drei Jahre alt sein? Jetzt zumindest wünschte sie es sich von ganzem Herzen, diese Hände, die so sanft und liebevoll das Gesichtchen des Kindes liebkosten, an ihren Wangen zu spüren.

Als könne Asirem ihre Gedanken lesen, hob er den Blick und sah ihr direkt in die Augen. Estrella konnte fühlen, wie sie heftig errötete, und es machte sie noch befangener ihm gegenüber. Sie atmete tief ein und versuchte, ihre Aufregung zu unterdrücken.

„Das ist sehr lieb von Asirem, Hafsa, aber wir müssen weiter, sonst muss dein Vater warten. Das willst du doch nicht, nicht wahr?" Hoffnungsvoll blickte sie zu ihrem Schützling.

Aber es war Asirem, der antwortete. „Ist es möglich, dass der Sheik mit seiner Tochter reiten möchte? Er hat angewiesen, drei Pferde zu satteln, eines davon soll Leila sein und das ist, soweit ich mich richtig erinnere, die junge Stute, die der Herr seiner kleinen Reiterin geschenkt hat."

„Nein, das wäre noch zu gefährlich." Bassams tiefe Stimme duldete keine Vermutungen. „Der Herr nimmt seine Tochter vor sich aufs Pferd. Leila soll am Zügel mitgeführt werden, damit sie sich an Ausritte gewöhnt und bewegt wird. Das weitere Pferd ist für Estrella." Sie war so auf Asirem konzentriert gewesen, dass sie Bassam, der plötzlich hinter ihm stand, überhaupt nicht bemerkt hatte.

„Reiten? Ich? Ich vermag wohl, mich im Sattel zu halten, aber wirklich ausreiten? Seid Ihr Euch sicher, Sayyid Bassam?" Sie schalt sich still für den furchtsamen Ton in ihrer Stimme.

„Keine Angst, ich denke, der Herr möchte dich nur in der Nähe haben, wenn er mit der Prinzessin unterwegs ist. Ihr werdet wohl kaum einen Karawanenpfad einschlagen." Bassam beugte sich nach vorn und klopfte ihr aufmunternd auf die Schulter. „Nun, macht euch fertig, man sollte den Sheik nicht warten lassen. Oh, und Estrella, es sind wohl ein paar verdorbene Lebensmittel in der Küche aufgetaucht. Bitte achte gut darauf, dass alles, was Hafsa und auch du zu euch nehmt, frisch und gut ist, ja?"

Sie verbeugte sich vor Bassam. „Gewiss, Sayyid, ich werde sehr aufmerksam sein." Sie griff nach Hafsas Hand und kam nicht umhin, Asirem noch einen letzten Blick zuzuwerfen. Sein Lächeln war offen und freundlich und es wärmte ihr Herz. Könnte sie sich nur sicher sein, dass seine Laune sich nicht erneut ins Gegenteil verkehrte. Gemeinsam mit der Kleinen eilte sie auf den Palast zu.

***

„Verdorbenes Essen? Hier? Im Palast? Bassam, bitte!" Asirem runzelte die Stirn.

„Denkst du, ich sage vor dem Kind, dass ich etwas wahrscheinlich mit Gift Versetztes gefunden habe?" Bassam holte vorsichtig einen kleinen, in ein Tuch eingeschlagenen Gegenstand aus dem Ärmel seiner Uniform. Als er ihn behutsam auswickelte, entdeckte Asirem ein Stück Honiggebäck. Erst auf den zweiten Blick entdeckte er die toten Fliegen.

„Können die nicht einfach am Honig kleben geblieben sein? Das wäre eine durchaus vernünftige Erklärung."

„Nein, die lagen rund um das Teil herum und nur um dieses. Alle anderen scheinen gut gewesen zu sein."

„Und was soll das? Wurde denn schon einmal jemand aus der Familie vergiftet?" Asirem schwieg sofort, kaum dass er sich Bassams warnenden Gesichtsausdruckes gewahr wurde. Als er die beiden Wachen auf ihrer Runde entdeckte, verstand er sofort.

„Gut, ich kümmere mich um die Pferde, damit unser Herr mit der Kleinen ausreiten kann." Er grüßte Bassam nochmals und strebte wieder den Ställen zu. Das war sehr besorgniserregend. Sogleich erinnerte er sich an Bassams Verdacht, dass der Tod von Hafsas Mutter mehr als unerwartet gekommen war und dass es keinerlei Erklärung dafür gab, dass die gesunde Aiza nunmehr drei ungeborene Kinder verloren hatte. Mochte an ihrem letzten Verlust der Tod ihres Sohnes die Schuld tragen, so gab es keinen Grund für die beiden vorherigen Fehlgeburten ... und stets hatte sich Kiran angeblich liebevoll um die Frauen gekümmert.

***

Ahmet schwang sich bereits in den Sattel seines herrlichen Schimmels, als Estrella mit Hafsa an der Hand herbeieilte. „Verzeiht, Herr, wir wollten Euch nicht warten lassen, aber eine gewisse junge Dame konnte sich nicht zwischen gelb und grün entscheiden. Vergebt uns!"

Ahmet lachte gutmütig. „Frauen, meine Liebe, es fängt schon sehr früh an. Aber auf meinen Augenstern zu warten, ist nichts, das mich ärgert. Du nimmst das braune Pferd und Bassam, der uns begleitet, wird Leila am Zügel mit sich führen. Ich möchte nur einen kurzen Ritt wagen, aber noch zeigt sich die Sonne, das sollten wir nutzen."

„Herr, ich danke Euch von Herzen, doch meine Reitkünste sind eher bescheidener Natur. Ich möchte Euch und Hafsa nicht den Ausflug verderben. Soll ich wirklich mitkommen?" Sie war sich ihrer Sache durchaus nicht sicher.

Ahmet offenbar schon. „Gewiss, es tut dir gut, auch einmal aus dem Palast zu kommen. Ich habe mich erkundigt, du bist die Freiheit und den Blick über das Meer gewöhnt. So bist du aufgewachsen, nicht wahr? Lass uns heute dafür sorgen, dass keine Mauern deinen freien Blick in die Ferne stören. Nun komm, steig auf, es ist ein folgsames Pferd und ich bin sicher, dass du auch diese Herausforderung zu meiner Zufriedenheit meistern wirst."

Was sollte sie dagegen sagen? Nichts! Folglich ließ sich Estrella von einem der Pferdeknechte in den Sattel helfen, einen sehr bequemen Sattel, wie sie feststellte, und nahm die Zügel in die Hand. Bei Tia Alba war sie mehrmals geritten, die Dame hatte drei herrliche Tiere in ihrem Stall gehabt. Es war allerdings etwas ganz anderes, auf einem Anwesen bei Malaga auf einer umzäunten Wiese zu reiten, als mit einem Sheik, dessen Feldherrn und der kleinen Prinzessin in Marrakesch. Plötzlich erschien, wie durch Zauberhand, das von Rosa gezeichnete Bild vor ihren Augen. Sie erinnerte sich an den Ausdruck auf ihrem Gesicht, den Rosa so wunderbar eingefangen hatte. Mut, Neugier und der Wille, alles zu meistern. Wenn ihre kleine Schwester sie so gesehen hatte, wenn Rosa an sie glaubte, dann durfte sie sie nicht enttäuschen und das würde sie auch nicht.

Ihre Hände umfassten die Zügel fester, sie richtete sich stolz im Sattel auf und straffte ihre Schultern. Schon jetzt spürte sie den Wind, der sanft über ihre Wangen strich, und mit der leichten Brise kam die Vorfreude und die letzte Furcht verflog, so als trüge der Wind auch sie auf leisen Schwingen für immer davon. Lächelnd blickte sie zuerst zu Ahmet und dann zu Bassam.

Ahmet nickte ihr auffordernd zu. „Bereit?"
Estrella lächelte. „Ja, ich denke nun bin ich bereit."

Asirem blickte der jungen Frau voll aufrichtiger Bewunderung hinterher. Ihre Furcht war zu Anfang beinahe schon greifbar gewesen und doch war es ihr gelungen, sie zu bezwingen. Estrella Jiménez war eindeutig eine außergewöhnliche Frau. Sie war nicht nur mutig, sie verfügte über eine innere Stärke, die in seinen Augen ihresgleichen suchte. Ob ihr die Wüste gefiele, die Freiheit, die man dort allerorts kosten konnte? Welch seltsamen Gedanken hing er hier eigentlich nach? Asirem wunderte sich langsam gewaltig über sich selbst.

Da die Reiter bereits außer Sichtweite waren, wandte er sich um und stapfte zurück zu den Ställen. Wenn er keinen Verdacht erregen wollte, sollte er sich seiner Aufgabe etwas intensiver widmen. Ihm war bewusst, dass er Vorsicht walten lassen musste. Ein Gedanke, der umso mehr Sinn machte, als er im Vorübergehen an einem der oberen Fenster Kirans edles Profil entdeckte. Der Ausdruck auf ihrem Antlitz wollte ihm gar nicht gefallen.

Es waren einige Stunden vergangen, als er, rechtschaffen müde, das letzte der vier Pferde in den Stall führte, mit dem er heute gearbeitet hatte. Der schwarze Hengst war ein besonders edles Tier und er glaubte, sich daran zu erinnern, dass er ein Geschenk des Sultans an seinen Bruder gewesen war. Er behandelte jedes Tier gleichermaßen gut und so erhielt auch dieses seine Futterration und er tastete sorgfältig Rücken und Fesseln ab. Draußen hatte der Wind aufgefrischt und da im Gegensatz zu ihm nicht alle das Tor sorgsam verschlossen, sprang der linke Torflügel mit lautem Krachen auf und schlug gegen die Außenmauer. Da Asirem nicht wollte, dass die Tiere von dem Lärm unruhig wurden, unterbrach er seine Tätigkeit, ging zum Tor und schloss es lautstark, sodass jeder im Stall verstand, dass man etwas mehr Sorgfalt an den Tag legen sollte. Zurück in dem geräumigen Bereich der Stallung beendete er seine Untersuchung, füllte Wasser in die Tränke und wollte soeben den Stall verlassen, als er hörte, wie sich das Tor erneut öffnete. Instinktiv duckte er sich hinter das in aller Ruhe fressende Pferd.

„Yusuf, bist du hier?" Die Stimme war gedämpft, er erkannte sie dennoch sofort. Es war die Lieblingsdienerin Kirans, eine unauffällige, sehr ruhige Frau, die ihre Herrin offensichtlich anbetete. Was wollte sie hier im Stall?

„Yusuf?"

„Bei Allah, ich bin ja hier, sei leise, man könnte dich von draußen hören." Yusuf war einer der Männer, die Bassam heute für die Wache am Stall eingeteilt hatte.

Asirem erschien es seltsam, dass man hier ein Treffen vereinbarte. Waren die beiden etwa ...? Seine Frage beantwortete sich sofort, als die Frau fortfuhr.

„Bist du alleine? Du weißt, dass niemand uns zusammen sehen darf?"

„Ja, ich bin der Einzige, der hier noch bei den Viechern bleiben muss. Ich harre hier aus, bis der edle Bassam mich ablösen lässt." Yusufs Stimme klang ungehalten.

Edler Bassam? Spottete der Mann etwa über seinen Befehlshaber? Asirems Verwunderung wurde zunehmend größer.

„Sprich nicht so, eines Tages wird jemand dich hören und Bassams Zorn wirst du nicht auf dich ziehen wollen, habe ich recht?“, erklang die warnende Stimme der Frau.

„Auch seine Tage werden irgendwann gezählt sein. Und nun sprich, was willst du?“

„Die Herrin braucht mehr von dem Pulver. Sei aber auf der Hut, es wurde beobachtet, wie Bassam, der sich auffallend oft in der Küche herumtreibt, etwas an sich genommen hat. Die Tochter der Köchin, die sehr verlässlich ist, hat daraufhin alles vernichtet, da sie nicht mehr sagen konnte, wo das Pulver zu suchen war. Und wir brauchen zusätzlichen Honig. Der Saft ist bitter und der Geschmack wird durch diese spezielle Zutat noch verstärkt. Nur mit gutem Honig kann man das verbergen.“

„Kann sich die Herrin denn nicht etwas anderes einfallen lassen? Eines Tages wird man sie ertappen, dann ist es auch um uns geschehen, denn wenn ich eines weiß, dann, dass sie, wenn es soweit ist, nicht alleine zur Hinrichtung gehen wird.“

„Wer sollte Verdacht schöpfen? Der Herr liebt sie über alles und sie weiß, wie sie ihn stets aufs Neue umgarnen kann. Aiza hat niemals etwas bemerkt, da unsere Herrin eine Meisterin der Täuschung ist. Selbst der Tod einer jungen und eigentlich gesunden Frau erregte kein Misstrauen. Sabah war ebenso arglos wie alle anderen.“

Er hörte Yusuf leise und ungehalten mit der Zunge schnalzen. „Warum es nun nicht gut sein lassen? Sagte die Herrin nicht, dass es die ständige Bedrohung und die Überheblichkeit Hischams waren, die sie vor Sorge um die Zukunft Imrans handeln ließen? Und war es nicht die Angst, Aiza könnte einem weiteren Sohn das Leben schenken? Beides ist Vergangenheit. Hischam ist tot und Aiza kann, sofern ich das richtig verstanden habe, keine Kinder mehr bekommen. Warum also nicht zur Ruhe finden, das Erreichte auskosten, das Leben genießen? Die Kleine wird niemals ihrem Vater nachfolgen, sie stellt keine Bedrohung für die Herrin dar."

„Das sieht sie anders. Ahmets ganze Liebe gilt derzeit Hafsa. Dazu kommt noch die neue, schöne und junge Kinderfrau, diese Katalanin, die nicht einmal hierhergehört. Sie wird von unserem Sheik behandelt, als sei sie ein Mitglied der Familie, nur weil sie zufällig auf dem Markt eingeschritten ist."

„Du meinst, als sie unseren Versuch, die Kleine zu beseitigen vereitelt hat? Maha war einfach unendlich dumm. Nur darum lebt Hafsa noch, auch wenn ich es tatsächlich nicht gutheißen kann, das Kind zu töten. Sie ist unschuldig. Die Prinzessin hat der Herrin nie ein Leid zugefügt und sie ist ohne Arg."

„Das ist einerlei, wenn die Herrin sie nicht in ihrer Nähe haben möchte. Du weißt, dass sie immer bekommt, was sie will. Und da gibt es noch etwas, etwas sehr Wichtiges." Die Dienerin senkte ihre Stimme noch mehr, sodass Asirem kaum mehr etwas hören konnte. „Sie erwartet ein Kind. Noch weiß der Sheik es nicht, doch sobald es sicher ist, dass die Schwangerschaft bleibt, wird sie es ihm mitteilen. Stell dir das vor, sie schenkt ihm erneut ein Kind. Er wird sehr glücklich sein und sie wird an die Stelle Aizas rücken."

„Ja und? Ich verstehe noch immer nicht, warum die Kleine sterben muss."

„Du tumber Kerl. Weil die Herrin auf diese Weise endlich ihre Familie und ihren Stand beim Herrn gesichert hat. Sollte sie danach noch einmal schwanger werden, könnte nichts mehr sie von seiner Seite vertreiben."

„Warum verstehst du mich denn nicht? Das alles hat nichts mit der Prinzessin zu tun."

„Hat es eben schon. Wenn die Herrin ihm ein Mädchen schenkt, will sie für dieses die erste Stelle. Und jetzt ist die Bedrohung noch größer geworden. Mit der Anwesenheit der Katalanin besteht die Gefahr, dass der Sheik sie als seine nächste Frau erwählt. Hafsa liebt die Fremde schon heute, als sei sie ihre Mutter. Das sieht auch Ahmet und macht sich gewiss seine Gedanken. Noch dazu ist sie jung und gesund. Wenn sie ihm einen Sohn schenkt, dann wäre alles, was die Herrin bisher getan hat, vergebens gewesen."

„Aha, verstehe ich das richtig? Die Kinderfrau soll gemeinsam mit der Kleinen beseitig werden? Weil unsere Herrin sich um ihren Stand und den ihres Sohnes sorgt, falls Ahmet sich in die Katalanin verliebt."

„So dumm, wie du immer tust, bist du also gar nicht. Nun hast du es verstanden. Diese Estrella und Hafsa müssen sterben, erst dann wird die Herrin Ruhe finden und sich angemessen auf die dann in naher Zukunft anstehende Geburt ihres nächsten Kindes vorbereiten können."

„Ich hoffe wirklich, dass das alles endlich ein Ende findet. Der Tod geht in diesem Palast zu oft aus und ein und all das, weil die Herrin um ihren Stand fürchtet und von unbeschreiblicher Eifersucht getrieben wird. Langsam genügt es.“

„Hüte deine Zunge, Yusuf, deine Frau erwartet euer zweites Kind, nicht wahr?“ Die Stimme der Frau hatte einen bedrohlichen Ton angenommen, als sie ihm antwortete. „Wenn du nicht möchtest, dass sie ein klägliches Ende ähnlich dem Sabahs erdulden muss, würde ich mir sehr gut überlegen, was du laut aussprichst. Ich gehe jetzt, meine Herrin wartet auf ihr Bad. Morgen erwarten wir deine Lieferung, vergiss das nicht. Dein Bruder weiß, was zu tun ist, da bin ich mir sicher.“

Asirem vernahm, wie das Tor leise knarrend geöffnet und wieder geschlossen wurde. Er verhielt sich weiterhin still und bewegte sich nicht.

Erst nach einer ganzen Weile hörte er Yusufs leise Worte. „Vielleicht sollte man sie eines Tages in ihrem Bad ertränken.“

27.

Im Wüstenlager, vor Sonnenaufgang

„Hischam, deine Züge erscheinen seltsam starr. Sag nicht, dir sei kalt?“

Er konnte den Spott in Yildirs Worten hören. „Ja, ich muss eingestehen, mir ist kalt. So ein früher Morgen ohne Sonne, ohne Licht, erscheint mir nicht sehr einladend.“ Vor seiner Nase tauchte ein dunkelblauer Mantel auf, den auch die Berber über ihrer Kleidung trugen.

„Nimm, mein Junge, dann siehst du zwar aus wie einer von uns, aber vielleicht empfindest du das gar nicht als schlecht.“

Hischam griff nach dem warmen Kleidungsstück und schenkte Ahar ein dankbares Lächeln. „Ich werde ihn mit Stolz tragen und das meine ich ehrlich.“

Ahars Miene blieb unbewegt, er griff die Zügel fester und schlang sein rechtes Bein um die Halterung des Kamelsattels. „Ich weiß.“

Sie verließen das Lager und ritten Richtung Osten. Hischam zog sich unauffällig die Stoffbahn seiner Kopfbedeckung, die seinen Mund und die Nase bedeckte, noch höher. Die Kälte drang selbst durch den dicken Wollstoff. Die Männer ritten schweigend nebeneinander und hintereinander her. Er beobachtete sie neugierig. Sie waren eindeutig in ihrem Element. In der Dunkelheit mit ihren Kamelen loszureiten, hinaus in die Wüste, wo sie den Sonnenaufgang erwarteten. Ob sie das fühlten, was Lunja ihm so eindringlich beschrieben hatte? Ob diese scheinbar unendliche Freiheit, die Ruhe, der leichte Wind, der in einigen Senken den Sand aufwirbelte, und die vereinzelten Tiere, die noch über die Dünen huschten, wissend, dass die Nacht bald vorüber war, in ihnen dieses reine Glücksgefühl hervorrief, von dem Lunja erzählt hatte? Wie sehr sehnte er sich danach, das auch zu fühlen, aber so sehr er sich auch abmühte – die Wüste wollte nicht zu ihm sprechen.

Sie mussten etwa eine Stunde unterwegs gewesen sein, als sich am Horizont ein zartgelber Streifen zeigte. Kaum wahrnehmbar zuerst, sich jedoch stetig vergrößernd. So, als hätten sie es schweigend vereinbart, ritten die Berber auf eine Düne und brachten die Kamele zum Stehen. Aus den Nüstern der Tiere stiegen winzige Dampfwolken zum Himmel, so kalt war es. Wortlos blickten die Männer zum Horizont. Hischam folgte ihren Blicken. Die ersten Sonnenstrahlen krochen über den Wüstensand, flirrend breitete sich das Licht aus und vertrieb die Schatten der Nacht. Die Dunkelheit zog sich zurück, so als verkrieche sie sich in Höhlen, hinter Dünen und in den Boden, nur um Kraft zu schöpfen und bei Sonnenuntergang erneut hervorzukommen, wissend, dass die Nacht den Schatten gehörte. Auf der ihnen gegenüberliegenden Düne entdeckte er eine Ansammlung von Steinen. Ein braunes, neugieriges Nagetier streckte sich den hellen Fingern des Sonnenlichtes entgegen, kurz nur, dann sprang es kopfüber in die schützende Höhle hinter einem Stein.

Mittlerweile hatte sich die erste Hälfte der rotgoldenen Sonnenkugel über die Linie des Horizonts erhoben.

„Fühlst du es?"

Es dauerte, bis er begriff, dass Ahar zu ihm sprach.

„Sieh genau hin, mein Junge. Die Sonne ist Leben und sie ist Tod. Sie bringt uns Vernichtung und sie bringt uns Leben. Sie ist unser Schutz und sie kann uns zerstören. Ohne die Sonne könnten wir alle nicht existieren. Sie ist es, die die Dunkelheit besiegt und uns das Licht bringt. Sie ist es, die Samen aus der Erde sprießen lässt, die Pflanzen wachsen und gedeihen lässt. Doch tun wir nicht das unsrige dazu, nimmt sie es auch wieder von uns. Viele der Dürren unserer Tage sind geschaffen von Menschenhand, wir, die Menschen sind es, die die Natur zerstören, die Schönheit nicht erkennen und die ein Leben mit der Natur nicht wertschätzen können. Die Römer wollten die Welt beherrschen, sie bauten zahllose Schiffe, sie zerstörten Jahrhunderte alte Wälder, sie zogen eine Spur der Zerstörung über unsere Welt. Und doch vergibt uns die Natur immer wieder, zeigt uns neue Lebensmöglichkeiten und hilft uns, wenn wir es nur versuchen, wenn wir ihr den Respekt entgegenbringen, den sie verdient. Dieser Respekt ist es, Hischam, der uns am Leben hält. Dieser Respekt ist es, der es uns ermöglicht, eins mit der Natur zu werden. Mag diese Natur auch Vielen grausam erscheinen, sie ist es nicht. Der Mensch ist es, der grausam ist, die Natur ist oft nur ein Spiegelbild der menschlichen Grausamkeit. Darum sind wir hier, darum lieben wir die Freiheit und darum lieben wir die Wüste, die andere in Angst versetzt."

„Deine Liebe zu ihr, deine Art, auf die Wüste zu blicken, es ist sehr beeindruckend." Hischam fiel es schwer, nach Ahars Rede die richtigen Worte zu finden.

Der nickte stoisch. „So schwer ist das nicht, mein Junge. Du musst deine Seele und dein Herz öffnen. Du musst es zulassen, um verstehen zu können. Fühle die Freiheit! Befreie dich von den Mauern, die dein Herz augenscheinlich beschützen sollen, reiß sie ein. Sie helfen dir nicht, sie verhindern deinen Blick auf die wahre Schönheit unserer Welt. Ich will nicht sagen, dass das Leben in Städten, das Leben in festen Häusern etwas Schlechtes ist, ich maße mir nicht an, über die Art zu leben, die andere Menschen gewählt haben, zu urteilen, geschweige denn, sie zu verurteilen. Aber ich würde stets die Freiheit wählen. Auch wir leben einen Teil des Jahres in unseren Häusern. Wir betreiben Ackerbau und wir ziehen unsere Jungtiere groß. Aber wenn uns die Wüste ruft, dann können wir nicht anders, dann folgen wir ihrem Ruf. So zeigen wir ihr unsere Liebe und unseren Respekt. Leben in und mit der Natur. Es ist ein Geschenk, mein Junge."

Er fand sie einfach nicht, die Worte, die angemessen gewesen wären, um Ahar zu entgegnen, wie sehr er ihn für das bewunderte, was er eben gesagt hatte. Also schwieg er.

Als das rotgoldene Rund der Sonne begann, sich über den Wüstensand zu erheben, setzten sie ihren Ritt fort. Sie erreichten die Oase, die ihn und Amir um ein Haar das Leben gekostet hatte. Nein, halt, nicht die Oase, seine eigene falsche Einschätzung der Gegebenheiten in der Wüste.

Ahar und Yildir untersuchten alles sehr genau.

„Es muss Wasser geben, sonst wären die Palmen längst abgestorben. Seht euch die Büsche hier hinten an. Sie tragen grüne Blätter." Yildir pflückte eines der länglichen Blätter ab und zerrieb es langsam zwischen Daumen und Zeigefinger. „Frisch, grün und saftig. Der Brunnen ist nicht tief, lasst uns graben. Ich bin mir sicher, dass wir binnen kurzer Zeit auf Wasser stoßen." Er warf Hischam einen vielsagenden Blick zu. „Lasst uns graben und so verhindern, dass noch weitere Fremde uns wochenlang belagern, da sie glauben, den Tücken der Wüste trotzen zu können."

„Aber ich ..." Hischam setzte bereits zu seiner Verteidigung an, auch wenn er nicht genau wusste, wie die aussehen sollte, als Ahar ihn schmunzelnd unterbrach.

„Hischam, kennst du ihn noch immer nicht? Sieh ihn dir an." Ahar hob sein Kinn und deutete so auf seinen Vater.

Der hatte seinen Mundschutz unter das Kinn geschoben und grinste ihn breit an. „Junge, du bist noch immer zu empfindlich. Wird Zeit, dass du meinen leichten Spott zu verstehen lernst."

Amir, der endlich auch aufzuwachen schien, ließ sich stöhnend von seinem Kamel gleiten, das endlich saß. „Leichter Spott? Yildir, darf ich dir sagen, dass ich dankend auf richtigen Spott von deiner Seite verzichten kann?"

Yildir verbeugte sich lachend. „Ich nehme dies als Lob, mein Bester, und nun hilf den anderen beim Graben nach Wasser. Mein hohes Alter verbietet derartige Anstrengungen leider."

Hischam sah den schmunzelnden, alten Berber an und wusste, dass er soeben einen großen Schritt in die richtige Richtung getan hatte. Er klopfte Amir versöhnlich auf die Schulter. „Komm, mein Freund, lass uns graben und alte, weise Männer ihren tiefgründigen Gedanken nachhängen."

Yildir wandte sich mit einem seltsam knurrenden Laut ab und das Letzte, was er hörte, ehe sich Lunjas Großvater in den Sand setzte, war: „Er begreift langsam, aber er begreift."

Es dauerte tatsächlich nur etwa eine halbe Stunde, ehe Amir rief. „Das ist nasser Sand! Wir haben es geschafft. Der Brunnen ist nicht ausgetrocknet, irgendjemand muss Sand und Steine hineingeschüttet haben. Das war alles so locker, dass es unmöglich sein kann, dass das Wasser versiegt ist. Wäre dem so, müsste der Boden steinhart sein. Das war er aber nicht."

Ahar nickte zu Amirs Worten. „Das ist richtig, Amir, ich befürchte, dass hier jemand den vorbeiziehenden Karawanen Schaden zufügen wollte. Leider ahne ich auch, wer das war. Halef, der Sohn Isaias, er hat sich am anderen Ende des Tales niedergelassen, beansprucht das Land dort für seinen Clan und fordert Gaben und Wegezoll von durstigen Nomaden, die nur ihre Tiere zum nächsten Markt bringen wollen. Er ist faul und selbst bei den Seinen in niedrigem Ansehen. Wir sollten ihm einen Besuch abstatten, nun, da der Sohn des Sheiks in unseren Reihen reitet. Was denkst du, Hischam?"

Er glaubte, sich verhört zu haben. „Ich? Du willst mich mitnehmen, um einen fremden Clanführer zur Vernunft zu bringen? Das traust du mir zu?"

Ahar betrachtete ihn mit ernster Miene. „Hischam, ich denke, ich traue dir mehr zu als du dir selbst.

Begleitest du uns? Möchtest du deinen Rang einsetzen, um unserem Volk beizustehen? Ich meine damit nicht, dass wir sofort reiten. Es wäre wahrscheinlich unklug, einen Toten so urplötzlich zum Leben zu erwecken."

Hischam zog eine schmerzliche Grimasse. „Daran ist viel Wahres. Aber sobald sich alles geklärt hat, erwache ich mit Freude zum Leben und reite mit euch."

Ahar nickte. „So ist es recht. So sollte es vor allem immer sein. Gemeinsam!"

Hischam schluckte schwer. Ihm war bewusst, dass dies eine weitere Auszeichnung dieses außergewöhnlichen Mannes gewesen war. Stolz breitete sich in seiner Brust aus. Das Vertrauen Ahars, der freundliche Spott Yildirs, all das waren Hinweise darauf, dass seine Hoffnungen sich tatsächlich erfüllen könnten. Lunja! Sollten seine Träume wahr werden?

Yildir riss ihn aus seinen angenehmen Gedanken. „Es ist wieder Wasser im Brunnen. Lasst uns etwas trinken und das, was unsere Frauen uns eingepackt haben, essen, danach sollten wir zurückreiten. Ihr kennt mich, meine Vorahnungen haben mich noch nie getrogen und das, was ich derzeit fühle, ist nichts Gutes."

Yildirs letzte Worte wollten Hischam gar nicht gefallen und wenn er in Ahars Gesicht blickte, dann sah er seine Befürchtung darin bestätigt.

28.

Marrakesch, Palast des Sheiks

Kiran bebte vor Zorn. „Du wagst es, dich mir zu widersetzen? Habe ich jemals einen Zweifel daran gelassen, was den erwartet, der mich verrät?"

Yusuf wand sich wie eine Wüstenschlange in der Mittagssonne. „Herrin, ich würde nie wagen, mich euch zu widersetzen. Es ist ein Rat, Herrin, nur ein Rat. Eine Bitte vielleicht. So glaubt mir doch. Ihr habt Eure Pläne, das weiß ich, aber selbst mein Bruder sagte, dass es gefährlich würde. Ein gewagtes Unterfangen sollte nicht so oft mit einem Fehlschlag enden. Ich fürchte, dass Allah uns zürnt. Bitte, Herrin, bedenkt meine Worte, zieht meinen Vorschlag in Betracht. Er würde verhindern, dass Ihr die Gewissheit, ein Kind getötet zu haben, auf Euch nehmen müsst. Es wäre die Natur, die ihnen das Leben nähme und letztendlich nicht Ihr, Herrin."

„Welch doppelzüngiger Rat. Du bist es, der das Leben des Kindes nicht auf seine Seele laden will. Aber ich denke darüber nach. Dein Bruder war mir stets treu ergeben, ich vertraue auf seinen Rat. Bei dir hege ich beständig den Verdacht, dass du aus Furcht vor Bassam, deinem Herrn, zur Feigheit neigst. Ich lasse dich meine Entscheidung wissen und nun verschwinde. Ich werde dem Herrn heute eine große Freude bereiten, eine

Überraschung, die auch die letzte Trauer um seinen verlorenen Sohn vertreiben wird."

Yusuf fragte gar nicht erst nach, wovon sie sprach, sondern verbeugte sich tief. „Ja, Herrin, ich danke Euch für Eure Güte. Also erwarte ich in den nächsten Tagen Eure Entscheidung?"

Ungeduldig wedelte Kiran mit der Rechten. Die vielen zarten Goldreifen an ihrem schmalen Handgelenk klimperten melodiös. „Erwarte sie. Ich werde es dich beizeiten wissen lassen."

Nur zu gern zog er sich zurück und machte aufatmend die schwere Tür hinter sich zu.

„Feigling, du erbärmlicher Feigling. Was hat die Herrin schon alles für dich getan? Was verlangt sie denn schon von dir? Du sollst nur ein Pulver in den Palast bringen und es wäre nicht einmal deine wertlose Seele, die dem Schaitan anheimfallen würde. Die Tochter unserer Köchin ist es, die der Herrin grenzenlos ergeben ist und die alles ausführen würde."

Yusuf blickte sich blitzschnell nach allen Seiten um. Erst dann zischte er wütend und so leise, dass es sicherlich nur Kirans Dienerin, die direkt neben ihm stand, hören konnte: „Was meine wertlose Seele anbelangt, mag ich es bitte sein, der das entscheidet. Allah schenkt Leben, wir nehmen es und du denkst, dass wir dafür ungestraft davonkommen? Wie töricht! Ich würde, so sie meinen Rat annimmt, alles so ausführen, wie ich es ihr vorgeschlagen habe, aber ich weigere mich, dass das Kind durch meine Hände stirbt."

Sie lachte böse auf. „Wie die Herrin es sagte. Doppelzüngig und dazu noch feige. Aber heute ist ein Tag der Freude, den ich mir von dir nicht werde verderben lassen." Mit zusammengekniffenen Lippen und das Kinn hochmütig vorgereckt, verschwand Kirans Beschützerin in deren Gemach.

***

Alhamdulillah! Ein Kind. Ahmet war außer sich vor Freude. Endlich verzogen sich auch die letzten Fetzen der ihn umgebenden Dunkelheit und wichen hellem Licht. „Meine Liebe, mein Juwel, du schenkst mir erneut ein Kind. Ich bin gewiss, es wird ein Sohn. Allah wird uns mit einem Jungen segnen." Er beugte sich zu der vor ihm knienden Kiran hinab, ergriff sachte ihre Oberarme und richtete sich mit ihr gemeinsam auf. „Du musst nicht knien, meine Liebe, du trägst unser Kind unter dem Herzen und machst mich zum glücklichsten Mann des Landes."

Kiran hob den Kopf und ihre Mandelaugen strahlten ihn an, voller Glück, voller Freude, so als spiegelten sich seine eigenen Empfindungen in ihrem schönen Antlitz wider. „Sollen wir es allen verkünden? Möchtest du die anderen überraschen?" Er zog sie an sich und schloss sie in seine Arme. „Kiran, ich wusste nicht mehr, wie es sich anfühlt, so glücklich zu sein."

„Mein Herr. Ich bin sehr froh, dass ich Euch so sehr erfreuen kann. Allein dies war mein größter Wunsch. Eure Trauer zu sehen und nichts tun zu können, betrübte mich zutiefst. Ich hoffte so sehr, dass all die Aufregung dem Kind nicht schaden würde, jedoch scheint es ein Kämpfer zu werden, denn die Ärzte versicherten mir, dass alles in Ordnung sei und wir uns auf ein gesundes Kind freuen können."

Erneut küsste er sie sanft auf die Stirn. „Wie schön das zu hören. Doch sage mir, würde dich ein Fest zu deinen Ehren erfreuen? Würde es dich glücklich machen? Nichts möchte ich nun mehr, als dich, mein Juwel, glücklich zu sehen."

„Und ich wünsche mir nichts mehr, als mit unseren Söhnen an Eurer Seite zu stehen und Euch an jedem Tag, der kommen wird, so voller Freude zu sehen." Kiran griff nach seiner Rechten und küsste sie zärtlich, dabei stahl sich eine ihrer glänzend schwarzen Locken unter dem zarten goldenen Schleier hervor.

Sachte, um nicht ihren goldenen Nasenring zu berühren, oder sie gar zu verletzen, schob Ahmet sie zurück unter den dünnen Stoff.

„Ich danke Euch, mein Geliebter. Nunmehr werde ich mich zurückziehen und mich schonen. Über ein Fest am morgigen Tag wäre ich glücklich, sehr glücklich sogar, mein Herr."

„Du wirst ein Fest bekommen, von dem ganz Marrakesch, ja, das ganze Land noch lange Zeit sprechen wird." Ahmet drückte die strahlende Kiran liebevoll an sich. „Du bist das größte Geschenk, das ich je erhalten durfte."

***

„Ich weiß nicht, wie unser Sheik das geschafft hat. Dieses Spektakel ist unglaublich." Asirem betrachtete kopfschüttelnd die Feuerspucker und die Tänzerinnen, die in abgestimmter Reihenfolge in den üppig geschmückten Saal kamen.

Ihnen folgte eine Gesandtschaft der Goldschmiede, die ihre schönsten Kunstwerke auf Samtkissen wie Heiligtümer vor sich hertrugen. Musiker saßen spielend auf einem extra dafür gebauten Podest, das mit teuren Teppichen belegt war. Es duftete nach Rosenblüten und Bergamotte. An der rechten Seite war eine eindrucksvolle Tafel aufgebaut worden und alles war üppig mit frischen Blumen und edlen Stoffen geschmückt. Allerdings war der Tisch lediglich für zwei Personen gedeckt. Auf dem Ehrenplatz neben dem Sheik saß Kiran und ihr Gesicht leuchtete heller und glücklicher als die Sonne, die durch diverse Seitenfenster schien.

„Weiß man, wozu dieses so schnell hingezauberte Fest dient? Und wo ist eigentlich Aiza? Sitzt sie nicht bei solchen Anlässen an Ahmets Seite?" Asirem war verwirrt, er verstand nicht ganz, was all das bedeuten sollte.

Bassam stand mit grimmiger Miene neben ihm. „Während du dich im Stall vergräbst, verpasst du sehr viel, das wollte ich nur einmal erwähnt haben. Hast du es nicht gehört? Unser Abendstern ist guter Hoffnung. Ahmet platzt schier vor Glück, sieh nur einmal hin. Aiza wurde heute auf Wunsch Kirans nicht an den Ehrentisch gebeten. Oh, man ruft dich." Bassam deutete zu Ahmet und Kiran. „Los, geh, ehe sie ungnädig wird."

Asirem eilte los und verbeugte sich tief. „Mein Herr, meine Herrin, womit darf ich euch dienen?"

Es war Ahmet, der ihm antwortete. „Asirem, mein Lieber, ich habe gehört, dass du sehr gute Arbeit leistest. Alle sind voll des Lobes über dich und das, was du mit unseren Pferden bereits erreicht hast. Heute komme ich mit einer Bitte auf dich zu. Wie du gewiss bereits vernommen hast, ist dieses Fest ein Fest der Freude. Kiran, meine geliebte Frau, erwartet ein Kind. Sie möchte dennoch, gegen meinen dringenden Rat, nicht auf das Reiten verzichten. Ihr Wunsch war es nun, dass du, Asirem, ihr zur Seite stehst. Ich bin mir dessen gewiss, dass du diese Aufgabe mit Freude übernehmen wirst."

Von Freude konnte keine Rede sein. Nicht annähernd. Seit zwei Tagen suchte Asirem bereits das Gespräch mit Bassam. Entweder hielt man ihn wissentlich von ihm fern oder der Hauptmann war wirklich so sehr mit Arbeit eingedeckt, dass kein Herankommen an ihn möglich war. Wie auch immer, nun musste er endlich mit ihm über das sprechen, was er im Stall gehört hatte. Die Bitte Ahmets war eigentlich die Kirans, das war eindeutig. Die Vorhersage, dass Kiran versuchen würde, ihn auf ihre Seite zu ziehen, traf nunmehr also ein. Er musste handeln und das rasch.

„Gewiss, mein Herr, Ihr werdet nicht enttäuscht werden." Etwas Besseres fiel ihm im Augenblick leider nicht ein und so entschied er sich für eine erneute Verbeugung.

Die Goldschmiede, die sich, stolz ihre Gaben vor sich tragend, langsam näherten, retteten ihn unfreiwillig aus dieser für ihn schwierigen Lage.

„Nichts anderes habe ich erwartet. Ich danke dir, Asirem." Ahmet entließ ihn mit dankbarem Lächeln und Asirem bekam ein schlechtes Gewissen. Etwas, das er sich, sobald es in Zusammenhang mit Kiran geschah, schleunigst abgewöhnen sollte. Während man Kiran ihre Geschenke reichte, beeilte er sich, an Bassams

Seite zu kommen. „Bassam, ich muss dir etwas erzählen und es duldet keinen Aufschub. Ich versuche es schon lange, aber du scheinst nie Zeit zu haben."

Bassams Gesicht wirkte wie versteinert. „Sieh dir das an. Ich ertrage es kaum, sie so zu sehen."

Asirem wandte sich um und entdeckte Aiza. Sie stand mit der kleinen Hafsa und Estrella neben einer der Säulen und wirkte endlos verloren und traurig. Welch Wunder. Hier feierte man fröhlich und ausgelassen die baldige Ankunft eines mit Freunden erwarteten Kindes und sie kämpfte mit dem Verlust ihres Sohnes und dem des ungeborenen Kindes. Er bemerkte aber auch, dass Ahmet seine kleine Tochter zu sich winkte, die ließ Estrellas Hand nicht los und lief fröhlich zu ihrem Vater, die widerstrebende Kinderfrau mit sich ziehend. Ahmet schien das nicht zu stören, er umarmte sein Kind und – zu Asirems Überraschung – streichelte er Estrellas Wange. Sofort huschte sein Blick zu Kiran. Mochte sie auch lächeln, er konnte die Mordlust in ihren Augen sehen, während sie sich mit gnädiger Miene ein Armband umlegen ließ. Ahmets gewiss unbedachte Geste konnte Estrellas baldiges Todesurteil darstellen.

„Bassam, es ist mir ernst. Es geht um das Leben von zwei Menschen. Bitte, wo können wir ungestört zusammen sprechen?"

„Wir müssen etwas tun, nur was? Ein falsches Wort über Kiran und wir und nicht sie werden aufgehängt. Ihre Schwangerschaft und ihre geheuchelte Liebe machen Ahmet derzeit noch blinder, für das, was sie tatsächlich ist." Bassam rieb sich mit beiden Händen über das blasse Gesicht, nachdem er seinen Bericht beendet hatte. „Und das alles hast du im Stall mitangehört?

Verflucht, Asirem, du hättest es mir sofort mitteilen müssen.“

Er verdrehte die Augen und seufzte. „Sagte ich nicht soeben, dass ich es verzweifelt versucht habe? Was soll ich tun? Wem kann ich trauen? Yusuf schon einmal nicht. Ebenso wenig seinem Bruder. Dass in der Küche eine Giftmischerin ihr Unwesen treibt, können wir erst beweisen, wenn wir sie entlarven könnten, auch hier lautet die Frage: wie?“ Asirem trat ärgerlich nach einem Stein, der im Obstgarten auf dem mit Mosaiken ausgelegten Weg lag. „Immerhin scheint Yusuf nicht allzu versessen darauf, die Kleine zu töten. Sein letzter Satz war aufschlussreich. Aber auch er fürchtet Kiran, daher muss ihr Einfluss viel weiter reichen, als wir es erahnen können.“

Bassam nickte. „Ich gebe dir recht. Um Estrella und Hafsa zumindest etwas zu schützen, werde ich Daryas Schwester in den Palast holen. Heute am frühen Morgen hat sich eine der Frauen, die sich um Hafsa und damit auch um Estrella kümmern, schwer am Rücken verletzt, als sie in der Küche ausglitt. Ich rede sofort mit dem Diener, der die Küche überwacht. Und du wirst keine andere Wahl haben, als darauf zu vertrauen, dass Estrella schweigen kann, und musst ihr zumindest im Ansatz die Wahrheit sagen. Sie ist eine bedachte und mutige Frau. Sie muss wissen, in welcher Gefahr sie und das Kind sich befinden, selbst wenn das ein Wagnis darstellen mag.“

„Ja, ich werde versuchen, eine gute Gelegenheit zu finden. Allerdings hat Kiran ihre Augen scheinbar überall.“

Bassam lächelte siegessicher. „Nein, nicht heute, nicht in dieser Stunde. Die Kleine wird bald müde. Ich werde dort sein, um sie und Estrella in ihre Räume zu begleiten. Bei all dem Trubel im Palast wird das kaum auffallen. Warte im Säulengang am Aufgang zu Hafsas Gemächern. Um den Rest kümmere ich mich. Wir müssen handeln."

Ja, allerdings, das mussten sie. Beim Gedanken, dass Estrella ein Leid geschehen könnte, schnürte es Asirem beinahe die Kehle zu. „Ich werde dort sein."

Kaum eine Stunde später, er war unter all den fröhlich feiernden Menschen tatsächlich niemandem aufgefallen, entdeckte er Bassam, der mit einer lachenden Hafsa auf seinen Schultern näherkam. Der Feldherr blickte sich rasch um und beugte sich zu Estrella hinab. Deren Augen weiteten sich in sichtlichem Erstaunen, aber sie nickte zustimmend.

Lauter erklang die Bemerkung Bassams: „So, du Wirbelwind, ich werde dich nun in dein Zimmer bringen und Estrella sucht deine Kette. Sie ist zu wertvoll, um sie irgendwo im Garten herumliegen zu lassen."

Das ratlose Gesichtchen Hafsas war bezaubernd und er lächelte trotz der gefährlichen Situation. Estrella eilte in seine Richtung und Bassam nickte ihm auffordernd zu. So trat er aus dem Schatten der schützenden Marmorsäule hervor und verbeugte sich leicht vor ihr.

„Bassam bat mich, dich zu begleiten und dir bei der Suche zu helfen. Wollen wir?" Er zeigte mit einer auffordernden Geste in Richtung der ummauerten Obstgärten, in denen Estrella oft mit Hafsa spielte.

Diese reagierte schneller und überlegter, als er es sich erhofft hatte. „Gewiss, Asirem, ich hatte bereits Sorge, dass das Schmuckstück in falsche Hände gelangen könnte, es ist eine Erleichterung, dich bei mir zu wissen. Vier Augen entdecken sicherlich mehr als nur zwei."

Asirem jubelte, wenn auch nur innerlich. Zum einen über die kluge Reaktion der Frau, zum anderen darüber, allein mit ihr in den Obstgärten zu sein. Er schämte sich fast ein wenig für den zweiten Gedanken, aber er konnte nicht anders. Sie sah auch heute wieder absolut bezaubernd aus in ihrem roten Gewand mit den zarten, gelben Schleiern. Dazu diese unbeschreiblich sanften Augen ... Er sollte sich unbedingt etwas mehr auf die drohende Gefahr und weniger auf den unbeschreiblichen Liebreiz seiner Begleiterin konzentrieren.

„Lass uns dort hinten beginnen, komm, wir suchen zusammen." Asirem lief mit großen Schritten in Richtung Mauer, jedoch nicht ganz, denn jederzeit konnte auf der anderen Seite jemand lauschen.

Ihre Stimme war laut und fest. „Die Kette sollte zu finden sein, sie glitzert, da sie aus kleinen Edelsteinen in Goldfassung und goldenen Regentropfen besteht." Estrella warf ihm einen scheuen Blick zu, der ihr sein Herz nur noch weiter öffnete. Gemeinsam und leicht gebeugt, immer wieder Blumen und Gräser beiseite biegend, begannen sie den Garten zu durchstreifen. Leise flüsternd versuchte er dabei, so schnell als eben möglich alles zusammenzufassen. Als er endete, waren sie etwa auf der Hälfte angelangt. „Hast du verstanden, in welcher Gefahr du und die Kleine schweben?"

***

Das hatte sie und es bestätigte ihre vagen Ahnungen und Eindrücke. Es machte ihr allerdings auch gehörig Angst.

„Asirem, du bestätigst mir etwas, das ich wohl schon ahnte, nur nicht wahrhaben wollte. Es erschien mir zu anmaßend, solch einen Verdacht auch nur zu hegen. Sie ist die Frau unseres Herrn, über jeden Verdacht, ja, über alles erhaben. Niemals hätte ich es gewagt, etwas zu sagen.“

Asirem schürzte ärgerlich die Lippen. „Niemand wagt es. Jeder scheint sie zu fürchten. Sie hat Schreckliches getan und niemand sagt auch nur ein Wort. Sei es aus Furcht um das eigene Leben oder um das seiner Lieben. Sei wachsam, Estrella, ich denke, wir kommen voran, jeden Tag ein Stück und sei es auch nur ein kleines. Achte auf die Prinzessin, aber ich bitte dich, achte auch auf dich, versprich es mir, ja?“

Seine Worte ließen sie ihre Furcht beinahe schon vergessen. Er sorgte sich um sie. Ein warmes Gefühl breitete sich in ihrem Herz aus und hüllte es in eine Wolke aus Glück. Sie bückte sich und ließ ihre Hand durch das Gras gleiten, versuchte so, ihre Gefühle zu verbergen. Fragen aber musste sie ihn und das jetzt und hier, es duldete keinen Aufschub mehr. „Asirem, bitte sag mir, was ich an deinem ersten Tag im Palast falsch gemacht habe. Du schienst sehr zornig auf mich zu sein.“

Der junge Berber zog sichtlich erheitert die Brauen hoch. „Du hast nichts falsch gemacht, du warst lediglich nicht die, die ich glaubte, vor mir zu haben.“

Das war verwirrend. „Das verstehe ich nicht, wie meinst du das?“

„Ich dachte, ich hätte Hafsas alte Erzieherin vor mir, ich wusste doch nicht, wie du aussiehst, geschweige denn, dass du erst seit so kurzer Zeit hier warst. Ich dachte, du seist diese Maha. Vergib mir, aber das war einzig meine Schuld."

Erneut überrollte sie eine Welle der Erleichterung. Ein Missverständnis, nichts anderes. Er war nie zornig auf sie gewesen, er hatte sie nie verachtet. Als sie den Kopf hob, um ihm zu antworten, entdeckte sie am anderen Ende des Gartens Yusuf, der sie eindeutig fragend musterte. „Sei achtsam, der Wächter beobachtet uns," raunte sie Asirem zu.

Der reagierte schnell und überlegt. Er ließ die Kette, die Bassam ihm anvertraut hatte, zwischen die Blumen gleiten.

„Estrella, hier ist sie. Deine Sorge war umsonst. Alles ist gut, hier, bitte, nimm die Kette und bring sie unserer Prinzessin zurück."

Dankbar lächelnd ergriff sie das Schmuckstück. „Ich danke dir für deine Hilfe, Asirem. Ich hatte große Angst, dass sie verloren sei. Nun kann ich beruhigt zurück zu meinem kleinen Engel."

„Das kannst du. Ich war gerne zu Diensten." Er verbeugte sich leicht vor ihr und sie vernahm sein Flüstern. „Ich flehe dich an, sei wachsam, ich bitte dich."

Um zurück in den Palast und den Frauenflügel zu kommen, musste sie an Yusuf vorbei. Der schien nachzusinnen, was er da soeben beobachtet hatte, aber da sie ihn höflich grüßte, blieb ihm keine Wahl, als ihren Gruß zu erwidern. Sie ging eiligen Schrittes weiter und betrat die schützenden Mauern. Zumindest hoffte sie, dass sie hier geschützt war. Bassam hatte Hafsa einer

Dienerin übergeben, zu der er offenbar Vertrauen hatte.

Die Kleine aß soeben etwas Cous Cous mit Gemüse und strahlte ihr glücklich entgegen. „Estrella, Bassam sagte, ihr sucht etwas im Garten. Hab ich was verloren?"

Sie wollte das Kind nicht belügen, zumindest soweit möglich. „Mir war aufgefallen, dass deine schöne Kette nicht mehr an ihrem Platz lag, ich war besorgt, dass wir sie im Garten beim Spiel verloren haben. Dem war auch so. Asirem hat sie gefunden."

Hafsa schob sich eine Handvoll Cous Cous in den Mund und kaute sichtlich zufrieden. „Asirem mag ich. Er ist lieb."

Estrella setzte sich zu ihrem dampfenden Teller und begann ebenfalls zu essen. „Ja, das ist er. Sehr lieb." Wenn Hafsa wüsste, wie es derzeit in ihr aussah, das aber behielt sie lieber für sich. Ihr fehlten im Moment die Worte, um ihre Gefühle für den Berber auch nur annähernd zu beschreiben.

Später, als sie das Kind zu Bett gebracht und ihre Arbeiten erledigt hatte, saß sie nachdenklich auf der marmornen Fensterbank und blickte in den von Fackeln erleuchteten Hof hinab. Es wunderte sie selbst, dass sie angesichts der Neuigkeiten so ruhig bleiben konnte. Waren es Neuigkeiten gewesen? Wenn sie gründlich überlegte, so hatte sie sich jeden Tag mehr über Kirans seltsame Gewohnheiten gewundert. Wie oft war sie hier durch die Gänge gehuscht? Wie oft hatte sie die schöne Frau des Sheiks in sichtlich angespannten Gesprächen mit Bediensteten entdeckt? Wie oft war Kiran scheinbar aus dem Nichts aufgetaucht, wenn sie mit

Aiza, Bassam oder jemand anderem gesprochen hatte? Selbst, als die Dame Alba zu Besuch hier war, hatte sie das Gefühl gehabt, Kiran hätte oben am Fenster gestanden. Alles Zufälle? Sie mochte nicht mehr daran glauben.

Asirems Bericht, dass Kiran hinter Anschlägen auf die Kleine steckte, machte sie fassungslos. Maha war Kirans Verbündete gewesen, wohl lediglich zu tumb, um die Pläne der Herrin umzusetzen. Darum hatte sie sterben müssen. Asirem war noch in der Lage gewesen, sie vor den Speisen aus der Küche zu warnen. Aber was sollte sie tun? Ihr Blick fiel auf die leer gegessenen Teller mit dem Abendessen. Ebenso gut hätte auch dies hier mit Gift oder etwas ähnlich Schädlichem versetzt sein können. Nachdenklich ruhte ihr Blick auf einer der edlen blauäugigen Katzen, die überall im Palast zu finden waren. Ihre eigenen Gedanken wollten ihr überhaupt nicht gefallen, aber lieber die Katze als das Kind oder sie. Im Geiste bat sie das hübsche Tier um Vergebung, ihr blieb aber wohl in Zukunft kaum eine andere Wahl.

29.

Marrakesch, Palast Ahmets

Gelangweilt wickelte Kiran sich eine Strähne ihres langen Haares um den Finger. „Es ist mir einerlei, was dein Bruder denkt. Allerdings hat er wohl in einem recht. Noch ein Toter aus unerklärten Gründen wäre gefährlich. Noch dazu, da ich jetzt den Verdacht hege, dass dieser Berber ein Spion ist. Er schleicht mir zu viel um Hafsas Kinderfrau herum, ich bin sicher, er versucht ihr zu entlocken, ob sie etwas weiß."

Yusuf schüttelte den Kopf. „Aber Herrin, welch seltsamer Gedanke. Der Junge ist fast nur bei den Pferden. Er isst ja sogar im Stall. Lediglich vor zwei Tagen, bei dem großen Fest zu Euren Ehren, hat er ihr im Garten geholfen, ein Schmuckstück zu finden, das die Kleine dort verloren hatte. Zuvor habe ich die beiden niemals zusammen gesehen."

Kiran stieß einen zornigen Laut aus. Also bestätigte sich ihr Verdacht, den dieser dumme Wächter nicht verstand. Diese Katalanin versuchte also nicht nur Ahmet zu betören, offenbar war ihr der Sheik nicht genug, sie warf ihre Netze auch bei dem jungen Asirem aus. Kiran hatte so sehr gehofft, ihn für sich gewinnen zu können. Er schien klug und gewitzt zu sein, weit mehr als die meisten, die ihr hier im Palast hörig waren. Sie musste handeln. Diese Schlange aus Al-Andalus könnte ihre Pläne vereiteln, so sie die Gelegenheit dazu bekam. Kiran gedachte nicht, es so weit kommen zu lassen.

Sie ging unruhig im Raum auf und ab, sie musste eine Entscheidung treffen und das jetzt. Yusuf fürchtete sich zu sehr vor ihr, um sich zu widersetzen, geschweige denn, sie zu verraten. Nein, kein Gift mehr, etwas viel Besseres, etwas, das niemals auf sie zurückfallen würde. Lächelnd wandte sie sich dem Wächter zu. „Meine Entscheidung steht fest. In zwei Tagen wird Ahmet zu seinem Bruder reiten. Ich werde ihn begleiten, da der Sultan mich persönlich eingeladen hat. Wenn ich zurückkomme, sind Hafsa und diese Teufelin im Körper eines Engels verschwunden. Dein Gedanke mit der Wüste, in der bereits zahllose Menschen ihr Ende fanden, begeistert mich mehr und mehr."

Yusuf wirkte unglücklich, verbeugte sich jedoch tief vor ihr. „Ja, meine Herrin. Ich werde alles in die Wege leiten. Estrella wird Euch nie wieder Kopfzerbrechen bereiten."

***

Magrin senkte den Kopf noch etwas mehr. „Ich reite dann in zwei Tagen los. Ich hoffe, ich kann alles im Kopf behalten, was du mir berichtet hast. Soll Hischam sofort zurückkommen?"

Asirem wehrte erschrocken ab. „Nein, auf keinen Fall. Er soll bitte warten, bis Hafsa und Estrella in Sicherheit sind."

„Ich verstehe nicht ganz, warum. Käme er jetzt mit unseren Männern zurück, könnte er Kiran doch sofort anklagen.“

„Du denkst zu einfach, mein Freund. Du musst dich in die Gedanken dieser mörderischen Viper versetzen. Sie ist derzeit schier unantastbar, sie trägt Ahmets Kind unter dem Herzen und spielt ihm die zutiefst ergebene Ehefrau vor. Ihre Schönheit allein lässt die Männer erblinden für ihre Bosheit. Käme Hischam nun zurück, könnte sie nicht nur Bassam schweren Schaden zufügen, sondern – einmal in die Enge getrieben – sogar ihre Drohung wahrmachen und seine Kinder töten.“

Magrin schüttelte sich. „Ich danke, aber ich glaube, ich verzichte darauf, mich in die Gedanken dieser Frau hineinzuversetzen. Das bedeutet, ihr wollt sie entlarven, sodass sie eindeutig als das dasteht, was sie nun einmal ist? Eine Mörderin.“

Asirem zuckte die Schultern. „So ist zumindest derzeit der Plan. Bassam muss höllisch darauf achten, dass nichts in falsche Ohren gerät. Noch wissen wir nicht von allen, die sie auf ihre Seite gezogen hat. Lediglich von Yusuf, seinem Bruder, die beiden Wächter, die Hafsa im Park hätten ertrinken lassen, Kirans Dienerin, die ihr hörig ist, und die Tochter der Köchin.“

Magrin schnaubte ärgerlich. „Als ob das nicht genügen würde.“

„Wahre Worte, mein Freund, wahre Worte.“

***

„Ich hatte noch nie in meinem Leben so viele Leibwächter um mich.“ Tia Alba schien sich fast schon zu fürchten vor so viel Präsenz der Leibgarde des Sheiks. Sie waren gemeinsam zum Markt aufgebrochen, wo für heute eine Schauspieltruppe angekündigt war, die Märchen für Kinder aufführte. Zwar war Ahmet zuerst der Auffassung gewesen, man möge die Truppe in den Palast bringen, um Hafsa und alle anderen zu unterhalten, Estrella jedoch wollte der Kleinen so viel Normalität wie irgend möglich angedeihen lassen.

Sie hatte versucht, es dem Sheik so gut als möglich zu erklären und seine Bedenken zu zerstreuen. „Mein Herr, soll sie denn stets abgeschottet hinter Mauern leben? Bitte vertraut mir, ich bin nicht Maha. Mit Bassams Männern, und mit Tia Alba, die Kinder so liebt wie ich, wird Hafsa einige schöne unbeschwerte Stunden verbringen. Ich schwöre Euch, mein Herr, ich werde die Hand meines Engels nicht loslassen.“

Ahmet hatte gelächelt und ihr über das Haar gestreichelt, wie er es schon oft getan hatte. „Ich vertraue dir, Estrella Jiménez. Eine Frage, die ich mir schon lange stelle: Vermisst du das Meer? Du bist an den Ufern des Meeres groß geworden, es muss ein Teil deines Lebens gewesen sein. Nun verdammen wir dich zu einem Leben in Sand und Hitze.“

Sie war verwundert. Niemals wäre ihr in den Sinn gekommen, dass der Sheik solche Gedanken hegte. Aber es freute sie, dass er offenbar nicht so auf sich bezogen war, wie Viele behaupteten. Er hatte eindeutig viele gute Eigenschaften. Ganz im Gegensatz zu seiner Zweitfrau.

„Ich danke Euch für Eure Sorge, mein Herr. Ja, ich gestehe ein, dass das Meer mir fehlt. Das Rauschen seiner Wellen, der Strand mit seinen Muscheln und Steinen, die Kühle des Wassers, wenn man hineinwatet, die Schwerelosigkeit, wenn man sich von den Wogen treiben lässt. Aber ich bin glücklich hier. Eure Tochter ist so ein liebes, bezauberndes Wesen, dass ich mich immer an meine Schwestern erinnert fühle. Die Herrin Aiza ist stets sehr liebenswürdig zu mir und sorgt so sehr für mich. Dank Eurer Großzügigkeit darf Tia Alba mich besuchen und, hier zu leben, ist ein Geschenk. Es geht mir gut, mein Herr, und ich danke Euch dafür." In Gedanken dankte sie ihm zusätzlich dafür, Asirem eingestellt zu haben. Tag und Nacht verfolgte sie der feurige Blick des Berbers und diese Art der „Verfolgung" gefiel ihr außerordentlich.

Heute, hier auf dem Markt am frühen Nachmittag, fühlte sich Estrella sicherer als im Palast. Seit Asirem sie beiseite genommen und ihr in kurzen Sätzen berichtet hatte, was Bassam und er wussten und weiterhin befürchteten, war ihr unwohl, wenn sie durch die Gänge eilte. Sie wich Kiran aus, wo immer sie konnte. Allerdings war die Frau derzeit fast immer in der Nähe des Sheiks.

Die Nachricht, dass sie ein Kind erwartete, war für Ahmet offenbar wie ein Sonnenstrahl an einem dunklen Tag gewesen. Er trug Kiran auf Händen und sie genoss es sichtlich. War sie zu Anfang sehr freundlich zu ihr gewesen, ertappte Estrella sie nun des Öfteren dabei, wie sich Hass in ihren Blick mischte. War sie zornig, weil sie es war, die nun auf Hafsa achtete? Wollte Kiran der Kleinen tatsächlich etwas antun, so wie

Bassam und Asirem glaubten? Einem unschuldigen Kind?

Vor Yusuf sollte sie sich in Acht nehmen und darauf achten, nichts zu sich zu nehmen, was nicht von der neuen Dienerin zu ihr gebracht wurde, von der sie wusste, dass es Daryas Schwester war. Ansonsten konnte sie bei gemeinsamen Mahlzeiten mit Ahmet, A-iza und anderen wohl alles von der Tafel essen, da Kiran Ahmet niemals ein Leid antun würde. So hofften zumindest Asirem und Bassam.

Sie schüttelte die unschönen Gedanken ab und genoss gemeinsam mit der Prinzessin und Tia Alba das sehr amüsante Schauspiel.

Nach der Aufführung kaufte Tia Alba der Kleinen noch einige zuckersüße Backwaren. „Sie ist ein kleines Kind und kleine Kinder lieben das.“

Hafsas strahlende Augen gaben der Dame recht.

„Und du, meine Liebe, wie ergeht es dir mittlerweile? Bist du zufrieden? Ich wage kaum zu fragen, ob du glücklich bist.“

Estrella lächelte. Zum einen, weil Hafsa einfach zu bezaubernd aussah mit dem verschmierten Mund und dem glücklichen Gesicht, zum anderen, weil Tia Alba nicht ahnen konnte, wie es in ihr aussah. „Meine liebe Tia Alba, ich bin glücklich, zumindest glaube ich das. Das Gefühl, das ich empfinde, wenn ich Asirem begegne ... Die Wärme, die durch meinen Körper strömt, wenn er mich ansieht und dabei lächelt, das Kribbeln meiner Haut bei jeder zufälligen Berührung sind für mich wie ein Geschenk. Es verwirrt mich, teils ist das Gefühl so stark, dass es mich ängstigt, und doch möchte ich es nie wieder missen. Ach, Tia Alba, mir graut vor dem Gedanken an den Tag, an dem Asirem zurück zu seinem Clan geht und uns verlässt. Ich weiß, dass ich nichts sagen darf, dass ich nichts sagen kann. Es hat in Almuñecar so lange gedauert, ehe Edmondo seine Gefühle mir gegenüber zugegeben hat, was, wenn ich mir das alles nur einbilde und Asirem einfach nur freundlich sein will?"

„Kind, das klingt in meinen Ohren nicht nach purer Freundlichkeit von Seiten des jungen Mannes. Er mag – so wie die Berber nun einmal sind – in Sachen Gefühle etwas, nennen wir es, zurückhaltend sein, doch hab Vertrauen in dich, glaub an dich. Estrella, du bist eine wunderbare junge Frau. Wie könnte er dich sehen und sich nicht zu dir hingezogen fühlen? Gut, ich kenne dich so lange Zeit, dass ich in dieser Richtung voreingenommen sein mag, aber sei's drum, du bist etwas Besonderes. Sagtest du nicht, dass auch er bei eurem ersten Aufeinandertreffen wie verzaubert schien?"

Estrella zog einen Schmollmund. „Ja, um mich kurz darauf mit seinen Blicken zu erdolchen."

Alba seufzte. „Was sich im Nachhinein als dummes Missverständnis herausstellte. Verbanne das aus deinen Gedanken, und zwar schnell. Glaub an das Gute, glaub an dich, meine Estrella."

Die Dame begleitete sie und Hafsa noch bis zum Palast und wurde dort von zwei Dienern Asmaras in Empfang genommen, die sie nach Hause geleiteten. Wie immer war für Estrella das Gespräch mit der klugen und besonnenen Dame eine Wohltat gewesen. Allerdings war es leichter, es auszusprechen, als es zu tun. An sich glauben. Ja, sie wusste um das, was sie konnte, was sie tat, was sie bewirkte, aber genügte das, um einen so wundervollen Mann wie Asirem für sich zu gewinnen? Es half alles nichts, sie musste abwarten, was die Zeit mit sich brachte.

Vorerst aber musste sie die ebenso glückliche wie klebrige Prinzessin ganz dringend baden. Lachend strebte sie mit dem Kind nach oben, um ihren Gedanken Taten folgen zu lassen.

***

Der sanfte Abendwind trug den betörenden Duft des Jasmin, der neben ihnen an der Mauer emporrankte, durch den Innenhof.

„Der Sheik wird mit mir und unserem Gefolge kurz nach Sonnenaufgang aufbrechen, um beizeiten bei seinem Bruder, dem Sultan, einzutreffen." Die Vorfreude klang aus Kirans Stimme, aber auch die tödliche Entschlossenheit bezüglich ihres Planes. „Aiza fühlte sich heute, wie schon längere Zeit, nicht wohl und wird folglich in ihren Räumen bleiben. Diese hinterhältige katalanische Schlange wird gewiss mit unserer Kleinen in den Gärten sein. Sie liebt es, im Freien mit ihr zu spielen. Du wirst dich nicht blicken lassen. Ich habe vernommen, dass Ahmet Bassam anwies, uns zu begleiten. Er ist sichtlich in Sorge um mich und mein Wohlergehen, ebenso natürlich um meine Sicherheit. Du wählst die Männer, die unseren Plan umsetzen, mit Bedacht, hörst du?" Ein böses Lächeln umspielte ihre Lippen. „Ich dulde hier keinen Fehlschlag. Mittlerweile geht es mir vor allem darum, dieses Mädchen zu beseitigen. Sie scheint mir eine Hexe zu sein, so sehr verzaubert sie alle in ihrer Umgebung. Bei mir gelingt ihr dies nicht, ich erkenne ihr wahres Ich, ich erkenne das Böse, wenn ich ihm gegenüberstehe."

Yusuf verbeugte sich vor Kiran. „Ja, meine Herrin, Ihr werdet keinerlei Anlass zur Klage haben, das verspreche ich."

„Es wäre besser für dich, du weißt, was dich und die Deinen erwarten würde." Kiran blickte sich aufmerksam um. „Ich setze nun meinen Spaziergang fort. Ich muss auf mich achten, um dem Sheik einen gesunden Sohn zu schenken. Das verstehst du doch, nicht wahr?"

Ja, er verstand. Er verstand alles, die Drohungen, die Bosheit, den Hass. Mochte sie ihn lange Zeit mit ihrer engelsgleichen Schönheit geblendet haben, so erkannte er nunmehr den Schaitan hinter dem schönen Antlitz. Nur ändern konnte er inzwischen nichts mehr. Zu tief war er in ihre Machenschaften geraten. Sein eigener Bruder würde wahrscheinlich seine Frau eher vergiften als Kiran. Der Satz „Ich erkenne das Böse, wenn ich ihm gegenüberstehe" machte ihn fassungslos. An der armen Estrella war nichts Böses, rein gar nichts. Über so viel Menschenkenntnis verfügte er dann doch noch. Wobei …

Er zog den Kopf zwischen die Schultern und lief in Richtung Hammam, wo er die beiden Verbündeten Kirans wusste. Ihm war bewusst, dass die Frau ihnen versprochen hatte, sie zu ihren persönlichen Leibwächtern zu berufen, sobald sie sich ihren Platz an Ahmets Seite gesichert hatte. Darauf hofften die beiden und darauf, der schönen Sheik-Gemahlin noch näher zu sein. Welch ein Irrsinn. Er hatte Aiza stets hochgeschätzt. Die kluge, liebenswerte und edle Erstfrau des Sheiks hatte weder ihm noch einem der anderen jemals Grund zur Klage gegeben und doch würden diese tumben Kerle sie auf Kirans Befehl sofort beseitigen. Was konnte er tun? Vorerst lediglich das eine: den sicheren Tod Estrellas und der kleinen Prinzessin zu verhindern, soweit es irgendwie in seiner Macht lag, ohne dass Kiran Verdacht schöpfte.

***

Der Palast erwachte sehr früh zum Leben. Dieser Tag war wunderschön. Es hatte in der Nacht geregnet und nun leckte die Sonne an den verbleibenden Pfützen und den noch nassen Pflanzen. Glitzernde Wassertropfen hingen an Blütenblättern und funkelten in der Morgensonne. Ahmet war bereits bei Sonnenaufgang samt Kiran und dem gesamten Gefolge aufgebrochen. Estrella hatte den eindrucksvollen Sheik und Bassam beobachtet, wie sie die Pferde und Kamele in Augenschein nahmen und offenbar sehr zufrieden waren. Kein Wunder. Asirem sorgte vorbildlich für die Tiere, das hatte selbst der kritische Bassam mehrmals geäußert. Nun waren sie fort und Estrella fühlte sich erleichtert, ja, geradezu befreit. Die Abwesenheit Kirans ließ sie aufatmen. Mit der Frau war auch die Bedrohung verschwunden, zumindest für eine kleine Weile.

Daryas Schwester brachte ein köstliches Frühstück für sie und das Kind und nachdem sie die Kleider für den heutigen Tag herausgelegt hatte, weckte sie die noch selig schlummernde Hafsa.

„Komm, meine Süße, wir genießen unser Frühstück, dann kleiden wir dich an und nehmen unsere Bücher mit in den Garten. Ich lese dir einige Geschichten vor, möchtest du das?“

Natürlich wollte Hafsa und so eilten sie keine Stunde später bereits hinaus in den herrlichen Wintertag, der so anders war als in ihrer Heimat. Wärmer und doch entbehrte er der allgegenwärtigen Hitze, die im Sommer hier herrschte. Durch den nun öfter fallenden Regen waren die Gärten grün und Blumen, die anderswo im Winter ihre Blätter und Blüten versteckten, blühten prachtvoll und verströmten einen betörenden Duft. Sie spazierten an diversen Blumenbeeten vorüber und Hafsa pflückte eine der üppigen Blüten und steckte sie sich übermütig in die schwarzen Locken. Als dann noch Asirem auftauchte, der einen schwarzen Hengst am Zügel führte, konnte dieser Tag kaum mehr schöner werden.

„Estrella, so früh schon unterwegs? Was treibt dich denn hinaus in den Winter?“

Sie musste lächeln. „Winter? Dies ist kein Winter, Asirem. Winter ist, wenn in den Höhen der Sierra Nevada Schnee liegt, wenn der Wind die Kälte bis hinab nach Granada trägt und die Menschen in ihren Häusern Feuer entfachen, um der Kälte Herr zu werden.“

Asirem zog eine sehr lustige Grimasse. „Schnee? Ich habe noch nie in meinem Leben Schnee erlebt. Nur aus der Ferne, wenn ich es mir recht überlege. Ab und an, wenn ich nahe genug herankomme, dann sehe ich ihn. Weiße Felder an den Hängen des Atlasgebirges. Es sieht sehr beeindruckend aus, wenn dann die Sonne darauf scheint, alles glänzt und funkelt. Aber ich gebe zu, ich mag es eher warm und trocken.“

Nun war sie es, die schmunzelte. „Aha, ein Wüstenkind, nicht wahr? Vertraue mir, Asirem, du solltest unbedingt einmal mein Meer sehen. Warm ist es dort auch, nur eben nicht trocken. Es ist herrlich, am Strand entlangzulaufen, mit den bloßen Füßen im Meerwasser, wenn die Wellen an deinen Knöcheln lecken und du mit jeder Welle, die sich langsam zurückzieht, etwas weiter in den Sand einsinkst. Du kannst das Salz in der Luft riechen und im Winter die Feuchtigkeit in dieser Luft beinahe mit Händen greifen. Hast du schon einmal den Sonnenuntergang am Meer erlebt? Er ist unbeschreiblich schön.“

Asirem musterte sie lange und mit nachdenklichem Blick. „Estrella, bitte denke nicht, dass ich dich bedrängen möchte, aber vielleicht sollten wir eine Abmachung treffen. Du begleitest mich zu meiner Familie und ich zeige dir in nächster Zukunft den Sonnenuntergang in der Wüste und du lässt mich wissen, wie du ihn empfindest. Ich hingegen verspreche dir, dass ich dich eines Tages in deine Heimat begleite und mit dir gemeinsam an deinem Meer entlanglaufe. Und dort zeigst du mir dann deinen Sonnenuntergang. Was denkst du? Ist das ein Vorschlag, der deine Zustimmung finden könnte?“

Ihr Herz tat einen solch heftigen Satz in ihrer Brust, dass sie kurzfristig kaum mehr zu atmen vermochte. Schlug er ihr gerade vor, dass sie mit ihm gemeinsam zu seinem Clan reisen sollte, um die von ihm so geliebte Wüste zu erleben? Und war das ferner das Versprechen gewesen, dass er mit ihr gemeinsam in ihre Heimat reisen würde? Sie konnte es kaum glauben, war das gerade tatsächlich geschehen? Hatte Asirem das wirklich gesagt? Wie glücklich konnten einige wenige Sätze sie machen? Sie hatte ihre liebe Not, die Freudentränen zurückzudrängen.

Es dauerte eine gefühlte Ewigkeit, ehe sie sich soweit im Griff hatte, dass sie ihm vernünftig antworten konnte. „Ich bin verwundert und erfreut. Ja, Asirem, das würde mir gefallen. Ja, es würde mir, so denke ich, sogar sehr gefallen." Endlich hatte sie es ausgesprochen, endlich ihre dumme Furcht überwunden.

Asirems Gesicht nach diesen Worten zu sehen, löste die nächste Welle an Glücksgefühl aus. Er strahlte mit der tiefstehenden Wintersonne um die Wette und nickte.

„Das zu hören, freut mich sehr, Estrella. Ich hoffe, dass du dich bei uns wohlfühlen wirst. Mir läge sehr viel daran. Vor allem meine Schwester, dieses widerspenstige Wesen, dürfte deinen Gefallen finden. Nun aber muss ich meine Pflicht erfüllen. Genießt den heutigen Tag, mag auch Bassam nicht anwesend sein, so denke ich, dass es heute ganz besonders sicher im Palast sein wird. Solltest du mich brauchen, lass mich jederzeit rufen. Ich bin immer für dich und den kleinen Wildfang da, ich möchte, dass du das weißt." Er nickte ihr noch ein letztes Mal freundlich zu, lächelte und stapfte dann mit dem schönen Pferd davon.

Estrella war sprachlos. Was geschah hier? Wie glücklich konnte man sein? Es schien ihr unmöglich, dass sie sich in ihrem Leben jemals glücklicher fühlen könnte als in diesem Augenblick, hier im Garten des Palastes.

„Estrella, Asirem mag dich. Aber ich mag dich auch! Liest du mir jetzt vor, bitte?" Hafsas Stimme barg lediglich einen Hauch von Anklage. Sie schloss die Prinzessin fest in ihre Arme.

„Hafsa, mein Engel, heute tue ich alles, was du dir wünschst, wirklich alles!"

Die Kleine runzelte sichtlich nachdenklich die Stirn. „Alles?"

Sie lachte und drückte das Kind noch einmal an sich. „Sofern es in meiner Macht steht."

„Ich überlege mir was. Aber jetzt liest du."

Sie konnte förmlich sehen, wie es hinter der Kinderstirn zu arbeiten begann. Ob sie ihre Aussage nicht doch noch einmal überdenken sollte?

***

Estrella streckte den vom Sitzen schmerzenden Rücken durch. Seit gefühlten Stunden las sie Hafsa nun schon aus deren Lieblingsbüchern vor. Langsam bekam sie allerdings Hunger. „Liebes, hast du denn keinen Appetit? Wollen wir etwas essen? Ich könnte uns in der Küche etwas zubereiten lassen."

Hafsa sah das gänzlich anders. „Ich hole uns Orangen, dann können wir sie essen und müssen nicht zurück ins Haus. Warte hier, ich kanns allein." Schon war Hafsa auf und davon.

Ab und an war es schwer, die Kleine zu bändigen, aber da sie ansonsten ein wirklich liebenswertes Kind war, entschloss sie sich, darüber hinwegzusehen. Estrella griff erneut nach dem wunderschön bebilderten Buch und suchte nach der nächsten Geschichte. Heute fiel ihr alles leicht, heute bereitete ihr auch alles Freude. Wenn man nichts außer reiner Freude im

Herzen hatte, dann vermochte rein gar nichts, diese zu trüben.

„Ighatha min fadhlak!! Estrella!"

Hafsas Stimme klang so entsetzt, so erschrocken, dass ihr schier das Blut in den Adern gefror. Die Kleine rief verzweifelt um Hilfe. Es konnte niemand außer ihr in dem Garten sein. Sie ließ das Buch fallen, rappelte sich auf und rannte los, so schnell sie konnte. Der Torbogen, der zum Orangenhain führte, verhinderte den Blick auf die Kleine. Erschrocken dachte sie an Skorpione, an eine Giftschlange oder ähnlich Bedrohliches. Sie umrundete die Mauer zum Obstgarten und das letzte, das sie erblickte, waren ein Paar schwarzer Augen, dann wurde es dunkel um sie.

***

„Sie sollte längst wieder zu sich gekommen sein. Musstest du so fest zuschlagen? Es ist nur ein junges Mädchen."

Isaia blickte zu der noch immer bewusstlosen Kinderfrau, die festgebunden und in sich zusammengesunken auf dem Kamel saß. „Die überlebt schon, wobei es eigentlich nicht wichtig ist, wo und wann sie letztendlich stirbt."

„Du hast sie tot gemacht. Du bist ein böser Mann." In der Stimme der Prinzessin konnte man die Tränen hören, die sie seit über einer Stunde weinte. Ihre Augen waren geschwollen und an ihren Wangen zeigten sich noch die roten Striemen, die der Knebel verursacht hatte.

Aber sie konnten nicht zulassen, dass das Kind nochmals um Hilfe rief. Mochten auch fast alle fort oder beschäftigt sein, so war der Hilferuf eines Kindes immer gefährlich. Außerdem war Eile geboten gewesen. Dieser Berber war mit einem Pferd weggeritten, niemand konnte ahnen, wann er zurückkehren würde. Allah sei Dank, waren sie ungesehen aus dem Palast gekommen, ihre Gefangenen als in Tücher gewickelte Bündel gut versteckt. Nun ritten sie seit geraumer Zeit bereits weit von Marrakesch entfernt durch die ersten Ausläufer der Wüste. Isaia kannte sich aus. Einst hatte seine Familie hier gelebt, er kannte die Wüste und er liebte sie. Dennoch war ihm das bequeme Leben im Palast bei Sheik Ahmet lieber. Würde nun noch die Herrin ihre Versprechen wahrmachen, dann sähe sein Leben in Zukunft sehr angenehm aus. Er hörte das leise Stöhnen erst nach einer Weile, so sehr hing er seinen schönen Gedanken nach.

Husseins Stimme riss ihn gänzlich aus seinen Tagträumen. „Nun mach ihr schon den Knebel ab. Hier kann sie keiner mehr hören. Los, ehe sie uns erstickt."

„Ja, schon gut, beruhige dich, halt du lieber das Kind fest. Ich traue ihr zu abzuspringen." Isaia warf der trotzig dreinblickenden Hafsa einen prüfenden Blick zu.

Die aber war von Husseins Armen fest umschlungen und konnte sich kaum bewegen. Etwas beruhigter brachte er sein Kamel neben das Estrellas und hielt es weiterhin am Zügel fest. „Ah, aufgewacht. Tut mir leid mit dem Schlag, aber ich musste dich bewusstlos schlagen, das verstehst du doch?" Er sah, dass die junge Frau antworten wollte, jedoch nicht dazu in der Lage war. Offenbar gehorchte ihr ihre Zunge noch nicht. „Sei am besten einfach still. Warte." Er holte seinen Wasserschlauch hervor, öffnete ihn und setzte ihn an Estrellas aufgeplatzte Lippen. „Da, trink, das hilft."

Das Mädchen trank, würgte kurz heftig, schaffte es dann aber zu schlucken.

Er musterte sie neugierig. Kiran war angeblich eifersüchtig auf sie. Jetzt, da er sie aus der Nähe sah, begann er zu verstehen, warum. Selbst wenn er es ungern eingestand, sie war wirklich bezaubernd. Ihre ausdrucksstarken, leicht schräg stehenden mandelförmigen Augen, die nun voller Furcht zu Hafsa blickten, ihr schönes, von wirren dunklen Locken, die sich aus ihrer Frisur gelöst hatten, umrahmtes Gesicht, die zarte, leicht getönte Haut – all das ließen ihn ahnen, wie sie auf Kiran wirken musste. Klug war sie auch noch, so hatte er reden hören, und mutig. Sie war es schließlich auch gewesen, die Kirans und seinen Plan auf dem Kamelmarkt zunichte gemacht hatte. Er kam nicht umhin, Respekt für die Frau zu empfinden, die auch jetzt weder jammerte noch klagte, sondern sich sichtlich um ihren Schützling sorgte. Zwar würde er sie wohl nie wiedersehen, aber aus irgendeinem Grund war es ihm plötzlich wichtig, dass sie ihn nicht erkannte. Wie zufällig zog er die schützende Stoffbahn seines Turbans höher, sodass sie lediglich seine Augen sehen konnte.

Sie mussten sich beeilen, mussten schneller vorwärtskommen, sonst würde man sie einholen können, sollte ihr Verschwinden bereits aufgefallen sein. Nun, da das Mädchen wieder bei Bewusstsein war, sollte das machbar sein.

„Hör zu, wir müssen schneller sein. Halt dich fest, versuch nichts, was mich zwingen würde, dir noch einmal ein Leid zuzufügen. Hast du mich verstanden? Hussein wird dem Kind nichts antun, falls du das wissen willst." Er sah das hoffnungsvolle Aufblitzen in Estrellas Augen und fast schon schämte er sich. Nein, sie würden ihnen nichts antun, sie würden sie lediglich zum sicheren Tod verdammen.

***

Der Palast und die Gärten lagen in vollkommener Stille vor ihm. Asirem brachte das Pferd zurück in den Stall. „Na, mein Großer, zufrieden? Hast du dich für heute genug bewegt?" Sanft streichelte er die samtweichen Nüstern des Hengstes. „Mögest du mir vergeben, falls ich heute ein klein wenig unkonzentriert war, aber Glück kann schon einmal ablenken, weißt du?" Als der Hengst den mächtigen Kopf schüttelte, so als verstünde er ihn, musste er laut auflachen. „Du kannst das nicht verstehen. Solltest du einmal eine wunderschöne Stute erblicken, dann versuche ich, es dir erneut zu erklären, was meinst du?"

Nun, da er schon einmal im Stall war, tränkte er gleich alle Tiere und fütterte die, die noch nichts bekommen hatten. Sich irgendwie ablenken, das war dringend vonnöten. Seit dem Gespräch mit Estrella war in ihm ein dermaßen übermächtiges Glücksgefühl, dass es ihn beinahe schon ängstigte. Sie hatte all seinen Vorschlägen, ohne auch nur mit der Wimper zu zucken, zugestimmt und er hatte es kaum fassen können. Sollte sie tatsächlich ebenso für ihn empfinden wie er für sie? Es war schwer zu glauben, sehr schwer. Vor allem, da offensichtlich selbst der Sheik ein Auge auf die schöne Frau geworfen hatte und das, obwohl seine geliebte Kiran mit seinem Kind schwanger war. Aber Asirem waren die kurzen, unbedacht erscheinenden, liebevollen Gesten keineswegs entgangen, mit denen Ahmet Estrella bedachte. Sich gemeinsam mit einem Sheik um eine Frau zu bemühen, das war ein gänzlich neues Gebiet für ihn. Ihm war bewusst, dass er sich zurückziehen musste, sollte Ahmet Ansprüche auf Estrella erheben. Der Gedanke wollte ihm so gar nicht behagen. Heute aber war der Sheik nicht im Palast und so hatte er am Morgen die Gelegenheit beim Schopf ergriffen und das, so wagte er zu behaupten, mit Erfolg.

Er sah noch kurz bei den Pferden nach dem Rechten, die in wenigen Tagen an einem Rennen teilnehmen sollten, ehe er den Stall verließ. Nachdenklich schlenderte er in Richtung Hammam. Sollte er sich ein Bad gönnen? Er sollte den Tag nutzen, der so wundervoll begonnen hatte.

Magrin war am frühen Morgen bereits aufgebrochen und würde, wenn er durchhielt, wovon er ausging, am Morgen des nächsten Tages im Lager eintreffen. So konnte er Hischam beruhigen, der sich wahrscheinlich vor Sorge um Mutter und Schwester verzehrte. Der zarte Duft nach Seife und Moschus umwehte seine Nase. Ja, ein Bad war eine gute Idee. Fröhlich und guter Dinge betrat Asirem das Badehaus.

***

Estrella hatte Schmerzen, starke Schmerzen. Ihr Kopf tat unbeschreiblich weh, pochte und brannte an der rechten Schläfe wie Feuer. Der Mann musste sie geschlagen haben, sodass sie das Bewusstsein verloren hatte. Sie versuchte fieberhaft, einen klaren Gedanken zu fassen. Ja, sie hatte Angst, das half ihr aber keinen Deut weiter. Viel wichtiger war, dass Hafsa, immer wieder weinend, vor dem anderen Mann im Sattel saß und sie ganz offensichtlich mitten in die Wüste ritten. Warum? Wieso brachte man sie hierher?

Beide Männer hatten ihre Kopfbedeckung so gut verschlungen, dass sie nur die Augen erkennen konnte, sie waren offenbar darauf bedacht, nicht erkannt zu werden. So ganz gelang das jedoch nicht. Estrella wusste, wer derjenige war, der zu ihr gesprochen hatte, der ihr Wasser gereicht und sie hatte trinken lassen. Sie betrachtete sich Menschen stets sehr genau, immer schon. Ihr Vater hatte einmal gesagt: „Sieh stets genau hin, du weißt nie, wann es wichtig sein könnte." So hatte sie auch die Männer in den Gärten, an den Pforten oder den Eingängen zu den diversen Palastflügeln immer genau angesehen. Daher wusste sie, wer hier neben ihr ritt: Isaia, einer aus Yusufs Truppe. Sie erkannte trotz des Turbans die winzige gezackte Narbe neben seinem linken Auge.

Sie waren mit vier Kamelen unterwegs. Jeder der Männer saß auf einem und sie ebenso. Das vierte war am Sattel des zweiten Reiters festgebunden. Warum? Die Schmerzen an ihrer Stirn bohrten sich wie ein feuriger Dolch in ihren Kopf und sie musste kurz die Augen schließen.

„Was ist mit dir? Du wirst mir aber nicht wieder ohnmächtig?"

Sie zwang sich die Augen wieder aufzuschlagen und wandte Isaia ihr Gesicht zu. Sie brachte noch immer nur ein Flüstern zustande. „Nein, mein Kopf schmerzt."

„Aha, aber dagegen kann ich leider nichts tun. Halt durch. Die Sonne geht bald unter. Im Dunklen wird es vielleicht besser für dich."

Sie nickte leicht und blickte wieder nach vorn. Man hatte ihr eine weiße Tunika übergezogen und sie trug einen dichten Schleier, der allerdings ihr Gesicht frei ließ. Selbst Hafsa hatten sie in ein viel zu großes weißes Gewand gehüllt. Es sollte sie wohl niemand erkennen können, nur weshalb? Hier in der Wüste war keine Menschenseele, niemand, dem sie hätten auffallen können oder der sie gar erkannt hätte. Was also fürchteten die Männer? Was hatten sie mit ihnen vor? So viel sie auch nachdachte, so viel sie auch grübelte und alles, was ihr in den Sinn kam, wieder verwarf, so sehr verfestigte sich ein Name in ihrem Kopf: Kiran!

Wie sehr wünschte sie sich, dass Asirem ihr mehr berichtet hätte. Nur er hatte das hier ja nicht ahnen können. Er hatte geglaubt, die Gefahr lauere hinter den Mauern des Palastes. So war sie zwar gewarnt gewesen, wusste aber nicht, wie weit die Frau gehen würde in ihrem Wahnsinn. Und bei einem war sich Estrella gewiss: Kiran musste wahnsinnig sein. Wie sonst sollte man sich ihre Wut auf ein unschuldiges kleines Kind erklären? Wie sollte man verstehen, dass sie wahrscheinlich dafür verantwortlich war, dass Aiza zwei Mal ihre ungeborenen Kinder verloren hatte? Kein normales Gehirn konnte derartige Grausamkeiten ersinnen. Und sie hatte Maha vergiftet, da sie versagt hatte, versagt, weil sie, Estrella, mutig genug gewesen war, Maha und das kleine Mädchen zu retten. Kein Wunder, dass Kiran zornig auf sie war.

Mochte es ihr auch schwerfallen, so zermarterte Estrella sich weiter den Kopf, auf der Suche nach Antworten. Ihr war nun auch noch übel. Mochte ihr das Schaukeln auf einem Kamel sonst nichts ausmachen, so war es in Verbindung mit den bohrenden Schmerzen in ihrem Kopf schier unerträglich. Sie wünschte sich, dass die Männer eine Rast einlegen würden, danach aber sah es nicht aus. Ganz im Gegenteil, sie schienen in größter Eile zu sein.

Sie und Hafsa bekamen noch mehrmals zu trinken, aber nichts zu essen und Halt wurde auch nicht gemacht. Dafür begriff sie, wozu das vierte Kamel gedacht war. Der andere Mann und Hafsa wechselten am späten Abend ihr Reittier, wahrscheinlich, um das erste zu entlasten und zügiger voranzukommen. Nur wenige Minuten rasteten sie zu diesem Zweck, ehe es sofort in unverminderter Geschwindigkeit weiterging. Sie verlor das Gefühl für die Zeit, konnte sich nur danach richten, dass es stockfinster war, also tiefe Nacht. Lediglich die Sterne und ein heute fahler Mond spendeten Licht. Estrella war unendlich müde und erschöpft, zwang sich aber mit aller Kraft, die Augen offen zu halten. Ihr durfte nichts entgehen, wer konnte wissen, was man mit ihnen vorhatte? Töten wollte man sie beide offenbar nicht, dazu hätten Isaia und der andere bereits die Gelegenheit gehabt. Sie und Hafsa zu ermorden, ihre Körper in der Wüste zurückzulassen und zurück nach Marrakesch zu reiten, wäre einfacher gewesen, als weiter mit ihnen durch die unwirtliche, nächtliche Wüste zu reiten. Was aber wollten die beiden oder wohl eher Kiran dann?

Als in der Ferne schwarze Schatten aus dem Wüstenboden wuchsen, stieß Isaia einen erleichterten Laut aus. „Bald ist es vollbracht, sieh hin, wir haben es gefunden."

Was hatte er gefunden? Estrella konnte kaum mehr die Augen offenhalten und Hafsa schlief in den Armen des zweiten Mannes offenbar tief und fest. Sie beschleunigten noch einmal ihr Tempo und hielten auf die Schatten zu, die sich schließlich als die Umrisse von Palmen erwiesen.

Die Männer hatten sie zu einer Oase gebracht. Zu welcher und warum? Sie kam nicht dazu zu fragen. Isaia hieß sein Kamel, sich zu setzen, und das ihre tat es seinem gleich. Sie fiel dabei vor lauter Erschöpfung beinahe aus dem Sattel, da sie keine Kraft mehr hatte, um sich zu halten. Isaia fing sie auf und führte sie in die offenbar recht kleine Oase hinein. Er half ihr, sich zu setzen und sich an den Stamm einer Palme zu lehnen. Der andere brachte ihr die noch immer schlafende Hafsa und legte sie ihr in die Arme.

„Wir werden jetzt sofort zurückreiten. Ihr bleibt hier. Wir werden euch nicht töten, selbst wenn das wahrscheinlich ein gnädigerer Tod wäre, als der welcher euch erwartet. Ich kenne diese Oase, da wir letztes Jahr hier waren. Die Wasserstelle ist ausgetrocknet, ihr werdet kein Wasser finden. Hier wird auch euch niemand finden, denn die Clans sind nun fast alle in ihren Dörfern oder weiter nach Süden gezogen." Wahrscheinlich erkannte Isaia, dass sie den Mund öffnete. „Stell keine Fragen, Mädchen. Die Antworten würden dir nichts nützen. Lass mich dir nur so viel sagen: Du hast den Zorn von jemandem auf dich gezogen, der immer gewinnen wird, hörst du? Immer."

Voll fassungslosem Entsetzen musste Estrella mitansehen, wie die beiden Männer wieder auf ihre Kamele stiegen, rasch davonritten und schließlich mit der Dunkelheit verschmolzen. Alles, was sie noch hören konnte, war das leise Rascheln der Palmblätter im Nachtwind.

30.

Marrakesch, Palast Ahmets

Aiza war traurig, einfach nur unendlich traurig. In ihr war eine Leere, wie sie sie noch nie zuvor gekannt hatte. Sie saß auf der breiten marmornen Fensterbank und blickte hinunter in den dunklen Hof. Das fröhliche Plätschern der Springbrunnen drang an ihre Ohren. Mochte dieses Geräusch sie sonst immer erfreuen, heute schien nichts diese Dunkelheit in ihrem Inneren durchdringen zu können. Wie sehr vermisste sie Hischam, wie sehr trauerte sie um ihre ungeborenen Kinder. Sie gönnte Kiran ihre Schwangerschaft und das Glück, das diese mit sich brachte von ganzem Herzen. Wie gern hätte sie sich mit ihr gefreut. Aber Kiran hatte sich verändert, sie war kühl und herablassend ihr gegenüber geworden, verdrängte sie von ihren angestammten Plätzen. Sie erinnerte sich an Kirans triumphierenden Blick, als Ahmet verkündete, dass sie guter Hoffnung sei. Es war der Blick der Siegerin und sie, Aiza, war in den Hintergrund getreten. Es schmerzte sie, denn Missgunst, Neid und Herablassung waren ihr immer fremd gewesen.

Sie schöpfte tief Luft, in der Hoffnung die kühle Nachtluft könnte ihr guttun.

„Ich muss mit der Herrin sprechen, sofort!“ Die Stimme war zwar gedämpft, aber noch immer gut verständlich.

Ebenso die Stimme der Wache. „Herrin Aiza möchte nicht gestört werden, sie fühlt sich nicht wohl. Komm morgen wieder.“

„Morgen kann es zu spät sein.“ Die Stimme der Frau klang flehend.

Das genügte Aiza. Sofort sprang sie von der Fensterbank, lief zur Tür und öffnete sie so schnell, dass die beiden Menschen vor ihr erschrocken zusammenzuckten. Sie erkannte Soraya, die neue Dienerin Hafsas, und den Mann, der von Bassam stets beauftragt wurde, für ihre Sicherheit zu sorgen, sobald er nicht anwesend sein konnte. Beruhigend hob sie die Hand. „Ihr müsst euch nicht erschrecken, aber sagt, was ist geschehen?“

Soraya versank in eine tiefe Verbeugung, als sie sich erhob, fiel ihr Blick zweifelnd auf den Wächter. „Herrin, ich muss mit Euch sprechen, täte dies jedoch gern allein.“

Aiza war verwundert. „Du kannst sprechen, ich vertraue ihm.“

Soraya wirkte sehr unglücklich. „Natürlich, Herrin, aber können wir …“ Sie blickte sehnsuchtsvoll an Aiza vorbei in deren Räume.

„Kommt herein, alle beide. Ihr macht mich neugierig.“ Aiza trat zurück in ihr Wohnzimmer und ließ beide eintreten. Dem Wächter war all dies sichtlich unangenehm. Vollkommen fassungslos schien er zu sein, als Soraya wie aus dem Nichts eine Frage an ihn richtete.

„Du, was weißt du über Gift?" Die Frage kam so schnell und spontan, dass Aiza überrascht nach dem Arm der Frau griff.

Der Wachhabende reagierte ebenso schnell. „Gift? Frau, wie in aller Welt kommst du auf Gift? Ich habe nichts mit Gift zu schaffen, bist du toll geworden?"

Soraya schüttelte den Kopf. „Keinesfalls, ich weiß nur nicht, wem ich noch trauen darf und wem nicht. Herrin, ich bin keine einfache Dienerin. Ich bin die Schwester von Bassams Frau. Er hat mich zum Schutz der kleinen Prinzessin und deren Kinderfrau an den Palast gebracht. Ich kann nicht länger schweigen. Ich muss Euch etwas erzählen. Aber ich musste wissen ober er ..." Sie deutete noch immer mit sichtlichem Zweifel auf den Mann. „... ob er auch aufrichtig ist."

Aiza war erschrocken ob der Neuigkeiten, dem Wächter jedoch vertraute sie. „Es ist alles gut, er ist Bassams Vertrauter, seit vielen Jahren. Und nun sprich, eil dich, ich bin zutiefst besorgt."

„Herrin, es ist so viel, was Ihr wissen müsst. Jetzt im Augenblick ist jedoch nur eines von Belang: Hafsa und Estrella sind spurlos verschwunden."

„Das ist unmöglich, niemand kommt ungesehen aus dem Palast." Aiza zögerte. „Es sei denn ... Habt ihr wirklich alles abgesucht? Sind sie nicht in ihrem Zimmer, nicht im Hammam, nicht in den Ställen und nicht auf einem abendlichen Spaziergang in den Gärten?"

Soraya verneinte einen nach dem anderen ihre Gedanken. „Ich war überall, Herrin. Und ich möchte, da ich nicht weiß, wer vertrauenswürdig ist, Euch inständig bitten, mit mir zu kommen."

Aiza wurde zunehmend besorgter. „Mitkommen? Wohin?"

Soraya wirkte sehr unglücklich, als sie antwortete. „So leid es mir tut, Herrin, aber wir müssen zu Asirem, dem Berber. Er ist der, dem ich von ganzem Herzen vertraue und dem auch Ihr vertrauen könnt. Und bitte glaubt mir, er hat Euch etwas mitzuteilen, das Euer Leben verändern wird."

***

Noch nie in ihrem Leben hatte sie so sehr geweint, sie, die sich immer im Griff hatte, die stets als leuchtendes Vorbild gegolten hatte, die niemals Tränen in der Öffentlichkeit zeigte, weinte, ohne die Flut an Tränen zurückhalten zu können. Aber es waren reine, ehrliche Freudentränen, die ohne Unterlass über ihre Wangen rollten. Noch immer konnte sie es kaum glauben, schaffte es nicht, Asirems Worten tatsächlich Glauben zu schenken. Zu unglaublich, nein, zu märchenhaft erschien ihr alles.

„Er lebt? Du sagst, mein Sohn lebt? Asirem, bitte quäl mich nicht, ich vermag nicht mehr allzu viel zu ertragen." Sie saß auf einem kleinen Hocker in Asirems Unterkunft und der Berber hatte, in geradezu kühn wirkender Hilflosigkeit angesichts ihrer Tränen, seinen Arm um ihre Schultern gelegt, während Soraya ihre Hand hielt.

„Herrin, ich schwöre Euch beim Leben meiner Mutter, Hischam lebt. Wir fanden ihn und Amir in einer verlassenen Oase. Gerade noch rechtzeitig, ein paar Stunden später ..." Er stockte mitten im Satz.

356

„... wäre mein Sohn wirklich tot gewesen. Ich habe das schon verstanden. Noch immer nicht verstanden habe ich, was Hischam in der Wüste verloren hatte. Warum war er nicht bei Bassam und den anderen geblieben? Welch Wahnsinn ließ ihn solch eine Tollkühnheit auf sich nehmen?“

Asirem zuckte leicht zusammen. „Nun, Herrin, eigentlich wollte er nach Constantine. Er hatte sich im Sandsturm verirrt. Aber ich muss Euch nun alles berichten. Nur, bitte, versprecht mir, dass Ihr vorerst Stillschweigen bewahrt. Es hängen viele Leben davon ab und wahrscheinlich auch das von Hafsa und Estrella.“ Er ging vor ihr auf die Knie und ergriff ihre andere Hand. „Wappnet Euch, Herrin. Es klingt wie eine Schauergeschichte aus einem grausigen Märchen und doch ist es alles wahr.“

Sie schwieg. Aiza schwieg schon lange. Nachdem Asirem ihr alles berichtet hatte, was er wusste, verharrte sie schweigend auf dem Hocker und blickte auf ihre Hände, die noch immer in der Asirems und Sorayas lagen.

„Herrin?“

Endlich gelang ihr ein tiefer Atemzug und sie hob den Kopf. „Verzeih, Asirem, aber es ist schwer, das, was du berichtest, zu begreifen, es zu glauben und doch: ich glaube dir. Ich glaube dir jedes einzelne Wort, denn alles ist stimmig, alles fügt sich ineinander. Wie grausam, welch ein Wahnsinn. Sabah ... sie war so ein bezauberndes Mädchen, so glücklich darüber, bei uns zu sein, Mutter zu werden. Welch ein Mut, den Bassam zeigte. Wenn Kiran in Erfahrung gebracht hätte, dass er Hischam verschonte, ihn warnte und in Sicherheit brachte …" Sie hob die Brauen und lächelte. „Sagen wir, er versuchte, ihn in Sicherheit zu bringen. Asirem, du musst meinen Sohn unbedingt lehren, wie man in der Wüste überlebt."

Asirem zog eine amüsierte Grimasse. „Es würde schon genügen, fände er seinen Weg." Sofort wurde er wieder ernst. „Herrin, was sollen wir tun, was können wir tun?"

Sie erhob sich und strich ihr Kleid glatt, dann wandte sie sich um. „Zuerst suchen wir im Garten nach Hinweisen. Ehe wir alle aufschrecken, müssen wir unserer Sache vollkommen sicher sein. Kommt mit mir, alle drei." Sie musterte den Wächter eingehend. „Ich vertraue dir, ich hoffe, dass dieses Vertrauen nicht enttäuscht wird."

Der Mann sank vor ihr auf die Knie. „Niemals, Herrin, bei meinem Leben!"

***

Seine Angst um Estrella nahm mit jedem Schritt zu, den sie im Garten taten. Aiza hatte das achtlos zurückgelassene Buch unter einem Granatapfelbaum gefunden. So etwas tat Estrella nicht, wenn sie nicht in Eile oder Sorge gewesen wäre. Sie schätzte und achtete die schönen in Leder gebundenen Folianten. Soraya entdeckte nur wenig später eines der schmalen, zarten, goldenen Armbänder Hafsas. Es war zerrissen, was darauf hindeuten könnte, dass jemand das Kind grob am Arm gepackt hatte. Nachdem er mit Estrella gesprochen hatte, mussten sie weiterhin hier in den Gärten geblieben sein. Wenn sie hieraus spurlos verschwanden, dann waren das keine Fremden, denn die kannten die geheimen Pforten nicht, durch die man die Gärten ungesehen verlassen konnte, so man dies denn wollte. Es mussten Kirans Männer gewesen sein, die Männer von Ahmets eigener Wache.

„Herrin, sollen wir einen Boten zu Sheik Ahmet schicken? Er muss wissen, dass sein Kind entführt wurde, denn das ist geschehen, daran kann kein Zweifel mehr bestehen." Er warf Aiza einen flehenden Blick zu. „Ich sorge mich sehr um Hafsa und Estrella."

Aiza legte ihm sanft ihre Rechte auf die Schulter. „Das verstehe ich sehr gut, noch dazu, da du Estrella liebst, dennoch müssen wir noch immer vorsichtig sein. Wir können nicht wissen, was Kiran mit dem armen Kind geplant hat. Fühlte sie sich in die Enge getrieben, besteht die Möglichkeit, dass sie das Kind töten lässt, falls es noch lebt, woran ich fest glaube."

Verliebt? Woher konnte Aiza das wissen? Hatte er sich nicht immer hervorragend im Griff gehabt? Trotzdem waren seine Gefühle der scharfsinnigen, erfahrenen Frau nicht entgangen. Seine Bewunderung für die starke, überlegt handelnde Aiza stieg von Minute zu Minute.

An den Wachmann gewandt befahl sie ihm, sofort Yusuf in ihre Gemächer zu bringen.

Der Wächter zauderte sichtlich. „Herrin, Ihr wisst, dass es uns verboten ist, Eure Räume zu betreten?"

Aiza reckte stolz ihr Kinn. „Und hiermit hebe ich dieses Verbot auf. Bring ihn mir und sage ihm: Sofort!"

Sie beeilten sich, mit den gefundenen Gegenständen zurück in den Palast zu gelangen.

„Herrin, Ihr wisst, dass Yusuf zu denen gehört, die Kiran ergeben sind?" Er haderte mit dem Gedanken, den Mann zu befragen. Er würde ihnen gewiss nicht die Wahrheit sagen, schließlich hing sein Leben davon ab und Kiran machte keine Gefangenen, sie tötete sofort.

Aiza hingegen zuckte die Achseln. „Kiran ergeben? Wenn ich ihn wegen Verrat köpfen lasse oder ihm immerhin damit drohe, könnte diese Ergebenheit rasch ein Ende haben. Bisher konnten sie alle im Verborgenen ihre Verbrechen begehen, nun zerren wir sie ins Licht. Glaube mir, Asirem, er wird sprechen."

Noch ehe er antworten konnte, klopfte es lautstark an der Tür. Asirem beeilte sich zu öffnen. Vor ihm stand ein sichtlich verwirrter Yusuf und ein sehr grimmig dreinblickender Wachmann. „Er wollte tatsächlich gerade das Weite suchen. Er hat schon gepackt."

„Wie passend. Das träfe sich gut. So kann er seine Habseligkeiten gleich mit in den Kerker nehmen. Denn dorthin, Yusuf, wird dein nächster Weg führen." Aizas Stimme war kalt und schneidend.

„Herrin Aiza, was habe ich denn verbrochen, dass Ihr mir den Kerker androht? Ich bin mir keiner Schuld bewusst." Yusuf mochte dies behaupten, die Schweißperlen auf seiner Stirn sagten etwas anderes.

Aiza, hob die Hand und zeigte auf Asirem. „Mein Junge, komm an meine Seite und erzähle diesem wertlosen Wurm, was du weißt und was du in Erfahrung bringen konntest."

Wort für Wort wiederholte er dem stetig blasser werdenden Yusuf, was er damals im Stall gehört hatte. „Ich bürge für alles, versuch gar nicht erst zu leugnen. Ich warne dich, du hast dein Leben verspielt, als du dich mit dieser Giftschlange eingelassen hast. Nun besinne dich und sprich die Wahrheit." Er warf Aiza einen fragenden Blick zu, die nickte zustimmend. „Lügst du weiter und Hafsa oder Estrella geschieht ein Leid, dann wirst du die Folgen zu spüren bekommen. Was denkst du, dass Sheik Ahmet mit dem Mörder seiner Tochter anstellen wird?" An Yusufs mittlerweile todesbleichem Gesicht erkannte er, dass Aiza recht behalten würde. Der Mann bebte vor Furcht.

„Bei Allah! Rede! Wo ist unsere Prinzessin, wo ist ihre Kinderfrau, was habt ihr den beiden angetan? Ich warne dich, ich erwürge dich mit bloßen Händen." Asirem näherte sich ihm bedrohlich. „Yusuf, dies ist meine letzte Warnung an dich. Wenn du nicht auf der Stelle den Mund aufmachst, wirst du nie wieder sprechen können."

Und Yusuf sprach! Allerdings war er sich nicht so sicher, ob er wirklich hören wollte, was wie ein Wasserfall aus Yusuf herausbrach. „Kiran wollte, dass wir die Kleine und die Dienerin vergiften. Ich konnte sie zusammen mit meinem Bruder überzeugen, dass ein Giftmord zu auffällig sei. Wir wollten das Kind nicht vergiften, das müsst Ihr mir glauben. Ich schlug vor ... ich schlug vor, die beiden ins Tal der Oasen zu bringen und dort zurückzulassen. So mussten wir uns die Schuld nicht auf unsere Seelen laden."

„Hörst du dir eigentlich selbst zu, wenn du redest? Keine Schuld auf euch laden? Bist du ebenso wahnsinnig wie deine mordende Herrin? Sie in die Wüste zu bringen und dort dem sicheren Tod zu überlassen, soll euch Meuchelmörder von einer wie auch immer gearteten Schuld freisprechen? Wie lange sollen ein kleines Kind und eine hilflose Frau in solch unwirtlicher Umgebung überleben?" Asirem hatte Yusuf am Kragen ergriffen und sein Gesicht war nun ganz nahe an seinem. „Ich warne dich, wenn ihnen da draußen ein Leid geschehen ist, ziehe ich dir die Haut in dünnen Streifen ab."

Er war so zornig und aufgebracht, dass er Aizas Hand nicht sofort fühlte.

„Asirem, je länger wir uns mit diesem Feigling abgeben, desto länger sind die beiden allein dort draußen." Sie wandte sich Yusuf zu. „Du, Yusuf, bist ein Verräter an deinem Herrn. Es wäre deine Pflicht gewesen, beim ersten Versuch Kirans, dich auf ihre Seite zu ziehen, sofort dem Sheik zu berichten. Wie wir schon sagten, dein Leben ist verwirkt. Wenn du jedoch nun endlich den Mut zur Wahrheit an den Tag legst, wenn du uns hier und jetzt diejenigen nennst, die in diese Verschwörung gegen uns alle verwickelt sind, dann könnte es geschehen, dass ich mich für dich einsetze. Du wirst nicht im Palast bleiben können, du wirst auch nicht mehr in Diensten der Familie stehen, aber du könntest – so es mir gelingt, den Sheik milde zu stimmen – deine Frau und deine Kinder nehmen und dich in die Verbannung begeben." Sie wandte sich Asirem zu. „Ich habe gehört, Constantine sei eine große und lebenswerte Stadt."

Er musste trotz der gefährlichen Umstände lächeln. „Ja, das habe ich auch gehört. So man es denn findet." Er wandte sich wieder Yusuf zu. „Und du verräterischer Schakal wirst mir jetzt genau beschreiben, wohin ihr die beiden gebracht habt, und wage es nicht, mich zu belügen. Ich kenne die Wüste besser als so manch anderer. Solltest du es dennoch versuchen, werde ich dich dort aussetzen und glaube mir, dort, wohin ich dich bringe, wird kein Mensch dich jemals finden.

Yusuf erklärte nicht nur genau, zu welcher der Oasen er seine Männer geschickt hatte, er nannte auch, einen nach dem anderen, die Namen all derer, die Kiran treu ergeben waren.

Asirem war entsetzt, wie viele der im Palast tätigen Menschen sich hatten kaufen oder aber mit Drohungen gefügig machen lassen.

Aiza nickte stoisch. Dann wandte sie sich dem Wachmann zu, der noch immer drohend aufgebaut hinter Yusuf stand. „Du, du wirst ab diesem Moment mein steter persönlicher Leibwächter sein. Du wirst die Getreuen zusammenrufen und die Verräter festsetzen lassen. Dazu gehört auch die Tochter unserer Köchin, mag ich das auch sehr bedauerlich finden. Wenn der Sheik und Kiran zurückkehren, werden einige Überraschungen auf sie warten. Du, Asirem, machst dich bitte noch in dieser Stunde auf den Weg. Ich denke, dass du das auch so getan hättest?“

Er nickte. „Ja, Herrin, die Sorge frisst mich schier auf. Ich nehme zwei Männer mit mir, wenn Ihr dem zustimmt? Magrin ist zu meinem Bedauern ja bereits dort, nur leider nicht an jener Oase, sondern im Lager.“

Aiza trat auf ihn zu und umarmte ihn. „Geh, Asirem, geh und finde unsere Kleine und deine Liebe.“

Eine halbe Stunde später verließ er mit zwei vertrauenswürdigen Soldaten des Sheiks auf den schnellsten Kamelen, derer er habhaft hatte werden können, den Palast und sie ritten, so rasch es möglich war, in die Nacht.

***

Wie gigantische Gerippe ragten die Palmen über ihnen in den Nachthimmel. Kalter Wind pfiff beängstigend durch die zum Teil dürren Palmwedel und erzeugte ein gespenstisches Geräusch. Irgendwo in der Ferne jaulte ein Schakal. „Estrella, mir ist kalt, mir ist so schrecklich kalt." Hafsas Stimmchen klang erstickt.

„Ich weiß, mein Engel, ich weiß. Komm her, ich versuche dich zu wärmen." Sie nahm ihren dünnen Schleier ab und deckte damit das kleine Mädchen zu, das sich vor ihr wie eine Kugel zusammenrollte, um Schutz vor der Kälte der nächtlichen Wüste zu suchen. Eine Geste nur, denn sie wusste, dass der dünne Stoff nicht wärmte, und die warmen Tuniken hatten die beiden Männer mit fortgenommen. Das Einzige, was sie für Hafsa tun konnte, war, sie mit ihrem eigenen Körper zu wärmen, und so drückte sie das Kind an sich und legte sich so, dass die Kleine bestmöglich geschützt war. Die Kälte kroch dennoch unaufhaltsam in ihren Körper. Sie fror, sie fror so sehr.

31.

Wüste, Lager der Berber und Tal der Oasen

Er sah schon von Weitem das Feuer, das vor den Zelten brannte. Das hieß, dass zumindest einige bereits wach und auf den Beinen waren. Magrin seufzte laut auf. Dem Himmel sei Dank. Als er näherkam, entdeckte er die warm eingewickelte Gestalt, die schon jetzt noch vor der Morgendämmerung Brotteig knetete.

„Lunja, selten habe ich mich so gefreut, dich zu sehen." Sein Körper schien nur noch ein einziger Eisklotz zu sein. Mühsam rutschte er von seinem Kamel.

Lunja hob den Kopf und lächelte. „Magrin! Endlich. Wir warten schon so lange, dass du uns Nachricht bringst. Vater war besorgt, da wir keinen Laut hörten." Sie erhob sich umständlich, wobei sie den dicken Umhang noch enger um sich wickelte, trat auf ihn zu, streckte einen Arm nach vorn und umarmte ihn.

„Bin ich dir keine beidarmige Umarmung mehr wert, oder was ist hier los?"

Lunja stieß einen undefinierbaren Laut aus. „Nicht bei dieser Kälte, mein Guter. Ich zittere, so kalt ist es. In wenigen Tagen möchte Ahar ins Dorf aufbrechen. Als ich gestern am Morgen Wasser holte, war Eis auf der Oberfläche. Magrin, Eis! Du weißt, wie sehr ich die Wüste liebe, aber dieser Winter ist der kälteste, an den ich mich erinnern kann. Los komm, setz dich ans Feuer, ich habe noch Tee." Sie goss das dampfende Getränk in einen irdenen Becher und reichte ihn ihm.

Er nahm ihn dankbar entgegen und wärmte seine blaugefrorenen Finger an dem Gefäß. „Auf meinem Ritt hierher konnte ich in der Ferne das Gebirge erkennen. Auf dem Atlas liegt Schnee und, soweit ich das sehen konnte, ist es sehr viel Schnee. Gut, es schneit dort immer im Winter, aber so sehr? Daran kann ich mich nicht erinnern." Er nahm vorsichtig einen Schluck des heißen Tees. „Ah, das tut gut. Wo ist dein Vater und vor allem: Wo sind Hischam und Amir? Sie werden das, was ich zu berichten habe, sofort wissen wollen."

Lunja zog eine bedauernde Grimasse. „Das wird eine Weile warten müssen, es sei denn, du hast das dringende Bedürfnis, ihnen zu der Oase zu folgen, in der sie vor mehreren Tagen, den Brunnen neu gegraben haben. Sie müssen überprüfen, ob er wieder gefüllt ist. Danach wollten sie zum Dorf, um nachzusehen, ob alles vorbereitet ist. Außerdem denke ich, dass er noch immer versucht, Hischam zumindest geistig in einen Berber zu verwandeln."

Er hätte gern gelacht, aber seine Gesichtszüge schienen noch immer gefroren zu sein. „Ich hege da so meine Zweifel, dass ihm das bei diesen Temperaturen gelingen wird. Hischam wird sich nach seinem warmen Bett und seinen Gemächern im Palast sehnen, könnte ich mir vorstellen."

Lunjas Lächeln geriet ob der Kälte zwar ein wenig schief, verriet sie aber dennoch. „Ich denke, dass er sich hier ganz wohlfühlt. Er hilft bei den Tieren, war, bis zur Unkenntlichkeit verkleidet, sogar mit Großvater auf dem nächsten Markt, Mutter hat ihn den Gebrauch von Salben und Heilkräutern gelehrt und von mir wollte er unbedingt das Kochen lernen. Du wirst ihn kaum wiedererkennen. Aus dem Kind der Paläste ist ein Mann geworden."

„Lunja?"

„Ja, was ist?"

„Du bist verliebt, gib es zu. Ich sehe es dir an der Nasenspitze an. Du hast dich in den Sohn des Sheiks verliebt, ich kann es kaum glauben. Ausgerechnet du, die wilde Tochter der Wüste? In einen verwöhnten Palastbewohner?"

In Lunjas Augen spiegelten sich die widersprüchlichsten Gefühle. Letztendlich siegte ihre Aufrichtigkeit. „Ach, halt den Mund, Magrin. Was verstehst du schon von Liebe? Du kannst dich ja nicht einmal entscheiden, wenn zwei hübsche Frauen vor dir stehen. Er ist ein guter Mann, er lernt schnell und gern ... Ihm fehlt nur noch eines, dass das einfach nicht geschehen will, das macht mich traurig."

Er streckte die Hand aus und streichelte tröstend das, was er von ihrer Wange sehen konnte. „Lunja, wenn du das sagst, klingt es auch sehr traurig, wovon sprichst du denn?"

Sie hob den Kopf und sah ihn eine Weile schweigend an. „Ich spreche davon, dass er die Melodie der Wüste nicht hört, er versteht sie einfach nicht."

Er rutschte näher zu ihr und legte ihr einen Arm um die Schultern. „Gib ihm Zeit, wenn er dich wirklich liebt, dann wird er sie hören und er wird sie verstehen können. Wenn er dir so viel bedeutet, dann hab Geduld."

„Hm, wenn du meinst." Lunja griff vorsichtig nach dem Rand des Fladenbrotes, das gerade über dem Feuer buk, und wendete es. „Du weißt, ich bin die Geduld in Person."

Lachend drückte er sie an sich. „Ich weiß, du Wüstenkind, darum sag ich es ja."

***

„Kalt hier draußen, sehr kalt." Amir sprach das aus, was sie alle fühlten.

Ahar zuckte die Schultern. „Du sagst es, mein Sohn, aber immerhin musst du zugeben, es weckt Tote auf."

Amir schüttelte sich. „Ich wollte immer schon wissen, wie sich das anfühlt."

Ahar enthielt sich einer Entgegnung und versuchte stattdessen, das Dunkel zu durchdringen. Bald ging die Sonne auf und ihre Wärme würde die Kälte schnell vertreiben. Ihnen fehlten noch wenige Minuten, ehe sie ihr Ziel erreichten, und, wenn alles lief wie geplant, dann kamen sie gemeinsam mit den ersten Sonnenstrahlen in der Oase an.

Er warf einen kurzen Blick zu Hischam. Der Junge beeindruckte ihn zunehmend. Kein Klagen ob der Kälte oder des wahrlich frühen Aufbruchs im Lager. Stattdessen hatte er sich warm angezogen, sich den Turban fest um Kopf und Mund gewickelt. Man konnte nur noch seine dunklen Augen erkennen. Ahar kannte die Menschen und er erkannte, wenn jemand sich bemühte, von Herzen bemühte, alles richtig zu machen. Hischam hatte sich in den vergangenen Wochen verändert. Er war stärker geworden, schien in sich zu ruhen, hörte zu, lernte und zeigte Geduld. Er musste zugeben, dass er den Jungen von Anfang an gemocht hatte. Er war kein herrisches Jüngelchen gewesen, das wehklagend und mit allem hadernd eher eine Bürde als ein Gast war. Mochte er auch nicht der geborene Nomade gewesen sein, so arbeitete er nunmehr hart an sich. Ahar wusste, wofür Hischam das tat. Er beobachtete ihn und Lunja schon lange. Sie schlichen vorsichtig umeinander herum, kamen sich nur langsam und behutsam näher, lernten sich so auch besser kennen. Hischam ging nie auch nur einen Schritt zu weit, er zeigte seinen Respekt vor Lunja, aber auch vor ihm, ihrem Vater. Ahar wusste, dass es Lunja war, die zögerte, die noch immer nicht glaubte, dass sie füreinander geschaffen waren. Er kannte seine stolze Tochter. Sie wollte, dass Hischam lernte, die Wüste zu fühlen, sie im Blut zu haben. Ob sie wusste, was sie da von dem Jungen verlangte?

Er hob den Blick und entdeckte am Horizont das helle Band der aufgehenden Sonne. Vor ihnen zeigten sich die ersten Umrisse der Palmen in der Oase. Seine Zeitplanung war sehr genau gewesen und das freute ihn.

„Seht ihr, wir sind da und die Sonne kommt. Sagte ich es nicht?“ Er trieb sein Kamel an und das Tier trabte eilig auf das einladend wirkende Fleckchen Land zu.

„Was ist das? Dort, das Bunte. Es sieht aus wie ein Bündel Decken.“ Hischam richtete sich im Sattel auf.

Ahar folgte seinem Blick. Jetzt sah er es auch. Hischam hatte recht, es wirkte wie ein Deckenbündel, aber wie sollte so etwas in diese Oase kommen? Hatte es jemand vergessen? Ein paar Schritte vor dem seltsamen Gewirr, hieß er sein Kamel, sich zu setzen. „Bei

Allah, das ist kein Deckenbündel, das ist ein Mensch." Mit großen Schritten rannte er darauf zu, gefolgt von Amir, Hischam und seinem Vater. Als er sich bückte und seine Hand ausstreckte, erschrak er. „Das ist ein Mädchen." Erst auf den zweiten Blick erkannte er, warum das Mädchen so seltsam verbogen lag. „Ein Kind, sie schützt ein Kind mit ihrem eigenen Körper. Beten wir zu Allah, dass sie leben." Seine Hand traf auf eiskalte Haut.

Das Mädchen war mit einer dünnen, gelben Tunika und goldfarbigen weiten Beinkleidern bekleidet. Wenn sie die ganze Nacht hier gelegen hatte ... Ahar ging in die Knie und griff nach dem Kind, das die junge Frau nicht nur mit ihrem Körper schützte, sondern auch noch fest in ihren Armen hielt. Es gelang ihm nicht sofort, es aus der steifen Umarmung zu lösen. Es war ein Mädchen, etwa drei oder vier Jahre alt und todesbleich, die Augen fest geschlossen. Die edle Kleidung wies sie als Kind aus reichem Hause aus. Er richtete sich mit ihr in den Armen auf, während sein Vater die junge Frau, so schnell er konnte, in einen Umhang wickelte.

Yildirs Blick wollte ihm nicht gefallen. „Sie schläft nicht, sie ist ohne Bewusstsein. Was ist mit dem Kind?"

Ahar hatte die Kleine sofort unter seinen Umhang gesteckt, sie gut damit eingewickelt und drückte sie an sich. „Sie ist eisig. Wir müssen mit den beiden zurück, sofort. Sie brauchen Wärme und heißen Tee. Ich bete, dass wir sie retten können, viel Hoffnung habe ich nicht."

Hischam war neben ihn gekommen. „Ahar, willst du mir das Kind geben, dann kannst du das Mädchen vor dich setzen, du bist der Stärkste und Größte von uns."

Er nickte und wies Hischam an, seinen Umhang zu öffnen, damit die Kleine sofort wieder in der Wärme war.

Als Hischam nach ihr griff und in das bleiche Gesichtchen blickte, erschrak er. Der Junge erschrak nicht nur, es war blankes Entsetzen, das sich auf seinen Zügen widerspiegelte. Dann kam ein heiseres Flüstern. „Hafsa, das ist Hafsa. Meine kleine Schwester. Nein, bitte nicht, das darf nicht sein!"

Ahar reagierte schnell, stieg auf sein Kamel und streckte die Arme aus. „Reicht mir die Frau, sofort!" Er nahm die bewusstlose Frau vor sich, wickelte sie fest ein, dann wandte er sich um. „Aufsitzen und so schnell es geht zurück ins Lager."

Sie erreichten das Lager binnen kürzester Zeit. Sie hatten ihren Tieren alles abverlangt, in der Hoffnung, die beiden Menschen retten zu können. Schon, als sie sich näherten, entdeckte Ahar seine Tochter, die mit jemandem am Feuer saß und aß. „Lunja, wir brauchen dich. Rasch, hierher."

Lunja fragte nicht. Sie rannte herbei und griff nach dem kleinen Bündel, das Hischam ihr entgegenstreckte.

„Meine Schwester Hafsa, sie ..."

Lunja ließ ihn nicht aussprechen, sie nahm das Kind in die Arme und hastete ins große Zelt. „Mutter!"

Izlan erschien im Eingang und verschwand ebenso schnell wieder.

Ahar trug die fremde Frau hinter ihnen her und Izlan reagierte sofort. „Schnell, wir legen sie dort auf die Decken. Ich brauche warmes Wasser und eine Bürste, rasch!" Hischam, geh nach draußen, du kannst hier nicht mehr helfen. Wir tun, was wir können, ich verspreche es dir."

„Aber es ist meine Schwester, ich ...". Aus Hischams Stimme sprach die Angst um die kleine Schwester. Eine ausnehmend große Angst.

Lunja hob, ohne ihre Arbeit zu unterbrechen, den Kopf. „Hischam, geh, hab Vertrauen zu uns." Mittlerweile waren noch zwei Tanten dazugekommen, sie brachten Wasser, weitere Decken und heißen Tee.

Ahar berührte Hischams Arm. „Komm, mein Junge, sie wissen allesamt, was sie tun."

Vor dem Zelt erwartete sie eine Überraschung: Magrin. Ahar nahm ihn erst jetzt wahr. „Mein Junge, dich habe ich gar nicht gesehen. Bitte verzeih. Seit wann bist du hier?"

Magrin, der sich das Durcheinander beunruhigt angesehen hatte, setzte sich wieder und sah zu Hischam hinüber, der offenbar vollkommen hilflos am Feuer stand und in die Flammen starrte. „Ich verstehe nicht ... wie kann meine Schwester ...?"

„Hischam. Hör mir zu." Magrin schnippte mit dem Finger, um Hischam aus seiner Trance zu holen, und schien Erfolg zu haben. „Asirem konnte mich nicht früher schicken. Es war alles sehr verworren und es ist so, wie du sagtest: gefährlich. Alles entspricht der Wahrheit, wirklich alles! Kiran ist eine mordende Schlange." Magrin berichtete von Kirans Taten und Plänen und auch von der Rolle, die Estrella in der Geschichte spielte. „Deine Schwester wurde auf dem Kamelmarkt gerettet von einer mutigen jungen Frau, einer Katalanin, die erst vor kurzem aus Al-Andalus ins Land gekommen war, als Gesellschaftern für eine reiche Dame aus Marrakesch. Es ist die Frau, die dort im Zelt gerade um ihr Leben kämpft. Estrella." Magrin zögerte, ehe er weitersprach. „Wenn sie stirbt, dann wird Asirem Kiran mit bloßen Händen töten. Er hat sich auf den ersten Blick in sie verliebt, mag das auch zu Anfang sehr kompliziert gewesen sein. Wir mussten sehr vorsichtig sein, da noch immer nicht bekannt ist, wer dieser Kiran alles zu Diensten ist. Sei dies nun freiwillig oder durch Erpressung." Magrin zählte all jene auf, die, ohne mit der Wimper zu zucken, für ihre Herrin töten würden.

Hischam hob in einer hilflosen Geste die Schultern. „Aber wie kommt heute meine kleine Schwester in diese abgelegene Oase? Wie kann die Prinzessin aus dem Palast gebracht und wie Abfall in der Wüste entsorgt werden? Sie ist ein unschuldiges Kind!"

„Sag das dieser Kiran. Sie will alle anderen aus dem Weg haben. Sie erwartet erneut ein Kind und dein Vater ist blind vor Freude. Alle, aber auch wirklich alle fallen auf die Schönheit Kirans herein. Niemand sieht den Schaitan, der sie tatsächlich ist. Dein Vater mochte Estrella sofort. Er zeigte seine Zuneigung zu ihr wohl etwas zu oft. Kiran muss vor Eifersucht schier umgekommen sein. Asirem fürchtete schon eine Weile um Estrella und um die Kleine. Bassam hat seine Schwägerin zu Hafsas und Estrellas Schutz in den Palast eingeschleust. Alle dachten, dass Kiran wieder mit Gift zuschlägt. Darum achtete Soraya, so heißt die Frau, sehr sorgsam darauf, was den beiden zum Essen und Trinken serviert wurde. Ich kann dir sagen, Granatapfelsaft sollte niemand im Palast trinken, solange Kiran dort lebt. Wenn ich mir das nun betrachte, dann steckt sie ganz sicher auch hinter dieser Teufelei. Alle im Palast lieben Hafsa, niemand hätte ihr Leid zugefügt. Niemand hätte sie und Estrella zu einem qualvollen Tod in der Wüste verdammt, niemand außer Kiran."

„Du sagst, meine Mutter hat das ungeborene Kind verloren? Wie soll ich diese Schuld jemals ertragen? Ich habe alles falsch gemacht." Hischam begrub sein Gesicht in den Händen.

Ahar hatte bisher schweigend zugehört, nun musste er sprechen. „Hischam, Junge, dich trifft keine Schuld. Im Gegenteil, du hast so viel Mut und Mitgefühl bewiesen, als du, um Bassams Familie zu retten, einfach verschwunden bist. Bitte glaube mir, es hätte viel mehr Tote gegeben, wenn du es nicht getan hättest, oder denkst du, Kiran hätte kampflos aufgegeben? Du lebst und lass uns beten, dass Hafsa und Estrella auch überleben. Nun haben wir genug Beweise gegen diese Mörderin, ich denke nicht, dass sie damit rechnet, dich oder die beiden dort im Zelt jemals wieder zu sehen."

Hischam nickte zögerlich. „Das ist richtig, aber dazu müssen die Zwei auch überleben."

Er beobachtete, wie seine Frau und seine Tochter mehrmals aus dem Zelt eilten, frisches Wasser holten und Kräuter in heißes Wasser warfen, um einen Absud zu brühen, und wieder zurück ins Zelt liefen. Wenn sie noch immer kämpften, hieß das, dass Estrella und Hafsa noch lebten. Ahar zwang sich zu schweigen, denn er wollte keine falschen Hoffnungen wecken, solange keine Sicherheit bestand. Darum bat er Magrin, mehr aus dem Palast zu erzählen, in der Erwartung, Hischam damit etwas ablenken zu können.

***

„Wie geht es ihr?" Lunja beugte sich über ihre Mutter, die das Kind versorgte.

Izlan sah zu ihr auf. „Sie atmet, aber sie hat Fieber. War sie zuerst zu Eis erstarrt, so ist sie nun viel zu heiß. Ich hoffe auf den Tee und auf die nassen Tücher um ihre Beine. Immerhin denke ich, dass es ist ein gutes Zeichen ist, dass sie trinkt. Wie geht es Estrella?"

Lunja blickte zu der jungen Frau. „Ich kann es dir nicht sagen, sie will einfach nicht aufwachen, fast, als wollten sich ihr Geist und ihr Körper schützen. Ich bin sicher, sie dachte, sie müsse sterben. Welch grausamer Gedanke."

Ihre Mutter nickte. „Ja, darum gehst du nun wieder zu ihr. Sie darf nicht allein sein, wenn sie zu sich kommt. Ihr letzter Gedanke wird ihr erster sein. Sie scheint mir ein guter Mensch zu sein, ich konnte einiges hören, was die Männer gesprochen haben."

„Du hast sicher recht. Ich gehe." Lunja setzte sich neben Estrella, tupfte ihr den Schweiß von der Stirn und nahm ihre Hand in die ihre. „Wenn du mich hören kannst, du bist in Sicherheit, dir kann nichts mehr passieren. Du stehst unter unserem Schutz. Niemand kann dir ein Leid antun, hörst du mich?" Sie strich ihr eine der dunklen Locken aus der Stirn, die im Schein der Lampe, die neben ihr stand, rötlich schimmerte. Selbst jetzt, obwohl ihre Züge noch immer voller Angst waren, konnte man erkennen, wie hübsch sie war. Lunja drückte sanft die Hand, die schlaff in ihrer lag. „Estrella, bitte wach auf. Du bist bei uns, du musst nicht mehr frieren. Ich heiße Lunja, ich bin Asirems Schwester. Kennst du Asirem?" Sollte allein der Name ihres

Bruders schon etwas bewirken? Fast sah es danach aus, denn die Lider ihrer Patientin begannen zu flattern, sie schien zu kämpfen, schien zurückkommen zu wollen. Lunja legte ihre Hand an Estrellas Wange, streichelte sie sanft und liebevoll. „Na, komm, sie sagen, du bist mutig und stark, dann zeig es mir!"

Plötzlich bäumte sich Estrella auf und holte tief und pfeifend Atem. Sofort umarmte Lunja sie, hielt sie ganz fest. „Alles ist gut, Estrella. Du bist hier sicher. Du bist im Lager unseres Clans. Asirems Clan!"

Noch einmal holte sie Luft, als habe sie das Gefühl, ersticken zu müssen, dann entspannte sie sich. Lunja fühlte den leichten Druck an ihrer Hand wie ein Schmetterlingsflügel, so sacht, aber sie konnte ihn fühlen.

„Hafsa, wo ist Hafsa?"

Kaum dem Tod entronnen, dachte sie nur an das kleine Kind. Ja, Estrella schien ein besonderer Mensch zu sein. „Hafsa lebt, meine Mutter kümmert sich um sie. Alles wird gut, hab Vertrauen."

Estrella zuckte erschrocken zusammen, als sich jemand hinter Lunja bewegte. Die sah sich fragend um. „Hischam, du erschreckst sie."

„Du bist Hischam? Der Hischam? Du bist Aizas Sohn? Der Totgeglaubte?" Estrellas Stimme war nur ein Flüstern. „Sie wird so glücklich sein."

Ehe Lunja es verhindern konnte, hatte Hischam sich zu Estrella gebeugt und sie in seine Arme genommen. „Danke! Ich danke dir von Herzen, Estrella. Du hast meiner Schwester das Leben gerettet, wie oft nun schon? Ohne an dein eigenes Leben zu denken, hast du sie beschützt. Magrin hat mir alles erzählt. Ich verspreche dir, dass ich immer für dich da sein werde, ich werde dafür sorgen, dass dir nie wieder etwas zustößt."

Sie erkannte, dass Estrella versuchte zu lächeln. Noch misslang das allerdings kläglich. „Danke, das freut mich sehr.

Lunja musste schmunzeln. „Irgendetwas sagt mir, dass da ein anderer aufpassen wird, ich ahne da so einiges." Wieder streichelte sie Estrella in dem sicheren Glauben, dass diese junge Frau ab sofort zu ihrem Leben gehören würde.

In diesem Augenblick begann Hafsa zu husten. Es klang beängstigend, als könne sie kaum mehr atmen. Das kleine Kind röchelte, rang verzweifelt nach Luft. Lunja erschrak und wandte sich zu Izlan um, ohne Estrellas Hand loszulassen. „Mutter, was ist mit ihr?"

„Ich fürchte, die Eiseskälte fordert ihren Tribut. Wir müssen ihren Hals frei bekommen, die Lungen kräftigen, sonst wird sie sterben."

„Nein! Sie darf nicht sterben." Hischams verzweifelter Ruf drang Lunja durch Mark und Bein.

„Wenn ich es verhindern kann, dann werde ich das! Bringt mir einen kleinen Kessel mit Wasser, legt Holz auf dem Feuer nach, das Wasser muss kochen. Bring mir die Beutel mit den getrockneten Kräutern. Ich brauche eine Handvoll Thymian, mach schnell."

Lunja bat Hischam, sich um Estrella zu kümmern, sprang auf und führte die unmissverständlichen Anweisungen ihrer Mutter aus. Ihr war bewusst, in welcher Gefahr das Kind schwebte. Die Kälte einer Winternacht in der Wüste konnte für einen erwachsenen Mann tödlich sein.

Schon wenige Minuten später dampfte es aus dem Wasserkessel unter dem Yildir so viel Holz und Kameldung nachlegte, wie machbar. Man roch die Kräuter in dem Moment in dem Lunja sie in das kochende Wasser warf. „Mutter, fertig. Soll ich den Topf ins Zelt bringen?"

Die Stimme Izlans erklang dumpf aus dem Inneren. „Nein, wir kommen ans Feuer." Sie erschien im Eingang, die Kleine fest in eine Decke gewickelt. Izlan setzte sich nah ans Feuer und bat Yildir um ein großes Tuch. Dies legte sie über den Topf und zog es dann noch über sich und Hafsa. So blieb der heilende wie auch wärmende Dampf unter dem Tuch und beide konnten ihn einatmen. Atemlos beobachtete Lunja das, was ihre Mutter tat, und bewunderte sie wohl zum tausendsten Mal für ihre Kenntnis, wenn es darum ging, Menschen zu heilen. Noch immer konnte sie hören, dass der Atem des Kindes röchelnd aus ihrem Körper gepresst wurde. Es klang erschreckend.

„Wird sie überleben?" Magrins Flüstern an ihrem Ohr erschreckte sie. „Ich weiß es nicht, ich kann nur hoffen und beten."

Magrin sog scharf die Luft zwischen den Zähnen ein. „Ich bin mir sicher, dass das eine neue Teufelei Kirans war. Kein Gift, sondern die Natur das tun zu lassen, wozu sie und ihre Helfer zu feige sind."

Lunja lachte böse auf. „Magrin, dieses Weib ist nicht feige, sie ist wahnsinnig. Welch ein Leben bietet man ihr? Und sie will mehr und immer noch mehr, selbst wenn dafür ein kleines Kind qualvoll sterben müsste."

„Sag das nicht, bitte, es wäre für Ahmet furchtbar, wenn das Kind stirbt. Ach, was rede ich, nicht nur für ihn. Auch für Aiza, für Hischam, für Estrella ... alle lieben den kleinen Wildfang." Magrin klang traurig und wütend zugleich, eine Mischung, die ihr neu war.

Sie legte leicht ihre Hand auf die seine. „Hab Vertrauen, wenn man zu vielen anderen auch keins haben kann, zu Mutter kannst du es ruhig haben. Wenn es jemandem gelingt, das Kind zu retten, dann ist sie es."

„Ja, das könnt ihr. Ich habe eine wunderbare, bemerkenswerte Frau." Ahar war unbemerkt hinter seiner Tochter erschienen. Er beugte sich zu ihr hinab und küsste sie auf ihr Haar. „Und ich habe eine ebenso wundervolle Tochter." Er betrachtete sie liebevoll, dann lächelte er. „Eine Tochter, die langsam eine Entscheidung treffen sollte, wenn sie nicht ein hoffendes Herz schmerzlich enttäuschen möchte."

Lunja seufzte laut. „Eines noch, ein winziges Ereignis, etwas, von dem ich zu Anfang dachte, es geschähe nie. Jetzt hingegen bin ich mir dessen gewiss, dass es passieren wird. Es muss einfach!"

Magrin blickte sichtlich verwirrt vom Vater zur Tochter. „Ihr wisst, dass ihr beide in Rätseln sprecht, oder?"

Sie kam nicht dazu, ihm zu antworten, denn etwas bewegte sich im Eingang des Zeltes. Zuerst erblickte man nur den großen Umhang Hischams, dann erst, dass darin jemand anderes steckte. Auf Hischams Arm gestützt trat langsam und sichtlich erschöpft Estrella ins Freie.

Sofort sprang Lunja auf. „Nein! Keinesfalls! Vor einer Stunde warst du noch mehr tot als lebendig. Du gehst auf der Stelle wieder ins Zelt und legst dich hin. Hischam, wie kannst du sie aufstehen lassen?"

Der hob lediglich in einer hilflos anmutenden Geste seine Schultern. „Verzeih, aber hast du schon einmal einer zu allem entschlossenen Frau ihr Vorhaben ausreden können? Ich weiß, wann ich verloren habe."

Estrella trat langsam und mit deutlicher Mühe einen weiteren Schritt vor. „Ja, da hat Hischam schon recht. Ich werde mich nicht wieder hinlegen, ehe ich weiß, dass es Hafsa gutgeht. Ich war für sie verantwortlich und ich habe es nicht geschafft, sie zu schützen."

Hischam stieß einen zornigen laut aus und legte seinen Arm fest um Estrella. „Mädchen, tamrabt ino, wie sollst du sie beschützen gegen solch eine hinterhältige Verschwörung?" An alle gewandt fuhr er fort. „Diese beiden Hurensöhne werden vor ihrer Hinrichtung noch einiges zu erleiden haben. Eine wehrlose Frau und ein Kind zu entführen und dem sicheren Tod auszusetzen! Und was ich mit Kiran tun werde, vermag ich mir noch gar nicht auszumalen." Er führte Estrella zum Feuer und half ihr dabei, sich neben Lunja zu setzen.

Lunja streckte ihre Hand aus und griff nach der Estrellas. Sie mochte die Frau schon jetzt, selten hatte sie sich jemandem so verbunden gefühlt, ohne ihn wirklich zu kennen. „Er spricht die Wahrheit. Was hättest du tun können? Und bitte sieh es so, wie es ist. Ohne dich hätte die Kleine diese Nacht nicht überlebt."

Estrella verzog zaudernd den Mund. „Es muss sich herausstellen, ob sie überlebt. Was, wenn nicht?"

Es war Ahar, der den Mutmaßungen ein Ende bereitete. „Sie wird überleben. Allah kann nicht so grausam sein und ein kleines, unschuldiges Kind, das Opfer einer so bösen Verschwörung geworden ist, sterben lassen." Er legte seine Hände beruhigend auf Estrellas

Schultern. „Hab keine Angst, du musst Zuversicht zeigen, tu es für die Kleine."

Es war bereits Nachmittag und ihre Mutter kämpfte noch immer um das Leben des Kindes. Nach dem Dampf hatte sie ihr Brust und Arme mit einer stark riechenden Salbe eingerieben und sie fest eingewickelt. Immer wieder flößte sie ihr warmen Tee ein, den das Mädchen auch schluckte. Wenn sie nur endlich erwachen würde.

Lunja war in größter Sorge, allerdings nicht nur um Hafsa, sondern auch um Estrella. Sie weigerte sich zu essen, saß zitternd und sichtlich müde und um Haltung kämpfend neben ihrem Schützling.

Hischam erschien ihr ebenso unruhig und voller Sorge zu sein. Er saß auf Hafsas anderer Seite und strich ihr immer wieder das verklebte Haar aus der Stirn. „Hafsa, meine Prinzessin, bitte wach doch auf. Bitte!" Plötzlich sprang er auf und rannte aus dem Zelt. Sie folgte ihm, ohne zu überlegen, und fand ihn neben dem Feuer, sichtlich um Fassung ringend. Sie sah auch die Tränen in seinen Augen. Es schmerzte sie, ihn so leiden zu sehen. Nicht nur das, sie fühlte, dass sie es jetzt tun musste. Mit einem Schritt war sie bei ihm und legte ihm ihre Arme um den Hals. „Alles wird gut. Bitte glaub daran, alles wird gut." Hischam legte seine Arme fest um ihre Mitte und zog sie an sich.

„Ich will es ja glauben, aber es ist schwer."

Sie blickte zu ihm auf und zwang sich zu lächeln. „Glaub es einfach. Vieles, an dem du gezweifelt hast, wird wahr und du zauderst noch immer?" Es erheiterte sie beinahe schon, zu sehen, wie er überlegte, was genau sie ihm sagen wollte. Sollte er ruhig noch etwas grübeln.

„Hischam!!" Izlans Stimme war laut und fest. Den Ton kannte Lunja, so klang bei ihrer Mutter Zuversicht.

Sie ergriff Hischams Hand und gemeinsam folgten sie dem Ruf.

Ihre Mutter saß im Schneidersitz, in ihren Armen eine eindeutig müde, aber wache Hafsa, die zwar noch leise hustete, aber deren Augen weit offen waren und die neugierig umherblickte. Neben ihr eine weinende Estrella, der die Erleichterung an der Nasenspitze anzusehen war.

„Mein Engel, meine Kleine!" Hischam stürzte auf seine Schwester zu und ging vor ihr auf die Knie.

Die Kleine musterte ihn zuerst erschrocken, dann zunehmend erstaunt, bis sie zaghaft ihre Hand ausstreckte und die Wange ihres Bruders berührte. Ihr Flüstern war so leise und heiser, dass man sie kaum verstand. „Hischam, du bist hier. Bin ich jetzt auch tot? Bin ich im Paradies?" Er streckte lächelnd die Arme aus, griff nach ihr und drückte sie an sich. „Nein, mein Engel, du lebst und ich ebenso, aber, dich wiederzuhaben, ist viel besser als im Paradies zu sein. Oh, meine Süße, ich hatte solche Angst, dich zu verlieren."

„Aber *du* bist doch tot. Papa sagte, du bist in der Wüste gestorben." Die Kinderaugen musterten den glücklichen Bruder eingehend. „Aber ich wusste, dass du leben musst. Mein großer Bruder stirbt nicht, er lässt mich nicht allein."

Dass Hischam hierauf keine Worte fand und stattdessen seine kleine Schwester auf Stirn und Wangen küsste, verwunderte Lunja keineswegs.

Endlich! Endlich konnte sie aufatmen. Hafsa lebte und sie lag in den Armen ihres totgeglaubten Bruders. Estrella war müde und ihr Körper schmerzte, ihre Brust tat weh, sobald sie einatmete, aber das alles war nebensächlich, wenn sie diese beiden Menschen sah. Das Glück der beiden zu sehen, war alles, was sie jetzt nötig hatte.

Sie spürte eine Hand auf ihrem Arm. Izlan, Asirems Mutter. Das Lächeln fiel Estrella leicht, wenn sie an den Mann dachte, der wahrscheinlich gerade nach Hafsa und ihr suchte. Ob er sich sorgte, ob er Angst um sie hatte?

Izlan unterbrach ihre Gedanken. „Estrella, bitte komm mit mir. Dein Husten will mir gar nicht gefallen und ich sehe, dass du Schmerzen beim Atmen hast. Hafsa scheint mir außer Gefahr zu sein, nun ist es an der Zeit, dass auch du dir helfen lässt, und ich will jetzt keine Widerrede mehr hören.“

Sie war so erschöpft, so müde, dass sie nicht einmal mehr hätte widersprechen können. So ließ sie sich von Izlan in ihr Zelt geleiten und half ihr dabei, sie zu entkleiden.

Izlan betrachtete sie eingehend. „Du hast blaue Flecken, scheinst aber nicht verwundet.“

Sie verneinte. „Ich bin unversehrt, die blauen Flecke sind vom Sattel, auf dem man mich festgebunden hatte. Sie mussten schnell reiten und wollten nicht, dass ich herunterfalle. Gewiss nicht wegen meiner Sicherheit, sondern, weil sie in großer Eile waren. Ich habe gehört, dass sie baldmöglichst wieder im Palast sein sollten, um nicht mit unserem Verschwinden in Zusammenhang gebracht zu werden. Sie fürchten sich sehr vor Kiran, alle haben Angst, vergiftet zu werden."

Izlan gab einen ungehaltenen Seufzer von sich. „Welch Wunder. Sie scheint mit diversen Giften schnell bei der Hand zu sein. Was weißt du sonst noch über sie?"

Estrella zuckte bedauernd die Achseln. „Nicht sehr viel. Asirem hat mir das Wichtigste in aller Eile mitgeteilt, wir mussten vorsichtig sein, da Kiran durch ihre Verbündeten ihre Augen überall zu haben scheint. Er wollte mich nicht in Gefahr bringen, weil er dachte, Kiran sei eifersüchtig auf mich, da der Sheik immer sehr freundlich zu mir war."

Izlan hatte sich eine kleine Menge Salbe aus einem Tontöpfchen auf die Hand getan und rieb damit nun sorgsam ihren Rücken ein. „Eine Frau, die überall Gefahr sieht, die auf alles und jeden Neid empfindet, muss sich in die Enge getrieben fühlen, wenn solch eine hübsche, bezaubernde Rivalin wie du plötzlich aus dem Nichts auftaucht." Sie drehte Estrella sanft um und wiederholte die Behandlung auf ihrer Brust. Erst dann schien sie zufrieden. „So, und nun kleiden wir dich an, mit etwas Warmen, etwas, in dem du dich wohlfühlst. Danach wirst du essen." Sie schien zu ahnen, dass Estrella widersprechen wollte. „Was sagte ich vorhin?"

„Verzeiht mir, Herrin, ich wollte Euch nicht verärgern." Ganz selbstverständlich fiel sie in die Sprache des Palastes zurück und war sehr verwundert, als Izlan gutmütig lachte.

„Nicht, Estrella. Ich heiße Izlan. Das da draußen ist meine Tochter Lunja und mein Mann, der Anführer dieses Familienclans, trägt den Namen Ahar. Ihm kannst du, sofern du das wünschst, den Respekt entgegenbringen, der ihm als unser Oberhaupt zusteht. Aber auch er wäre dir nicht böse, würdest du ihn einfach A-har nennen.“

Zaghaft sah sie zu Izlan auf. „Ist Sayyid eine gute Wahl, um ihn anzusprechen?“

Izlan schmunzelte. „Das klingt sehr gut. Und nun zieh dich an und wir gehen hinaus, damit du endlich etwas Warmes zu essen bekommst.“

32.

Im Lager der Berber: Die Melodie der Wüste

„Es ist schön hier. So ruhig, so friedlich." Estrella sah zum Himmel. „Und so viele Sterne. Ich habe schon einmal viele Sterne gesehen, als mein Vater mich mitgenommen hat in die Sierra Nevada. Auch wenn ich nachts am Meer stand, konnte ich die Sterne gut sehen. Es sah immer aus, als lege sich ein funkelndes Tuch über das Meer. Weißt du, was ich meine? So, als wolle jemand das Meer mit einem Sternentuch zudecken."

Lunja warf ihr einen langen Blick zu. „Ja, das ist ein schönes Bild, gefällt mir. Ich habe das Meer schon sehr lange nicht mehr gesehen. Aber es freut mich, dass es dir hier gefällt. Sag mal, du warst doch so müde, möchtest du dich nicht ausruhen?"

Sie schüttelte entschlossen den Kopf. „Ich bin nicht mehr müde. Dein Essen hat so wunderbar geschmeckt und es scheint mit Kraft gegeben zu haben. Kannst du mir beibringen, wie man so etwas zubereitet?"

Die Frage freute Lunja sichtlich. „Aber sicher. Sehr gerne sogar. Mein Bruder mag diesen Eintopf auch."

Allein die Erwähnung von Asirem trieb ihr das Blut in die Wangen. „Du liebst deinen Bruder sehr, nicht wahr?" Estrella lehnte sich vorsichtig an den

Palmenstamm, an dem sie und Lunja saßen und sich Datteln schmecken ließen.

„Ja, er ist ein wunderbarer Bruder. Ab und an ein wenig dickköpfig und eigensinnig, aber wenn ich ehrlich bin, sind wir das beide. So gleicht es sich wieder aus. Aber eigentlich wollte ich nicht über mich und meine Liebe zu meinem Bruder sprechen. Mich interessiert ganz etwas anderes." Lunja lächelte vielsagend. „Magrin erwähnte da so etwas. Ich glaube mich zu erinnern, dass er etwas von ‚Asirem hätte sich in eine großartige Frau verliebt' erzählte. Du weißt nicht zufällig, wen er damit gemeint haben könnte?"

Sie war sich dessen bewusst, dass ihre Wangen hochrot leuchten mussten. „Ich kann mir keinen Reim auf deine oder seine Worte machen."

Lunja schob sich eine Dattel in den Mund und kaute langsam und genüsslich, drehte ihr dann ihr Gesicht zu und musterte sie eingehend. „Hübsch, klug, mutig … und lügen kann sie, ohne mit der Wimper zu zucken."

Sie wollte eben zu einer Antwort ansetzen, als es im Lager laut wurde. Rufe erklangen und sie hörte Ahars Stimme.

„Alhamdulillah, du bist hier!"

Sie kam nicht dazu, sich zu fragen wer „dem Himmel sei Dank" hier war, denn Lunja sprang auf, griff nach ihrer Hand und zog sie einfach mit sich. Als sie zum Feuer kamen, sah sie drei Männer im Schein der Flammen. Einer, der Größte, wandte ihr den Rücken zu, erst, als Ahar, der direkt vor ihm stand, ihm bedeutete sich umzudrehen, erkannte sie ihn.

„Asirem!"

Da stand er: staubig, nein, dreckig und eindeutig erschöpft, aber als er sie erblickte, strahlte sein Gesicht. Sekundenlang sah er sie nur an, ungläubig, dann überwog die Freude. „Bei Allah, du lebst! Ich hatte solche Angst, zu spät zu kommen. Ich ...“ Er stockte, dann lächelte er und schließlich lief er auf sie zu und schloss sie so fest in seine Arme, dass sie leise japste. „Oh, verzeih, habe ich dir weh getan? Bist du verletzt?“

Sie legte nun ihrerseits ihre Arme um seine Mitte. „Ich bin nicht verletzt, ein paar blaue Flecken, aber das ist nichts. Auch Hafsa lebt. Sie haben uns wohl in allerletzter Minute gefunden und gerettet.“

Asirem drückte sie erneut an sich. „Es scheint zu einer lieben Gewohnheit zu werden, dass wir Mitglieder der Sultansfamilie in der Wüste finden und ihnen das Leben retten. Aber ich muss zugeben, ich bin unendlich froh darüber.“ Er holte tief Luft und schob sie einige Zentimeter von sich. „Ist dir bewusst, dass ich dachte, du seist tot? Kannst du dir ausmalen, wie es sich anfühlt, durch die Nacht und dann den folgenden Tag zu reiten in dem Glauben, dass ihr in der Wüste jämmerlich erfroren seid? Als wir in der Oase lediglich einen Stofffetzen vorfanden, einen sehr edlen muss ich gestehen, ahnten wir, dass man euch gefunden hat. Aber ich wusste noch immer nicht ob lebendig oder tot. Earkenz inou, mein Schatz, ich hatte unbeschreibliche Angst, dich verloren zu haben.“ Nachdem er diese Worte gesagt hatte, sah er sie an, wie er sie noch nie zuvor angesehen hatte.

Dann erblickte sie dieses Lächeln auf seinen Lippen, auf Lippen, die sich ihr langsam näherten. Als Asirem sie küsste, als sie seinen Mund auf dem ihren spürte, versank alles um sie. Das Lager verschwand in goldenem Nebel, die Stimmen der anderen Menschen verklangen zu einem kaum wahrnehmbaren Flüstern, die Kälte der Nacht war ebenso verschwunden wie ihre Schmerzen. Nichts zählte in diesem Augenblick, nur der Mann, in dessen Armen sie lag und der sie so liebevoll küsste.

Es war Lunjas fröhliche Stimme, die sie in die Wirklichkeit zurückholte. „Ach ja? Keinen Reim kannst du dir darauf machen? Sagtest du das nicht gerade noch vorhin? Mir war so."

Estrella schmiegte sich an Asirem, der seine Arme keine Sekunde von ihr löste. „Ich bin ebenso überrascht wie du."

Lunja lachte laut auf. „Oh, du bezaubernde Schwindlerin. Himmel, ich kann es nicht glauben, mein stolzer Bruder, dem keine gut genug war, hat endlich jemanden gefunden, der sein Herz gewonnen hat. Ich habe schon nicht mehr daran geglaubt."

Asirem schüttelte tadelnd den Kopf. „Schwester, du übertreibst. Du tust, als sei ich hundert Jahre alt. Aber es ist richtig, dieses ganz besondere Mädchen hat mich vom ersten Augenblick an verzaubert ... und dann dachte ich, sie sei eine Verbrecherin. Aber dazu später. Vorerst bin ich nur unbeschreiblich glücklich, dass es Kiran nicht gelungen ist, ihr krankes Vorhaben umzusetzen. Sie konnten allesamt nicht ahnen, dass die Wasserstelle nicht nur erneuert, sondern auch noch überprüft wurde. Um die Wahrheit zu sagen, das war ein unbeschreiblicher Zufall und sehr viel Glück."

Estrella erblickte, wie Hischam aus dem Zelt trat, in dem er über Hafsa gewacht hatte. Der starrte kurz mit erstauntem Blick auf Asirem und sie, dann lächelte er. „Schön, dich wiederzusehen, mein Bruder.“

Asirem erwiderte das Lächeln des Sheiksohnes. „Es ist auch schön, dich wiederzusehen, Hischam. Es gibt einiges zu berichten, wollen wir uns setzen? Und eine viel wichtigere Frage: Ist noch etwas zu essen da? Die Männer und ich sind halbverhungert.“

Sofort liefen Lunja und eine der Frauen los, um dafür zu sorgen, dass Asirem und seine Begleiter vom Hungertod verschont bleiben würden.

Asirem fiel offensichtlich erst jetzt auf, dass er Estrella mit Staub und Sand regelrecht überschüttet hatte. „War ich das?“ Sein Blick war anbetungswürdig. „Das tut mir von Herzen leid.“

Sie umarmte ihn erneut, so fest sie in ihrem Zustand konnte. „Mir tut es nicht leid!“ Ihr Blick huschte zu Hischam. „Hafsa?“

Der winkte ab. „Sie schläft tief und fest, warm eingewickelt und satt ist sie auch.“

Estrella atmete erleichtert auf. „Das ist gut. Heute war ein Tag, den ich wohl niemals vergessen werde. Ich hatte große Angst um Hafsa.“

Lunja rief alle zum Feuer und reichte Asirem, der Estrella nur zögerlich losließ, eine Schüssel, aus der es appetitanregend duftete. „Da. Und da ich weiß, dass du essen und reden zugleich kannst, wäre es wirklich schön, wenn du uns nun berichtest, was sich im Palast zugetragen hat, seit Magrin weg war.“

Asirem griff nach der Schüssel und dankte seiner Schwester herzlich, ehe er sich setzte. Es erstaunte sie nicht, dass Lunja recht behielt. Mit vollem Mund erzählte er von den Geschehnissen ab dem Zeitpunkt, an dem Soraya bemerkt hatte, dass sie und Hafsa verschwunden waren. Er berichtete von dem Gespräch mit Aiza, deren Reaktion, der Suche, und davon, wie überlegt Aiza danach gehandelt hatte. „Hischam, deine Mutter ist eine wunderbare Frau. Ich habe sehr schnell verstanden, warum Bassam sie so verehrt. Du hättest erleben sollen, wie sie mit Yusuf sprach. Es war nur eine Frage der Zeit, wann er alles eingestehen würde, sie ließ ihm keine andere Wahl. Und sie ist derzeit wohl der glücklichste Mensch im ganzen Land. Du hättest ihre Augen sehen sollen, als wir ihr berichteten, dass du lebst. Noch nie zuvor habe ich solch ein Strahlen gesehen …" Er wandte sich zu Estrella um. „Das ist nicht ganz die Wahrheit. Als ich im Garten mit dir sprach, dir den Vorschlag unterbreitet habe, mit dir in deine Heimat zu segeln oder ans Meer zu reisen, da strahlten deine Augen ebenso wie die Aizas."

Estrella wusste, dass sie das nicht leugnen konnte. „Meine Augen werden mich immer verraten. Freude kann ich nicht verbergen, Trauer ebenso wenig. Wer mich kennt, der kann in meinem Gesicht lesen."

Asirem küsste sie auf die Nasenspitze. „Ich lese gerne."

„Seit wann?" Lunja rührte mit stoischer Miene in dem Topf, der über dem Feuer hing.

„Schon immer, du vorlauter Wüstengeist. Wahrscheinlich mehr als du."

Estrella fühlte sich, als sei sie zu Hause in ihrem Haus in Almuñecar. Zu ähnlich waren sich die Kabbeleien unter den Geschwistern. Es war ein gutes Gefühl, ein Gefühl von Heimat.

Es war Ahar, der dem liebevollen Zanken der Geschwister ein Ende setzte. „Darüber, wer hier mehr liest, und vor allem worin, könnt ihr euch später streiten. Jetzt sollten wir zusehen, dass wir entscheiden, was zu tun ist." Er zögerte, sprach dann aber weiter. „Asirem, wann kehrt der Sheik mit dieser Schlange zurück in den Palast?"

Asirem schluckte den letzten Bissen seines Eintopfs und seufzte zufrieden. „Jetzt geht es mir besser. Wann sie zurückkehren, kann ich nicht mit Bestimmtheit sagen. Ich weiß aber, dass sie von nichts wissen werden, da Aiza befohlen hat, strenges Stillschweigen zu bewahren. Zwar hat Yusuf alle Namen genannt, dennoch sind wir nicht sicher, ob es da nicht doch noch jemanden gibt. Derzeit sitzen alle, die Kiran bei ihren Schandtaten halfen, im Kerker und davon drang auch nichts nach draußen, hoffen wir wenigstens."

Hischam räusperte sich und warf Asirem einen unsicheren Blick zu. „Yusuf? Ich begreife es noch immer nicht. Er ist Bassams Stellvertreter, seine rechte Hand. Er war in meiner Leibgarde, wenn ich durch Marrakesch ritt. Ein Verräter? Ein Mörder?"

Asirem nickte. „Ja, mein Bruder, du musst dazu wissen, was Kiran den Menschen angedroht hat, für den Fall, dass sie ihr nicht zu Willen sind. Gut, sie versprach auch Land, Einfluss und Reichtümer, aber sich ihr zu widersetzen, scheint schier unmöglich gewesen zu sein. Niemand wusste genau, wer alles zu ihrem Kreis gehörte, jeder misstraute jedem. Die Leute fürchteten um ihre Familien, so wie Bassam, der ganz gewiss nie auf Kirans Seite stand. Kiran ist nicht nur bildschön, sie ist auch schlau, weiß, wie sie die Menschen zu nehmen hat und bei wem eher das verlockende Geld oder ein Stück Land die erwünschte Wirkung haben, oder wo sie schlicht nur Leben bedrohen musste."

„Wie konnten wir uns nur alle so sehr blenden lassen, warum konnten wir die Zeichen nicht erkennen? Du sagst, sie wollte sogar Mutter töten?"

„Sie sorgte dafür, dass deine Mutter ihre ungeborenen Kinder verlor, Yusufs Bruder hat als Apotheker Zugriff auf alle Kräuter und Gifte, die sie benötigte. Sie mischte das Gift in das Essen, versetzte Säfte mit Kräutern, die frühzeitig die Wehen einleiteten. Sie muss lange Zeit alles über solche Mixturen gelernt haben. Yusuf berichtete, dass sein Bruder nur sehr selten eine Änderung der Rezepturen vornehmen musste, um das Gewünschte zu erzielen. Kiran verabreichte auch Sabah immer wieder Säfte, von denen sie ihr erzählte, sie seien stärkend und gut für sie, würden die Geburt des Kindes erleichtern. Sabah schien sich vor dem ersten Kind zu fürchten, da ihre eigene Mutter bei der Entbindung ihrer jüngsten Schwester starb. Kiran gab ihr aber keine stärkenden, aufbauenden Säfte aus Obst. Sie gab ihr eine gefährliche Mischung, die das Blut dünn werden ließ und die Adern angriff. Sabah hatte, als Hafsa zur Welt kam, keine Möglichkeit, es zu überleben. Kiran wusste das. Sie fürchtete Sabahs Jungend, ihre Fröhlichkeit, mit der sie Ahmet bezauberte. Sabah musste sterben. Niemand dachte auch nur im Traum daran, dass Kiran etwas mit ihrem Tod zu tun haben könnte."

„Das ist richtig", bestätigte Hischam. „Kiran schien sehr um Sabah zu trauern, bot an, sich um Hafsa zu kümmern und ihr eine Mutter zu sein. Allerdings ging das nicht lange gut. Hafsa fühlte sich von Anfang an mehr zu meiner Mutter hingezogen als zu Kiran. Ein kluges Mädchen!" Er lächelte. „Kinder können das Böse fühlen, ich hätte mehr auf meine Lehrer hören sollen."

„Nun wissen wir immer noch nicht, was zu tun ist", warf Ahar ein. „Ich bin der Meinung, dass all dem nunmehr schnell und gründlich ein Ende gesetzt werden muss. Wir sollten Aiza unterstützen und vor allem sollte Hischam seinen Platz wieder einnehmen. Seine Rückkehr ist die beste und stärkste Waffe, die man gegen Kiran ins Feld führen kann." Ahar war eindeutig ungeduldig und wollte Taten sehen.

Hischam stimmte ihm zu, schien jedoch zu zögern.

„Was hast du, mein Junge? Es droht keine Gefahr mehr. Deine Mutter weiß Bescheid und sie wird beschützt, die Verräter stecken im Kerker, warum scheinst du mir so zaudernd?"

„Ich habe Angst um Bassam. Mein Vater wird wütend sein, wenn er von unserer Abmachung erfährt. Nicht nur, dass unsere Scharade für viel Trauer sorgte, meine Mutter verlor dieses Kind gewiss aufgrund ihrer Trauer um mich."

Asirem legte ihm beruhigend eine Hand auf den Rücken. „Sei unbesorgt. Aiza weiß ja bereits alles und sie bewundert Bassam dafür, dass er den Mut hatte, dir die Wahrheit zu sagen. Und so ganz nebenbei bewundert sie auch dich, dass du dich auf den Weg in die Wüste gemacht hast, um Bassams Familie zu schützen."

Hischam zog eine Grimasse. „Was ja auch wunderbar von mir geplant und ausgeführt war."

Amirs Stimme barg eine ganze Menge Spott, als er antwortete. „Immerhin wissen wir nun, dass du als

Fährtenleser vollkommen ungeeignet bist und man sich dir bei Reisen ins Land besser nicht anvertrauen sollte."

„Sei du froh und glücklich, dass du noch lebst." Hischam klang ein klein wenig verärgert.

„Ja, aber das haben wir ihm zu verdanken." Amir deutete grinsend auf Asirem. „Aber das ist alles nicht wichtig, denn wenn ich das richtig sehe, werden wir diesen Berber nie mehr los und ich muss zugeben, dass ich den Gedanken gar nicht so übel finde."

„Ihr werdet hier einiges nicht mehr los, das sollte einmal Erwähnung finden." Lunjas Aussage sorgte für ein Lächeln bei ihrem Vater und, als Estrella zu Hischam sah, wusste sie, dass Lunjas Worte für ihn bestimmt gewesen waren. Er sah ebenso glücklich aus wie zuvor Asirem, als er sie erblickt hatte.

So war das also. Hischam und die schöne, spitzzüngige Wüstenprinzessin. Irgendwie schien sich alles zu fügen und sie musste zugegeben, es gefiel ihr.

„Ich sehe schon, ihr habt eure Gedanken nicht bei der Sache, darum entscheide ich." Ahar verlor offenbar die Geduld mit seinen verliebten Kindern. „Wir legen uns alle schlafen, morgen sehen wir, wie es Hafsa geht, denn sie sollte mit uns kommen, um ihren Vater zu besänftigen. Ich würde es sehr begrüßen, wenn wir gegen Mittag aufbrechen könnten. Wenn es allen gut genug dafür geht, sollten wir am nächsten Tag ebenfalls gegen Mittag in Marrakesch sein."

In dieser Nacht schlief Estrella mit Lunja im Zelt. Sie bestaunte die Betten, die Felle, die schönen Teppiche, ebenso die edlen Hocker, die niedrigen Tische und die weichen bunten Sitzkissen. „Ihr habt es sehr schön hier in euren Behausungen.“

Lunja legte noch eine Decke über ihrer beider Schlafstatt, wahrscheinlich, um sie auch richtig warm zu halten. „Natürlich. Was hast du erwartet? Ein karges, ärmliches Lager, in dem es an allem Möglichem fehlt?“

„Nein, natürlich nicht. Aber ich habe keinerlei Erfahrung, du musst verzeihen, wenn ich dumme Fragen stelle oder eure Art zu leben erst kennenlernen muss. Das alles ist neu für mich, aber es fühlt sich gut an. Ich musste mehrmals an meine Geschwister denken, so sehr fühlte es sich nach meinem Zuhause an.“

Lunja schlüpfte zu ihr unter die dicken Decken und kuschelte sich fest hinein. „Zuhause klingt schön. Vermisst du deine Familie?“

„Ja, aber ich habe eine neue geschenkt bekommen und ich bin dankbar dafür. Ich wollte immer in die Welt hinaus, wollte andere Länder, andere Gebräuche kennenlernen. Meine jüngere Schwester Rosa wusste das. Sie hat mich, noch ehe Tia Alba mich fragte, ob ich mitkomme, bereits vor einem Segelschiff gemalt. Und meine Schwester Elena war sich sicher, ich wäre ein guter Pirat geworden, vielleicht lag sie gar nicht falsch.“

Lunja stupste sie neckend in die Rippen. „Das wird nichts mit dem Piraten, wenn du einen Wüstensohn liebst, und sag nicht, dass du meinen Bruder nicht liebst.“

Sie fühlte schon wieder die Hitze in ihrem Gesicht. „Wie könnte ich das verleugnen? Allein schon, wenn ich an ihn denke, werden meine Wangen brennend rot. Er hat mich von der ersten Minute an in seinen Bann gezogen. Sein Blick ist pure Magie.“ Sie schwieg eine

Weile, musste nach den richtigen Worten suchen, ehe sie fortfuhr. „Meine Mutter hatte mir gesagt, dass es die Liebe auf den ersten Blick, eine Liebe, die dich wie eine Flutwelle überrollt, die deine Gedanken ausschaltet und die dich nur noch den anderen sehen lässt, nicht gibt. Sie hatte Unrecht. Es gibt sie, ich liebe deinen Bruder, seit ich das erste Mal in seine Augen geblickt habe."

„Bei Allah, das klingt sehr schön. Ich freue mich für euch. Ich hoffe sehr, dass du mit dem Leben als Nomadin, einem Leben, das sich zu einem Teil in der Wüste abspielt, zurechtkommen kannst. Du bist ein Kind des Meeres, Estrella. Wirst du die Wüste lieben oder sie hassen?"

Sie musste nicht einmal überlegen. „Ich werde sie lieben. Sie hat die gleiche endlose Weite wie das Meer, die gleiche Ruhe. Die Dünen werden mich an meine Heimat erinnern und wenn die Sonne versinkt, werde ich wissen, dass sie auch am Meer untergeht. Vor allem aber wird Asirem bei mir sein, zumindest hoffe ich das."

„Ich habe gesehen, wie er dich ansieht. Glaub mir, den wirst du nicht mehr los."

Estrella richtete sich etwas auf und musterte Lunja nachdenklich. „Wir reden nur von mir. Ich habe sehr wohl gesehen, was da zwischen dir und Hischam ist. Daher nun meine Frage: Wird Lunja, die Tochter der Wüste, in einem Palast in Marrakesch leben können? Wirst du die Mauern ertragen, die dich dort umgeben?"

Lunja nickte nachdrücklich. „Das kann ich und das werde ich. Schon als Hischam hergebracht wurde, obwohl er halbtot und verdreckt war, konnte ich es fühlen, dieses ganz besondere Band. Ich musste ihn nur leicht berühren, schon stand meine Haut in Flammen. Sein Lächeln, seine Augen, sein Humor. Er ist belesen, man kann über alles mit ihm sprechen ... und er hat einen wunderschönen Mund." Sie verdrehte die Augen. „Es fehlt nur noch eine winzige Kleinigkeit."

Ratlos hob Estrella die Schultern. „Was denn noch?"

„Er muss die Wüste hören, ihr Lied, er muss diese tiefe Liebe, diesen einzigartigen Frieden spüren, wenn er auf sie hinausblickt."

„Tut er das denn nicht schon?"

„Ich glaube ihm, dass er es mit aller Kraft versucht. Er nähert sich unserem Leben an. Auch wir leben einen Teil des Jahres in Häusern, auch wir sind teilweise sesshaft, ich kann das. Aber er muss den Teil von mir verstehen, der immer wieder die Freiheit hören muss."

„Hören?"

„Ja, Estrella, man kann die Freiheit hören. Aber dazu muss er die Melodie der Wüste hören und verstehen."

Sie konnte die Traurigkeit in Lunjas Stimme hören. Zaghaft streckte sie ihre Hand aus und legte sie auf die der jungen Frau. „Das wird er, ich bin mir ganz sicher, dass er das wird, du wirst sehen."

***

In dieser Nacht hatte der Schlaf ihn gemieden. Asirem war sofort eingeschlafen und auch Amir hörte er leise schnarchen. Mehrere Stunden nach Mitternacht schälte sich Hischam leise aus seinem Bett und schlich sich auf Zehenspitzen aus dem Zelt. Er war sehr dankbar für den dicken, warmen Umhang, den er neben dem Ausgang vorfand, wickelte sich fest darin ein und schöpfte tief Luft. Seinen Atem stieß er in weißen Dunstschwaden wieder aus. Ja, es war kalt, aber die Luft war klar und zahllose Sterne funkelten vom Himmel.

Er entfernte sich einige Schritte vom Lager und setzte sich auf einen flachen, großen Stein. Angestrengt versuchte er, in der Dunkelheit etwas zu erkennen. Was er ausmachen konnte, das waren Schatten und Umrisse. Er hörte in der Stille von weiter Ferne einen Falken rufen und er vernahm das leise Rascheln, wenn ein Tier über den Sand lief oder sich darin eingrub. Jetzt, da es noch dunkel war, wagten sich die Tiere heraus.

Der Gedanke, Lunja zurücklassen zu müssen, ohne zu wissen, wann er sie wiedersehen würde, schmerzte ihn. An sie zu denken, war wie an einem Feuer zu sitzen, so nah, dass man die Wärme der Flammen auf der Haut spüren konnte, diese Wärme breitete sich über den ganzen Körper aus, wurde zunehmend zu Hitze, zu Verlangen. In seinem Leben hatte es viele hübsche Mädchen gegeben, die allzu gern sein Leben mit ihm geteilt hätten. Keine einzige hatte auch nur annähernd das in ihm ausgelöst, was Asirems flinkzüngige, schöne Schwester mit ihm und seinen Gefühlen anstellte. Es fühlte sich an, als sei sie ein Teil von ihm, der Teil, der ihn erst zu einem Ganzen machte. Warum war sie nur so versessen darauf, dass er „die Melodie der Wüste" hörte? Er versuchte es, nicht nur einmal, täglich, immer wieder, aber er verstand nicht, was sie meinte. Es machte ihn unendlich traurig und sein Herz schwer wie einen Marmorblock. Er hätte sie zwingen können, hätte sie kurzerhand in den Palast beordern können. Aber allein der Gedanke erschien ihm in

Zusammenhang mit der stolzen Tochter Ahars vollkommen verrückt und abwegig. Er liebte sie. Das wusste er schon sehr lange und er wollte, dass sie freiwillig und mit Freude im Herzen mit ihm kam.

Hischam kniff die Augen zusammen, um besser sehen zu können. Am Horizont erkannte er einen hellen Streifen. Der Tag kündigte sich an und bald würde die Sonne aufgehen. Und er saß noch immer hier und zermarterte sich sein Hirn.

Als er hinter sich ein leises Geräusch vernahm, wandte er sich neugierig um. Er dachte, Asirem oder einer der anderen Männer sei bereits wach, aber auf den zweiten Blick erkannte er in der warm eingepackten Silhouette Estrella. Sie entdeckte ihn sofort und blieb stehen.

„Verzeiht mir, Herr, ich wollte Euch nicht stören. Ich gehe wieder …"

„Estrella, Mädchen, wirst du wohl damit aufhören?"

Sie wirkte erschrocken. „Womit denn, mein Herr? Habe ich Euch verärgert?"

Seufzend streckte er ihr die Hand entgegen. „Damit, mich als ‚mein Herr' zu bezeichnen. Du musst dich hier vor niemandem kleinmachen. Alles, was ich bisher über dich gehört habe, alles, was ich nunmehr mit eigenen Augen sehen konnte, zeigt mir, dass du ein außergewöhnlicher Mensch bist." Estrella hatte mittlerweile ihre Hand zögerlich in die seine gelegt und so zog er sie zu sich und bedeutete ihr, sich neben ihn zu setzen. „Asirem hat mir erzählt, wie mein Vater dich gelegentlich nennt. Er nennt dich ‚Tamrabt', so wie auch ich es vorhin tat. Kennst du die Bedeutung dieses Wortes?"

Sie nickte unsicher. „Ich glaube zu wissen, dass es etwas Freundliches ist."

Hischam schmunzelte. „So kann man es auch sagen. Es bedeutet ‚Heilige' und ist ein sehr selten gebrauchter Kosename, eine Anerkennung. Nur, wenn wir Respekt vor jemandem haben, wenn wir diesem Jemand unsere Herzen und Arme öffnen, benennen wir ihn so. Es ist eine große Ehre, dass ausgerechnet mein Vater, der nicht für große Emotionen bekannt ist, dich so nennt. Ich weiß nicht allzu viel von dir. Nur, dass du aus Al-Andalus kommst, meine Schwester gerettet hast und das nun bereits mehrmals, dass du dich für andere einsetzt, ohne Rücksicht darauf, dass es dir selbst schaden könnte." Er hielt kurz inne, fuhr dann mit weicher Stimme fort. „Und ich weiß, dass Asirem dir mit Haut und Haaren verfallen ist. Aber ich glaube, das weißt du? O ja, du weißt es, sogar in der Dämmerung kann ich sehen, dass du errötest." Er drückte ihre Hand und schwieg einige Augenblicke. Leise fuhr er fort. „Was lässt dich glauben, hier in der Wüste glücklich werden zu können?"

„Wisst Ihr ... weißt du, Hischam", begann sie nach einer Weile, „Heimat mag das Land sein, in dem man geboren wurde, in dem man aufwuchs, aber Heimat ist noch etwas viel Wichtigeres: Heimat ist auch der Mensch, den du von ganzem Herzen liebst. Ich bin am Meer aufgewachsen als Tochter eines Fischers in einem kleinen Haus nahe am Hafen. Ich liebe das Meer sehr, im Gegensatz zu meiner Schwester habe ich es auch nie gefürchtet. Darum nahm mein Vater mich oft in seinem Boot mit hinaus. Schon als kleines Mädchen sah ich den Sonnenaufgang auf dem Meer. Ich sah, wie die

Natur zuerst zartes Blau und Rosa in den Himmel zauberte. Je höher die Sonne stieg, desto mehr Gold und Rot mischten sich in diesen Reigen an himmlischen Farben. Ab einem gewissen Sonnenstand glitzerte und glänzte die Meeresoberfläche, als habe jemand Silberstaub darauf verteilt. Es war unbeschreiblich schön. Dazu das leise Gluckern des Wassers unter dem Boot und das Rauschen des Windes, der sich in unserem Segel fing und uns vorantrieb. Ich war jedes Mal wie verzaubert. All das war wie eine einzigartige Melodie aus Farben, Tönen, Klängen und den eigenen Empfindungen. Mein Vater nannte das die Melodie des Lebens. Er sagte mir, ich solle immer, egal wo ich auch sei, auf diese Melodie lauschen, denn sie sei in mir und in meinem Herzen. Sie würde immer dort sein, wo ich glücklich bin, und ich bin mir sicher, dass ich mit Asirem glücklich sein werde. Darum werde ich sie nicht nur am Meer hören können, sondern auch hier in der Stille der Wüste. Andere Töne, andere Farben, aber letztendlich die Melodie, die mir zeigt, dass ich hier zu Hause bin.“

Er konnte ihr nicht sofort antworten, denn ihre Worte bewegten ihn mehr, als ihn jemals etwas in seinem Leben bewegt hatte. Da musste ein junges Mädchen aus einem fernen Land kommen, um ihm, dem Sohn des Sheiks zu erklären, was es bedeutete, wirklich zu leben, wirklich zu lieben und vor allem auf die eigenen Gefühle bedingungslos zu vertrauen. Endlich verstand er. Endlich, nach so vielen Wochen, begriff er, wovon Lunja sprach. Es ging nicht darum, die Laute und Geräusche der Wüste wahrzunehmen und etwas aus ihnen herauszuhören. Es ging um sein Inneres, um seine Gefühle, sein Vertrauen in die Liebe zu ihr, darum, dass ihre Heimat sein würde, wo auch immer sie sich befanden, denn sie waren sich gegenseitig Heimat.

„Estrella, du hast mir gerade in wunderschönen Worten erklärt, was ich so lange nicht verstanden habe. Ich weiß nun, wovon Lunja immer gesprochen hat, ich weiß, was sie meint, und das habe ich dir zu verdanken. Ich war so blind und taub war ich noch dazu. Dein Vater ist ein wundervoller Mann, ich würde ihn gerne kennenlernen."

Die Trauer auf ihren Zügen zeigte ihm sofort, dass er auf eine wunde Stelle gestoßen war. „Estrella, was ist, habe ich etwas Falsches gesagt? Tränen wollte ich nun nicht verursachen."

Sie schüttelte den Kopf. „Nein, Hischam, du kannst es nicht wissen. Mein Vater starb vor einiger Zeit. Er ertrank im Meer. Darum kam ich auch mit der Dame Alba nach Marokko, als ihre Begleiterin oder Gesellschafterin. Sie ist zwar traurig, dass ich nun im Palast bin, freut sich aber auch für mich, da sie weiß, dass ich stets abenteuerlustig war und niemals geglaubt hätte, jemals die Dinge zu erleben, die ich nun allesamt erleben konnte. Aber ich gebe zu, mein Vater fehlt mir."

Er legte seinen Arm um ihre Schultern und drückte sie liebevoll an sich. „Nun, ich weiß, es ist nur ein kleiner Trost, aber mit Asirem bekommst du auch eine großartige Familie. Ahar ist ein weiser, kluger Mann, er liebt seine Familie sehr und er sorgt sich auch um andere. Ich durfte viel lernen in der Zeit, in der ich hier gelebt habe. Ahar wird dir ein Vater sein, wie viele ihn sich wünschen, das kann ich dir versprechen."

Aus der leisen Stimme konnte man sein Lächeln heraushören. „Da stimme ich dem Königssohn, wie meine Schwester ihn zu nennen pflegt, uneingeschränkt zu. Trotzdem könnte er dich dann wieder loslassen.“

Hischam drehte sich zu der Stimme um und lächelte. „Auch gut, ich werde mich an deine Schwester halten.“

Asirem zuckte die Achseln. „Du musst wissen, wie lieb dir dein Leben ist.“

Hischam drückte Estrella noch einmal, stand auf und hieb Asirem kräftig auf die Schulter. „Mein Leben ist mir sehr lieb und eben darum werde ich, ehe wir aufbrechen, noch ein sehr ernstes Gespräch mit deiner Schwester führen.“ Er fühlte sich richtig gut! Fröhlich vor sich hin summend schlenderte er zurück zu den Zelten.

***

Asirem nahm Hischams Platz ein und legte seinen Arm um sie. „Ist dir kalt?“

Estrella verneinte und sah zu ihm auf. „Wie könnte es mir in deinem Arm kalt sein?“

„Eine gute Antwort.“

Sein Griff verstärkte sich noch ein wenig und das gab ihr noch mehr Sicherheit. „Asirem, ich kenne eure Sitten und Gebräuche nicht. Bitte, sag mir, wenn ich etwas falsch mache. Ich möchte niemanden verärgern.“

„Mach dir darum keine Sorgen, mein Engel. Lunja mag dich jetzt schon, mein Vater ebenfalls und Mutter wird dich ebenso lieben, sobald auch sie dich näher kennenlernt. Meinem Großvater musst du mit Geduld begegnen. Er ist der misstrauischste Mensch unter den

Sternen, aber er hat ein Herz aus Gold. Das trägt er zwar nicht gerade auf der Zunge, aber ich verspreche dir, du wirst sehr gut mit ihm auskommen. Meine Onkel, Tanten, Nichten, Neffen, Cousinen und all die anderen sind ebenfalls sehr nette und liebenswerte Menschen. Aber ich weiß ja noch gar nicht, ob Ahmet dich gehen lässt. Es ist möglich, dass er dich im Palast behalten will. Das wäre nicht gut für uns, denn gegen seinen Willen darf ich mich nicht auflehnen. Allerdings haben wir da noch etwas, mit dem wir ihn sicher sehr milde stimmen werden."

Das klang besorgniserregend. Auch sie wusste, dass Ahmets Wunsch entsprochen werden musste, was konnte da für Abhilfe sorgen?

„Hischam. Aiza wird Ahmet nicht sofort erzählen, dass sein Sohn lebt. Wir denken, dass Kiran noch einige Trümpfe in Händen hält und Aiza, klug und bedacht, wie sie nun einmal ist, hatte die Idee, dass wir schnellstmöglich mit Hischam zurückkehren sollen. Egal, was diese Giftmörderin noch in der Hinterhand haben könnte, gegen einen lebendigen Hischam kommt nichts an."

***

Hischam musterte Lunja neugierig. „Habe ich recht? Ist das, was ich bei Estrella gelernt habe, richtig? Ist es dieses Gefühl, dass ich mit dir, egal, wo wir auch sein mögen, glücklich sein werde, weil du mein Leben bist?"

„Das hast du sehr schön gesagt und, ja, es ist richtig. Aber fühlst du es denn auch? Fühlst du das, was du sagst?"

Er ergriff ihre Hände und drückte sie. „Lunja, vom ersten Augenblick an habe ich dich geliebt. Als du dich über mich gebeugt hast, dein besorgter Blick auf mir ruhend, deine Fürsorge, deine Geduld. Ich habe dich grenzenlos bewundert, als du da draußen auf der Düne den Sonnenuntergang beobachtet hast, du sahst so wunderschön aus. Dein Stolz, deine Haltung, du warst eins mit der Wüste. Ich konnte es fühlen, diese Einheit, dieses tiefe Verständnis zwischen dir und deiner Heimat. Mir war aber auch etwas anderes bewusst, dass du niemals ohne diese Freiheit würdest leben können, dass ich dir niemals die Ketten der Paläste aufzwingen darf, dass du den Blick in die Ferne brauchst, um atmen zu können.“

Lunjas Augen glänzten verdächtig. „Du hattest es schon die ganze Zeit in dir. Hischam, du hast es von Anfang an verstanden, du hast mich verstanden und meine Liebe zu unserem Leben. Jetzt, durch Estrella und ihre Schilderung, ihre Beschreibung dessen, was ihr Vater sie gelehrt hat, wurde dir das bewusst, aber ich weiß jetzt, dass du es von Anfang an fühlen konntest. Nur, es auch erklären, das konntest du nicht. Typisch Mann. Würdest du es jetzt bitte endlich tun?“

Er verstand nicht. „Was? Ich habe alles gesagt.“

„Ja, gesagt, aber nun lass deinen Worten bitte Taten folgen, du begriffsstutziger Königssohn.“

Endlich begriff er und hätte sich gleichzeitig ohrfeigen mögen. Lachend schloss er sie in seine Arme, blickte voller Ehrfurcht auf ihr schönes Gesicht, in die funkelnden Augen und die vollen Lippen. Lunja zu küssen, ohne zuvor mit Ahar gesprochen zu haben, war ein Wagnis, eines, das er nur zu gern einging.

****

„Du willst also tatsächlich meine Tochter heiraten? Denkst du dir das so?" Ahars Blick war streng und prüfend.

„Ja, das will ich. Und es ist mir sehr ernst. Ich schwöre dir, dass ich sie auf Händen tragen werde. Noch etwas verspreche ich: Ich werde sie niemals zu etwas zwingen. Wenn ihre Sehnsucht nach euch, nach dem Leben hier draußen zu übermächtig wird, dann werden wir zu euch kommen, hier eine Weile leben. Ich habe die Zeit mit euch genutzt, um zu lernen. Ich habe einen Teil der Menschen kennengelernt, die dieses Land aufgebaut haben, die es zu dem gemacht haben, was es heute ist. Heute verstehe ich Vieles, was ich zuvor nicht verstanden habe. Es würde mich mit Stolz erfüllen, wenn du mir deine Tochter zur Frau gibst."

Asirem lachte in sich hinein. „Gut gesprochen, Bruder, wie soll er da noch Nein sagen können?"

Ahar stieß einen knurrigen Laut aus. „Ihr beiden Kerle habt euch wohl gegen mich verschworen? Eigentlich sollte ich das Ganze noch einmal gründlich überdenken."

„Vater!"

Die Stimme seiner Tochter ließ Ahar schmunzeln. „Den Ton kenne ich. Hischam, ich hoffe, dir ist bewusst, wen du dir da an deine Seite holst. Sie ist sturköpfig, rechthaberisch und vorlaut. Aber bitte, wenn du es dir zutraust, sie zu zähmen, dann soll es mir recht sein."

„Abgesehen davon, solltest du meiner Schwester auch nur annähernd Grund zur Klage geben, ich weiß, wo ich dich finde." Asirem war in zwei großen Schritten bei Hischam und umarmte ihn herzlich. Dann wandte er sich Estrella zu, die alles sehr zufrieden beobachtet hatte. „Eine Frage hätte ich da noch, mein Engel: Wen muss ich eigentlich fragen, ob ich dich heiraten darf?"

Estrella hob herausfordernd eine Augenbraue. „Die edle Doña Alba, das wird schwer, das kann ich dir schon jetzt versprechen."

Er zog sie an sich und küsste sie auf ihr im Schein der Sonne glänzendes Haar. „Ha, sie wird mich lieben."

Ahar hüstelte und Asirem hörte, sehr zu seiner Freude, als sein Vater sich abwandte. „Ich mag sein Selbstbewusstsein. Das hat er von der Mutter."

Aber im Augenblick galt es, sich zu beeilen. Aiza brauchte ihre Unterstützung und es war an der Zeit, Kiran für ihre Taten bluten zu lassen. Er verschaffte sich, so gut er konnte Gehör. „Wir reiten in Kürze los. Mit Hischam, Magrin, Amir, den Wachen, Vater, unseren Männern und mir selbst sind wir zu zwölf, das dürfte eindrucksvoll genug sein."

„Fünfzehn."

Asirem sah Lunja an, ohne zu verstehen. „Wie meinst du das, wen habe ich vergessen?"

„Estrella, Hafsa und mich. Frauen waren schon immer ein überzeugendes Argument bei Männern. Außerdem muss er Hafsa sehen und Estrella muss die Aussagen Aizas bestätigen." Sie lächelte siegessicher. „Außerdem glaubst du wohl nicht, dass ich diesen Mann auch nur einen Wimpernschlag lang aus den Augen lasse?"

Asirem sah Hischams glückliches Lächeln, den herausfordernden Blick seiner Schwester und die entschlossene Miene Estrellas. „Schon gut, packt alles zusammen, ich weiß, wann ich aufgeben sollte."

„Großer Bruder, wann habe ich dir das letzte Mal gesagt, wie sehr ich dich liebe?"

Er schüttelte seufzend den Kopf. „Ich sagte, verschwinde und pack deine Sachen zusammen."

33.

Palast Marrakesch

Über dem großen Saal des Sheiks lag eine noch nie dagewesene Spannung. Mochte auch das Licht der Sonne die Edelsteine am Mobiliar zum Funkeln bringen und für gleißende Helligkeit sorgen, so überwog bei weitem die eisige Kälte, die sich über allem zunehmend ausbreitete.

Eine klagende Stimme zerschnitt die Stille. „Eine Verschwörung, eine von langer Hand geplante Verschwörung?" Kiran lag vor Ahmet auf den Knien. „Mein Herr, mein geliebter Herr, niemals würde ich meine Hand gegen ein Mitglied dieser Familie erheben, niemals würde ich jemandem aus dieser Familie ein Leid zufügen. Ich flehe Euch an, Herr, beim Leben unseres ungeborenen Kindes, Ihr müsst mir Glauben schenken. Ich bin unschuldig."

Ahmet atmete tief ein. Seine Geduld war in diesem Augenblick sehr gering. „Kiran, ich möchte dir glauben, bitte, das ist die Wahrheit. Jedoch stehen hier vor mir drei Menschen, die einheitlich gegen dich aussagen."

Kiran schluchzte lauf auf. „Nichts anderes habe ich erwartet, mein Herr, ich ahnte es seit langer Zeit." Sie richtete sich halb auf und ihren tränenverhangenen Blick auf Aiza. „Sie hat all das begonnen. Aiza missgönnt mir seit langer Zeit mein Glück. Ihre Eifersucht ist übermächtig und ihre vorgetäuschte Sanftmut ist eine einzige Lüge. Mein Sohn lebt, der ihre musste sterben. Ein schreckliches Schicksal, jedoch eines, an dem ich keinerlei Schuld trage. Herr, ich flehe Euch an, würde ich jemals etwas tun, das Euch solch unfassbar großen Schmerz zufügen könnte? Euer Sohn starb, aber nicht durch meine Hand."

Ein ungehaltenes Schnauben ertönte und Bassam trat einen Schritt nach vorn. „Herr, wann habe ich jemals gelogen? Wann, Sayyid?"

Ahmet machte eine unwillige Handbewegung. „Niemals, Bassam, dessen bin ich mir bewusst. Allerdings musst du zugeben, dass Kirans Anschuldigungen, man wolle ihr Übles anlasten, nicht erfunden zu sein scheinen. Du verehrst Aiza, seit sie hierherkam. Das ist gut, ich wusste sie immer bestens beschützt. Nun aber beschuldigt die Frau, die mein Kind unter dem Herzen trägt und die hier weinend vor mir kniet, euch beide und Yusuf der Verschwörung. Meine Tochter ist verschwunden, ebenso deren Kinderfrau, zu allem Überfluss ist auch noch Asirem nicht mehr hier und mit ihm sind zwei meiner besten Männer nirgends aufzufinden. Ihr behauptet, Kiran habe Sabah vergiftet und sie trage die Schuld an den Fehlgeburten Aizas. Ebenso beschuldigt ihr sie des Mordes an Maha, doch Kirans treue Dienerin schwört, dass Maha sich selbst das Leben nahm. Könnt ihr Beweise für eure Beschuldigungen vorlegen? Bassam, ich sehe keine Beweise, ich höre euer beider Worte, aber was ihr mir berichtet, ist nicht nur unglaublich, es grenzt an schieren Wahnsinn. Ich kenne Kiran, sie ist dazu nicht fähig. Ihr behauptet, sie trage die Schuld am Tod Hischams? Beweist es! Wie sollte sie an etwas die Schuld tragen, das sich zwei Tagesritte von Marrakesch entfernt zugetragen hat? Entweder verschweigt ihr etwas, oder … und ich möchte das eigentlich nicht glauben, ihr sprecht nicht die Wahrheit.

Ahmet sah, wie Aiza sehr langsam auf ihn zukam. Er sah auch das Aufblitzen in Kirans Augen. War es Zorn oder Angst? Er vermochte ihren Blick nicht zu deuten.

Schon liefen erneut Tränen über Kirans Wangen. „Herr, sie soll weggehen, ich fürchte mich vor ihr. Ich bitte Euch, haltet sie fern von mir, wenn Euch mein Leben lieb ist."

Zu seiner Überraschung lächelte Aiza und blieb stehen. „Ich mache dir Angst? Ich? Oh, Kiran, wie lange hast du hier im Palast die Fäden in Händen gehalten? Wie lange glaubtest du dich unangreifbar? Du bist eine Blenderin, niemals hast du gelernt, deine Grenzen zu erkennen. Du hast keine Achtung vor dem Leben, vor den Gefühlen anderer Menschen. Für dich gibt es nur dich. Dich, und das will ich dir zugutehalten, deinen Sohn. Sabah war eine zu große Bedrohung. Ihre Jugend, ihre Schönheit, ihr fröhliches Wesen, den frischen Wind, den sie in dieses Haus brachte. Deine Furcht davor, dass sie Ahmet einen weiteren Sohn schenken könnte, war übermächtig, deine Eifersucht auf sie letztendlich tödlich. Nun kam aus dem Nichts erneut eine solch frische Brise. Estrella wollte dir niemals etwas Böses und dennoch traf sie dein Hass. Du hast gesehen, dass Ahmet ihr freundlich gesonnen war, du hast erkannt, dass er das Mädchen gern mochte. Das allein genügte, um das Todesurteil über sie zu fällen."

Kiran lachte laut auf. „Welch Wahnsinn leitet dich? Welch kranker Geist wohnt in dir? Du beschuldigst mich ohne jeglichen Beweis …“

In diesem Augenblick hob Aiza die Hand. „Schweig, Kiran, schweig und lausche.“ Sie wandte sich zu Bassam um. „Lass Yusufs Bruder rufen. Nachdem all ihre Handlanger im Kerker schmoren, hoffe ich doch, dass er den Weg hierher überlebt hat. Und ehe er kommt, er weiß noch nicht, dass sein Bruder endlich die Wahrheit gesagt hat. Er mag also zu Beginn verwundert erscheinen.“

Ahmet wusste tatsächlich nicht mehr, wem er in dieser Tragödie noch Glauben schenken sollte. Sein Blick fiel auf Aiza. Sie war ruhig und überlegt, ihr Blick offen und aufrichtig wie immer. Sie konnte keine Giftmörderin sein, sie war einfach zu gut, zu ehrlich, zu liebevoll. Was geschah hier nur?

Just in diesem Augenblick brachte Jamal, der Wächter, der Aiza nicht mehr von der Seite wich, einen Mann in den Saal. „Hier ist er, Herrin.“ Jamal verbeugte sich und gab dem verwirrt wirkenden Mann in dem braunen Umhang einen leichten Stoß in Richtung Aiza.

Diese nickte dem Fremden zu und musterte ihn sichtlich neugierig. „Du bist Yusufs Bruder, der Apotheker, ist das richtig?“

„Ja, Herrin, das bin ich.“

„Gut, du magst verwundert sein, dass man dich holen ließ, doch es war unumgänglich. Vor nur vier Tagen ließ man deinem Bruder keine andere Wahl, nach langer Zeit musste er die Wahrheit sagen. Du weißt, was das bedeutet? Die Wahrheit zu sprechen?“

Der Mann erschrak sichtlich. Er begann heftig zu zittern, obwohl Aiza sehr freundlich mit ihm gesprochen hatte. „Herrin, ich verstehe Euch nicht."

„Oh, das glaube ich wohl. Du verstehst nur allzu gut. Wie oft hast du deinem Bruder in den vergangenen Jahren die von ihm oder wohl vielmehr die von einer anderen Person bestellten Mixturen und Tränke zubereitet? Wie oft hast du Kräuter und Pulver vermengt und damit den Tod herbeigeführt? Wir kennen die Wahrheit, denn sie tritt immer zutage. Man muss nur lange genug Geduld aufbringen. Überlege dir deine Worte gut, wähle sie weise." Aiza trat einen Schritt auf ihn zu. „Du wusstest was du tatest, du wusstest, was deine Mischungen bewirken, warum hast du es getan?"

„Herrin, das ist ein böses Gerücht, eine Lüge. Ich würde dem Haus des Sultans niemals Schaden zufügen."

„Und doch hast du es getan." Aiza schnitt ihm das Wort ab, als er erneut den Mund öffnete. „Yusuf! Du solltest deinem Bruder erklären, dass es nicht klug ist, mich zu belügen. Noch viel weniger klug wäre es, den Sheik zu belügen."

Yusuf trat aus dem Schatten nach vorn und straffte seine Schultern. „Bruder, halte ein, es ist vorbei. Ich habe alles erzählt. Die Herrin Aiza wusste von unserem Bündnis, ich konnte und wollte nicht weiter lügen."

„Und doch tust du es, du Hundesohn!" Kirans Ruf war laut und zornig. „Du beschuldigst andere, um selbst ungeschoren davonzukommen."

„Nein, Herrin, endlich muss ich nicht mehr lügen. Es ist eine Erleichterung. Und auch Eure Drohungen gegen mich, gegen meine Familie sie sind nun keine

Gefahr mehr. Ich fürchte Euch nicht mehr, Kiran." Yusuf schien erleichtert und froh darüber zu sein, dass er hier stand.

Ahmet war erstaunt. Er erhob sich, umrundete die immer noch vor ihm kniende Kiran und ging auf Yusuf zu. „Wie soll ich wissen, dass du die Wahrheit sagst? Du hast offenbar lange gelogen. Was ist nun die Wahrheit und wo endet die Lüge?"

Yusuf verbeugte sich tief. „Die Wahrheit begann in dem Moment, als Asirem der Berber, die Herrin Aiza und Jamal mich zu sich holten und mir erklärten, dass sie von meinen Verbrechen wüssten. Ja, ich fürchtete die Drohungen Kirans, aber letztendlich ist meine Treue diesem Haus gegenüber wichtiger als alles andere."

Langsam stieg seine Verwirrung ins Unermessliche. „Asirem? Was hat der Berber denn mit alldem zu schaffen?"

***

Bassam sah es an der Zeit einzugreifen, da er bemerkte, dass Ahmet die Geduld gänzlich zu verlieren drohte, als ein Ruf von einem der Wächter auf der Mauer erschallte. „Reiter, es kommen Reiter auf den Palast zu."

Bassam atmete erleichtert auf. Wenn es die waren, deren Ankunft er sehnlichst erwartete, kamen sie genau zum rechten Zeitpunkt. Er wandte sich an Ahmet. „Sayyid, ich möchte Euch auf den Balkon bitten." Er drehte sich um. „Jamal, du behältst die Herrin Kiran im Auge."

Kiran sprang sofort auf, ihr Blick war unstet und sie selbst sichtlich beunruhigt. „Auch ich werde auf den Balkon gehen, um zu sehen, was vor sich geht. Vielleicht nur eine weitere Teufelei, die mich zugrunde richten soll."

„Wie Ihr wünscht." Bassam sah dem, was kam, mit großer Neugier entgegen.

Ahmet war eindeutig noch immer sehr skeptisch, als er das Wort an ihn richtete. „Sollte das ein Ablenkungsmanöver sein, wäre ich höchst ungehalten. Ich will, dass du dir dessen bewusst bist, mein Freund."

Bassam lächelte nur und ließ Ahmet den Vortritt. Schließlich waren alle auf dem langen, breiten Balkon versammelt, von dem aus man Ankömmlinge gut sehen konnte. Selbst Yusuf und dessen Bruder. Umso besser! So konnten alle das beeindruckende Schauspiel beobachten, das sich vor ihren Augen abspielte. Eine ansehnliche Gruppe Kamelreiter, begleitet von zwei Reitern auf Pferden, trabte auf den Palast zu. Je näher sie kamen, desto lauter und deutlicher konnte man Jubelrufe von den Menschen auf der Straße vernehmen. Sie waren es. Bassam war unendlich erleichtert. Nun kam die Stunde der Vergeltung.

Ahmet griff nach der vergoldeten und mit buntem Mosaik verzierten Brüstung, als die Gruppe das Tor passierte und von den Wachen dort nicht aufgehalten, sondern ebenso mit Jubel begrüßt wurde wie zuvor vom Volk. „Was ...?"

„Ihr wollt wissen, wer das ist?" Bassam lächelte. „Seht genau hin, ich weiß, dass Ihr ihn erkennen werdet."

Ahmet beugte sich vor und Bassam sah, dass seine Hände den Stein so fest umklammerten, dass das

Weiße an seinen Fingerknöcheln sichtbar wurde. „Eine Täuschung ... es muss eine Täuschung sein.“

Es war Aizas lauter, glücklicher Ausruf, der alle Zweifel endgültig beseitigte: „Hischam, er lebt! Mein Sohn ist zurückgekehrt. Alhamdulillah!

Ahmet stieß einen erstickten Laut aus. Unten hob Hischam seinen Kopf, blickte nach oben, zu den Menschen auf dem Balkon und ein Lächeln erschien auf seinem Gesicht. Er hob die Rechte und winkte ihnen zu.

„Bassam, wie kann das sein? Das ist nicht möglich ... die Jacke, das Blut.“

Er wusste, dass er in diesem Moment schuldbewusst wirkte, aber das war nicht weiter tragisch, denn Aiza hatte sich auf dem Absatz umgedreht und rannte in Richtung Tür. Sie war schnell, o ja, Aiza konnte sehr schnell sein. Ehe sie oben noch ihre Gedanken ordnen konnten, lief sie bereits über den mit Kies aufgeschütteten Weg vor dem Eingang des Palastes und warf sich in die weit offenen Arme ihres Sohnes.

„Sayyid, falls es von Interesse ist, darf ich Eure Aufmerksamkeit auf ein bestimmtes Persönchen lenken?“ Lächelnd deutete Bassam auf das bunte Bündel, das einer der Reiter soeben von einem der Kamele hob. Als sich das „Bündel“ energisch schüttelte, rutschte der Umhang zu Boden und die wilde Lockenpracht Hafsas kam zum Vorschein.

„Hafsa!“ Ahmets Stimme, sonst fest und laut, klang sehr bewegt.

„Ja, Sayyid, sie ist zurück und, wenn ich das richtig sehe, dann ist sie schon wieder in den Armen, in denen sie immer sicher ist. Estrella ist auch lebendig wieder bei uns.“

„Wir sollten wieder hineingehen, ich kann es nicht fassen. Mein Sohn lebt!“ Ahmet lief wesentlich schneller als zuvor zurück in den Saal. Dort trafen gerade Aiza, die strahlend die Hand ihres Sohnes festhielt, Asirem, Estrella und Hafsa ein.

„Hischam! Ich kann es noch immer nicht glauben.“ Mit nur zwei großen Schritten war Ahmet bei seinem Erstgeborenen und schloss ihn in die Arme. „Allah hat dich uns zurückgegeben.“

Bassam bemerkte Hischams vielsagenden Blick und erwiderte ihn schmunzelnd.

Der junge Mann umarmte seinen Vater nicht weniger herzlich. „Vater, bitte verzeih, verzeih alles, aber wir werden es dir sofort erklären. Nur eines liegt mir, ehe ich spreche, noch besonders am Herzen. Allah mag geholfen haben, aber es waren Asirem und Magrin, die mich euch zurückgegeben haben. Ohne die beiden wären Amir und ich gewiss tot. Wir hatten nicht mehr lange zu leben, als sie uns in der Wüste fanden. Sie brachten uns in ihr Lager, um uns dort gesund zu pflegen. Lass mich das anders sagen, um uns gesund pflegen zu lassen.“

Nur mit Mühe konnte Bassam eine Bemerkung unterdrücken, als er den Blick sah, den Hischam der wunderschönen jungen Frau zuwarf, die neben Asirem getreten war. Die Ähnlichkeit war erstaunlich und ohne lange überlegen zu müssen, wusste Bassam, dass er Asirems Schwester gegenüberstand.

Hischam setzte wieder an zu sprechen, wurde aber höchst liebenswürdig unterbrochen.

„Jetzt ich!“ Hafsa wand sich aus Estrellas Armen und rannte auf ihren Vater zu. „Ich bin wieder da. Siehst du? Und gesund. Neue Kleider hab ich auch, von Izlan und Lunja, schau, wie schön." Sie umarmte ihren Vater so heftig, dass dieser schwankte.

„Mein Engel, ich habe dich wieder. Wo bei allen guten Geistern bist du gewesen?"

Hafsa blickte ihm stirnrunzelnd ins Gesicht, als müsse sie angestrengt überlegen. „Zuerst im Garten, dann auf einem Kamel, dann mit Estrella in der Wüste und dann bei Lunja und Izlan. Und bei Hischam. Ahar durfte auch da sein."

Es war Hischam, der Hafsa liebevoll, aber bestimmt vom Hals seines schwer atmenden Vaters löste. „Das hast du schön erzählt. Vor allem Ahar freut sich sicher, dass er auch in seinem Lager sein durfte. Aber nun geh bitte kurz zu Soraya. Sie wird dich baden und dafür sorgen, dass du etwas sehr Feines zu essen bekommst, ja, mein Schatz?"

Hafsa ließ sich mit gnädigem Blick von Soraya auf den Arm nehmen, allerdings nicht, ohne Estrella noch zuzurufen: „Gut, aber du erzählst mir nachher alles!"

Während alle dem Kind nachblickten, fiel Bassams Blick auf Kiran. Bleich wie weißer Marmor stand sie unter dem wachsamen Blick Jamals an einer Säule. Es war endgültig an der Zeit.

„Sayyid, nun, da alle hier sind. Nun, da die Zeugen, von denen Kiran glaubte, sie würden für immer schweigen, hier unter uns sind, bitte ich darum, dass wir uns setzen. Es gibt Vieles, das Ihr Euch unbedingt anhören müsst."

Ahmet nickte grimmig. „Das glaube ich mittlerweile auch. Aber ich möchte unbedingt so höflich sein, zuvor jemanden zu begrüßen, über dessen Anwesenheit ich mich außerordentlich freue. Ahar, sei mir willkommen, mein Freund. Ich ahne, dass du eine Rolle bei all dem spielst, und ich bin begierig zu erfahren, wie diese aussah." Sein Blick fiel auf Aiza, die bescheiden, noch immer voller Freude, ihren wiedergekehrten Sohn betrachtend, am Rand des Geschehens stand. „Aiza, meine Liebe, bitte komm, setz dich zu mir."

Bassam atmete befreit auf. Sie hatten schon jetzt gewonnen.

***

Estrella lauschte Hischam mit zunehmender Begeisterung. Er konnte wundervoll erzählen. Allerdings war es nicht schwer, diese unfassbare Geschichte so fesselnd zu berichten, wie er es tat. Die unmenschliche Drohung Kirans, Bassams Kinder umbringen zu lassen, falls er ihr nicht gehorchte. Ihr Befehl, Hischam zu töten. Noch interessanter wurde es, als er im Lager des Clans erwachte und einen Engel erblickte, der ihm Wasser einflößte. Sie sah Ahmets Lächeln und seinen Blick, mit dem er Lunja bedachte.

Voller Stolz lauschte sie Hischams Bericht, wie Asirem und Magrin loszogen, um dabei zu helfen, Kirans Machenschaften endgültig zu unterbinden.

Als nächster erzählte Yusuf, nun in allen Einzelheiten, die unglaubliche Geschichte ihrer und Hafsas Entführung, die mit ihrer beider sicherem Tod enden sollte. Im Anschluss an Yusufs Bericht forderte Aiza mit aufmunternder Stimme Estrella auf zu erzählen, wie es nach ihrer Entführung aus dem Garten weiterging.

Zuerst aufgeregt und leise, dann zunehmend sicherer
trug sie vor, was alles geschehen war, wie sie an der
Oase in eisiger Nacht zurückgelassen worden waren,
wie Ahar und die Männer sie gefunden hatten.

„Bei Allah, Ahar, ich verdanke dir, so wie ich das sehe,
das Leben meiner halben Familie. Sag mir, mein
Freund, was kann ich tun, wie kann ich diese Schuld
jemals ausgleichen?"

Estrella freute sich über das hintergründige Lächeln
Ahars. Sie ahnte, was der kluge Berberfürst antworten
würde.

***

Kirans Reaktion war Bassam unheimlich. Er hatte erwartet, dass sie sich heftiger widersetzen würde, dass
sie toben und sich wie die Furie gebärden, die eindeutig
in ihr steckte. Dem war aber nicht so, sie stand hoch-
aufgerichtet, wenn auch totenblass noch immer neben
der Säule.

Bassam war sich unsicher, was zu tun war. Anord-
nungen musste Ahmet treffen, er musste nun Entscheidungen verkünden.

Es war jedoch nicht Ahmet, der zu sprechen anhob, es
war Kiran. „So glaubt ihr, dass ihr all eure Schuld auf
mich laden könnt? Glaubt ihr, dass ihr mich anklagen
könnt? Mich, die ich nur für meinen Sohn und für mich
gekämpft habe? Sehe ich doch nun, wie rasch Liebe ver-
geht, wie schnell man in den Schlund des Vergessens
gestoßen wird. Mein Leben war ein steter Kampf um
Anerkennung. Wo wäre ich denn als Zweite im Reigen
der Frauen des Sheiks, hätte ich nicht das verteidigt,

was mir zustand? Ihr habt in mir immer nur eine Bedrohung gesehen." Sie warf Aiza einen giftigen Blick zu und der, mit dem sie Estrella bedachte, sprühte regelrecht vor Hass. „Ich wurde geliebt, das Herz unseres Herrn gehörte mir und wie sehr wurde mir dieses Glück missgönnt. Ich mag eure Körper vergiftet haben, ihr aber habt mein Herz vergiftet. Mit Neid und Missgunst."

Aiza war fassungslos. „Kiran, hörst du dich denn selbst sprechen? Verstehst du, was du sagst? Das, was du uns zum Vorwurf machst, sind deine wirren Gedanken, dein eigener Wahnsinn, niemand wollte dir jemals etwas Böses."

Kiran lachte laut auf. „Niemand? Und dann taucht diese junge, unschuldige Katalanin hier auf mit ihren schönen Augen, die nichts im Sinn hatte, als Sabahs Platz einzunehmen. Nur darum sorgte sie so liebevoll für Hafsa. Einschmeicheln, das wollte sie sich. Nein, ich habe eure geheime Verschwörung aufgedeckt, ich wusste es von Anfang an. Du, Aiza, hast sie hierhergebracht, dafür gesorgt, dass sie Ahmet unter die Augen tritt und ihn verhext mit ihrem Liebreiz. Ein williges Werkzeug in deinen erfahrenen Händen. Meine mir treu ergebene Dienerin hat euch beobachtet, wie ihr in den Gärten eure Ränke schmiedet und die nächsten Schritte plant, um mich in die Bedeutungslosigkeit versinken zu lassen. O nein, ich durchschaue euch alle, ihr denkt, ihr habt gewonnen? Ihr irrt euch!" Kiran hob mit satanischem Lächeln die Rechte.

Bassam bemerkte eine Bewegung aus dem Augenwinkel. Kirans Dienerin hatte die ganze Zeit über regungslos am Rande verharrt. Nun rannte sie mit überraschender Schnelligkeit auf Estrella zu.

Entsetzt schrie er auf, als er das Blitzen einer Waffe bemerkte. „Vorsicht, sie hat eine Waffe in der Hand, Estrella!"

Die Frau setzte zum Sprung an. Wie eine gigantische Katze sprang sie, die Hand zum tödlichen Streich erhoben auf Estrella zu. Er preschte los, hörte Asirems Schrei und Aizas entsetzten Ruf, doch selbst Asirem war nicht nah genug.

Dann vernahm er das furchtbare Geräusch, das erklingt, wenn eine Klinge in einen Körper, in Fleisch, gestoßen wird.

„Nein! Nein! ... Warum?" Kirans Schrei war so schrill, so wütend, dass er im Raum grell widerhallte. „Du jämmerlicher Verräter, ich hätte dich töten sollen, als ich die Gelegenheit dazu hatte."

„Nun, das hast du jetzt getan." Aizas Stimme klang unendlich traurig. Sie beugte sich zu dem aus einer tiefen Brustwunde blutendem Yusuf hinab, der sich geistesgegenwärtig vor Estrella geworfen hatte, und legte ihre Hand an dessen Wange. Das Messer steckte noch immer in seiner Brust. Sie griff danach und zog es mit einem einzigen festen Griff heraus. Unmengen von Blut strömten aus der Wunde.

Bassam wusste, dass sie tödlich war, niemand konnte Yusuf mehr helfen.

„Yusuf, du hast Estrellas Leben gerettet, warum hast du das getan?" Ahmet beugte sich ebenso über den Sterbenden wie seine Frau.

„Mein Herr, meine Herrin, ich habe fürchterliche Dinge getan. Ich trage viel Schuld auf meiner Seele. Ich wage es nicht, um Vergebung zu bitten, aber dass ich sterbe anstelle der jungen Frau ist nur gerecht." Er röchelte und griff nach Aizas Hand. „Mein Herr, meine Herrin, ich flehe Euch an, bitte bestraft nicht meine Familie. Sie trifft keine Schuld, ich tat all das, um sie zu schützen. Sie haben doch niemandem etwas zuleide getan. Bitte verschont sie."

Aiza warf einen fragenden Blick zu Ahmet, der nickte nur. So antwortete sie Yusuf, während sie dessen Hand hielt. „Ich verspreche dir, dass deiner Familie kein Leid geschehen wird, ich werde dafür sorgen, dass sie alles haben, was sie brauchen. Das, was du heute getan hast, war edelmütig und tapfer. Ich vergebe dir, Yusuf, geh in Frieden mit dir selbst. Du musst keine Angst mehr haben."

Bassam sah, dass Yusuf antworten wollte, aber seinem ehemaligen Stellvertreter fehlte die Kraft. Allerdings sah er auch die Erleichterung, die Freude über Aizas Worte in dessen Augen und wusste, dass er nun wahrlich in Frieden sterben konnte. Ein letztes, kurzes Aufbäumen, ein tiefer, röchelnder Atemzug und Yusufs Hand sank auf seine Brust.

Ahmet ordnete an, den Mann hinauszutragen und dafür zu sorgen, dass er in Ehren bestattet würde. Dann wandte er sich an Kiran, die hoch erhobenen Hauptes und mit herausforderndem Blick in der Mitte des Raumes stand.

„Ich habe alles gehört und weiß nun, welch Teufeleien du begangen hast. Für dich gibt es kein Verzeihen, für dich gibt es kein Vergeben, du wirst im Angesicht Allahs gerichtet werden. Du hast gemordet, verleumdet, gelogen und betrogen. Du wirst für deine Taten büßen. Ohne Gnade."

Kiran reckte hochmütig ihr Kinn. „Ich bin die Mutter Eures Sohnes und trage Euer ungeborenes Kind unter dem Herzen. Tötet ihr mich, tötet Ihr ein unschuldiges Kind. Allah wird euch ebenso richten, wie Ihr es mit mir tut."

Im Saal herrschte tödliches Schweigen als Ahmet einen Schritt auf sie zuging. „Sorge dich nicht, Kiran. Dem Ungeborenen wird nichts geschehen. Es wird auch dir an nichts fehlen."

Kirans Blick war siegessicher, als sie sich zu den Anwesenden umblickte. „Ich sagte es euch, ihr habt noch nicht gewonnen."

Ahmets Lächeln verhieß nichts Gutes, nur schien Kiran dies nicht zu bemerken. „Lass mich aussprechen, meine Liebe. Du wirst in deinen Räumen verbleiben, Soraya und Aiza werden dich nicht aus den Augen lassen. Du wirst diese Räume nicht mehr verlassen bis zur Niederkunft. Sobald das Kind geboren ist, wird Soraya es fortbringen. Ich werde dafür sorgen, dass es dem Kind gut ergeht. Du jedoch, Kiran, du wirst, sobald du wieder bei Kräften bist, auf dem Marktplatz von Marrakesch gerichtet, du wirst bis zum Tode gesteinigt. Du stirbst durch die Hand des Volkes und nichts und niemand kann dich retten. Deine Verbrechen müssen gesühnt werden und als gemeine Verbrecherin wirst du sterben, ganz so, wie es dir gebührt. Gemeinsam mit anderen Mördern und Dieben wirst du dein Leben aushauchen." Ahmet schöpfte tief Atem, wandte sich um und suchte seinen Blick. „Bassam, schaffe sie mir aus den Augen, ich will sie nicht wiedersehen bis zum Tag

ihres Todes, niemand soll mehr ihren Namen aussprechen. In meinem Herzen ist sie bereits gestorben."

***

Der folgende Tag brachte Wolken über Marrakesch.
Regen war gefallen und die Luft noch schwer und ge-
sättigt von der Feuchtigkeit. Es roch nach nasser Erde
und sie konnte den Duft der Blumen riechen, die sich
nach dem erquickenden Schauer öffneten. Aiza beobachtete Ahmet sehr genau. Sie sah, dass er litt. Er war
kein Mensch, der es genoss, andere zu richten. Nachdem er am gestrigen Tag Kiran zum Tode verurteilt
hatte, war es heute unumgänglich, ihre Mittäter ebenfalls zu bestrafen. Kirans Dienerin würde dem Sterben
ihrer Herrin zusehen müssen und dann am Strang sterben. Auf die anderen wartete das Beil des Henkers. Die
beiden Übeltäter, die Hafsa und Estrella in der Wüste
dem sicheren Tod überließen, würde man ebenfalls zu
Tode steinigen. Es musste sichergestellt werden, dass
etwas Derartiges nie wieder geschehen würde.

Es war bereits spät am Abend und alle hatten sich zurückgezogen. Nur sie und Ahmet standen noch auf dem
Balkon und blickten in den nun wieder klaren Sternen-
himmel. Keinem von beiden war nach Schlaf zumute.

„Warum? Aiza, warum?"

„Ich kann es nicht sagen, vermag es lediglich zu erahnen. Die Furcht, alles zu verlieren, Einfluss, Stellung
und Reichtum, die Sorge, ihr Sohn könne benachteiligt
werden, das alles mag eine Rolle spielen."

Er schwieg lange, dann legte er seinen Arm um ihre
Schultern und zog sie an sich. „Ich habe Angst um

Imran. So teilnahmslos, wie er die Nachricht von der Verurteilung seiner Mutter aufgenommen hat, so teilnahmslos erschien er mir ob der ganzen Geschehnisse. Ich hätte mich noch viel mehr um ihn kümmern müssen. Er war zu viel unter Kirans Einfluss.“

Sie schmiegte sich an ihn. „Das war nicht zu verhindern und eigentlich, wäre sie nicht, so wie ich argwöhne, dem Wahnsinn verfallen, dann ist die Liebe einer Mutter das Wichtigste für ein Kind.“

„Ich werde seinem Wunsch, auf unbestimmte Zeit zu meinem Bruder geschickt zu werden, entsprechen. Meine Hoffnung ist, dass er eines Tages verstehen wird. Vielleicht wird auch das Kind, sein Bruder oder seine Schwester, ihn aus dieser seltsamen Stimmung retten können. Ich würde es mir wünschen.“

„Wir müssen abwarten. Gib ihm Zeit, Ahmet, der Junge braucht Zeit. Hischam wird sich ebenso seiner annehmen und du erinnerst dich, wie sehr Imran ihn immer bewundert hat? Auch Ahar hat seine Hilfe angeboten. Eine Weile in der Wüste zu leben, würde ihn gewiss auch auf andere Gedanken bringen. Du siehst, nichts ist verloren.“

Nun, da sie allein waren, war ihr Umgangston wieder vertraut und liebevoll. Ahmet nickte und küsste sie sanft auf die Stirn. „Du hast sicher recht, so wie immer, meine weise, kluge Frau.“ Er neigte sich etwas zur Seite, um sie genauer betrachten zu können. „Es macht mich sehr glücklich, dich an meiner Seite zu wissen. Du musstest so viel erdulden und hast niemals geklagt. Du bist sehr tapfer.“

„Ich bin, wie ich bin. Ich habe versprochen, dir eine gute und treue Gefährtin zu sein und an deiner Seite zu stehen.“

Er nickte. „Ja, und dort warst und bist du, unerschütterlich und immer voller Liebe. So soll es auch bleiben. Ich werde keine neue Frau in mein Leben holen. Du, A-iza, bist alles, was ich brauche. Dazu seit dem gestrigen Tag unseren Sohn wieder bei uns zu haben, ich wagte nicht einmal, davon zu träumen.

„Nicht nur das. Du hast eine Tochter dazu geschenkt bekommen. Lunja ist bezaubernd. Sie ist der Fels, den Hischam braucht. Sie ist stark, klug, mutig und sie hat ein großes Herz. Nicht vergessen sollten wir wahrscheinlich noch, dass sie gefestigt in ihrem Leben ist. Ja, sie ist auch ein schönes Mädchen, aber die Schönheit ihres Wesens ist das, was mich so sehr freut. Hischam hat gut gewählt.“

„Denkst du, sie kann hier glücklich werden? Hinter Palastmauern, mit den Pflichten und Zwängen, die unweigerlich auf sie warten?“

Sie lächelte. „Ja, das wird sie, hab Vertrauen. Und vergiss nicht, dass dein Sohn sie über alles liebt. Noch etwas erscheint mir von großer Bedeutung: Hischam hat sich verändert. Die Zeit bei den Berbern hat ihn zu einem starken Mann werden lassen. Nicht, weil er bei Lunja gelernt hat zu kochen, oder weil er bei Izlan in der Heilkunde unterrichtet wurde. Es ist alles, das ganze Leben, das er dort kennengelernt hat. Lass uns aufrichtig sein. Ahar und seine Familie, der ganze große Clan, sie sind die Menschen, die unser Land ausmachen. Stammen denn nicht wir alle aus den Clans dieser stolzen Männer und Frauen? Waren und sind

nicht sie es, die unser Land formen, die Städte erbauen
und Traditionen pflegen und diese aufrecht erhalten?
Ahmet, ich fürchte so oft, dass wir alle uns zu sehr verändern. Die Uneinigkeit der großen Familien, die stän-
digen Scharmützel um Land und Anerkennung. Müssten wir denn nicht vielmehr für Einigkeit, für Zusammenhalt sorgen? Dafür, dass diejenigen, mit deren
Kraft und Mut dieses Land zu dem wurde, was es heute
ist und es sich noch entwickeln wird, in Ehren gehalten
werden, dass wir ihr Erbe fortführen? Ein starkes, ein
geeintes Land, in dem Freiheit und Tradition niemals
vergessen werden?“

„Meine starke, weise Frau, ich stimme dir zu, und darum ist es gut so, wie alles gekommen ist. Hischam und
Lunja vereinen beide Seiten unseres Landes: Tradition
und neue Entwicklungen. Ihnen wird es gelingen, das
zu verbinden. Ich verspreche dir, dass ich alles dafür
tun werde, dass unsere Kinder und deren Kinder eine
schöne Zukunft in diesem herrlichen Land haben werden.“ Er drückte sie an sich und sie fühlte, dass er
lachte.

„Was erheitert dich so? Es ist schön, dich wieder lachen zu sehen.“

Ahmet holte tief Luft und nahm sie fest in seine Arme.
„Ich bin einfach glücklich, dass du bei mir bist. Allerdings würde ich viel darum geben, morgen das Gesicht
von Doña Alba zu sehen, wenn Ahar seinen Plan um-
setzt. Das könnte ein herrliches Schauspiel abgeben.“

Aiza legte ihre Arme um Ahmet und nickte zustimmend. „Ja, ich muss zugeben, das würde ich auch gerne
sehen. Ahar hat eindeutig Sinn für Humor.“

34.

Marrakesch, Zuhause Doña Albas

Asmaras liebevoll gepflegter Vorgarten sah an diesem Tag anders aus als sonst. Gäste wie diese war man hier im Haus nicht gewöhnt.

„Kamele? Was soll ich denn bitte mit Kamelen anstellen?" Sichtlich ratlos musterte Tia Alba die riesigen Wüstentiere.

„Du könntest sie dir als Haustiere halten, liebe Schwester … ähnlich einem Hund. Treu, zuverlässig." Estrella sah, dass Asmara das Lachen nur mit Mühe unterdrücken konnte.

Auch Hakim hatte ein amüsiertes Lächeln auf seinen Lippen. „Liebe Schwägerin, du bist nun wieder in deiner Welt. Du bist für Estrella verantwortlich, du musst den Preis bestimmen."

Alba blickte verwirrt von einem zum anderen und runzelte schließlich anklagend die Stirn. „Ihr erlaubt euch alle einen Scherz mit mir, jetzt erkenn ich es. Kamele, hier in Marrakesch … Das, ihr Lieben, wird ein Nachspiel haben, so viel darf ich euch allen versprechen."

Ahar verbeugte sich tief. „Nichts lag uns allen ferner, als Euch zu erzürnen."

Alba lächelte, ging langsam und mit der gebotenen Vorsicht auf eines der Kamele zu und streichelte den Hals des Tieres. „Wenn ich genau darüber nachdenke, dann ist das mit den Kamelen gar kein übler Gedanke. Allerdings möchte ich anmerken, dass das wundervolle Mädchen, über welches wir hier verhandeln, durchaus um einiges mehr wert ist."

Sie hätte es wissen müssen. Man konnte die Dame nicht necken, ohne eine entsprechende Antwort zu erhalten. Estrella warf einen vorsichtigen Blick zu Asirem.

Der wirkte kurz verwirrt, schmunzelte dann jedoch. „So lasst uns Eure Vorstellung eines angemessenen Brautpreises wissen. Wir sind für Verhandlungen offen."

Alba setzte die hochherrschaftliche Miene auf, derer Estrella sich noch gut erinnern konnte. Wann immer Tia Alba in Malaga etwas wirklich haben wollte, kam dieser Gesichtsausdruck zum Einsatz. Niemand hatte es je gewagt, ihr danach noch zu widersprechen.

„Ich will euch beiden meine Forderungen nennen. Aber wappnet euch, hört ihr? Es wird euch so einiges abverlangen. Kamele sind dagegen nur ein kleiner Unterpfand." Sie lächelte Estrella zu, streichelte noch einmal über den weichen Kamelhals, reckte ihr Kinn siegesgewiss und wandte sich an Ahar und Asirem. „Seit ihrer Geburt kenne ich dieses wundervolle Geschöpf, ich sah sie aufwachsen, erlebte, wie sie von einer neugierigen, kleinen Meerjungfrau zu einer umsichtigen, freundlichen, hilfsbereiten und schönen Frau wurde. Ich sah, wie sie dabei half, ihre Schwestern großzuziehen, wie sie selbst lernte und ihr Wissen weitervermittelte. Ich öffnete ihr fremde Welten und weckte so ihre Abenteuerlust. Hätte man mir in jener Zeit erzählt, dass sie einmal den Sohn eines Berberfürsten lieben würde ... Ich hätte es damals schon geglaubt. Estrella hat ein großes Herz und viel Liebe, die sie denen im Übermaß schenkt, die sie in dieses Herz geschlossen hat. Sie urteilt niemals vorschnell, sie versucht stets zu verstehen und setzt sich für andere ein, die Hilfe benötigen. Darum werdet ihr verstehen, dass es mir schwerfällt, einen angemessenen Brautpreis für sie festzulegen. Aber ich glaube, meine Forderungen könnten erfüllt werden. Sie lauten: Beschützt sie mit eurem Leben, liebt sie, so wie sie es verdient, geliebt zu werden, holt ihr die Sterne vom Himmel, die sie haben möchte, schenkt ihr Vertrauen im Übermaß, öffnet ihr eure Herzen und versucht niemals, sie gänzlich zu zähmen. Es ist ihr Geist, ihr freier Wille, der sie so wie all ihre anderen Eigenschaften zu der macht, die sie ist. Nehmt ihr niemals ihre Freiheit." Alba hielt inne, musterte Ahar, der sie sichtlich berührt betrachtete, mit wissendem Blick, ehe sie fortfuhr. „Ich denke, dass ich hier unbesorgt sein kann. Für euch alle ist Freiheit ein wertvolles Gut. Darum bin ich mir sicher, dass ihr sie anderen nicht nehmen werdet." Sie nickte Ahar freundlich zu. „Was denken Sie? Werden Sie, Ihre Familie und vor allem dieser eindrucksvolle junge Mann, auf den Sie, mit Fug und Recht stolz sein können, diese schweren Bedingungen erfüllen können?"

„Mein Sohn hat klug und seinem Herz folgend gewählt. Estrella ist mir binnen kürzester Zeit zu einer Tochter geworden. Sie gehörte zu unserer Familie, ehe sie selbst das wusste. Eure Bedingungen dürft Ihr als erfüllt ansehen, allesamt. Die Tochter des Fischers ist nun auch die Tochter des Berbers." Ahars Antwort trieb ihr die Tränen in die Augen.

Alba wandte sich ihr zu und streckte ihre Arme aus. „Hast du gehört? Ich denke, wir können ihnen Glauben schenken. So will ich dich also, wenn auch schweren Herzens, gehen lassen. Alles, was ich mir wünsche, ist, dass du geliebt und geschützt leben kannst. Meine Hoffnungen, dass du dein neues Leben hervorragend meistern wirst, dass du die Liebe findest und das Glück, haben sich erfüllt. Du bist doch glücklich, meine Kleine?"

Estrella umarmte Alba strahlend. „Ja, Tia Alba, ja, das bin ich. Ich weiß auch, dass dieses Leben nicht immer leicht sein wird, aber an Asirems Seite werde ich das alles bewältigen. Ich danke Ihnen für alles."

Alba drückte sie sichtlich gerührt an sich. „Du musst mir für gar nichts danken." Plötzlich schob sie Estrella ein kleines Stück von sich. „Einen Augenblick bitte, dieser Herr dort und ich haben unsere Verhandlungen noch nicht abgeschlossen." Sie legte ihren linken Arm um Estrellas Schultern und warf Ahar einen herausfordernden Blick zu. „Wollen wir fortfahren, mein Lieber? Beginnen wir doch einmal bei ... sagen wir zehn Kamelen ... und vier Ziegen."

„Fünf Kamele und zwei Ziegen."

Alba räusperte sich. „Ich sehe, das könnte noch dauern. Jetzt füttert bitte irgendjemand diese Tiere und wir begeben uns einstweilen ins Haus. Jemina kann es kaum erwarten, dich wiederzusehen, Estrella, und hat nur für dich eine äußerst köstlich riechende Tajine zubereitet. Ich gedenke nicht, hier während der langwierigen Verhandlungen Hungers zu sterben."

***

In einer ausladenden Feuerschale brannte ein wärmendes Feuer und der Weihrauch, den man beigefügt hatte, verströmte einen herben, betörenden Geruch. Die Diener hatten Tee und Gebäck serviert und sich dann zurückgezogen. Wieder mit seinem Sohn in dessen Privatgemächern auf einem Lager aus weichen Sitzkissen zu verweilen und amüsante, anregende Gespräche zu führen, erschien Ahmet wie ein Wunder. Umso mehr genoss er diesen Augenblick.

„Ob sie die Dame überzeugen konnten?" Er stellte lächelnd sein leeres Glas auf den Tisch vor sich und sah zu seinem Sohn hinüber. Hischam wirkte seltsam nachdenklich. „Junge, was hast du? Bist du besorgt wegen Estrella und Asirem? Ich bin mir sicher, dass Sajjida Alba keine Einwände vorbringen wird. Was beschäftigt dich?"

Hischam verlagerte sein Gewicht auf dem Kissen und warf seinem Vater einen fragenden Blick zu. „Alba macht mir keine Sorgen, Vater. Mich beschäftigt vielmehr deine Reaktion."

„Warum sollte die Vermählung von Asirem und Estrella mir ernsthaftes Kopfzerbrechen bereiten? Ich versteh dich nicht."

Hischam schmunzelte. „Nicht die der beiden. Die zweite Hochzeit, die auf uns zukommt."

Ahmet wirkte nur kurz verwirrt, dann zeichnete sich Verstehen auf seinen Zügen ab. „Findest du nicht, dass

Hafsa noch etwas zu jung ist, um verheiratet zu werden?“

„Vater!“ Es dauerte einige Augenblicke, bis Hischam begriff. „Das war ein Scherz, nicht wahr?“

„Junge, denkst du, ich sei blind? Nicht nur, dass Ahars Tochter mit dem halben Clan hier einreitet, du kannst die Augen nicht von ihr abwenden. Wenn sie dich anblickt, dann scheint die Sonne aus ihren Augen. Hischam, dass du und Lunja einander lieben, sieht ein Blinder. Hören wollte ich es allerdings schon gerne aus deinem eigenen Munde. Deine Mutter und ich wussten das sofort. Wir wollten nur abwarten, wie lange du brauchst, um es uns zu sagen.“

„Du bist mit der Heirat einverstanden, keine Einwände?“

Ahmet seufzte. „Warum wird mir immer ungebührliche Härte unterstellt? Nein, keine Einwände, keine Bedingungen, keine Zweifel, solange du keine hegst. Im Gegenteil, deine weise Mutter und folglich natürlich auch ich, denken, dass es ein wichtiger Schritt ist, dass sich damit unsere Bindungen untereinander wieder festigen können. Aiza führte an, dass wir alle die gleichen Wurzeln haben, und nur, wenn wir allesamt diese nicht vergessen und Einigkeit an den Tag legen, können wir auch unser Land sicher in die Zukunft führen.“

Hischam nickte nachdrücklich. „Weise Worte meiner einzigartigen Mutter und meines voraussehenden, klugen Vaters.“

Ahmet warf ihm einen undefinierbaren Blick zu. „Du kannst aufhören, mir zu schmeicheln, du hast doch deinen Willen schon, oder etwa nicht?“

Er zog eine amüsierte Grimasse, goss sich Tee nach, nippte daran und sah dann seinen Vater an. „Ob du es glaubst oder nicht, Vater, aber ich meine das, was ich sage. Gemeinsam ist man immer stärker, gemeinsam kann man alles meistern, gemeinsam besiegt man seine Feinde und sichert sich die Freiheit."

„Was habe ich doch für einen klugen Sohn."

„Das schon auch, allerdings waren das nicht meine Worte."

„Und von wem kamen sie dann?"

„Von einer ganz besonderen Frau: deiner zukünftigen Schwiegertochter."

35.

Im Jahr 1491, Mazagan an der Küste des Atlantiks

Das Mädchen rannte mit geschürzten Röcken durch die abebbenden Wellen, die gemächlich am goldgelben Strand leckten. Die durch die Luft stiebenden Wassertropfen glänzten im Schein der Sonne wie kleine Edelsteine. Die Luft war klar und rein und das Rauschen des Meeres hatte etwas Beruhigendes.

„Hafsa, sei vorsichtig, nicht zu weit hineingehen, hörst du?"

„Estrella! Ich weiß, sonst holen mich die Meeresungeheuer. Das hat dir doch deine kleine Schwester schon nicht geglaubt. Außerdem kann ich schwimmen." Hafsa zog ihr eine fröhliche Grimasse und setzte ihr wildes Spiel unbeeindruckt fort.

„Gib es auf, du kannst sie nicht zähmen." Asirem trat von hinten an sie heran, ging in die Knie und legte seine Arme um sie. „Lass sie einfach laufen. Sieh sie dir an. Sie ist so glücklich." Er drückte sie sanft an sich. „Bist du es auch? Glücklich?"

Sie sah zu ihm und schüttelte tadelnd den Kopf. „Wie kannst du das nur fragen? Du hast uns ans Meer gebracht, so wie du es versprochen hast. Natürlich bin ich glücklich. Außerdem habe ich es dir schon hundert Mal gesagt. Ich bin überall da glücklich, wo du auch bist."

„Hm, ich wollte dich eigentlich nach Al-Andalus bringen, damit du deine Familie sehen kannst und ich sie endlich kennenlerne. Aber die Umstände sind derzeit nicht geeignet, um zu reisen."

Estrella schmiegte sich an ihn und sah hinaus aufs Meer. „Nein, sie sind keinesfalls geeignet. Es ist besorgniserregend. Tia Alba hatte großes Glück, dass sie beizeiten ihr Zuhause verlassen hat. Es werden jeden Monat mehr, die unter Lebensgefahr fliehen müssen. Ibrahim berichtete, dass niemand mehr sicher sei. Ich weiß, dass meiner Familie keine Gefahr droht, aber ich sorge mich um all die anderen. Ich habe Angst um die Mauren."

„Das liebe ich so an dir, unter anderem natürlich. Du sorgst dich um alle. Hier aber kannst du nichts tun, auch ich nicht. Wir alle beobachten sehr genau, was alles geschieht. Es ist traurig, dass man offenbar nicht in Frieden zusammenleben kann. Aber immerhin sind wir endlich an deinem geliebten Meer. Ist es so wie das bei dir in Almuñecar?"

Sie sah erneut auf die Fluten des Atlantiks, die in gleichmäßigen, kräftigen Wellen an Land rollten. „Es ist wilder, urtümlicher. Das Mittelmeer ist sanfter, ruhiger, kann aber ebenso gefährlich werden wie jedes andere Meer. Aber es ist der gleiche Blick: Wasser bis zum Horizont, der Geruch nach Salz, die Feuchtigkeit, die Schaumkronen weiter draußen, dort wo die Strömung stärker wird."

Hafsa kam aufgeregt auf sie zugestürmt, beide Hände voller bunter, unterschiedlich großer Muschelschalen. „Wir müssen das mitnehmen, daraus kann man schöne Sachen machen. Seht euch das an, alles aus dem Meer!"

Estrella half ihr dabei, ihre Schätze in einem mitgebrachten Korb zu verstauen. „Natürlich nehmen wir es mit. Meine Schwester hat auch jeden Tag Muscheln gesammelt. Das ganze Haus war voll davon."

Hafsa betrachtete sie nachdenklich. „Vermisst du sie?"

„Natürlich, nicht nur Luz, auch Elena und Rosa, es sind meine Schwestern. Aber ich habe nun ja euch und ihr seid meine neue Familie."

„Gut. Dann bin ich froh." Weg war das Mädchen und lief schon wieder unter lauten Jubelrufen in die Wellen.

Asirem küsste sie liebevoll auf den Hals. „Lass uns langsam aufbrechen. Hischam und Lunja warten mit dem Abendessen auf uns und Tia Alba hat Hafsa versprochen, ihr Märchen vorzulesen."

Estrella stand auf und klopfte sich den Sand von ihrer Tunika. Sie sah Hafsa, die fröhlich durch die Wellen hüpfte, dachte an Hischam und Lunja, wusste, dass Tia Alba in dem herrlichen Haus, nahe am Meer, das Ahmet gehörte, die Diener drängte, das Essen fertig zu haben, wenn alle zurückkamen. Sie versuchte, das Fischerboot zu erkennen, auf dem Amir und Magrin von den Fischern des Ortes mit zunehmender Freude lernten, wie man Fische fing, und so schloss sich für sie der große Kreis. Zufrieden rief sie nach Hafsa, griff nach Asirems Hand und warf einen letzten Blick zum Horizont.

Estrella Jiménez war in ihrem neuen Leben angekommen und sie liebte es.

GLOSSAR

Yamman = Mutter
Baba = Vater
Tamrabt ino = meine Heilige (Ansprache für geschätzte, mutige Frauen)
Umma = Kosewort für Großmutter, vergleichbar Oma
Thalwist = kleiner Liebling (arabisch-berberisch)
Ighatha min fadhlak = Bitte hilf mir!
Alhamdulillah = Allah/dem Himmel sei Dank
Earkenz inou = mein Liebling (berberisch)
Baetis = der alte Name des Flusses Guadalquivir

Danksagung

Mein Dank gilt hier und heute in erster Linie meiner Agentin Alisha Bionda. Sie hat nicht nur (wieder) an mich geglaubt, sondern vom ersten Wort an glaubte sie auch an „Die Tochter des Fischers". In diesem Sinne, liebe Alisha, meinen herzlichen Dank für einfach alles! Danke auch erneut an meine langjährige Testleserin Gaby Fischböck, die seit den Venetian Vampires jedes meiner Bücher quergelesen hat und mir so manche Modetorheit oder meine geliebten Wortwiederholungen mit geduldigem Lächeln ausmerzte.

Danke an meinen lieben Freund Abdelkarim El Allaoui, der mir, als geborener Berber, viele lehrreiche Einblicke in die Geschichte und Lebensweise der Berberstämme und die Entwicklung Marokkos gewährte. Gemeinsam haben wir die Geschichte der Berber wieder aufleben lassen.

Danke an den dp Verlag, für die Möglichkeit, dass dieses von mir sehr geliebte Projekt veröffentlicht werden kann.

Danke an meine Familie für ganz viel Kraft, ganz viel Zusammenhalt und jede Menge Liebe, vor allem in letzter Zeit.

Und ein sehr spezieller Gruß: Daniel, wo immer du jetzt auch bist, mein „Kleiner", du siehst ich halte mein Versprechen. Es geht immer weiter. Du weißt ja: Hinter dem Horizont ist nie das Ende, sondern ein neuer Anfang! Deine Mam.